寻找康巴汉子

亮炯·朗萨 著

中国书店

图书在版编目（CIP）数据

寻找康巴汉子 / 亮炯·朗萨著．-- 北京 ：中国书店，2011.10

ISBN 978-7-5149-0145-0

Ⅰ．①寻… Ⅱ．①亮… ②朗… Ⅲ．①长篇小说－中国－当代 Ⅳ．①I247.5

中国版本图书馆 CIP 数据核字（2011）第 200597 号

书　　名：寻找康巴汉子
作　　者：亮炯·朗萨
出　　版：中国书店
地　　址：北京市西城区琉璃厂东街 115 号
邮　　编：100050
经　　销：新华书店
印　　刷：三河市祥达印装厂
规　　格：700mm×980mm　　16 开本
　　　　　15.5 印张　　300 千字
版　　次：2011 年 11 月第 1 版
印　　次：2011 年 11 月第 1 次印刷
书　　号：ISBN 978-7-5149-0145-0
定　　价：29.80 元

当你领略了阿尔卑斯山的风雪交加、雄伟瑰丽的景色之后，你决不会再留恋香巴尼平原的芊芊细柔。

——巴尔扎克

1

除了六个鹰头是蒙做法事时用的法器和道具外，还有几只鹰笛。

鹰笛，是蒙几十年前用老死的鹰腿胫骨做成的，每次做法的时候都必须吹奏，它能邀请所有的神灵加入他的法事，还要邀请远天的鹰，每次吹响鹰笛，天边真的会浮现鹰的身影，缓缓滑翔而来，然后近距离地盘旋其头顶；鹰笛更是蒙的乐器，他一生都在吹奏它。

今早，鹰笛的旋律，在朴素而清新的村庄飘起，单纯，清丽，美。

那是一种穿透人骨髓和心灵的苍凉美，一阵接一阵，一段接一段飘来，村庄里的人听见它，就知道一生都在天地间游走的蒙回来了。只有蒙才会吹鹰笛，今天吹奏的曲子是古老的山歌，不是给人做法事时，面对一排整齐摆放的鹰头，面对苍穹吹的那种肃穆、飘渺的音乐，而且，人们也知道，因为蒙的年龄已经很大，所以这几年他几乎就没有做过什么法事了，但依然唱歌。他会唱很多很多的歌，山歌、卜卦歌和格萨尔王歌等，卦卜也是他的职业。年纪很大的他，依然游走康巴藏地或西藏，他是民间的歌者、预言者、卦师和法师，民间一直有他这样独特角色舞蹈的空间，乡村的邀请，没有使他休停下来过，或者他自己就停不住，游走过一个又一个村庄，他在一年里能够回到故乡村庄的时间很少很少。

从来，人们都叫他蒙。不知蒙是他的名字还是他职业的称谓；他不是僧人，不属于寺庙，只属于他自己和他特殊的角色，属于民间。他可以沟通人和山水的神界，他身上其实更多的附有藏族原始苯波教文化，做法事是他的职业，但是他更应该叫做艺人。他有优美的嗓音，是天生的歌者，一生都在唱歌，会唱上千首的歌，包括失传了的许多古歌，在他那里就能找到。

今天吹响鹰笛，是因为噶麦村所有的农人家，开始了村耕，这是庄严而喜庆的日子，一大早，蒙就应和着各种啾啾鸟鸣，应和着咕咕鸟叫，也开始吹响了鹰笛……

藏历春三月，咕咕鸟叫声此起彼伏，时常在不经意间，咕咕深情的啼唱都会流进你的耳朵，唱得农人心里痒酥酥的，唱得黑褐的土地急切地想舒张开眠了一冬的躯体，拥抱温煦的阳光，把农人撒下的颗颗麦种吹生发芽。

在鸟的世界里，鹰是铁棒喇嘛，掌管鸟世界惩处，维护鸟世界秩序。而咕咕鸟却是神鸟，是神和人间的使者，最急切带给农人神界传下的讯息，告诉人间，春光如金子，该播种啦。

“听见咕咕叫，还懒在床上不早起的人，这一年那是要倒霉饿肚子的！”登巴老人爱这样对孙子尼玛吾杰说。

掩映在云端里的噶麦村中，老人登巴泽仁每到春天来临，聆听到第一声“咕咕，咕咕咕咕”啼叫的时候，他就会充满敬意地匆匆在楼顶香炉里煨桑，在柏树香烟袅绕中，按照蒙过去教他的方式，摆上青稞粒画个吉祥图案，热情欢迎从天神那儿带来春汛的咕咕鸟，宴请天神宠爱的咕咕使者，然后愉快地告诉儿孙和左邻右舍的乡亲们上面那些话。他毫不怀疑鸟世界的分工和职责，对咕咕鸟很是敬崇，老人认为咕咕是观音菩萨化身，优美的鸟鸣就是颂唱六字真言。他习惯了每年初春都要迎接这样美好吉祥的天使，咕咕鸟似乎也知道老人的心思，每次第一只来临，就会落在登巴老人家院里那颗壮硕高大、古老的核桃树枝桠上鸣叫一会儿，就飞到屋顶上啼唱，并享受老人准备的酸奶和青稞宴。乡亲们对老人很敬重，他几乎也成了噶麦村掌管时间的老人了，春光是最金贵的！这个季节，老人感叹最多的话就是这句。

这样说着，伴着吉祥神鸟声声欢快优美的啼唱，春天被唤醒，万物生机勃发，人们的筋骨舒坦起来，桃花、梨花、山野里这个季节应该开发的花都要依次开放了，噶麦村的春耕在十分庄重又充满美妙、浪漫的仪式中开始。今年的春天还多了份喜气似的，远行归来的老人——蒙，也在祝福村里的吉祥，鹰笛的美妙声音奏出的是噶麦古老的吉祥曲，这支古老的吉祥颂也只有村里几个六七十岁以上的老人会完整唱完……

虽然已经是二十世纪，噶麦村千百年来春季的开始都是这样，农人的春天比谁都重要，关乎一年的收获和生计，所以要隆重地迎接。家里珍藏、敬奉象征青稞神“阿妈色多”的白色石头，要被隆重地请到祖业地里安放好。人们还要隆重地为守护家人健康、家业兴旺的神树举行祭祀仪式。人们着盛装，在第一犁开耕前，把耕地的牛儿也照顾得很周到，要隆重地给耕牛献哈达，披彩幡，牛还跟人一样喝几口青稞酒，早餐吃的是酥油糌粑呢。在春日暖暖的艳阳里，沉睡了一个冬季后新犁的泥土，新鲜得如刚打好的酥油茶，散发着醉人的馨香；唱歌、舞蹈的农人是醉醺醺的，耕牛们也是醉醺醺的，春光让人兴奋，让人沉醉。歌里唱道：

“世间鸟千万种，咕咕鸣声最动听，天界使者哟，没有你，我们分不清季节……”

春耕充满诗意，劳动充满快乐，在这些仪式的歌舞里，登巴老人的孙子——英俊的尼玛吾杰声音动人，嘹亮而清脆，他跟家人一起劳作在地里……

当他们歇息下来，地垄上小路边一块隆起的青灰色的大石堡上，一个梳着两条白发辫的高个老人，身板笔挺地站立在那里，他看着这边翻新的泥土地里，歌唱得很动人的登巴家爷孙三代。

“歌，唱得好哦！”

满是沧桑皱纹的脸绽开了微笑，神情笃定自若，他指着小吾杰简短地说了句。

他对村里青少年的名字几乎不知道，因为他常常都不在村里，即使在，也只是在自己的世界里，有时候只是和邻居或者他的同龄人聊聊天，他跟吾杰的爷爷比较要好。村里的孩子们都觉得他是个神秘的人，他能够跟神对话，他唱很多的山歌，他能用鹰腿骨制出的笛吹许多美妙的音乐，还因为他的装扮奇特——梳两条小辫垂在肩，额前梳着一溜整齐的刘海，他是气度阳刚的男人，着装上却从来都有女装的风格装饰。今天就穿了件玫瑰红的袍裙，上套紫红镶金边坎肩，这是他过去做法事时穿的。今天也许他觉得是特殊的日子，所以穿上了它。他已经七十多岁，身板硬朗，身材仍然挺拔，个头有一米八以上，轮廓很好，看得出年轻时候的他很英俊，说话的声音也没显出老迈，依然洪亮、悦耳。他就是蒙，他的笛声是什么时候停下来的，忙碌的人们没注意，此时他在地边小路上走，却被吾杰的歌声留下了脚步。

吾杰的爷爷热情邀请他下来到地边的草地上坐坐。

坐在地垄边草地上，吸着鼻咽，拉开家常。

他讲他去年到过的地方，他遇见的新鲜事情。

吾杰的姐姐拎着茶壶和碗来到地边，给大家斟上清茶解渴。

爷爷跟蒙的关系近乎，过去从爷爷的嘴里吾杰就知道关于蒙的事情，小时候他也听过很多他唱的山歌，他的山歌太多，似乎唱不完，吾杰自己估计可能是上千首歌。他知道蒙不是本地的，是从另一个村上门来做女婿的，有个女儿，妻子已经在前几年去世，女儿也远嫁，空留一座土石夯就的旧房。他讲他回来坐坐，就准备到云南中甸，现在那里叫香格里拉了，有人来接他，是被邀请去打卦和作点小的法事，现在因为身体老了，过去那种完整的法事现在做起来吃力了。

在藏区民间，他还是挺知名的，民间有他很多的空间，有他的舞台，他一生都喜欢他做的事情，不图报酬，只因为有人需要他。他不想停歇下来，孝敬的女儿也留不住父亲喜欢游走的双脚，年轻时候就这样奔波劳累，他说那是他的职责和义务。他经历坎坷，但是他的这些技能却是无师自通的，那是在十七岁的时候，突然自己发现在他的潜能中突显出与一般人不同的才能，本来家里人要安排他出家做僧人，他却出乎家人预料地作出了自己的选择，唱歌、游走、算卦、做法事……在天地间不停地行走，在人神间往来，在各藏区村庄穿梭。他很特立独行，虽装扮像女人，但气质风度却潇洒中不失沉稳。年轻时，乌黑长发披肩，大眼明亮有神，隆直的鼻，轮廓美。到了四十多岁才结婚，那时候也是他最倒霉的时候，他的说唱和所有他能做的都被说成是牛鬼蛇神和封资修黑货，他被监管，还坐了一年的牢。出狱后，就开始打工给家里赚点钱，帮地质勘探队背东西。他发现地质队的人什么东西都要弄来吃，就是天上的鹰也要打来吃，蒙就把鹰骨捡起埋葬，留下两根腿胫骨又做了鹰笛，风干的鹰头也保留至今。八十年代后，他知道国家政策宽松了，国家搞改革了，信仰是自由的，他曾经喜爱的职业是无罪的了。他重操旧业，开始了他一往情深的职业，游走、舞蹈、唱歌，为那些山区里贫瘠的人们解忧、禳灾，在精神上给予神灵所赐的慰藉、鼓励……

坐在地垄边的蒙跟吾杰的爷爷说话的时候，那双明亮的眼睛不断地看着地里忙碌、汗流满面的吾杰和他哥哥，还问他们俩的属相和年龄，他最后对吾杰的爷爷说，你的两个孙子会有出息的，但是他们会走得很远，越走越远，离家很远。特别是他，那个小的，他嘴唇努起……爷爷说，你忘记了吧？他叫吾杰，名字是仁噶活佛给取的，如果他和哥哥一样有出息那才好，我就希望他们像鹰一样飞得高飞得远，能够有出息，不能像我一样，这一生只走过很少的地方。你说得对，忙完了春耕，兄弟俩就要走了。

蒙看着帅气的吾杰，沉吟地说，尼玛吾杰，名字好——太阳、吉祥、长寿啊，看起来很聪慧的样子。将来会是个有觉悟的人。无论什么样的人，要有觉悟，这很重要的！觉悟就是智慧！

这个春天已经被在城里经商的哥哥计划好，吾杰今年高中毕业，哥哥也回来帮家里种青稞和小麦，之后就要带弟弟到城里去，家里的事情就靠父母和已经成家的姐姐、姐夫照顾。

在这春光迷离的地里，泥土的芳香氤氲在周围，吾杰请求爷爷，请蒙也唱支歌吧，好久都没有听到他唱的歌了。老人欣然应允，清清嗓子，摸了下胡须已经剃得很干净的唇，就唱开了。

唱的第一首是颂扬、感恩大地的歌，歌词意思是土地给人们的恩泽深如海，世间万物和人们生活是土地的滋养，感恩土地，敬爱大地，人们才会有美好未来。唱完这歌，他解释着说，今天最想唱的就是这歌，他知道大地的神灵会聆听他唱的这首歌，土地是有生命的，它能和人们通灵，能感应人的心灵，爱它敬它，它就会给人更多的恩，自然界与人的爱是相互的；人心灵的焦躁、浮躁，也会引起土地的反映，自然有灵也有生命，所以要常怀敬畏之心。老人像先哲一样目光里含满温情，笃定地说着。

登巴爷爷感激蒙在春耕之日，唱出大家的心愿，以他特殊的能够通灵的身份，封正、加持了这片土地今年的收获与村庄的和美。蒙的歌声是很美妙的，今天他的感觉很好，唱了一首，那就会接着再唱的。

颂赞噶麦山水的山歌，许多人都会唱，但蒙唱得很婉约，很柔美，在唱腔里已经融入了他多年游走四方而融汇的其他一些藏地的风格韵律，吾杰爱唱这首《山水吉祥》歌，他这才知道，这首歌还可以这样唱，甘美入心！一种撼人情怀的气场在老人的歌声中形成，低回、盘旋、缭绕，张弛有致……

在唱完了歌后，哥哥洛布看着年老的蒙关心地问，老人家，您都这样大年纪了，怎么还要劳累、奔波，到处走？得到的报酬并不多吧？

蒙沧桑的脸上，质朴平和，坦然而不假思索地说，用的东西，够用就行了，人生重要的是快乐，来自心灵的快乐，这最重要。助人，就是给别人快乐，那其实是在帮自己，自己才会更快乐！我们的谚语不是说使人高兴的是积德，使父母愉快的是孝敬。有一点点钱够用就行啦。快乐是非常纯粹的！看重身外的东西，就不会有发自心灵的快乐。他唱，他游走和舞，都是想为世界和平，为普度众生做他能做到的事情，即使是仅仅点燃一炷香，燃放一次桑烟，都是要怀慈悲心，为众生祈祷。他还风趣地说，身体的病要吃药，心灵、心理的病，他来医。

这些话大家钦佩、心服！蒙，一直就是属于天地，属于大自然。

这些话也落在了年轻人尼玛吾杰的心里和记忆深处，他品味着。爷爷曾说蒙经历了许多曲折和不幸，但一生执着。不为世俗所折的蒙，境界清澈透明，他努力做的就是想以他的方式，怀慈悲心，在心灵上带给人们欢欣、抚慰。那么是神灵指定他作为使者还是他在他的境界里感悟着大美大爱而选择了自己的生存方式和作为？年轻的吾杰没有开口问什么，但是他探究和深思的目光一直在老人身上搜寻，他想，也许只有这样的人才能唱出刚才那样美的歌，说出那样饱含大爱的言语……

桑德尔噶麦村是遥远的，在大山深处、深切的大峡谷沟里美丽但很贫穷的村庄。尼玛吾杰中学毕业就将与哥哥次仁洛布离开长江源头雅砻江和金沙江交汇处的桑德尔家乡外出经商。

半月后，到了离开村庄的时候。这天清晨，哥俩和父亲愉快地骑上马，走在山村蜿蜒曲折的小路上，爱唱歌的吾杰，歌声随时飘起，有时候哥哥和父亲也应和而唱。

哥哥已经经商多年，以卖土特产开始。他第一次走出去是十六岁的时候，没有任何人引导，只身走出村庄，走出县城，背着五十斤的贝母，到了成都。第一次到大城市，无师自通地做起买卖，好在他读过书，识汉字，也会讲汉语，生意还可以，第一次就卖得了五千元，本来决心出来挣点钱就是为了给家里，给弟弟读书积蓄点钱。十六岁的他，第一次来都市，满眼的世界跟高原地广人稀、天高云淡完全不同，车多人多，高楼如密林，夜晚灯火通明，吃的玩的好多好多，那是高原村庄所根本不能比的。他觉得都市比村庄好玩，但花钱厉害，没钱就不好玩，于是有史以来，第一次潇洒了一番。首先给父母和爷爷买好了礼物，然后就把所挣的钱花了个精光，而后才后悔伴着满足感，回了遥远的家乡。空手而归的他，脑袋里却是装得满满的，他梦想着，有朝一日，他要在这里做生意。回到村庄里，他给弟弟和村里年轻人、老人们讲他眼里的城市，讲他的所见所闻，讲他认识了一个姓陶的台湾老板。而且他还认识一个姓陶的台湾老板。父母没有责怪他，还高兴儿子出去长了见识，儿子是为了这个家才走出去的，他为家里做得够多了。本来他可以继续读书，就是因为家里的经济状况不佳，洛布要让弟弟能一直读完书，他才主动放弃上学念书，把家里能挣的不多的钱集中供弟弟读完小学、中学。

第二年，他本来还想收购贝母等土特产再去做生意，却收到台湾陶老板的来信，要他跟他做生意，就是在藏区销售铜佛像，哥哥当然应允前往。这位老板很精明，他就喜欢做藏区的生意，他发现铜佛像的销售在藏区很有市场，九十年代前后，国家宗教政策的放开，藏区的宗教信仰如阳光下盛开的雪莲，蓬勃滋长，佛像的需求量那是不言而喻的。他召集了青海、甘孜藏区、阿坝藏区、西藏等地区的几个他认识的藏族汉子，形成各路片区销售路径，各负责各的区域进行销售，但是后来其他几个人是有去无回，而哥哥洛布把所有销售佛像的钱都交给了陶老板，陶先生对洛布感激不尽。

虽然这次亏了，但就是因为洛布的诚信，而没有使他血本无归，他对洛布更加看重，他们也因此成了朋友。当他问洛布怎么没有像其他人那样，洛布的话让他很感动，“我们藏人说，一个人的生命能值一百头牦牛，但信誉却能值一千匹骏马！从小就听爷爷这样说。”后来在与洛布聊天中，陶老板又发现了商机，藏区人爱珠宝，比如玛瑙、珊瑚、宝石什么的，每个家庭都爱购置珠宝装饰盛装，有的是几代人积攒成的，有的富有的家庭，女人全身穿戴完价值有几十万甚至值百万元的。陶老板说，那我们就来做珊瑚销售吧，在我们那里，珊瑚成本价一克还不到二十元，你们这里居然卖那么贵，高出了几倍，就由你来负责销售藏区的珊瑚吧。

行！就这样他们就定下了计划。次仁洛布是经商能手，这也是康巴人的特点，经商几乎无师自通。在汉区或藏区，或是在拉萨等地，生意做得很大很红火的有许多都是康巴人，胆大，心细，精明和仗义在他们身上很突出。有的人没进过半天学校，就是在经商中边学算术、汉字、英语口语，边用计算器，也会把生意做得有声有色。难怪从古时藏区就流传这样的说法：卫藏的宗教，安多的马，康巴出人才。

康巴和西藏的珊瑚销售局面打开，也形成了销售网，洛布选用了本乡和其他藏区

的人形成销售点，而陶老板把珊瑚加工厂建在了广州。台湾请的高级师傅来教这些年轻的藏族人怎样打孔，怎样打磨、切割。

洛布是藏区人，对珠宝珊瑚有天生的爱好，家乡的人们的装饰品中，最突出的就是这个珊瑚，而且他还熟悉什么地区的藏族喜欢什么样的珊瑚。日本最红的珊瑚，藏人叫“阿卡”，主要销往拉萨和康巴；而略微淡色的叫“墨莫”，青海和安多藏区人喜欢。他们的生意红火起来，利润飙升，洛布几年后几乎可以操纵藏区的珊瑚价格，说涨就涨说降就降。没想到，陶老板炒股在第三个年头亏得一塌糊涂，工厂垮了，哥哥也就改行，重新做起土特产生意。应曾经认识的一个广州老板之约，要他收购一百斤的虫草发过去，他把所有的积蓄都投进了，先发了五十斤过去，老板把预付款也汇过来了，哪知道他把其他的货发过去后，却再也找不到老板，电话也打不通了。他到广州、到厦门、到这个老板经常活动的地方去寻找，结果后来才知道这个老板死了，是跳楼自杀的，他跟洛布联系的时候，他已经亏本地在做最后一搏的生意，结果是洛布发来的上百斤的虫草被另一个商人卷走，他就欠下洛布和其他生意人好几千万。

绝望中，就把自己的命结束了，一走了之，而洛布所有的钱都亏进去了，成了一穷二白的人。洛布喜欢城市，城市是探险和淘金的地方，在城市的商场拼打了这样久，没有使他灰心过，他决心要重新再来，于是和一个藏族朋友结伴，在村寨欠赊老百姓收购虫草六十多斤，出发去了城市，而这次败得更惨，也败得很蹊跷，就是这次失败，终于击倒了他，回到家乡郁闷了几个月后，才缓过来，他自嘲地对弟弟说，歌里说，康巴汉子血管里响着马蹄的声音，那还真是说准了，自己在商场上兴奋地狂奔了几年，就是那感觉。该选选路，停下来做点其他尝试了！后来到处借钱筹集了一些资金后，去年又在康定城里租铺面，做起了小本经营的坐商。

今年藏历年回乡与父母和家人度过，直到开春，帮父母忙完春耕就带弟弟一起离开家乡。他们要翻越的第一座山就是瑟尔谷山，秋天这里的灌木都会是红色欲滴，像珊瑚，间或有几片苍翠的松树林，景色很美。岩石也是红色的，在阳光下红光闪闪。凡是噶麦村的人都知道这座山的神圣，吾杰记事起就听爷爷讲这山的故事，出远门的他们在山顶挂了经幡，祭奠英雄王，祈福神王保佑，这才又继续远行。

老人们代代相传，在格萨尔王没有经过的时候，这山崖是青灰色，一片荒凉，格萨尔征战北方妖魔，在此被阻，血战一天，将士和魔王的血溅洒四野，山谷染红了，那些时日，好多天里鹰鸟蔽日遮天，风雨没有洗净血腥，青色的山谷变成了绛红色的山崖，这片山谷就被称为“瑟尔（意珊瑚）”山谷，那些灌木从此也在秋天里红得灿烂如珊瑚，而噶麦村不多的土地却肥沃了，格萨尔完成大业归天后，留在人世的子孙和将士，在这片山谷居住下来，直到今天。登巴老人教导村里年轻人爱说的话还有：记住啦，你们可是格萨尔和他的大将的子孙，不要忘了自己的祖宗！每到藏历初三，村里人几乎都是举家上山升起崭新的经幡，祭奠英雄的祖先，许下美好的愿望，祈祷先祖和神灵保佑家园幸福。山顶那座雄伟的石刻经塔就有几百年的历史，老人们口口而传，古老的岁月里，为祭奠英雄格萨尔，一个从北部来的僧人不惜花重金请全藏区最好的雕刻匠开凿山岩，取来石板，刻下了九九八十一块红石经版，放置在这里，从此后当地百姓几乎每年各家都要放置一块祈福的石经板，到今天就筑成了宏伟、壮美的绛红色石经塔。康巴藏区许多地方，千百年来，格萨尔史诗和传说就如同阳光一样无处不在，特别是牧区，那更是如草般茂盛，花一样鲜艳盛开。

吾杰知道爷爷不愿意他离开家，但哥哥是见过大世面的，他说的话家里人都听。按照藏人规矩，家里有男儿，父母都要为其在成人时候专门打制好精美的藏刀赠与，临行前爷爷把给吾杰打制好的尺余长藏刀郑重地交给了他，给他佩戴上。然后，爷爷把他从寺里请来的吉祥包挂在孙子的脖子上说，这里面是珍藏着格萨尔经文的，它会保佑你吉祥，你哥哥第一次出去的时候，我也给他挂上了，所以你看他一路顺利。

有阿爷的保佑呢，我们会顺利的！吾杰谢过爷爷后，不小心又说了句，“但是哥哥前年做生意亏了本呢……”

“我怎么不知道？瞎说！”不相信的爷爷转念一想，觉得洛布曾经确实郁闷过，神态就是可疑，他担忧焦虑起来，“交松且！我去问……”着急的爷爷喊着神的名字，要去问洛布。吾杰才意识到自己说漏了嘴，哥可没告诉母亲和爷爷，只有父亲他们三人才知道。

吾杰急忙改口说他是逗爷爷的，手摸着“松旺”吉祥袋，转移话题道：这个……真的行吗？

“什么？”爷爷瞪大眼大声责备，“好呀，吾杰，你竟敢怀疑我们的神，不信他能保佑你吗？你要气……”

吾杰一把拥抱住依然高大的爷爷笑着说：“没有没有，爷爷，你怎么不相信你的孙子了，我跟哥哥一样信着呢。”

爷爷高兴了，他喜欢孙子这样年轻有力的手臂亲拥他，每次这样心里感觉踏实和快乐。孙子的个头快要比他高了，那么英俊又懂事、善解人意，有文化，要跟哥哥去大世界闯一闯，他希望自己的子孙能像格萨尔英雄王一样干事业。他说，我会给你们俩兄弟祈福的，也要请寺庙念经，念平安经！

“爷爷，我们明年接你去城里玩玩……”

“不不，我不想走远路啦，年纪大了，爷爷年轻时候也跑过一些地方呢。你和哥哥还年轻，多去闯闯，但不要忘了家里的亲人和阿爷，还有我们的噶麦村，我们的神山，记住我们是……”

“是格萨尔的后人！”吾杰接过爷爷的话说。乐哈哈笑着的爷爷用力在孙子漂亮的头发上摩了几下。吾杰知道爷爷所说的他跑过的一些地方，指的是到拉萨去朝拜过，然后就是周边几个县。

下山时候，吾杰在路上给哥哥和父亲讲着他和爷爷别离的话语。父亲笑着说，你们阿爷最远就是拉萨，他最自豪，其他也就没去多远的地方了。

哥哥说，爷爷没看过更大的城市，那么多人，那么多车，那么多房子，将来带他去看看，他会怎样地吃惊啊。

阿爷给我说了，他哪也不去，他就喜欢噶麦呢。

父亲感叹说，那是，我也一样，就喜欢噶麦。

他们走了一程又一程，爬坡翻山，直到困倦的太阳挂在了西天时，才到了公路边。身材高大的父亲把两个儿子送到通公路的岔口，大包小包的行李从马背上卸下来，歇息一阵后，兄弟俩就催促父亲赶快回村，不然很晚才能回到家。

父亲走时，叮嘱说，照顾好弟弟。

哥哥笑道，放心，阿爸，我在吾杰身边，他就什么都不用怕。

你自己也要多保重，生意不好就回来，父亲说。

怎么会？阿爸就放心回吧。

哥哥和吾杰拉住马镫，让依依不舍的父亲上马走了，他们俩刚才从家里骑来的另两匹马嘚嘚地摇晃着扎着彩带的尾巴也随父亲身后走了。

兄弟俩在夕阳下的路边等待着过往的车辆，想搭乘到县里住一宿，再在县车站买票去康定。这时候，兄弟俩身后，一个看上去有六十多岁的老人骑着马沿公路的另一方渐渐走近了。

“格赫赫！”那人吼了声。

“尕桑杰爷爷！”吾杰转身抬手遮住阳光回头看了看，高喊起来。

“老支书，您从什么地方回来？看你满头大汗的，累了吧？”那人走近他们身边，哥哥拉住马缰，接住正下马的老人的手问。

揭下灰色大沿毛尼帽的支书，用袖口揩了下汗水说：“我到乡里去了趟，就是反映我们村修路的问题。”

“有希望吗？”哥哥关心地问。

“希望不大，乡长和书记也给县里反映了，县里的财政很困难，估计拿不出经费。不过，我们再努力努力。洛布，你这次走，把我们的小雄鹰、妙音鸟（佛教中的美音鸟，歌声无比美悦之神鸟，也称妙音之神）也带走了！真的就走啦？”支书刮了刮吾杰挺直的鼻梁。大家都知道，吾杰爱唱歌，声音很好听。

“是的，他跟我学做生意，待在村里只有穷下去。”

“你愿意？”

“是，我除了读书到过县里，还没有去过城市呢。”吾杰向往地笑着道。

“行，现在有文化的年轻人都在村里待不住，都想飞得远远的。飞得更远更高更好，那是好啊。但是……”他摇摇头没说下去。

“但是什么？尕桑杰爷爷。”吾杰追问。

“我说不上来，可能……我感觉现在农村也需要读过书的人吧，你们俩觉得呢？”

“读书就是为了飞向更好的地方，噶麦村不需要，就是种青稞小麦之类的，哪个不会？”

吾杰点头赞同哥哥的说法。

“县里要搞经济林木栽种宣传，据说要派科技人员来教我们试种新品种核桃，说是挂果早，产量好。”

“我们村里那么多老核桃树，每年家家户户不是自己慢慢吃，就是送城里的朋友亲戚，还要种，更消化不完了，我的店铺里帮家里卖一些，乡亲们更多的也背不出去，路这么难走……”哥哥看了看手表，歉然地说，“支书，你看，只顾说话，耽搁您赶路了；您老人家还是赶路吧，我阿爸才走一会儿，也许您能追上他，一路你们好作伴。”

“你怎么不早说你阿爸就在前面，走走！那我肯定要追他去，老家伙，有他一路可就不寂寞了。”说着急速地上马。

送走老支书，继续等待，招呼着一辆辆南去县城方向的车辆，等待着有好心的驾驶员停下车搭他们去县里。

终于在黄昏来临时候，一辆货车停下来了，晚上九点多才到县城。这样一段长时间的旅途劳顿，一星期后才终于到了他们要去的地方，西部一个古老而美丽的城镇——康定。

17岁的尼玛吾杰，后来走出了青藏高原横断山区域康巴的大山大谷，在大城市里奔走，去了不少地方，六七年的时间就匆匆滑过，在大城市拼打的这些年里，有哥哥的呵护，有朋友的帮助关爱，凭借自己的努力和天赋，一路走得很好，仿佛命运之神特别眷顾他，当他往人生的高处走得正在顺畅的好节点时，作为城里人都会羡慕小有成就的尼玛吾杰却来了个华丽转身，让所有认识他的人都吃惊不小，他让人非常意外和不解地踏上归乡的路……

2

唯有爷爷对吾杰任何一种选择都是赞同的，知道孙子将回来，并且不再去城市，他高兴的程度那是不用说了，吾杰即将回家的那几天，他每天都要去村口坐着等，直到黄昏降临才慢慢地走回去。接连十几天都等着他的宝贝孙子，后来老人开始焦躁起来，因为蒙不在村里，他就去很远的寺庙找僧人打卦，看孙子几时回来，僧人说就在三天以内你盼望的人就会回来了，不要焦虑。这天爷爷起了个早，不顾自己年迈，在黎明前出发了，怀里揣上一块奶酪和干馍。当他走到山垭口的石经塔时，已经是午后时分，阳光很烈，经幡在山风中猎猎飘荡，他坐下来等，念着经，数着佛珠，耐心地等着，凭感觉今天他的孙子会回来的，他坚定地想。

当汗流满面、背着旅行背包的吾杰出现在爷爷面前时，爷爷那沉静中透出的笑容好深切，嘴里说着感谢神灵、感谢菩萨的话，而吾杰却惊讶于爷爷跑这么远来接他。当他知道爷爷是那么多天都到这里来接他，他疼爱地责备着爷爷，感动而幸福地与爷爷行碰头礼，然后紧紧拥抱着爷爷。从小爷爷就对吾杰疼爱无比，走哪里都是把孙子带着，吾杰几乎就是爷爷的影子，他和爷爷的感情胜过了父母。现在久别重聚的爷孙俩，手牵着手好一会儿，坐下休息一阵，说着话，两人惬意地躺在经幡塔旁边的草地上，头抵着头不知不觉地睡着了，夕阳温暖，微风和煦，爷爷打起鼾声……

吾杰醒来的时候，看看像孩子般甜睡的爷爷，爷爷刚才拉着他的手，依然没松开，吾杰不禁笑了，他轻松地长舒了口气，继续躺着，看天的湛蓝，看白云的流动和黛碧的远山，经幡哗哗声，还有爷爷的鼾声，这就是家乡的诗画和乡音，他终于坚定地回来了，他想起荷尔德林（德国哲学家、诗人）的那首他喜欢的诗歌：

万能的苍穹，大地与光明！
你们三位一体，永恒无极，
主宰万物，施与慈爱。
把我紧系于你们的丝带永不断裂。
追随你们而浪迹他乡，
现在，我已饱阅人生，
又与你们，欢乐的神明同返故园。

在瑟尔山红岩下玛尼石经幡下，经幡猎猎翻飞的风声中，吾杰轻轻念起曾经喜欢读的这首《致流浪者》，念着念着他忍不住一个人笑了，他是衣锦还乡，还是仅仅只是在时间和神明的丝带系着中，漂泊于城市多年，去打量了一番外部纷繁复杂、多姿多彩的世界？从哥哥，从巴桑等亲人朋友们在城市的体历和成败里，从这几年的感受中，体验和感悟着许多的人生滋味。他感觉自己始终是个城市的过客，城市是挣钱的好地方，城市是人制造醉生梦死的天堂，花花绿绿、五光十色的世界。但在那儿金钱是主宰，金钱压倒一切，人们在城市制造和创造现代城市文明，同时也制造着横流的欲望，幸福与痛苦，痛快与失落、焦虑等交织在一起。城市人高唱娱乐致死、娱乐至上、过把瘾就死之类的论调。自己虽然不是饱阅人生而归，但却是与欢乐的神灵同返故乡的，这是自己毫不后悔的。家乡是他成长的土壤，无论他飘多远、长多高，他都会觉得家乡是最亲切的。在远离乡村后，在城市的喧嚣和华丽中，他更加看清了村庄，更加喜爱村庄的朴素和无处不在的大地之母自然的芳菲和大美，他觉得荷尔德林所预言的人类最终要回到自然的家园，那是对的。

离开石经塔时，他和爷爷绕石经塔转了三圈，抛撒隆达（风马旗彩纸），高呼着"拉所洛"（神胜利了），看着飘飞的五色风马翩然飞舞，吾杰归乡的心似乎就是乘着祈福的吉祥风马飞回了故乡，隆达，隆达，已经把他带回了家园！

村里人摇头困惑说，吾杰在城里混得好好的，居然要从上落下，疯了！

但支书却是高兴得难以言表，心里是乐开了花。

老支书急迫做的事情就是向乡里力荐尼玛吾杰接替他的村官职务。他有很充分的理由：他身体年龄状况，他当得太久的状况，他已经跟不上形势发展和农村发展的状况等。

但是，他忘记了吾杰不是党员的身份，支书是要党员才能担任的。乡里和县里了解吾杰的情况后，批准了支书的要求。正好噶麦村班子一直不完善，老支书既是书记，也是村长，吾杰年轻，需要锻炼，加之还没入党，所以几个月后，吾杰被任命为村长，老支书仍然是支书，要他把年轻的吾杰带上一程，组织才放心。

本来担心所有的担子都要压在自己身上而有点不知所措的吾杰，现在轻松了些，虽然踌躇满志，但面对存在着许多问题和困难的村子，他似乎一下又找不到该下手的地方。谁都知道老支书对村里各家户知根知底，谁家有几头牛或几只羊，谁家有几个孩子等等，他是一清二楚的。他们俩碰头商量的地方，不是在吾杰家，就是在尕桑杰老书记家或地垄边、树荫下，村里没有一个标志是村级干部工作办公的地方，只是要召集全村开会时，那肯定就是在那棵根须虬结、裸露在褐色泥土外、奋发图强爬满坡的古老而粗硕、浓荫如盖的核桃树下的小平坝举行。

在噶麦村吾杰也是不一般的有钱人，而且渐渐的村民们也知道了老支书一直要

吾杰回来当村民的领头羊，吾杰本来就是好小伙，老支书的眼光没错。

曾经吾杰也想过将来他也要组建个演出队，把村里爱唱歌跳舞的人们组织起来，出去唱歌。但后来他觉得这个想法太浅，太简单了。藏族歌舞是极其丰富的资源，人们说是海洋，能歌舞的人真的是多得很，但是除了这些其实还有更重要的事情可以做，过去不了解老支书，后来他懂得了支书的心思，吾杰是怀着理想返回村庄的！

对吾杰回来当村官，特别是村里年轻人不理解，对于吾杰在城市的发展和有那么好的挣钱路子很羡慕，有两个女孩子被县文化旅游部门的文艺演出队招去做临时工，一个月三百元，村里的年轻人都羡慕不已，更别说是吾杰了。吾杰的两个要好的朋友，都是因为家境贫寒，加上过去成绩不太好，在小学和初中就相继辍学了，他们是帕吉欧和赞堆，现在都老老实实地在家务农。对吾杰不同常人的行为，他们老觉得吾杰出色得不可思议，他们很敬佩他，城市让他们羡慕，但同时也让他们惶惑，不敢轻易涉足。吾杰在城市走的那样从容，今天却选择了回来，觉得他的想法不是一般农夫和他们这样水准的人所能理解的。对吾杰考上大学不去读还理解，但对于他在城市混得好好的，却偏要回来，怀疑他是不是聪明过头了。当村官，谁稀罕？走出噶麦村就跟他们一样什么都不是了，仅仅是个不起眼的农夫。在噶麦其实也不怎么样，就是帮大家一点忙，协调关系，还脱不开身出去挣钱，干部一样的工资也没有，用心干，累；不干，又不行，尕桑杰那样的老古董才干那活儿。

帕吉欧长得很壮而挺拔，与赞堆形成强烈对比，在一起时把赞堆高挑而细长的身材衬托得更加苗条，但是这两个人在家里都是干活的主力，支撑着各自的家庭——几代人的生活。

“城市的神灵一直都很喜欢你，汉人也想把你留在他们那里，但你却要回到云端里的噶麦，你不喜欢城市吗？”

“汉人说金窝银窝不如自己的狗窝子呢，是不是就这意思？过去老师爱问我们，远大理想是什么，现在我来问你了，你的远大理想就是当个噶麦的大官吗？”帕吉欧和赞堆不理解，开着玩笑问过。

吾杰就把他的一些想法讲了出来，还讲了外面的农业是如何在做，这两个从小一起长大的伙伴，在慨叹中哑然。吾杰的思路也给他们封闭的头脑开启了一扇窗，有些感觉像清晨阳光照在绿油油的麦苗上，鲜活而温暖、清新。他们就聊起许多该做和难做的事情。帕吉欧感叹地说，只要吾杰需要他们，只管令下，说起的这些事情尽管很难，但是吾杰有信心，他们也有干劲。

老支书分派工作的时候说，吾杰，你就甩开膀子大干吧，大事情你集中精力去干！村里婆婆妈妈的事情我来负责。这也就算是老少两个村领导的分工了。

桑德尔乡是个大乡，按县政府的说法是全县贫困面积最大的乡，有七个村。有一半的村地处河谷地带，气候好。噶麦村是个大村，但是地理原因，耕地处于干热河谷地带，生态植被不理想。耕地少，村在山腰，奔腾的大河却在谷底。地在山上，缺水严重。牧场在远远的雪山下，森林在遥远的天边，风光倒是无限美好，但耕地和人畜饮水靠的仅仅是一两股山泉。缺水一直是无法解决的老问题，村背后周围的荒山坡，除了荆棘就是一些红叶灌木和杂草。但是村里的百年老核桃树、老桃树、梨树可不少，春夏季节，它们把村庄装扮得极其美，可村民大部分都原始耕种，条件简陋，交通就更不便利了。唯一的好处就是气候好，日照时间长，果木易于生长，核桃和水果那是很好吃的。但是长期以来，由于交通不便，果木运出销售艰难。

让村里每户人家能走上脱贫致富道路，对于噶麦村这样偏远、离县城都有一百多公里的地方难上加难。没有公路、几乎没有电，更别说通讯便利了。所幸的是还有一所“文革”后期开办的民办小学，也只有一个老师，但几年前那位老师去世了，再也没有人来接他的班，这所小学就名存实亡了，那段时间正好老人蒙还在村里，本来因为年纪大了不再做法事的他，再为村里这个默默教书的格格（老师）洛绒做了超度的法事，也是蒙一生最后一次做法事。蒙认为教书的这个格格和他一样，做着无怨无悔的事情，为的都是人们的心灵，所以他很敬重格格洛绒。洛绒家的人还没开口来请他，他就准备好了超度的法事。那天大家心里都很难过，老师没有了，但人们在蒙的念经声里，在鹰笛声中和皮鼓声里，都期望格格洛绒早日升天或投胎再来村庄教书。

吾杰的小学启蒙就是在这个土石夯筑的仅仅是一间教室的学校里读的，它一直都是只有一年级至三年级，老师是过去六十年代县中学毕业的本村唯一的初中生，当时公社就安排他在初建的小学教书，跟当时所有民办教师一样，报酬的分配方式是公社记工分，分粮。到了八十年代后期，他终于转为公办教师，国家给工资，他从二十来岁开始到他病逝，始终默默地尽着他们这种山村教师的特殊职责。村小一个班里三十来个孩子，大的十几岁，小的六七岁，村小条件就只能是这个状况。吾杰也是反复读了两个三年级，然后就直接到县里上了中学。他还记得格格洛绒在上课时候先给低年级的孩子上十来分钟，布置作业，然后给二年级、再给三年级的学生上课，昔日村里学生的读书声和活泼的喧嚣，已经在几年前，随着已经衰老的格格洛绒的去世而消失在时间的深处。现在这所土屋的村小已经很破败，成了孩子们玩耍的地方，或者是牛羊栖息之所。村里没有学校了，乡小学又因为路途的遥远，艰难的几十公里路不是孩子们能走过的，先还是有家长想让孩子继续读书，但是孩子们上学的路却像走长征的路，诸多的困难和不便终于使家长们放弃了送孩子去读书，自然也就没上学的了，除了几个在县里读初中的。老支书给乡里一再反映，要求安排个教师来，但都没

有结果。这样就过了三四年，孩子们的读书年龄也就荒废了几年，比起吾杰他们那个时候，反而倒退了。不能再拖延下去了，这个问题应该是燃眉之急，但是该怎样解决？他该怎样去做？

担上担子，一展望，吾杰才知道脚下的路，坡和坎就跟噶麦通往城里的路，遥远而困难重重，甚至更胜。摆在吾杰面前难题很多，要去理这些千头万绪的问题，不是一两年就能解决的。他和老支书决定首先修路，这关系到村民生活的方方面面，也关系到村里孩子的读书。于是，他们首先想到的是要得到政府的支持，吾杰开始一次又一次地往乡里跑，然后往县里跑，反映困难，争取资金，政府的人称这是跑项目。

吾杰是新兵，他要去做这些还是生手，按照老支书的指点，先找了乡里，乡政府的回答依然跟老支书说的一样，一个一个村的慢慢来，县里财政困难，政府规划了全县的发展方向，但是现在噶麦暂时还轮不上。

那么什么时候才能轮上？吾杰在乡政府院里乡党委书记简易的办公室里期待地问了多次。

乡书记阿尼旺吉把他那双好看的大眼睛一愣，然后皱下眉头茫然地说，说不清了，也许快些，也许慢些。

快是好快？慢是好慢？吾杰紧追不舍地问。

“怎么？你这样来问我，我问谁？这是发展的问题，发展，你知道了吧。看来你是想把事情办成个样子，挺着急，你有办法？”

吾杰笑了，摩着头发说，没有办法才来找乡政府的嘛。

“是啊，难的事情多，我们是国定贫困县，要想一下子吃胖不是容易的事情，现在靠自己吧。老支书对你赞不绝口，看来是说对了，你在县里有熟人吗？要不你去跑跑看，见过大世面的你，也许想得出办法。我跟你说老实话，跑项目是很累人的事情，身体累不说，还心累！你要看四面，听八方，要求得来人，要受得了气，要看得惯脸色，要经得起失败的打击，要……总之，还有很多味道，你可以去尝尝。”

关于这些吾杰知道一些，从哥哥的经历中，从巴桑的口中，从社会上诸多方面的议论和现象里多少都有些了解，但真的是乡书记旺吉说的要具备这样的能耐才行吗？这还真不是自己的本事，也没有被检验过行不行。

翻山越岭到了通公路的地方，再一路搭乘便车，整整一天的时间才到县城。第二天早晨，找到他要找的崭新的办公大楼，走进了县交通局办公场所。当帅气、诚恳、礼貌的吾杰走进办公室，年轻的办公室主任没有请他坐下来的意思，惊讶地上下打量他就问，啥事？

当听完吾杰自我介绍，他惊讶的神情没有了，从表情里可以看出这样的意思：哦，原来是村官！于是不屑而端开了架子说：

“应该是乡里来找我们反映。我完全有理由不理睬你的，但看你很特别，不像别的村干部土得很，你是不是在城里读书回乡的那类？形象这么好，应该试试县文化馆的演出队应聘，离开农村。是成绩不好才回去的吧？在我们这些地方来的最不起眼的人都是我这个级别的，你，小小的村长，算了！”他摇摇头，一丝嘲笑掠过他的嘴角。

看着这个趾高气扬的办公室主任，看他表情的变化：刚进门还热情好奇的样子，听说他是村干部，那种满不在乎的神情里夹着对政府体制中最小一级的村官的轻视。

你这样的人，恐怕还没有资格来当我们村的官！

这句话在吾杰喉咙里转了下，就吞进了肚里，他压制住了被这个官衔是办公室主任的人撩起的不满，索性在他办公桌对面的椅子上坐下来说：

“请听我把我们村的情况说下，可以吗？如果可以给我们一点帮助……”

“我没请你坐哦！如果一个乡一个乡的听就够麻烦的了，有困难的村子多得很，听得过来吗？我不可能单独给你的村开小灶。我们要把握的是公平办事，轻重缓急。没必要说，你走吧。”

人家在下逐客令了，再坐下去，可能就要有更难听的话从他嘴里窜出来，乡书记的预防针是打对了，可是对于别人的轻蔑，对村干部的蔑视，让吾杰觉得还是该说他想说的话。这样傲慢的干部听说过，但自己是第一次遇上，他极其反感地站起来，克制地、冷静地说：

“村干部最起码懂得待人接物的礼仪，你连礼貌都不懂，当什么办公室主任！你这样的人还不配当村长呢！”

这话把那个感觉很好的主任噌地一下从黑色的皮椅上激起来说，我今天长眼了，村长来教育我啦，你算什么？你懂什么？这些地方是你说话的地方？滚吧，我就是有办法帮你，我也不会帮你这样的人……

吾杰冲上前，举拳想挥下去砸在他脸上，在这瞬间，吾杰克制住了，拳头在那人眼前晃了下，收住了。

“这一拳本来该送给你，给你留个记忆，村官不是那么好对付的！”吾杰说完把他推了把，没等那人回过神，就已经大步走出去。吾杰知道，那拳头如果砸下去，这是在机关里，一个电话就会让他被公安扭走或拘留起来，他没时间去给自己制造麻烦，就为了出口气吗？那不值得！

走在县城的街上，刚才觉得清新明媚的阳光，现在却感觉很刺目，清澈的河流流淌在县城平坦的水泥路左下方，吾杰郁郁独行在街道上，听着街两边商铺里飘出

的各种音乐声，眼前闪现的是老支书的神情。他想象得出，过去支书满是皱纹、被高原紫外线炽烤的黝黑的面庞挂满无奈，在县城的街市上茫然而无望地趔瘸着老迈的步履，吾杰心酸起来。乡村与城市有如此大的不同，两个不同的世界，方方面面差异如此巨大。他回归乡村，就是把自己变成了最不起眼的泥土。他心里落寞起来，感觉自己回乡是不是太幼稚可笑了。

其实他可以找找城里的曾经在一起读过中学的同学帮助，可他没有这样，碰壁了，才觉得是该这样做，自己的思路错了。他在心里梳理着曾经在一起读过书的同学有哪些，大概还是知道谁在做什么，但是联系都不多，只有那个父母都是在机关工作，在城里长大的叫尼玛的同学，读书时候还和他比较好，现在在组织部工作。吾杰立刻找了去，才知道他今年刚去党校学习，他已经是科长了。找到尼玛的电话号码，在电话里聊了会儿，尼玛责备吾杰当了歌星就没有与他联系，同学们还为他自豪，没想到，他却回农村了，要回村当村官，我们都不理解。现在要找修路的钱，难得很。

尼玛还是答应帮吾杰想办法，但要等他学习完了，明年初他才回县。没办法的吾杰，只好这样。

看了几个同学后，吾杰知道了要钱的地方还多，扶贫办，财政局、民政局等等，但是他没有再莽撞地直接去找，他终于明白了什么叫"熟人社会"。他因为没有关键的熟人，何况他这样做是不符合程序的，他知道了作为地位最低的村官，他真正的身份就是老百姓，是难以走近体制内的上层的。在纷繁的大千世界，市场为坐标，吾杰走上了歌舞舞台的世界，那个世界梦想与虚幻多于现实，噶麦是多么朴素的村庄，又几乎是游离世界之外，社会和世界是由许多看得见、看不见的规则、程序、条款等等来维持运转，何况现在还有许多潜规则，抬不上桌面，却很是重要的杠杆，很顽固地存在着。单纯的吾杰虽然有文化，但在这条路上他只是刚上路的小学生。平台又如此的卑微，他还没有这个能力。他在心里对自己感言：吾杰，你幼稚、你不懂的太多了！虽然在莽撞中受挫，心里有些不适的感觉，但他出任村长，毕竟是上了一堂生动的一课。几天后，他还是比较满足地回村了。

与老支书说起县上之行的情况，老支书嘿嘿笑个不止，还宽慰地说，好事总是要磨合很久的，那就等吧，就几个月时间算什么？那么多年都等过来了，等！

吾杰却等不住了，那天回来，漫长的山路，足够让吾杰思考许多关于路的问题，汗流浃背地走在山道上的他，开始把心思专注地用在了蜿蜒盘旋的小路上，自己估算预测起弯弯山路如何修筑。是沿这条从祖辈就攀缘行走而成的小路一路修进村，还是更加有效、便捷地重新寻找适合公路修筑的路径？进县城找经费可以莽撞，修路却不能凭一时的想法或冲动，得合理而有科学性，要修就要修好路，既然经费来源还是未知数，尼玛回来能够帮忙那更好，如果不成，还是要想办法来修，那么就行动吧。他猛然地觉得这次县城之行欠考虑，这次去县城，就应该请交通上的行家来勘测一下，经费争取的过程，也是前期筹备工作的开始，他再也等不住了，他要着手准备这件事啦。

处在云端里的噶麦与百多里外的县城之间，吾杰又跑了几趟，终于请来了专家，勘查的结果基本还是在原来的小路上修。他也了解到不少关于修路需要做些什么准备和多少财力，五十多公里的山路，特别是在横断山区域，那不是简单的筑路问题，没有经历和见识过高原横断山地质结构复杂而造成灾害和困难的人是无法想象在这些地方要创建一条公路，成本是其他地方的几十倍或上百倍。陡峭的悬崖，坚硬的岩石，沙石滑坡，深邃的峡谷，大起大落的沟谷，急湍的河流等等，高原地质结构变化复杂，把道路褶皱得千变万化。

记得那天县里来的专家对吾杰说，你没有挖掘机，我看你们就是用锄头挖，每天两百个人参加，都得花十年！他的话让吾杰想起小时候学过的课文，毛泽东的《愚公移山》里面讲的那个寓言故事，精神坚韧的愚公想搬走门前的几座大山，自己和儿孙一锄一锄地挖下去，相信希望总会实现。

愚公精神可嘉，但也真是该叫愚公，就他一家住在山里，不如举家搬迁到山外有路的地方，何必辛苦地挖呢。与其那样挖，不如在新的地方开垦荒原，重新创造新家园。但是噶麦可是有上百户人家的村庄，搬迁是不可能的，修路是唯一、必须的选择。不管困难有多大，他要争取两年里完成，那就要借助现代工具，要有一台挖掘机才行！

挖掘机就像神的手掌，能把千斤大石和泥沙挖起、举起，那种强大的力量是人力的多少倍呵。吾杰了解到要买这样的机器魔掌，就是玉柴重工生产的小型挖掘机，也得花二十七八万元。租借和雇请吧，那又得等别人正在建设的工程完工。他每去了解咨询，总是失望，别人说了等明年以后再说，排着队轮着，开这样机器的人，忙得不可开交，挖掘机俏着呢！

满脑袋都装着修路的吾杰，在梦里都是修路的事情。有一天，已经是黎明时分，睡梦中的他梦见一个白衣白铠甲的人站在床前对他说，不要忘，你自己有能力买那有神力的东西，决定了，就别犹豫，做吧……说完，用手又在他的额头上抹了下，就消失了，他困惑地想喊，却喊不出声，激动地从床上跃起，高兴地跑出家门，果然有那个挖掘机停着，他兴奋地跃上驾驶室，哈哈，自己已经驾驶着那样的机器在开路了，村里人喜气洋洋、热火朝天地在筑路中劳作开来，劳动号子响起来……

母亲的声音很响亮，喊着他该喝茶了，这声音越来越清晰，从他的卧室门外传来，睡梦里醒来的吾杰，听到的不再是劳动号子而是窗外核桃树上鸟的欢鸣。他遗憾地不愿张开眼睛，回味着梦，家人早起上下木梯的脚步声和唤牛声，也涌入耳朵，可他还不想从刚才的梦里走出，梦里的热望，鼓胀着他的心。

爷爷吸鼻烟，打喷嚏的声音传来。母亲打酥油茶的声音响起。姐姐还在院坝里忙着挤牛奶。不多会儿，父亲低沉地唤了声吾杰，该起床喝茶了。

喝茶的时候，吾杰跟家人说起修路的事情，这个话题是伴随着吾杰任村长以来时常在家里议论的话题。今天早上他向家里人说出了一个让大家不安而无法理解的话题，他要把前几年在城市唱歌打工挣的钱用来买挖掘机，这是他考虑了许多天的事情。他话刚说出，无疑好似在家里放响了一声炸雷，所有的人眼睛都瞪大了，把他愣愣地打量了好一会儿，只有爷爷摇动经筒的手没有停下来，他只是扫视了下他最疼爱的孙子，没有说话。接着第一个开腔的是母亲：

“吾杰，你还没睡醒吧？说的什么梦话？”

“如果当村长是要这样来当，吾杰，我就不答应，不是因为你是我儿子，怕你自己的利益受损失，如果是其他人这样当村长，我也不赞成。”父亲斩钉截铁地说。

姐夫咳嗽了声，温和地说，“那笔钱不是说好了你结婚成家用吗？你姐姐说过我们都不能动……”

“那是肯定的，怎么啦？谁想动我弟弟的这笔钱？”姐姐这时候提着奶桶上楼来，正好听见姐夫的话，就接过话道。

母亲在锑盆里和着麦麸面，不多会儿就揉成团，啪啪地捏出几个面团，捏圆了就放进铁锅里。她一边按着面团做着锅魁，一边有些生气地说：“谁都不忍心花他的钱，除了他自己！”

姐夫转过头把吾杰的话给进来的姐姐叙述了遍。

放下奶桶的姐姐，过来挨着灶膛边蹲着的母亲坐下，不慌不忙地说：“我不同意你这样，你不结婚，不成家吗？”

吾杰笑了，说：“姐姐是不是想要赶我走，要我早早另立门户哦？”

姐姐瞪着美丽的眼睛，别了吾杰一眼说：“你再乱说，我就不理你了，老人在哪里，家就在哪里，我们共同的家就只有这里，到城市去了几年，说话就像城里人那样小气和弯肠子多了。”

“我开玩笑呢，姐就生气了。反正结婚成家的事情你们别老想着，这些都是还没有影子的事情，早着呢，况且也不需要那么多钱……”

“那也要放着，等以后该用的时候用！”姐姐说。

“这个叫什么挖……机，就是买来了，我们这里用完了，它就没有用呀，那不是白白地花了几十万吗？咱们噶麦有几家一辈子能见到几万甚至几十万的？别人家是没钱心慌，你是有钱就心慌吧？非要把它用了你才安心吗？不可思议！”父亲说。

“其实买这个东西以后会把几十万挣回来的，我了解啦，挖掘机在我们县还很少，俏得很，几个工程队的都是挨个的派上了轮次等候着呢，我们请都请不来。如果我们买来了，以后自己不用了，有人来请，它有的是活干，可以开到其他区乡去，这就可以收费挣钱了。而且，钱这样不动地放在家里或者银行，只有贬值，利息不高，好比十棵青稞种，不种下地，放在罐里，永远也只有这十粒，播种了，一粒就会收获几十粒，十棵青稞就是上千颗粒了，这是一样的道理，等到我结婚的时候，那就不只是二十多万元了。”

“话说得容易，做起来难，就是这个将近三十万能不能收回都是问题，你就别说还会挣更多了，我们也不想那么多，自己的是自己的，别人的不要去想。”母亲担忧地说。

父母和姐夫继续着不同意的话题，吾杰不再做任何争辩。让家人接受，还得有个过程，他相信他的家人终究会理解他的，这样突然地提出，况且不是小数目，家里人不会同意，这样做是必然的。但是他不会瞒着他们，告诉家人，这是他作为儿子应该的，这是家里的大事，他回来时要把钱交给父母和姐姐，他们都说那是他辛苦攒下的，由他自己安排，家里人说这是该他结婚时候才用的钱，那就放着。那时候，他说，这是大家的钱，家里每个人都可以支配。现在是他要支配它们，而且是这大笔的钱几乎全部支出，他一定要得到家里人支持，他才觉得坦然。

吾杰转移话题，说他做了个奇怪的梦，还讲到有个白衣人站在他床前说的话。

父亲直截了当地说：“你是在编故事吧？想请神来说服我们？”

吾杰发誓说是千真万确做的梦。

这时候，一直没有说话的爷爷终于停下转经筒，轻声呼唤着神的名字并念了几遍经咒，然后很惬意地开始揉糌粑，喝茶。他开口的第一句就是格萨尔王说的一句话——上师要靠僧众来装饰，勇士要靠武器来制敌。然后爷爷毫不怀疑地说：

“那个白衣铠甲人就是格萨尔神！相信吧，吾杰，阿爷知道那是神在帮助你走出困惑的迷雾，你没有选择的余地了！我向神的名义起誓，吾杰会干好的，我知道他！格萨尔说日月没有闲居的权利，利他事业已来临。这是吾杰该做的事情。”

爷爷这样一说，家人都哑然了。最后父亲释然地说；“这钱是吾杰自己挣的，修路为大家，他愿意怎么安排那就由他吧……既然神灵都在帮助他，我们阻挡也没用了，修路是积善修德的事，我们村修路的梦想能够让吾杰来实现，这就是我们家族的功德了。”

家里这两个权威人士这样一发布，那自然就无话可说了。但是看得出这个问题的突然和严重，家人们还无法适应，各人思考着什么，默默放下茶碗就各干各的事情去了，只剩下爷爷和吾杰。

在静默中，爷爷把很多年前吾杰给他买的褐色檀香佛珠挽在手里，拿起转经筒，起身。吾杰也站起来，爷孙俩在静默里互相注视了会儿，吾杰眼里已经含着泪花，他一步跨上前拥抱住爷爷，有些哽咽地轻声说：

“爷爷，谢谢您！”

爷爷宽阔的大手在他肩上有力地握了下道：“干好每件事！学者的翅膀是知识，骑手的翅膀是骏马，你是带头人了，你的翅膀就是智慧和勇敢，领头人是用言语和行动的影响竖起旗子，你不做谁做！对不？”

吾杰对爷爷的鼓励很感动，感激之情是难以言表，他只深深点了下头，然后紧拥着爷爷，泪水滑落眼眶，滚落在爷爷的肩膀上……

在都市里吾杰曾经跟巴桑学过开车，有基础，当他用自己挣来的钱在农机购物站的帮助下，买来了挖掘机，别人示范了几遍，他自己就开着它从六百公里外的一个大城市到达了康定，再到县里，最后才到了去噶麦村的山脚下。机器是开来了，但它到不了噶麦村，离深山里高山深处的噶麦还有五十公里呢，从沟谷穿进，然后就是不断的爬山，一直蜿蜒在山腰，盘山陡峭直至山巅，这几十公里梦想的公路，就是这个大力士挖掘机和吾杰以及村里人将要开垦的目标。

挖掘机在山谷底停了几天，这几天村里的年轻人都专程从噶麦赶下山来一睹新奇，大家对吾杰的赞许和敬佩是发自内心的。乡长和乡书记听说了此事后也赶来看了看，乡书记旺吉对吾杰这样自作主张的做法不太欣赏，但作为乡领导对于村干部这样热心村里发展，并且还用自己的钱——如此的一大笔钱买来了机器，应该给予的是鼓励和赞扬。但是他对乡长私下里说，年轻人有点钱就控制不住要显摆，他的这个举动把我们乡所有的村长都比下去了，因为他有钱。但是云再高也在太阳低下，月光再亮也晒不干牛粪。

温厚的乡长明白书记的意思是不满意吾杰的出格行为，他说的那句谚语就是说吾杰没有他们的支持是不会成功的。他笑了笑，没说什么。但是这句话却被他们身后噶麦村的一个叫欧热的年轻人听见，他很愤懑地把这话告诉了吾杰。吾杰听了后，淡然而笑说，如果所有的人显摆是以这样的方式显摆，那不是件大好事吗？能不能晒干牛粪，那就看我们噶麦人火一样的热情和干劲了。只要噶麦人能够从我们开的平坦的公路走出来，我就满足了，管他怎么看。吾杰一再叮嘱那个年轻人这句话到他这儿就消失了，不要再传播，更不能让他的家人听见，这些话会让本来就从心里不赞成他这样做的家人更加难过。噶麦村年轻村长的号召力从筹建修路到现在已经彰显出来，年轻人当然是深深地理解和支持他们村长，谁有这样的魄力干这样的事情？除了老人们说的格萨尔和菩萨，恐怕都难以做到。那句让人不高兴的话也就像一阵风拂面而过，就没了痕迹。

没见过车的村里人，对这种挖掘机更不可能看到过，一帮老人围着这个庞然大物，转悠着评价着。阿古家的老太婆摸着车说，真是吓人的东西，浑身的味道不好嗅，它也吃东西吗？是吃草吗？吾杰的爷爷自然是这帮老人中的行家，听孙子讲过这些机器吃什么，就接过话说：

“它吃的东西可不一般，我们藏人要吃酥油，它也要吃油……”

另一个老头新奇地说，“吃油？那得吃多少？这么大的怪物！”

“你就不懂了，那是吃汽油，或者菜油。”

“汉人造的车，那可能就跟汉人一样是吃菜油啦。”

老人们刚刚恍然大悟般地明白过来正点头，却被拥珍姑娘的笑声打住了，“滑稽，你们可真会想象，那是从地下取来的油，什么菜油？哈哈！”

从地下取来的油？这不是更加悬惑的谜团吗？都是一大把年龄的人了，谁见过地下可以取油？除了取水和冰块、石头！

她这一说一笑，又把老人们搞得一头雾水，吾杰爷爷依然老练地说，反正是油就是啦，以后大家会清楚的！

多年期盼修路，今天却成为现实，实在让噶麦全村人激动，每家每户投工投劳是大家一直赞同的，村长都把自己的积蓄用来买车了，大家的道路大家出力来修建那是应该的！大家期盼的幸福就一直悬挂在这条梦想里的道路上。老支书和吾杰村长把修路的方案一公布，几乎是所有的人都欢欣鼓舞，只有几家却反对。其中就有家里经济状况目前在村里还数一数二的泽里家，因为路进村不可避免地要占用有的农户家部分田地。泽里的妻子拥珍泼辣年轻，因为泽里长期在外做生意，回家时间少，家里的事情几乎是妻子拥珍说了算。在全村大会上，她第一个对吾杰的修路提出不满，她质问吾杰，为什么不从吾杰家的地里修，为什么村长和支书的地就没有被占用？

在村里人不安的气氛和议论中，吾杰拾起一块石子，在旁边的土墙上画了根线，标示出这几家，和自己家，支书家青稞地的方位，解释道：大家看好了，路线是这样穿过的，如果把泽里家的地绕开，路就得这样改变，那就是说要从这个地方绕上一大圈，这个岩石坡是我们无法修路的，再从左边绕，那么老支书的房屋和不大的地就要占去大部分。我和支书商量过，我们计划的线路坚持的原则就是尽量避开大家的地和有果木的地方，更不可能拆房占房。支书坚持过要从他的房子和地经过，但是，你们看这线路，这样即把路修长了一里，费工耗时间，还把家境条件并不比大家好的支书搞得一无所有，这是我坚决不同意的。支书几十年来一直把心思全部放在村里，这是大家有目共睹的；我家的地在最上方，路要这样绕到村的头上，就把大多数

人家绕开了，那路不是直通我家吗？这可能吗？所以最理想的路线还是这条公布给大家的，路是五米宽，我家在泽里家右上方的地和那几棵大核桃树一样要被砍了，那几棵树可是我们家过去油盐茶钱的来源。那棵老树还是我家几代人的神树，你们知道的，家里人一样心疼它们，我们这里谁家没有守护家业的神树？母亲昨晚还在惋惜地问我，可不可以不砍那几棵树，它们对我们郎拉家可是亲人一样。年纪长的都知道那是我爷爷的前几代、祖上种下的，上百年历史了，它结出的果实年年都是满枝头，果仁又大又好，每次背到县城去卖都是很好卖的……

“哦，难怪！前几天我说你爷爷怎么老在那里转悠摸着他们，还唱歌呢。”一个叫绒布的壮年汉子说。

是的，吾杰的爷爷那几天心里很痛苦，他们家几代人视为守护家园的家神——老核桃树，就要被砍掉，为支持修路，被他的孙子砍掉，他心里的痛苦比花去几十万元为修村路买机器还大。不赞成吧，他心爱的孙子是在干大事，对大家都好的大事情，必须支持；赞成吧，他家的守护神就寄居在那棵大树里，从他记事以来，这古老的大树就没有休息过，百年以来一直挂果，永远都是果实满树，给他们家那么多的恩典，今天却要被砍倒了，难得流泪的爷爷，被吾杰劝说同意后，他伤心地哭了，为那棵树！吾杰也难过，他知道爷爷唱的那首歌，在他心里永远会是深刻的痛，小时候就跟爷爷在那棵巨大的核桃树下听爷爷唱歌，长大后，当他像行云一样游走于都市，在大都市五光十色的舞台灯光里，在旋转的舞台上，他曾经也唱过那首饱含了无数藏族人家对树的景仰和珍爱之情的歌，那是爷爷教他的：

> 大树，生灵的树，命中的绿松石，几世炫烂，美好的祈愿都在您绿色的枝头。大树，英雄的大树，自古对人无所求，献出您所有，众生景仰，大树，您奉献所有，却静美无言如神圣的菩萨……

当人们的话题还没有从吾杰家的神树移开时，不远处徐徐传来如此沧桑的歌声，那是老人尕桑杰又在他即将惜别的核桃树下歌白了：

> 您的经文声是树叶沙沙，最后一次我要像仙鸟一样鸣唱！与您倾诉，让您倾听……

旋律是山歌调，可老人却渗透了无尽的惜别情和哀伤，让听歌的人们心里难受，想象得出，老人一定是老泪纵横地唱着！刚才还吵嚷着的会场，现在却静了。吾杰的心也是酸酸的，吾杰的姐姐和母亲眼里满是泪花了，为了不让自己失态，吾杰清清嗓门，大声说：刚才拥珍提的问题，大家现在还有什么想法？都在会上提出来，意见一致，我们才好统一干好这个事情。

帕吉欧说："大家仔细算算，吾杰一家为了村修路付出了多少，真是，还好意思这样来斤斤计较……"

"鼻涕王"，这是帕吉欧小时候的歪名，拥珍不客气地喊出，"你是不是说我在斤斤计较？好呀，那你给吾杰支持了什么？"

"如果我像你家一样有钱，我会支持……"

"我家有钱是我们泽里辛苦挣来的……"

"不要争了，拥珍，大家看在眼里，吾杰为村里做得很多了，我们都是同根同源的一村人，那几分地应该让出！"这时泽里的父亲说话了，媳妇也就不再言语，而后一家人叽里咕噜在小声说着什么。

爷爷的歌声扎在每个人的心里，良知的鼓槌在轻轻碰触着大家的心扉，人们都说，这么好的事情我们应该支持，大力支持！在会议即将结束时，泽里的媳妇在家人商量完后又站起来要说话。人们的心咯噔一下，觉得这个泽里的媳妇真是讨厌极了。

吾杰冷静地问，你还有看法？

"有！"拥珍道："刚才我阿爸和阿妈一起商量了，吾杰和老支书这样公正办事，该支持。阿爸说了，其实那几分地还可以占宽些，吾杰是为了不让我们受更多的损失，才把自己家的那几棵树生长的坡地划进去，那棵树就像尕桑杰爷爷的命根子，吾杰家祖上传下来的。我们都敬家里的神树如同敬菩萨，吾杰和他的爷爷、家里人都是在掏心掏肝为村里做事情，他们的心情可想而知，我们家那几分地又算什么？既然占都占了那两分地，就再多占过来些，把吾杰家的神树就保住了，阿爸说了，不能砍吾杰家的树，他要帮登巴爷爷说话。"

大家没料到她会说这样好听的话，她的话说完，人们愣神了会儿，老支书打破静默，鼓起掌来，人们也热烈鼓掌起来。刚才一直不说话的老支书，呵呵地笑着说，今天这个会开得好，开得有意义。这么多年来没开过这样愉快的会了，我们噶麦村，真是人人觉悟高，多好的开端呀，吾杰，这条路一定会很快修通的！

年轻人都欢呼起来，掌声也响起来，都说那是当然的，我们都憋足了劲儿，早就想干了，吾杰和老支书快下命令干吧！

吾杰心里充满感动，噶麦的人是这样善解人意，他所做的牺牲又算什么呢？轻松的心感到的是慰籍和温暖、鼓舞，他终于没有愧疚地面对爷爷，在感情深处，他担心爷爷会因为树的倒下而病倒，现在却不用担心，心里对泽里一家感激不止，爷爷他老人家也不用凄婉地对树依依不舍了，可以轻松愉快地看着他的孙子带领村里人把路修通到家门口……

3

噶麦村浩浩荡荡的修路工程开始了。

从村外与公路相连处开始修，从下而上，这样虽然多了许多的困难，但是因为挖掘机开不进村，如此沉重的机器，也不可能用人力嘿着嘿着地抬进村，从村上往下修，在村外的山脚下安营扎寨，开始了修路的征战。吾杰即是指挥官，又是驾驶员，他浑身有使不完的劲！号子声、劳动声、爆破声和机器马达轰鸣声在静谧了千年的山谷间回响起来，吾杰的心思全扑在工地上，难得回家休息一次。他是指挥者，又是工程设计者，更是劳动者，不久，头发也长了，脸晒得很黑，人也消瘦了不少，时间从这年的春季转眼就到了第二年夏天，一条噶麦人自己设计修筑的道路就出现在山腰间，千百年来蜿蜒的羊肠小路，变成了宽阔的道路。路，还在继续向山巅云中的噶麦村庄延伸着。当道路还有十几公里就彻底修通的时候，雨季到来了，这年的雨也特别的多，大家的热望没有被大雨浇灭，劲头高涨地继续着修筑快到家门前的路。

可是大雨在持续中似乎没有停下的意思，几天来一直无法施工，吾杰决定，农活和修路两不误，不修路的时候，大家都在家里忙农活，雨一停，吾杰又带着村民在烈日下干起来。

这天，吾杰正开着挖掘机，突然山上有石头在往下滚落，有的石块越过他的车顶飞向路下深深的沟谷里，他赶紧刹住车熄了火，跳出车门，有人惊慌地喊着，要垮方了。吾杰果断地高喊：

“赶快！跑！离开这里！”

惊慌的人们有的往下方跑，有的往上方跑，吾杰急促地大呼：“往上！往上跑！”

人们这才回头往上跑。

是的，只有往上跑，这是唯一的选择，左边是万丈悬崖，右边是即将跨塌下来的沙石，石块会顺着下面的坡路往下滚石头，让人躲闪不及，最好是向上方跑。

吾杰、帕吉欧和登珠、赞堆等连拖带拉地帮着一些年纪稍长的人离开这里。

“我来吧，吾杰，车怎么办？”帕吉欧对吾杰喊着。

“不管这些了，安全要紧！”

“那不行！车被打下去了，谁都拖不上来，怎么修路！”帕吉欧说。“你去开车吧，其他事情我们来做！”

人们都差不多离开了这段险要地，吾杰跃上车，准备开车离开，一个老头跑的时候，扔下了锄头，可跑了几步后，又舍不得放弃他的工具，转身跑下来抓锄头，这是争分夺秒逃命的时候，他却去抢工具，把吾杰急得跳下车追了过去，就在这时候，滑下来的沙石多起来，眼看大面积的垮塌就要发生了，吾杰背起老头就往回跑，帕吉欧等人也赶来了，登珠急迫地说，神牛，我们的车！我去把它开上来吧！邓珠跟吾杰学会了开挖掘机，基本上能开了，但是这个时候怎么可能让一个技术不娴熟的去开车脱离危险，吾杰拉住要奔跑去开车的登珠说，你们带大家跑，快，我去！

吾杰向他的车跑去，就在这时候，被雨水冲泡又经过几天烈日曝晒的山坡，终于经受不住悬崖的承载，山崖上沙石不再互相依护，突然松散开来，不可阻挡地、大面积垮塌起来！幸好吾杰退身快，没有莽撞地冲下去，就在这时候大家眼睁睁地、惊诧地看着那个全村人视为家产的功臣——他们的挖掘机被一股面积很大的沙石流冲击了下，无情地就被猛推到右边路基的下方，稍微停了几秒，翻了个身就从悬崖上沉沉地滚落而下……

这台吾杰以自己打工钱买来的车，已经不只是他的财产，几十万元对于贫困的噶麦村人来说是笔巨大的财产，人们给它取的名字是“神牛”，这名字比挖掘机喊起顺口，又亲切。看着被摔下山崖，没有谁不心疼，它为噶麦的公路立下了巨大的功劳。人们都呆呆地望着这个庞然大物被山石滑坡推下的惊心动魄的场面……

“神牛！怎么办？”人们惊讶而痛惜地说着。

只有天神才能把它从深渊里拉回来了！如此高深的山谷悬崖！

但愿不会摔烂，菩萨保佑！神护佑……

人们静默之后是叹息惊讶、惋惜和捶胸顿足地埋怨，吾杰讶然了很久后，回过头看着安然无恙的人们说：“人没事就好……车，以后再说吧！”他叹息了声，又安排说，大家相互看看，是不是今天全村来修路的人都在这里，马上清点一遍，仔细点儿。格桑、帕吉欧、登珠你们几个来总的清点吧！”

人们开始嗡嗡议论起来，清理全村各家来投工投劳的修路人。很快，几个年轻人统计和清理完，三个人报告的人数都一样，几天来参加劳动的人数，一个没少，都在！吾杰悬着的心终于放下，现在面对的是机器的拯救，修路暂时搁浅了！垮塌泥沙路段的整治和工期延迟、难度也加大，这都是摆在他们面前的事，而对车的拯救，更是未知数了！

吾杰切身体会了青藏高原横断山区修路，那真的是最为艰难的事。望着满眼的大山深邃的沟谷和悬崖峭壁，他想起过去老师讲过的地球的造山运动，青藏高原的快速抬升，因印度洋板块在与亚洲板块相撞后，俯冲插入亚洲大陆之下，使得地壳重叠，山脉迅速隆起。两大板块南北向挤压的作用下，青藏高原岩石扭曲了，形成了各

种复杂多变的断层，地质构造从而又改变，横断山脉由此而形成，这里的山体极易崩塌。地理结构的改变，就如同山神再次重新对自然界来了个大洗牌，几百万平方公里的地方变成了后来人们说的横断山，独特的景色布局巧妙安排，林立的高山，深邃的河谷，气候从高到低垂直分布变化，从山谷到山顶，分布着亚热带到寒温带的植物，气象的万千变化，那可不是简单描述得了的，这种景象，在整个地球上都是极其罕见的。高海拔山区巨大的温差，又加剧了山崖岩石的风化，使得山体更易出现滑坡塌方。在高原生存的人才能深切感受到什么是大自然的力量，“人定胜天”，在这里就不是那么容易做到的。人到了很高的海拔上去，就超过你的极限，生命就只有终结，气候的变化多端让人措手不及。就拿修路来说，比起平原盆地和低海拔地区，成本和心血就要翻几番。

在横断山区域的高山地筑路，更艰难，因为地质结构复杂而多变的问题，春夏秋冬又会因为海拔的高度造成气候的变化无常，雨雪的影响都会有诸多艰难问题让人出乎意料地遇见，那是无可逃避的，所以高原人面对这些对生命都有挑战的困难，已如家常便饭，只要生命安全，就比什么都强。

这次噶麦修路而引起的大塌方，持续了很久，这就意味着必须停工，安全保证了，才能做下一步打算。塌方和挖掘机摔下山谷让吾杰烦恼焦急，但没有压垮吾杰，本来快要胜利在望，现在却无计可施，工程的推进只有搁浅一段时间啦！

要把躺在深谷里的挖掘机拉上来，路才能继续修下去，吾杰和大家开始想办法。

村里人建议，全村男女老少人都合力拉，把每家的牛皮绳和牛毛绳索都拿出来编成数根粗壮结实的长长的绳，组成一股力量来拉。吾杰告诉大家就是再有噶麦村这样多两倍的人来拉也无济于事，要钢丝铁丝编的绳才行，还要有比这个重家伙还要重的吊车之类的东西拉，才可以。就是那几只巨大的轮胎都够大家抬的了，一只轮胎就有千斤重，四只就是多少？车身一起是几十吨，如果噶麦人能把这样重的东西从那么深的沟谷拉上来，也许他们还可以上世界第一，进入世界吉利斯记录啦。他说他目前要做的事情是到县里去求助。

村里只有几个读过中小学的青少年，懂得年轻的村长说的吉利斯记录是什么意思，其他人只觉得那可能是跟古老经书一样权威的什么文字写出来的东西，阿米日嘎（藏人称美国）和日本鬼子的国家都难以实现，大概就是毛主席和共产党的几个大胡子老头（马克思、恩格斯、列宁、斯大林）都没有办法的事情吧。

发生这样的事故，实在是预料之外，确实平添了许多的麻烦，吾杰心里很是埋怨自己，那天雨后如果不急于去施工，就不会发生这些麻烦事情，幸好所有的人都安然无恙。没有了挖掘机，工期更加拖长，即使是村里人一锄锄地挖完剩下的那路，也得花去近一年的时间。焦虑的吾杰有时候也感到十分沮丧，在这个时候家人没有谁有过一句怨气的话，特别是爷爷和父亲，每天故作轻松愉快的样子，喊着吾杰的小时候的乳名“嘎嘎”，聊着小时候吾杰和他哥哥的趣事。吾杰愧疚地想，村里的担子是他自己要挑起的，他没有任何理由让家里人跟他一起受累或者受罪，更没有理由要家里人以更高的姿态来面对他的困难。他必须马上就去趟县城，就是去找自己一个也不认识的县领导，也要把这个事情解决了。首先想到的是找到已经从党校读书回来的尼玛。

他一如往日翻山越岭，搭乘一程程的车，在细雨霏霏中，在这讨厌的雨季里，赶往县城，可是就在距离县城还有十来公里的地方，也是因为大雨而造成山体滑坡，塌方严重。已经有几十辆车被堵在这边。看来已经堵了一两天了，一时半会儿还不能修通，从那边有两辆挖掘机在开掘着，装载着泥石的工程车突突地忙着，有的乘车人下了车，趔瘸着，一步步爬过沙石流段，准备步行十几公里到县城。吾杰搭乘的这辆车是西藏昌都那边过来的，驾驶员在国道川藏线上已经走了半个月了，夏天的雨季对这些跑长途的大车是一种考验，面前的这个塌方对他们来说并不严重。皮肤黝黑，体格强壮的昌都驾驶员对吾杰说，看来我们要在这里过夜了，今天怕是还修不通，你是像那些人一样步行到城里去吗？驾驶员在一路和吾杰的聊天中知道了他和村里人修路遇见的问题，知道吾杰等不及跟他一道走。

吾杰说眼看就要到县城了，说远也不远，说近也不近的，看来只好如此了。

驾驶员又关心地说，步行那么远，如果饿了，他这儿还有方便面。

吾杰却拿出他准备的干粮——临走时姐姐给他准备的荞面馍和奶酪，两根干牛肉，递给驾驶员说：

“我有干粮，但是今晚我就到县城了，给你留着，你的路还长得很呢！”

这个比吾杰大七八岁的昌都人用很标准的汉语说了句：“干牛肉我留下了，真是太棒了，我带的已经吃完了。”

他们一路都是用的藏语在交谈，分别的时候各自才知道对方的汉语竟都说得那么好，为此都笑了。

就在这时候，那边开着挖掘机的驾驶员，一个年纪约十七八岁、皮肤白皙而身材瘦小的男孩忽然停下了机器，鼓捣了好一会儿都没成功。人们着急地埋怨起来：

“这样整下去，要什么时候才通路？”

“这样的毛头小子还能开好那种车？你看他身体都那么瘦小，在车子面前就像山麻雀和大象在一起……”

“县上那些当官的在干什么？只会坐在高楼里喝茶看报，知道这些问题吗？”

吾杰跟驾驶员再三互相说着感谢和再会的话，才离开去。

吾杰挽起裤角而行，一双灰色的旅行鞋已经被泥浆糊湿成褐色，走到那辆车前，吾杰对挖掘机的感情是可想而知的，如同一个骑士和他战马的关系一样亲切，看到那个男孩子着急的样子，他好奇地走上前来，跟他一起东摸西看起来。

“试试这里，也许行。”吾杰指着一个部件说。

那孩子才抬头，目光怀疑地在吾杰脸上搜索了遍，“你懂？你开过？”

“当然，我自己就有一辆。”

“我不信。”口音是川北口音，他说着想笑一下，却因为刚才精力过度集中，面部表情似乎有些舒张不开，微笑还没有完全展示出来，就即刻不见了。

“不信？那我可以开给你看！”吾杰逗着眼前这个满脸单纯和稚气的男孩子。

“开玩笑？怎么可能？”

“你不信就算啦，我走了，我还要忙着找吊车拉我的挖掘机呢。”

“你的家伙怎么啦？你开翻了？”

“我开了一年多了，好着呢，就是被塌方压下山沟了！”

“那就严重了。”孩子终于相信了吾杰，继续说，“我是县里一个工程老板的儿子，我学会开车不久，本来是我么爸在开，这几天他和父亲有其他活路忙不过来，所以我来对付着，确实还不太熟练。”说完，他又狐疑地问：“你真的行？”

吾杰点头。

他又说：“你如果今天帮我解决这个问题，我给你帮忙。”

“你能帮我什么忙？口气不小。”

“你最需要的。”他裂开嘴得意地笑了。

吾杰高兴地在他肩上拍了几下，正想感谢，那边又有几个人不满地催促着，然后有几个男人准备走过来。

吾杰跃上驾驶室，不多会儿就发动起来，娴熟地操作着，土石在他的掌控中，装载车又忙起来。

那帮过来的人，看得出是机关干部，一个有点官腔的中年人问那个站在一边笑逐颜开、看着机器的孩子：“干活的时候聊天，不怕丢饭碗？”

那孩子不知这人是谁就说：“这饭碗是我么爸给我的，又不是你……”

“小孩子说话可要小心哦，你么爸的活路是谁给的？这是我们县……”打断眼前这个川北男孩话语的那个青年，也被刚才责备男孩的中年人打断，他举起手摇了下，说，“你是吴老板的人？吴老板办事是有责任感的，怎么雇了个你这样的亲戚？”

男孩子不服地说：“我这个亲戚还是很负责的。车出了点问题，我还没经验，他帮我……”他指着开着车的吾杰说。

那人问：“他是你的师兄？”

“不是，刚认识。他说是嘎……噶麦村的，来县上找吊车，他的挖掘机因为修村里的路遇塌方摔下山谷了，他帮我开一会儿，我帮他介绍吊车老板。”

这个有着官腔的人回头问身边的人，认不认识那个开车的小伙子，都说不认识，其中一个人说，噶麦村是桑德尔乡的。那中年人说，桑德尔乡有农民自己能买挖掘机，我还是第一次听说，这个小伙子竟然这么年轻。马上打电话给桑德尔乡，问问是怎么回事。

电话通了，是乡政府会计接的，她说书记和乡长都不在，说是下乡去了。问她噶麦村的事情，她还知道得多，电话里，她就大概地叙述了一遍，她知道给她打电话的这个人，就是县政府办主任，那是肯定毫无保留地把她知道的情况都说了。

这个个儿中等，面庞黝黑的男子听办公室主任汇报完，就说了句：“这个叫吾杰的噶麦村村长不一般，有特点。”他对那个开挖掘机的孩子说，“你回去就给你么爸说，县长说的请他尽快地帮助那个噶麦村长的忙，工钱政府研究了我们来给。你去把他换下来，我有话问他。”

男孩这才搞懂眼前这个黑脸汉子就是王强县长，男孩子赶快答应着，跑向吾杰开着的车前挥手让他停下，出来。

当车一停，男孩像猴子一样敏捷地爬上车，神秘兮兮地压低声音说：“快去，你的运气来了，那个人是县长，有话找你说。快！”

吾杰从驾驶室里向那几个人看了下，看见那人对他招手，他问男孩，你跟他们说了什么？

“没说什么，那些人是县里当官的，还把我批评了顿，说我窝工。还问你是不是我的大师兄。”

吾杰笑了说：“这些领导就是有点官僚是不是？总是自以为是！”

“你还说他们的坏话，人家要帮你呢。明说吧，我们就有吊车，他叫我回去给我爸，就是老板，说是他要我爸的吊车很快去你们那儿帮忙，经费他解决……”

吾杰还没有听他说完，高兴地迅速下了车，大踏步地向那几个人走去，脸上挂满了喜悦和兴奋，心里想着这次来县城遇上塌方还带来了运气，如果不是在这儿堵着，要是直接到政府大楼去找领导，一个普通的村长，没有任何熟人关系搭桥、引见，那是可能的事吗？难！果然是爷爷说的格萨尔的神灵会保佑我的……

噶麦村在没有等到政府批下修路项目就自己开始“艰苦奋斗，自力更生”地修起路来，这个事情很快得到上面的赞赏，关于村长自己花钱买挖掘机为村里修路的事把坐在办公大楼里的人们和官员都感动了，党委和政府马上就研究决定，越是自主创业越是要给予鼓励和支持，把噶麦村的修路计划提前立起来，项目马上批下去，经费

很快批给了交通局。

党委重视，政府投入，没有办不成的事情。那段没有啃下的山坡路很快就修通了，吾杰的车也被拉起来，但是已经摔得很坏了，要大修才能用。大修的经费，政府领导说了，全在这个项目经费里开支，由交通局负责落实。

当公路修进了村的那天，村里所有的人，就是那些耄耋之年的老人们也颤巍巍地拄着拐杖来看热闹，来庆祝。噶麦村千年来被大山阻隔，被雾岚遮蔽在天边，今天终于与外界有一条大路连接了。车都可以开进，就别说摩托车怎样飞奔着进进出出，拖拉机也可以购买使用了。因为路的开通，人们的梦想也翩然飞舞起来。

在欢呼声中，哈达飘舞，风马飞扬，人们掌声不息，老人们张着无牙的嘴，笑得烂漫、幸福，有的老人哭了，不停地抹着泪，他们高兴啊，那张张饱经岁月沧桑、皱纹虬结的脸上，激动的泪水止不住滚落着。年轻人就别提多高兴了……

路修好，山沟里的宝贝不再是走不出去的东西，几乎家家户户都因为路通而得到实惠。除了噶麦的核桃好卖，就连鸡蛋和元根都可以拿去城里换钱。过去家里没有任何收入的也可以一年有一两百元的收入了。几户有钱的人家率先就到城里去买了摩托车或拖拉机，男人们开始计划着也想买摩托车、拖拉机了。

正当大家的梦想和希望在新建的道路上鲜活飞扬起来时，一个不期的插曲却掀起了风波。

县交通局在国道边通向噶麦的岔路口立了块公示牌，上面公布了噶麦村这段公路所花去的时间、县里拨付的项目款多少，用的经费是多少、路段多长等等，白底红字的招牌在噶麦和主要干道交岔处醒目地矗立了近一个月，这块不说话的牌子，却如同有什么魔法，让噶麦村的人不安了、躁动了，甚至愤怒起来。

谣言在风中如飞，很快就飘进吾杰家人的耳朵里。

“县上拨付了那么多的钱呢，全部用在了修路上，挖掘机是吾杰的，看来吾杰是算计到了，这些钱县里要下给村，我们投工投劳，没有一分的收入，村长看来和县里勾结起来，把这些钱全部吃了，他和老支书私分了不少吧……”

“看吾杰够聪明的了，先把自己的钱用进去，然后把政府给的钱变回来还要多，真是狡猾呀……”

“他那辆挖掘机看来是把所有的钱都‘修’进去啦！”

一些好心人说，那也该，不是吾杰自己花钱买车，我们今天就是买茶叶盐巴也还得起早贪黑地走路翻山到乡里……

当吾杰开着修好的挖掘机从县里回来，路过公示牌时天已晚了，他自己也没注意，不知什么时候冒出来的牌子上是什么，心中只有甜蜜和亲切、成功的感觉，开往自己用心血和汗水带村里人修筑的土路上，向噶麦驶去。

吾杰愉快地回到了家，这台挖掘机是他的功臣，后来因为摔下沟谷而重伤累累，没有坚持到最后，今天它还是第一次回到噶麦村子里。因为是傍晚时分，村里爱凑热闹的孩子们少了一半，有几个还在户外贪玩的大孩子尾随着跑在后面看稀奇。车停在离家还有两百多米的一个较开阔的空地上，孩子们稀罕地东看西摸，那巨大的轮子和高高的巨掌在夜幕里，显得更加神秘如怪兽，孩子们兴奋地笑闹开了。

阿爸和姐夫到他开回来的挖掘机前仔细地看了遍，感觉跟新的一样，然后两人什么也没说就回去了。吾杰回到家，他没有感觉到家人的不安，吹着口哨，哼着歌，很惬意。还是直性子的姐姐忍不住把她听到的话，急急地噼噼啪啪说给了弟弟，一家人闷闷不乐地坐在一起看吾杰喝茶吃晚饭。

这给心情无限舒畅的吾杰无疑是当头一棍子，他被打蒙了，哑然无语地瞪着迷惑的眼看看这个又看看那个，喉咙里忙着吞下了一口还有些烫嘴的酥油茶，他感觉胃部和心都被灼痛了。

放下茶碗，几乎是吼着问了句："谁在这样说？"

母亲喊着菩萨的圣名，感叹说，这些话是东传西传来的，谁知道第一个说这话的人是谁？

父亲说，是呀，就是知道了，又怎样？人家县交通的牌子上就写了你们用了那么多钱。村里会算账的人有的是，不要以为人人都不识字。

鬼才知道那个牌子上写的是什么东西！吾杰大骂起来。

这个侮辱如此突然和巨大，让他难以忍受了。且不说自己的付出有多大，就这项后来才批拨的专项经费，具体是多少他根本就不知道，一切都是交通局在负责和安排，说心里话，吾杰还十分感激县领导和政府，给他们解决了最大的事。路修好了，应该高兴还来不及，无端地却生出这样的是非来，一切缘由都是那块牌子招致的，他跳起来就要想连夜跑去看个究竟，一家人拦住他。

姐姐说，这么晚了你去看又有什么用？总之，上面的意思大概就是我说给你的了，你姐夫也专门去看了几次，你姐夫许多字虽然不认识，但听别人说了大概还能看懂一点，村里人都有那样的闲话了，意思就是这样的吧。

姐夫接着安慰说，明天你去看看吧，看仔细，还是要给村里人一个说法或解释，不能做了好事还被误解！

这哪是误解？完全是侮辱！我怎么跟县里的人勾结了？私分钱？钱在哪里？就是把这笔钱放在我面前，于天地，于菩萨和良心能容吗？修我挖掘机的费用也是县里去结账的，大概是几万吧，我没经手任何的钱，真是无中生有！什么全部钱我和上面的人分了？我分气受还差不多！恼火！气人！看来我真是疯啦，把自己的辛苦钱用来

买挖掘机，早知道如此，就不该修什么路。本来是件大好事情，现在却因这个好事把我搞得又臭又脏，我必须马上走，就是呆在家里，我今晚也睡不着……

“怎么就睡不着啦？吾杰。”

说这话的人是从楼下上来的老支书，他刚听说吾杰回来了，就赶忙从家里来看吾杰，进院门时候，守门狗的吠叫也没有让家人注意，大家都被吾杰的委屈难过着，听吾杰愤怒地吼着。

家人忙请进老支书，支书亲切地拉着吾杰的手：“坐下说，要冷静！这不是什么大不了的事……”

“还不是大事？我……”

“只是谣言，也没哪个确切地肯定这些，只是猜测吧。”

“不，我不允许有这样可怕的猜测发生在我身上，或者你身上。”

“你现在是村干部了，要学会冷静、克制，以后还可能要遇上很多不快的事情，管大家的事情难免有时候会产生这样那样的误会和是是非非，如果要计较，那就不是村干部了。你还年轻，又是自己付出巨大代价后遇上这样的误会，肯定生气，是我还心里不服呢。刚才进门时我听见了你的话，在情绪上火气来了，背地里发发牢骚可以，但是绝不能以此去骂人，或说不该修路，那会让人伤心的！”

“伤心？是村干部了，就可随便被人来伤心？我知道村干部凡事要为大家着想，可村里人也该为我们着想一点吧，也该稍稍理解我们一些吧。我们郎拉家族从来就把名誉和良知看得很重要，可我却遇上这样的侮辱，我不当了……”

爷爷说话了：“清风无法用绳子拴住，流水无法用双脚踩断，谣言本来就是风中的影子，不长脚，却可以走来走去，在乎它，它就在你眼前；不在乎它，它就像树巅的风，一吹而过，没有痕迹。要理清楚谁说吗？好像都在说，又好像都没说，你生谁的气？在乎它，你就什么事情都有气生，心胸就会越变越小啦。”

父亲说：“那是啊，路修通啦，没有哪户不高兴。吾杰，开始的时候，我们反对过你自己买车修路，那次挖掘机摔下谷底，我们都心疼，包括村里的人，谁都知道几十万元对村里人是什么概念，让人不敢想，在我们村有几家人攒过万元的钱？二十万呀，祖祖辈辈的钱加在一起都没有挣过这样多，就那么一下就完了，都帮你心疼着。家里人没有哪个怨你，你母亲还哭了多次，都是背着你，她和爷爷对你的牵挂没有谁能比的。什么代价都付出了，才说不当，那何必当初？你不当，可以，但是你是被流言吓跑了的，不是被困难。你以为别人会以为你有骨气吗？哼！大家更要说你心胸小，肚量窄！我们不是常说：下等男人被食物诱惑，中等男人被财物迷惑，上等男人被言语迷惑；而你，吾杰，你该做个上上等的男人，而不是被流言吓倒、迷惑！”这次吾杰的父亲是坚定认为儿子修路的举措太对了，路在儿子的坚持努力下修通了，这是千年来的大好事，他看到了儿子的能量，他这个小儿子不一般，他具备许多的好品质，要带领村民走幸福的路，不是吾杰这样的年轻人还真是不配呢，所以他第一次这么坚定地不让儿子放弃。

吾杰说，“宁肯折断翅膀，不可损坏名誉！我非把这件事情澄清，然后就不再当什么村长了！”

母亲含泪愤愤地马上点头说，“我也是这样想的，不当！”

吾杰还在愤怒地说着气话，老支书等吾杰把所有气恼都发泄出来，就让他说个痛快吧，这个时候劝说，那是不会让他熄火的，而后也附和着吾杰说：

“为大家办事真难啊，这么多年来我有苦有怨，吾杰，你不当了，那我更不想、更不愿当了，我们都不干了！”

吾杰吃惊地抬头看了看支书，见支书悻悻地叹口气起身了，他也就没再说什么。支书说道，“就这样吧，已经很晚了，我要回去啦，吾杰，你就好好睡一觉，我们明天再商量。”

支书说完坚持要走，姐姐和父亲下楼送他去了，吾杰闷闷地坐了会儿，激愤的情绪也渐渐地冷静了些，跟爷爷和母亲说了声去睡，就走出客厅，一直走进自己的卧室，和衣倒在床上，把满是尘土的鞋子一蹬掉，一头倒在床上，愤怒地吾杰眼睛里浸出了委屈的泪，脑海里闪出他回归村庄前后、以及在城市里跟朋友、跟哥哥在一起的种种情景……

4

那年，他第一次离开家乡，跟哥哥到很远的康定城后，就在哥哥的土特产小店铺帮哥哥做生意。

五月、六月，是高原藏地收虫草的季节，各路虫草商云集康定。哥哥很早就忙着到虫草市场去收新鲜的虫草，店里买卖就靠吾杰。哥哥说，今年虫草真好，这个时候价格不算昂贵，所以多收购些，看看下半年涨不涨价，或许明年价格很好呢。虫草价这几年还真是一年比一年好，去年收购的七十几斤在春节和元旦期间全卖完，纯赚了五十多万元。今年他就直接到牧区去收购。

吾杰在店铺里有些坐不住，哥哥走了不到一星期，他就趁哥哥到藏区各地收虫草时候，干脆关了门，自己去干了件很特别的事情。

那是一个很偶然的一天，店铺里来了个陌生的藏族汉子，他也是在做生意，但他的生意很特别，不是土特产，不是珠宝，也不是什么唐卡手工艺品等等。他见多识广，去过不少地方，他们聊起来，而后就彼此很熟悉亲热了。他还请吾杰跟他一块喝啤酒，他喝啤酒很厉害，一瓶接着一瓶地喝，吾杰陪着他，也因为吾杰年龄小，所以他对吾杰的推辞不再劝，自己喝得热闹，晚上还是吾杰把他扶回去，吾杰搞不清他住在什么旅馆，就留他在自己家的店铺里过夜。酒醉后，他很得意地告诉了吾杰他的经营之道。他还一再告诉吾杰不要给其他人说，这个行当的经营和懂得窍门的不多，目前他还没有到甘孜州来经营，等他把阿坝的做完了，他就要来这里做了，估计就是明年开始做，利润高得吓死你，要保密！第二天这个人就走了。

他叫旺甲，是甘孜人。他讲他的经营行当、经营方法等等，听的时候，吾杰没在意，也就过了。几天后，吾杰在店铺里感觉很无聊，没多少顾客光顾，他就开始琢磨起那个叫旺甲的人说的事情来。他想着想着，忽然觉得这样坐着等顾客，不如趁哥哥不在的时候去干一把，试一试自己行不行。他兴奋起来，又琢磨了一天，然后开始跟过去的同学和熟人联系，他觉得可以行动了，于是把哥哥留给他的钱和店里的所有钱揣好，准备了足够的费用，店铺门一关就回家乡去啦。

到了家乡，他没有回村，而是联系过去农村和牧区的同学，然后这些在牧区的同学又联系亲戚朋友，开始了他的第一次“征战”。十个人在他的统一指挥下，形成了一个大网，在康巴腹心地域的十几个县开始了拉网式收购，没想到居然战功赫赫，这些地方的老百姓还是第一次见到有人这样对他们见惯不惊的旧东西感兴趣，价格还不菲呢。都乐意做这样的买卖，而且人家是上门来收购。过去是一两块钱买的，现在有人以更高的价来买，特别是几十年前买的、一直储存在家里，现在要买走的人给的价是几倍高，跟天降奶酪一般意外开心。在理塘，在石渠和色达等牧区大县，他们还收到了民国时期生产的，这就更值价了，按照旺甲说的，这几年主要收的是八十年代以前生产的，年代越久远越值钱。

这个神秘的东西就是藏茶，有地方称为黑茶。

在这片区域，吾杰仅用了一个月的时间就收购了四千片，其中有十几片是民国期间的，商标完好，商标里有关公像，这是湖南茶厂生产的，是上品，吾杰花了十二万买下，这家牧人过去家境就比较殷实，藏族传统习惯家家户户都爱买许多茶叶囤积起来，藏人一日几餐，餐餐都离不开茶叶，民间自古就说过，汉人饭饱肚，藏人茶饱肚。藏族人家，家境好的所买的储备的茶叶都会用镶嵌好看精致的牛皮口袋装好，在家里或者帐篷里筑排成一道风景线，一道茶叶包墙，这既能够体现家境富裕，也防茶叶短缺，藏人是离不开茶叶的。这种茶叶还有个特点，就是放得越久越是醇香，所以藏人家里存放的老陈藏茶那是不少的。只是现在人们的观念也在变化，国家藏茶生产的放开，市场上到处都能买到茶叶了，所以现在不像过去那样爱买很多来囤积。吾杰收了六十多个品种，其中主要是火车头牌和民族大团结牌，民族团结牌的一块是六斤， 三元一片收购，一百元收一包牛皮包装好的。康定在过去茶马古道上，是连接中原和康巴藏区和西藏的一个最大也是最为重要的商业古城，汉区产的茶叶到了这里都要重新包装，因为到西藏的道路是崎岖的山路，牛马运，要走半年呢，所以必须是坚实的牛皮重新包装，才能完好地运送到拉萨或更遥远的地方。康定的商人锅庄主（康藏民间独特的商贸机构）就会找专门的茶叶包装工，当地叫加注娃，就是缝茶工来包装，也设有茶叶包装站。

安排好其他人继续收购，年轻的吾杰却只身赶往广州的芳村，到了芳村，他才惊讶地感叹，世界之大无奇不有，仅就茶叶都有如此大的市场，好吓人！这儿是中国最大的茶叶市场，大规模的茶市场有很多，仅仅一个茶叶市场就相当于我们那里的县城大，或者比我们的县城还大，有的一个茶叶市场就有十多万平方米，上千的茶铺，什么茶叶都有。来了这里，他才知道广州的这个芳村，全世界做茶叶生意的人都有。三千多个茶叶铺，福建的铁观音，云南的普洱，义乌的大红袍，台湾高山的人参乌龙茶等等，主要有中国香港、台湾，日本、韩国、新加坡等大茶商，可以说全世界的各种茶叶都云集于此了，吾杰真是大开眼界，雪域藏人喝的茶叶在这里也是一类茶叶，是中国六大类茶叶之一，而且现在价格很昂贵，有钱人才喝得上的！

哦，原来，藏茶还可以这样喝！

除了藏族爱熬着喝的方式，还可以十八泡，普洱茶是十一泡，他跑了芳村南方茶叶市场、锦桂茶叶市场后又乘坐地铁到了芳村大道的芳村茶叶城，在大楼找到黑茶店铺，几天都在藏茶店铺转悠，他知道了藏茶在藏区高原的发酵时间和内地不同，放的越久越好，是因为藏茶会产生茶红素，还要长金花，这些元素对人体极好，是养身健身的佳品。在藏区储存了很多年，运到这里来后，茶商还要留存一年补发酵一年，等长出更多的金花，这就最好了。他也找到了旺甲合作的老板，但他没卖给他，他不能做拆台的事情，他联系了另一个姓向的做藏茶生意的老板，老板一听吾杰有他们需要的货，而且还有民国时候的关公牌上品，他一口就说给吾杰三十万买下那十二块老茶叶，但吾杰随口说一百万他才卖，这个价让向老板迟疑了。他最后说，等把其他货发过来，验收了再说，其他的价格都好说。就这样吾杰第一笔茶叶生意就赚了一百多万，他把钱均分给他的这支团队每个参与的人，大家都激动兴奋，干劲更足。而吾杰享受到了团队作战和成功胜利的快乐，他感受到团结可以做大做强任何事情，如果坚持下来，不到两年他们就可以做到几千万的收入。

就在这时候，因为他收购的那个关公牌茶叶的消息慢慢传开来，就不断有老板来找他，他都不着急，他知道这个茶叶放着，不会跌，只会涨。

有一天，有几个湖南人来找他，介绍说是湖南一家茶厂的，他们成立了黑茶博物馆，就是在想办法收集所有湖南生产的茶叶，在内蒙古、在藏区和新疆等边疆地区，都在通过各地官方了解收购过去他们湖南出产的茶叶和相关信息和资料，一听说吾杰这里有这种茶叶，就专程赶来。他们想买下来，放在展厅里，作为茶叶文化在藏区的延伸发展，展示藏茶文化，还要做个专柜，展示藏区人的生活文化，后面的这几句话把吾杰的心说动了，在他灵魂深处始终有着对文化的热爱。高原民族的文化，对内地人来说，其实了解得并不多，藏族文化可谓博大精深，但是内地了解的人不多，许多人都知道欧洲、知道美国、还有非洲等，但对于中国本土上的其他民族却了解得很少，知识贫乏。他曾经亲身感受了一件有趣的事——记得一次在城市大街上碰见几个藏区僧人，他正跟僧人打招呼，交流了几句，听口音，吾杰知道他们是康巴来的，他跟他们道别准备离开时，路边有过路人居然议论说，这几个僧人可能是罗马教皇，这几个高大的僧人是康藏喇嘛，那种绛红色的僧装很耀眼，但他们不知道这是中国藏区的僧人，这话吾杰吃惊不小，他纠正说，他们是藏族的喇嘛，来自本国西部康巴藏区。那些人困惑地摇头，不知道。有人说就是西藏吗？翻身农奴把歌唱的那个地方？吾杰想了想说，是吧。他补充道，我跟他们一样是来自康定以西的地方，那里就是康巴。那些人才恍然说，喔，就是康定情歌那地方吧，肯定很美，那歌真好听！

因为藏茶的原因，这个博物馆在遥远的内地，要展示藏族的文化和藏族人的生活，那是很好的事情，吾杰说他考虑考虑再说，第二天，他居然以十五万卖给了他们。那些人对他是感激不尽，一再邀请吾杰到湖南去，还说有需要他们帮助的地方，以后尽管找来。

当那个和他合作的老板知道后，既佩服吾杰的气魄，也心疼那件难得一遇的珍贵茶叶，就玩笑带讥讽地说，吾杰，说你精明吧，比谁都精明的样子，做生意就像是不为钱只为好玩；说你不精明吧，你这人把这么好的东西就贱卖了，等于白送人家，从生意人来看这是笨蛋的做法。从社会意义看吧，你是做了好事，你看起来又不是生意人了，是该去做做官，你好像骨子里就有一种社会责任感，你为什么不读完大学，然后当公务员，然后再做官？

跟吾杰几天的接触中，老板了解了些吾杰的情况，他也很喜欢这个聪明、智慧又英俊的藏族小伙子。他感觉吾杰是个从心底深处就很阳光的年轻人，坦诚、机敏、大度而正派。当下许多时尚的年轻人缺乏的精神，在他身上却很突出，在他身上有一种非常阳光的品质，他还具备胆识，具备勇气和远见，但是如果太仁义，做好生意还是不太行的，老板是这样看吾杰的，他不像做生意的人。

吾杰笑着说：“我是第一次做生意，就大赚了一笔，钱不能一个人赚，我还小，这次是做着玩的，也学习了不少东西；读书我喜欢，但不一定必须去读大学，特别是这次到这里来，以及跟您接触，我学到的东西那真是什么书上都没有，太幸运了！你说我当公务员什么的，我想都不去想，我们农牧区的孩子不容易进去。”

“你错了，现在在我们这些地方就要实行公开考试录取公务员，你们那里可能也一样的，你应该找机会尝试。”

“不知道，将来做什么我还不知道，看我哥哥怎么定。”率真的吾杰说，“好像做生意也不是我喜欢的，再说吧，过几年再确定。”

老板说，“你是能干人，我见得多，看得出来，你应该对自己的前途好好规划。”单纯的吾杰笑了说，“也许就是做生意了呢，跟你一样。”

“那好呀，我们一直联手吧。”老板高兴地说。

吾杰的心里激荡着喜悦，要给哥哥一个惊喜，所以他想回到牧区后，把所有的战果都统计完后，再告诉哥哥。有了更多的钱，他计划做强做大茶叶的生意，而且他相信，再收购一年，他可以在广州开个店铺转销藏茶，他可以在广州租个仓库囤积那么多的陈年老茶，把它们运出来，再进行通风发酵等后期处理，一两年后就出手。

回到草原不久，那个在酒醉后泄密的旺甲出现在吾杰面前。

从广州老板那里知道了，藏地康区还有个小伙子在做这个生意，他奇怪怎么突然冒出个跟他一样做老茶生意的人，他一直做得很隐秘的！结果发现原来是吾杰，他醒悟了，他依稀记得酒后说过他生意的事情，至于说了多少，他就不太清楚了。

吾杰是发挥着团队的作用，所以是大面积的拉网似收购，收效真是很大，把旺甲的计划全盘打乱了，从其他人口中知道，吾杰现在的存货已经超过了他，库存就有六百多万元的货！他痛心地想，本来这些东西都会是他的，他计划是下一步才开始这片区域收购，没想到他毫无提防、看起来那么单纯、比他小很多岁的吾杰居然做出了那么大的动作，他打大仗似地指挥着这个鲜为人知的战场上的战斗，搞得他旺甲几乎无处下手了。他后悔不跌地自责，是他自己不小心，把信息泄露了！吾杰的方式方法比他高超，气魄大，胆量也大！

而后，旺甲想再做一搏，于是他抬高收购价格，每块普通的砖茶上调五毛来收购，吾杰知道有人以这样的方式来竞争，那他也就游戏一把，多涨上去五毛，这一涨倒是让有陈年茶叶储存的牧户更乐意卖掉家里储存的老茶。而收购茶叶的人，不是两败俱伤就总有一方会亏本的，吾杰居然是翻倍的涨了去，明显就是在跟他的对手玩，旺甲感到自己不是吾杰的对手，这样涨来涨去，不是办法。

于是他露面了，他找到吾杰，想谈一谈。当见到旺甲，吾杰内心还是有些许歉疚，他知道他这样做下去，可以说，他的触角如果再继续深入整个藏区，肯定会让旺甲失败的。旺甲做了很多年，还以为没人能懂这种生意，所以做得安然，也很小心，尽量不让这方生意人知道。而吾杰却是大张旗鼓地组织了一个团队，在草原干得强劲，就是他的这个团队里的十几个人都知道了这个赚钱的行当，旺甲没想到的是吾杰居然跟广州的老板也搭上了，还火了起来，他除了愤怒和惋惜，没有别的办法。

他对吾杰提出的条件是，请求吾杰不要把触须深入到他现在的地盘阿坝藏区和青海玉树，他知道甘孜藏区、西藏昌都和甘肃藏区已经有吾杰的网点了。他还建议或者他来收购吾杰他们库存的所有。他这样的说法，没得到吾杰的认同，吾杰说，我可以把信息费付给你，是你告诉了我这个信息，但我不只是自己在赚钱，我身边还有那么多的人在挣钱，加上他们的家庭就是有很大的一群人在走上有钱花的日子了，家里的孩子就能够上学，老人也有钱看病了，钱应该让大家都来挣，你一个人挣得完吗？挣那么多做什么呢？

旺甲搞不明白吾杰是个什么家伙，他吃惊地挖苦说，你是乡长还是书记，说这些话，自不量力！格萨尔是千年前的人物了，现在不可能有了，你不要以为你是莲花生诸神派来的，穷苦的人太多了，生意场上也没有你这样的人，你是怪物。

最后他哭了，他始终认为吾杰把他的生意搞垮了，他说，明年看来只有找另外的生意做了，本以为会发一笔财，我家就可以把新楼盖完了，我母亲的老病就能够到大医院去医治了，我的两个女子就可以读完书了，但是现在困难了！说实话，你也没错，是我错了！不该和你结交。他抽出腰刀，把身上穿着的藏袍袖口一刀割下说，从此我不认识你了！

他后面的话让吾杰更加有了歉意，生意场上可以不认什么友情，但是他很看重情意和良知，看着这个在他面前打了败仗的草原汉子抹着泪走了，看着他的背影，吾杰感到自己伤害了他，一个硬汉子居然在他面前哭了，那是他的自尊也被人伤害了，吾杰感到惭愧，这个信息是旺甲无意间给的，但吾杰以自己的才干和智慧，作出了旺甲根本想不出来也不敢做的方式来进行这个战斗，吾杰觉得虽然自己凭借自己的年轻，凭借自己读过书，有知识加上智慧而击败了不识字的旺甲，但那信息的得来是旺甲的疏忽而落入他的耳朵里，他越想就越觉得自己不太正大光明。

沉默了会儿的吾杰忽然对着愤然起身离去的旺甲喊道："喂，旺甲，你提出的几个条件我会考虑的，我后天给你答复！"

那个汉子不相信吾杰会怎么样，没有搭理就走远了。

第三天，吾杰找到旺甲，告诉了他的决定。

吾杰的决定，让他自己的人和旺甲都大吃一惊。

汪甲激动得执意要给吾杰送份厚礼。

吾杰的决定是要抽身而走，他不做这行的生意了，只是他要旺甲把他的团队继续下去，旺甲完全同意，而其他的伙伴也劝不住吾杰，就只好这样了。

当时旺甲满口答应了下来，但是吾杰走后还不到一年，这个团队就散伙了。

旺甲不会管理，他的经营方法跟吾杰差别很大，还有就是他把利益看得很重，在分配利润时，在每个入伙的人身上他也要克扣，或者是瞒报广州那边收货的价格。跟吾杰一块儿干过的年轻人中，有几个是很精明的，见这个老板跟吾杰完全不是一类人，他们失望后，就撤出了，然后自己就干了起来，后来就各干各的了。吾杰上次的运作，教会的人不少，几年后，懂这个行当的窍门的人更多了，小老板大老板都多起来，这个生意也就不再是当初那样有高额的回报了，再说老百姓库存的陈年旧茶叶也不是收不完的，虽然后来又开始收购九十年代的茶叶，生意也没回升多少。

就这样吾杰速战速决，而且初战告捷，在这次迅速的战斗中，他迅速地退出，这次生意他用智慧、胆识和气度赢得了胜利，他尝到成功的快乐，但是他没有因此而恋战，虽然当做得正是好上加好的时候，他退出了——因为旺甲，但他知道，他不会长期做这个，他经历了这次战斗，他也检验了自己，并且学到不少东西，这次如果不为旺甲退出，哪怕他挣到更多的钱，他良心上永远会觉得亏欠旺甲，反而在退出来后，心里才坦然喜悦起来，他也给哥哥带回了很大的惊喜。

当哥哥知道吾杰选择的结尾是因为良心的原因，哥哥看着弟弟交给他的一大堆钱，近两百万元，他沉默了很久，他本来是要对弟弟大发雷霆，居然那么不懂事，乘他不在，把门一锁就一走了之，而且走了这么久才回来，现在看着他晒得黑红的

脸，曾经那么单纯幼稚，在一年后，虽然消瘦了，但是成熟了许多。他说的话，他的所见所闻和所做的事情，居然还到广州大市场去做生意，他是如此漂亮地打了一仗，打得精彩，哥哥也激动高兴了。同时从心底也惋惜，他过去就觉得弟弟聪明，如果能按他最初的安排，弟弟读完书上大学，成为干部，成为什么学者之类的，那多好。但弟弟固执地做了让大家失望的事情。吾杰年龄小，但他有主见，在这几件事情中都体现出来，过去他一直认为弟弟年纪小，他像老母鸡一样什么都照顾着弟弟，只是让他看看铺面，其实弟弟是有作为的，许多事情也应该放手叫他去做。但是，他也感到吾杰的缺点很明显。他遗憾地说，“你优点不少，但哥发现你是个不专一的人，成不了大事，今年生意做到一半就退出了，去年不把书继续念下去就退出……”

吾杰怕哥哥说起读书的事情，马上说：“我懂啦，要执着，是吗？还要乘胜追击！我会的，我保证！我对三宝发誓！”

次仁洛布被弟弟宣誓的表情逗乐了，在几乎已经有他高的弟弟面前晃了下拳头，两人都笑了。

在忙忙碌碌中，时间很快就过了一年。

这天下午，哥哥的几个朋友约请到歌厅去玩，因为是康定，是康巴藏地甘孜州的州府所在地，这儿歌厅很多，歌厅里的歌舞都是藏族歌舞，贡嘎雪舞厅刚开业，所以为营销做宣传，前两天是邀请各方朋友，免费来听歌看舞。泽仁洛布在康定已经有几年，人缘还挺好的，他和兄弟朋友都去为贡嘎雪捧场，人很多，老板抬出一箱箱的啤酒，请大家喝着，歌厅热闹非常，舞台灯光旋转耀眼。当一曲歌伴舞结束后，尼玛吾杰被哥哥和朋友一再撺掇上台唱首歌，吾杰推不过，紧张地上了台，可张嘴唱开时，紧绷的神经都舒展开来，眼前的人，眼前的灯光以及啤酒、茶水都消失了——而遥远的家乡山水，亲情，家乡的桑烟和肥美葱茏的核桃树，村庄，流水都在他的眼前回旋，声情并茂，音声如此的华美，扣人心弦如天籁之音，不知不觉间轻轻抚平了歌厅里所有的喧闹，歌厅静静的，之后是不息的掌声，他唱的这首歌正是村庄里的老人蒙，在他家地边草地上唱的那首。

家乡的山歌唱罢，掌声和喝彩声不断，他再唱了首现代版的康藏民歌才算作罢。不想这一唱，让在歌厅一角喝茶的一位男子对吾杰产生了浓厚的兴趣。他观察了多时，然后径直走到吾杰落座的地方，微笑着自我介绍，并且递上名片。

吾杰点头接着看了看，又递给了哥哥洛布。

洛布仔细看着名片上藏汉文都有的字，一面听着他跟弟弟的对话：“你的嗓子太棒了！我是成都来的，我的演出公司叫红青稞，听说过高原雪莲演出队吧，我改组了，准备另外建一支演出团队，正需要你这样的歌手，你现在在做什么工作……”

哥哥看过名片后，请这位叫巴桑的老总坐下，伸手示意并沉稳地说，高原雪莲他听说过，有点名气，那是去年到成都去进货时候听人说起的，他们开始聊天，互相碰杯，喝着杯杯啤酒。

吾杰还沉浸在自己的歌声营造出的氛围中，没心思认真听这个自称是老总的人说的话，十八岁的他，对喝彩声，对华美变换的灯光，对掌声痴迷陶醉着，青春的血液里全是音符。唱歌是他从小就喜欢的，在山上唱，在牧场唱，骑在马上唱，上学放学的路上唱，除了村里的乡亲是听众，高高的山峰，清澈的溪水，草木蓝天白云都是他忠实的听众。在县城读中学时，从电视里看过歌唱演员歌星的动人魅力，但从来没有想到过自己会站在歌厅舞台上扬声高唱，居然还那么受欢迎，他真是陶醉了。掌声喝彩声能把人浇醉，吾杰不会喝酒，哥哥也不允许他喝，但是他依然醉了。

这晚大家都是醉醺醺。包括那个省城来的老总巴桑。

第二天在商铺的小阁楼床上，早上醒来的哥哥，第一个念头就是昨晚那个老总巴桑认真跟他说的话：他太喜欢他的弟弟吾杰，他这样的嗓音不多，他是要定他了，薪水很可以的，而且他还建议洛布到成都做生意，就做藏文化的生意，要发展自己，到更大的市场去看看。

这会儿他清醒的头脑才开始认真地思考起他和兄弟的去向。

吾杰醒来，哥哥已经打好酥油茶。

“怎么样？昨晚睡得好吗？”

吾杰不好意思地说，“不怎么样，开始老睡不着。”

“激动了吧！”

“是，第一次这么激动。”

“喜欢吧？”

“唱歌吗？当然，你是知道的。”

“那去不去成都？”

“什么？你相信那个老板的话了？”

“你不信？”

“不，我想都没去想他说的。康定不是挺好的吗？”

“大都市更是热闹，世界更大，我喜欢。”

吾杰诧异地跳起来，“阿哥你走哪里，我就走哪里，我可不愿意离开你，我们的理想还没有实现呢，不是说我们挣了钱，将来开大公司，再把爷爷和阿妈阿爸接出来吗？”

“是呀，我不是也曾说过将来要到大城市去做生意吗？也许这是一次机会。我

在考虑，要不就你先去成都参加巴桑的演出队唱歌，机会合适我就出来。”

“那不行，阿哥，你不去，我也不去。我主要是和你一起做生意，唱歌只是我喜欢的，不一定非要当歌手。”

“歌星也是很有钱的哦，也许你会唱出名呢。”哥哥逗着说。

“我不想那些，唱歌主要是给自己的心唱的，虽然掌声真好，但是把它作职业，我可能不习惯，唱唱玩可以。再说了，你不是说大城市的人狡猾得很，难打交道，你忘了上次出去你的虫草被骗走的事情……”

那是大城市给次仁洛布上的最生动、刻骨铭心的课。那年，和康定一个朋友一道做生意，朋友获得信息说广州虫草价格很好，于是他们俩合伙买了不少虫草到广州卖，住旅馆时，两袋虫草被人掉了包，还一直不知道，到了市场，跟老板洽谈生意时，打开一看才知道不知在什么时候已经被调包，离开康定时候明明装的是两袋上等的虫草，那是他们俩几年做生意挣来的，二十多万的血本啊，加上一些赊欠的就更多了，却莫名其妙地变成了干豆角。本以为虫草一卖就有钱了，身上带的钱也不多，不几天就花光了，现在就是回家的车票钱都没有了，真是惨透了，幸好他们俩都戴着金戒子，把戒子卖了勉强购车票费，一路几乎是饿着肚子回来的。那位朋友的妻子和家人再也不允许他去做虫草生意了，已经在康定开起了茶馆，生意还可以。

现在洛布也犹豫起来，“那我们都好好想想，我其实也舍不得你走远了，我还担心你呢，你还小。”

吾杰愉快地笑了，他知道哥哥很爱他，本来哥哥一直要想供他上学读书，读大学，然后将来当干部。哥哥读书的时候，因为家里没有钱供他读书，每年要开学前，母亲和爷爷在亲戚和村里人家借钱东拼西凑，好不容易才凑足四十多元，在他离开家里上学去时，母亲总是小心翼翼地把那些借来的皱巴巴的钱一一展平后裹成一卷，放在已经分辨不出颜色、带补丁的帆布书包里，叮嘱了又叮嘱。随着年龄增长，他越发不忍心看着家人为他和弟弟的读书这样焦虑操劳，每年这个时候他的心就像刀子在扎一样，初中还没毕业，懂事的他就不愿意再这样去读书，他心里也埋下了将来他一定要去做生意挣钱，让家人不再这样贫穷的种子。他不希望弟弟将来还在村庄里劳作，他一定要出去，到城里当干部去。开始的时候，他步行几十公里，把家里的核桃或鸡蛋、梨等，背到县城去卖，在本地县城街道旁摆摊卖，有时候又去打工，作些苦力活，收入不高，但弟弟的读书钱勉强能挣够，吾杰因为哥哥和家人的关爱，顺利地读完小学、中学，读高中时候，洛布也到了康定去做生意。他照哥哥的计划认真读书，那年哥哥的生意亏了，亏得很惨，家里的收入自从哥哥出来做生意开始好转，没想到那次生意亏得如此惨痛，他几乎是落魄着回来的，吾杰的心被刺痛，他终于回头审视起他多年来走过的学业之路，是年纪只比他大四岁的哥哥在用汗水和心血，为他铺路——他已经暗下决心，决不再靠哥哥去读书，他也要和哥哥一样去经商，他要让所有的亲人都过好日子。

直到高考结束，他被师范学院录取了，但是他知道学费就不是中学时候那样勉强能够解决的，大学学费更昂贵，他上还是不上？噶麦村第一个大学生就是他，但是学费到哪里去找呢？录取通知书是乡长亲自交给他的，他隐瞒了家人，一直说没考上，哥哥从康定赶回来，他相信弟弟一定能考上的，他知道弟弟的成绩一直很好。但回来却让他非常地失望，那种痛苦比自己落榜还难受。

痛苦着的哥哥心里极度不高兴，他狠狠地责备了弟弟一顿后，也就不再多说什么了。闷闷不乐地喝着酒，他最后叹着气失望地说了句：

“你跟哥哥一样，没出息！”

吾杰听了这话，含着泪水低头走出家门。

他到屋顶的麦草堆里躺了很久，母亲唤他下楼喝茶吃晚饭，他也迟迟不下来，他想要把自己的不悦和烦恼都梳理掉。他想了很久，还是不想告诉哥哥他是考上了的，如果说出来，哥哥再苦再累都要坚持让他读完书的，那是他决不愿再做的。虽然决定放弃读大学，自己的心里也很失落和痛苦，但总比他看着哥哥为他读书而劳累强，他决不能把自己的失落和痛苦流露出来。

家里的人都吃过了午饭，各忙各的事情去了，只有哥哥还在灶堂边闷头喝酒。吾杰给自己的茶碗里斟满茶，给哥哥也倒上，主动地和哥哥聊起天。

“你说什么？和我一起做生意？我现在厌倦还来不及，你还做。做什么？我辛苦挣钱叫你好好读书，你却白读了！”

“白读……我不认为，不可能……”

“什么不可能？你不是没考上呀！”

“不一定考上大学就是……”

“那你要做什么？”

“我跟你一起去吧，我当你的助手，不好吗？阿哥！我们好好念生意经。阿哥，你只是被别人骗了，其他的时候做的生意不是很好吗？遇到坏人罢了，哪有一帆风顺的，做任何事情都有坎和坡。”

“做得好是靠别人，靠我自己就做得够糟糕啦，要是让阿妈阿爷和姐姐知道，那不把他们气晕！我们两个都没出息，不是男子汉，你没好好念书，我没做好生意，为了我们俩能够读书，姐姐可是书都没读，把好事都让给了我们两个男人，可现在你看吧，我们像什么话……”洛布把身子斜靠在他位置后的柱头上，眼眶里浸出了泪，看着灶堂里的火焰痛苦地说着。

"……哥，我们今后还可以成立公司，像那些大商人一样……"

"做梦啊，你！说得容易！本钱呢？咳，早知道会落得今天这样，不如把那些钱拿来修我们家的房子，至少可以修一座在噶麦村还算漂亮的，即使是二十来根柱头的。让阿爷和爸妈他们早点享受，却拿给我……"

阿哥一直耿耿于怀的就是没有给家里修起新房子，现在住的这座房子还是从祖爷爷传下来的，已经住了几代，洛布经常出门，也经常看见其他村庄里的农户房屋的变化，崭新的，漂亮的，高大起来的藏房子越来越多。八十年代后，国家政策的放开，特别是那些有木头可砍，有松茸可采，有虫草可挖的地方，带着钞票大大小小的商人都涌进来，人们都疯了似的，大把大把捞着钞票，前几十年木材可以变成金子，先是森林工业局工人们按计划砍着一片又一片，后来政策放开，当地人也可私人砍伐，外面的建设需要木材，卖木材可以赚大钱，十年时间不到，满目疮痍的荒山坡代替了茂密的原始森林，千百年没人敢砍伐的参天古树，都倒下了，从水里，从公路，从铁路游走而去，成了国家城市建设需要的资源。后来洪水像所罗门宝瓶里放出的妖魔挣脱了绿色的咒语而猖獗起来，江河源头茂密的原始森林在六七十年代里近二十年的时光就迅速地一片接一片地消失，森林工业局工人种下的一棵树还没长到一人高，工人砍下的参天古树就倒下了千万颗，上游的绿色屏障破坏了，地球绿色生态是链条环环相扣，互相循环链接的，一个绿色连接点失衡，跟着整个链条都出错，多米诺骨牌效应出现……下游的灾害凸显，洪灾如魔兽不断出来作怪。

在这节骨眼上，九十年代后期，国家总理到西部考察，到康巴藏地考察，深感生态保护的紧迫和重要性，他回去后，中央一声令下，大声疾呼："停止一切砍伐，保护天然林，保护生态！"中央退耕还林工程启动！农村里，能栽树的地方都要种下树，国家对农民的退耕还林补助款下达各地和农人家。树不能砍伐了，地方财政下滑到了赤贫，吃祖宗饭挣钱的人们，茫然回头看，四下里看，满眼是光秃秃的山，只有满山矗立着的低矮的、残留的树桩记载着每棵树曾经的风采，它们那古老的年轮里，收藏着自己生命中曾经的密码和土地万物的记忆。向"钱"看的人们，渐渐地也就忘却了，作为地球上最为伟大而重要的成员——树，曾经给地球人带来的美、和谐以及梦想，砍树的那些年月也带给一些部门和少数人不少的财富和疯狂，人们透支着土地和子孙的资源。

快到两千年的时候，忽然之间，人们惊讶地知道亚洲的几个发达国家和国内大城市有钱人海味吃够了，要吃山珍啦，致富的大门在藏区一扇又一扇地打开，松茸走俏日本，价格直线上升。不久虫草开始热炒，像长生不老药一样受到城市里有钱人的追捧和迷恋，价格甚至出现天价，一年比一年飚升得吓人，富裕起来的人多起来，欲望和梦想的大门也一一打开，拥有资源就拥有了希望、梦想和财富。财富的涌进，毕竟不是所有的藏区，像噶麦村，这几种资源都没有，砍伐森林的浪潮没有让他们享受到富裕的成果，松茸虫草走俏国际国内也没有让他们挨着边，而且又是远离轰轰隆隆向前发展、喧嚣的外界——县城。到二十一世纪初，这儿还与外界隔绝，没有顺畅的交通，仍然闭锁在高原茫茫的千万座大山褶皱里，外面的人们躁动不休的时候，它依然宁静，拿见过世面的人的话说，就是封闭，落伍啦。次仁洛布到一个朋友家里看过别人新修起来的藏房，那才叫美和舒适，那时候他就决心供弟弟把大学读完的同时，要挣钱修新房子，藏族人对家里建房是非常看重的。如今心中的两个愿望都没有实现，他怎么不痛苦沮丧！

吾杰从哥哥和他的梦想开始讲到哥哥的坚强、智慧，哥哥的一路拼打，他设想着他们家的未来，他开导兄长的话语那么流畅地奔腾着，像山沟里清亮流淌的小溪，甘美清凉，把哥哥积郁在心的郁闷渐渐地化解着。洛布想，看来弟弟还真是没有白念书，还如此地会开导人。越听越觉得聪明的弟弟，说的话很中听，最后他才微微笑着说，这就算是你没有白读书的表现吧，说得好，想得也不错！鼓动人。

吾杰高兴了，知道哥哥已经轻松起来，他挠着头发说，只是你不生气就好啦。

哥哥说，年纪不大，能这样鼓励我，说的话熨贴人心，好吧，容我想想再说。

此时是秋天，忙完秋收的农活，哥哥要回去料理一些生意上的事情，再去向朋友借些钱，从头开始。吾杰暂时留在村里，帮家里忙完秋后的农事再说出去的事情，等着哥哥来接他。

藏历新年即将来时，哥哥回来了，但哥哥这次回来却是拉着脸，跟吾杰一照面，就狠狠地揍了吾杰一顿，从来没有打过弟弟的他，愤怒到了极点。居然有这么不争气的弟弟，这次回来在县城里碰上了乡长，他才知道弟弟是考取了大学，而且是得到了通知书的，他把家里人都骗了！想不到他装得好平静，若无其事的样子！

吾杰只是抱着头让哥哥揍了一顿，让哥哥出出气也好，家里人面对吾杰自己的选择和决定吃惊之后也无可奈何。吾杰明确表示，除非是他自己挣的钱，他就去读书，将来有钱了他读几个大学都可以，只要他有基础，他愿意。哥哥再恼怒与失望也无奈地屈服于弟弟了，还是带他走出去了。

在“贡嘎雪”唱歌后的第四天，那个叫巴桑的老总登门来说服他们俩来了，最后达成共识——哥俩先和他一道去成都看看，考察考察，再作最后决定。

兄弟俩到了成都，确信这个巴桑的歌厅是正规运作的，文化品位还很高，而且他热心帮助兄弟俩到成都做生意，他说都是康巴人，在都市拼打，哥几个相互也有个照应。他带他们去看土特产交易市场等等，目的就是一个，他就要吾杰加入他的歌

厅。兄弟俩也感动于这个搞艺术的老总如此热心，同意来这里做生意，而吾杰与他也签了合同。合同签下后，巴桑激动地说了两遍，他有个非常美好而大胆的计划。

原来老总巴桑是康巴木雅藏族，城里人，学的专业就是声乐，大学毕业后，不愿回家乡，留在都市创业，曾经搞过录音，曾经在歌厅里唱歌，后来又搞创作，都没怎么样，在朋友的建议下，开起了藏族歌舞演艺厅，多年拼搏的经验和扎实的专业知识，使他有些成功了。他到藏地丹巴美人谷招来能歌善舞的藏族姑娘，在康定木雅藏地招来英俊小伙演员共二十多个，生意红火了几年。这些演员开始到了结婚的年龄，有的又跳槽，有的要回家乡了，就留了几个姑娘组成“高原雪莲”组合，红红火火地演出了三年，去年有两个女孩合同一到就不干了，她们也要结婚了，嫁在了内地，男朋友也不愿她们成天唱歌。其中还有一个年龄最小的，以打工唱歌挣学费，上音乐学院去了。这样锣齐鼓不齐，他干脆就解散了“雪莲”组合。打算修整一段时间，调整思路，另起炉灶。

一次，在电视里看到世界著名的Il Divo美伶男子歌唱组合，使他萌生了一个念头，他应该成立个康巴汉子组合，康巴汉子在世界已经是个品牌。在藏区，歌舞是家常便饭，是生活的方式，也就是人们形容的那样是歌舞的海洋，康巴汉子英俊潇洒，会唱歌跳舞的也多的是，石渠真达锅庄那么阳刚美妙，就是男子们舞出来的。格萨尔是康巴人，是草原藏人崇拜的英雄。“康巴汉子”在旅游中被炒作开来，在人文学、人类学的研究中越发升温，各种传说也多起来。过去在康巴长大的他，还真不知道现在人们说的“康巴汉子”的来历还与上千年前亚历山大大帝东征有关——说是一支骑兵队从印度走过喜马拉雅山就消失了，据说是在康巴跟当地人生活在一起了，所以康巴人多为高个，轮廓分明，属于藏族的B型人种。后来又在什么书上看到这样的说法：希特勒相信他身边的科学家的说法，雅利安人种和康巴藏人人种结合，可净化或者升华人种的退化，这样结合的下代人就是优秀种族，是神族。据说在柏拉图对话录里就叙述有一个叫亚特兰蒂斯的帝国，在一万年前大西洲的这片岛屿上生活着智慧和力量都超凡的一种人类，这个高度发达的国度，后来就是由于人们的骄奢、欲望的横流，资源的滥用等等罪恶，招来了巨大的毁灭性的天灾，强烈的地震海啸把这个高度发达的岛国吞没了，永远地消失在海洋深处，大部分的人死了，只有少部分人逃出了这场灾难，他们是乘着船逃出的，据说一部分逃到了印度，还有部分逃到了藏地。希特勒是深信不疑，所以他派西姆莱组队，率领一批人到藏区科考，目的要寻找神族，寻找神洞，寻找可以控制世界的神秘力量……

总之说法太多，把巴桑都弄糊涂了，他自己就是康巴人，康巴藏人都不知道这些，只知道自己祖辈都是雪山高原自然之子，高原大山大水把他们铸造成了山一样的坚毅的容貌，水一样的潇洒气度。巴桑他自己实实在在知道的是康巴汉子高大英俊，性格刚毅果敢，他感觉自己的模样就一直以来就是很不错的。

对！康巴汉子组合！

九十年代开始，欧美乐坛男孩的组合风起云涌，“Backstreet Boys（后街男孩）”“Boyzone（男孩地带）”“Westlife（西城男孩）”等等让全球歌迷倾倒，一群又一群有气质、有美妙嗓音的帅哥，迷住了世界多少青年男女的心，如今，我要来打造一个独一无二的康巴男孩组合——康巴汉子！

这是个非常好的创意，为此，他自己兴奋了很久，给朋友一讲，还真是没有哪个说不好。他要遍访康巴藏区，寻找最优秀的五个男孩子，容貌与声音并重，气质与品格并重，还要有文化，不管是藏文化还是现代文化和汉文化的，很容易就找到了三个中音，一个低音，一路很顺。三个月就这样在路途中过去了，但是高音却一直找不到他满意的，不是差这样条件就是差那样条件，沮丧起来的他决定回到康定休息一阵，再出发到别的几个县城去。没想到就是在他刚到康定的这天，竟然他的心愿从天而降，如意来临，无意间发现了那么完美的吾杰，从嗓音，到个头、形象，到本人的气质和内在素质都是他期望的。

他给自己定下了目标，他要组建打造一个神圣的演唱者，像Il Div似的中国独一无二的演唱团队，实力加神秘，神韵和浪漫，西部藏地歌曲为主打，加现代通俗流行风格……啊，说干就干，这是他的风格，想到了就要去大胆地做！他的两个朋友也入股支持他。

开始准备阶段是学习、培训和服装制作等等，几乎是三个月的准备，“雪山雄鹰——康巴汉子组合”亮相了，之后就是意想不到的成功和收获等待着他们。

精明能干的次仁洛布，把生意也做到了成都，在点子多、关系广的巴桑的帮助指点下，洛布开始做唐卡和藏族手工艺生意，在成都有了商铺。

今年秋天他回家乡去了一段时间，给巴桑老师和朋友带了许多家乡的核桃和藏区青冈菌（松茸）等土特产。今天他正在店里的柜台前把这些晾晒着的东西一一装进口袋，一个戴眼镜的男子路过铺面看到他的这些东西时停下来，好像对他的口袋里的核桃感兴趣。洛布以为他不认识这些东西，就说了句，这是核桃。

藏区产的吧，你家乡的？那人问。

是，很好吃，你尝尝？

洛布以为他不会要，哪知这一说，那人居然说，尝尝。洛布抓了几个递给他，而后又取出两个在自己手掌里一捏，叭的一声，核桃壳捏碎了，又把它们递给那位眼镜男人，那人接过挑着饱满的果仁放进嘴里，不住地点头说：“好，油质甘醇，仁饱满，香！”他们俩都笑起来。

洛布说，“你是专家什么的吧？”他凭自己的经验看这个人是有学问的人，年

龄接近五十来岁，戴着眼镜。

那人说，“我是农科院的，我的一个朋友就是研究这些的，林果业。”他指指核桃，又说，“还包括农作物。”

“包括我们的青稞糌粑吗？”

“当然，所有农作物。”

洛布笑了，“那些东西有什么研究的？”

“学问大着呢。”他咂着嘴，品尝着点头说。看着手里的核桃赞赏地又说，“油性好，味又纯香，这个东西益寿养颜，营养价值高，你家乡在什么地方？”

这时候弟弟吾杰进来说，“阿哥，装好没有，我走啦。”

“是你弟弟？兄弟俩很像，帅气。”

哥哥给弟弟介绍了眼前这位老师。

“弟弟声音很好，在唱歌。”洛布说。

这模样我好像在广告还是什么地方看到过……那人回想着说。

洛布说，是雪山雄鹰组合。

“对，好像是康巴汉子组合吧。”

“不是好像，本来就是。”吾杰笑着说，“欢迎老师来观看。”

“一定，一定！哦……你这核桃卖吗？”

“送人的，不过你要的话，我送你一些吧。”哥哥说。“送我就不要，这个东西其实是宝，你们那儿产量好吗？”

“多得很，吃不完。我们那儿没人稀罕。”

“这应该是有市场的，这么好的品种。你家在哪儿？“

“康定那边还要走很远。”

眼镜老师说，“哦，横断山区域。”

“老师，你说得对，就是横断山区，你知道？”吾杰好奇起来。

“知道，我还去过，那儿有很多宝贝，资源好，就是路不好走。这样好的核桃，应该是好价格，村里人种这些，比种青稞收入好，可以致富。”

兄弟两个对这个农科院老师敬仰起来。不曾想就这样，这位姓江的教授和他们后来竟成了好朋友。一次，去看吾杰演出，还给两兄弟送了几盘他们农科院的光盘，其中还有中国记者采访美国加州农业拍下的“美国现代农业大观”之类的。几张光盘在洛布的商铺里一放就是几个月，蒙上了一层灰。

这天吾杰回哥哥店里，唱歌的跳舞的光碟有的是，他无意间拿起教授给的已经布上了灰尘的碟子看起来。看过之后的他，吃惊地感叹原来世界上还有这样的农业，农民还可以这样去做！他第一次知道美国是世界农业出口大国，加州是农业州，是精确农业，什么雷达遥控、卫星定位测量计算都是高科技，对土壤都是精确用肥，把对土壤的害处降到最少。在一百多年前，那个国家每两个农人养活一个人，百年后的二十世纪三十年代左右，一个农户可供养一百三十多人。资源的可持续利用，农业教育、农业科研、农业技术推广是创造美国农业奇迹的三大支柱！吾杰也是第一次听说还有农业的绿色革命、有机农业、美国农业的新骑士协会等等，这些东西都让他倍感新奇而莫名地激动，像传奇故事一样让他着迷。

来到内地大都市，在城郊，他看到了城市边的农民过得那么好，很富裕的样子，村村道路平坦，气候那么舒适宜人，成片的农作物也长得那么肥美，那里的人跟城市人一样，细皮嫩肉的。不像家乡的所有生命，都要面对高原的寒冷、风霜、冰雪，强烈的阳光与独特的海拔高度、变化万千的大山大川的地理面貌等等！光碟画面里一幅幅美国的农业图景就更不用说有多棒了，过去想起来充满甜美的噶麦村庄，现在品尝起来就像一块魔方，让吾杰喜爱又困惑，单纯的吾杰开始非常迷惘起来……

两年后，这支以藏族歌舞演出为主的团队——康巴汉子组合，开始在全国许多大城市商演获得成功，有时也代表地方出国演出，后来除了在国内大都市还到瑞士和美国加利福尼亚。他们走过的地方，很好的宣传了中国的民族文化、风光、旅游，让许多不了解、不知道藏区的人们向往高原独特藏文化，特别是旅游爱好者和从事文化艺术的人们……

确实，尼玛吾杰回归乡村，与老支书很有关系。

有次回家过藏历年，因为老支书风湿病发作得厉害，吾杰和父亲上他家去探望，那天吾杰的心是被狠狠地刺痛了。他和哥可已经在一年前把家里的老房子拆了，新修起来，在噶麦村修新房子的已经有几家，不是家里出了干部的，就是出外打工挣了钱的，乡亲们发扬传统美德，齐心协力投工投劳帮忙，土木结构的三层高藏房楼，在村里很显得耀眼，但就只有两三家，不像别的有木头可砍可卖或者有松茸可采可卖的村庄，新房连片，耀眼夺目，给人展示的是殷实富足的田园生活美景。

噶麦村没有这几种在藏区热闹喧嚣过的让人沉醉、让人疯狂的资源，噶麦村的资源只是漫山的小灌木、岩石，高山上的杜鹃林和他们最熟悉的土地。村里到处都是高大肥硕的核桃树，风光很美，但远在山坳云雾深处，这些也不是外面有钱人喜欢的松茸、虫草和木头，发财的机率几乎是零，农户家里人均每年收入只有一百多元。

多年来作为支书，尕桑杰家居然是如此的贫穷，让吾杰很难过——几口很旧的罗锅，煨在不精彩的灶堂上，火堂里火苗的鲜艳，是这个黝黑颓旧的屋子里最亮丽的色彩，还有就是正面墙上端正贴着的已经发黄的毛泽东像。火塘旁边地板上是几张很旧的牛皮垫子，墙角地板上铺着羊毛毡子和旧得分辨不出颜色和花纹的棉被，

这就是他的床铺，隔壁一间小屋是女儿的房间。他是中年得一女儿，前两年老伴去世，女儿初中毕业一年多了，因为高中学费难以凑齐，也就不愿再读书，家里的农活也需要她做，身体不好的父亲需要她照顾了。老支书尕桑杰身材高大，但瘦削，精神却很好，看不出身体不适。可是当他伸出一双关节变形的手，你才会知道他的病很重，他忍受身体的疼痛不是一朝一夕的事情，而是有十几年的病史了，他都没有去看过医生，全靠他的毅力隐忍着，他知道自己得的是类风湿，因为曾经在县里开会时候听人说这种病不好医治，要花很多的钱，哪怕看一次，这些医药费用对他这样的农民来说，是天文数字，所以他也就没踏进过医院一步。他的耳朵长得就如同人们所说的吉人天相的那种大耳垂，似乎印证的就只是他能够当上村官几十年，但一贫如洗也几十年。

在吾杰的记忆里，尕桑杰叔叔就一直是很高大的，就是在今天六十多岁的年纪里，身板也总是很挺拔，他曾经当过兵，这段生涯给他的一身都烙上了深痕。十六岁参加了解放军，后来改称藏民团，这个团几乎全是藏族士兵，其中有贵族，有平民，当然大部分是那个时候贫穷人家的子弟，接受了新思想，希望翻身当家作主人；也有的是为有碗饭吃，都说这种军队是为穷人作主的军队，支书家父辈就知道，共产党的概念就是为百姓找幸福的人，跟观音菩萨的工作相似，这和他们家一段特殊的经历有关。尕桑杰的父亲也鼓励儿子到这样的部队里，跟着共产党走，不会错，于是参军去了。在部队他学了些汉字，知道了世界上跟噶麦村一样贫穷的地方还多得很，还有更可怕的人吃人的社会，在很远很远的外国有几个大胡子蓝眼睛的老头和善良俊美的毛泽东就是关心他们这些人的“菩萨”，他是铁了心地把过去心中装菩萨的位置彻底挪出来，让毛泽东这个新的“菩萨”住了进去。贫穷的家居没有佛龛，仅仅是墙上几十年来贴着的毛泽东像，这就是他很信奉和尊崇的，即使在改革开放后，宗教信仰自由的门打开，许多人家都在毛泽东像的前面或左右排列放上了菩萨的像，并且供上净水和灯盏，尕桑杰却依然只有那一幅。这样的画面在尕桑杰支书家里似乎成了历史的定格，吾杰从小到现在对支书家的记忆依然一样。吾杰知道尕桑杰支书正派、无私的人格力量，就是村里人无论大事小事都离不开他这个主心骨的原因，当吾杰走出噶麦，走出县城，走到很远的大城市，每次回来，吾杰都要跟他讲起外面的世界。吾杰讲得最多的也是种地的事情，青稞的事情，核桃的事情，老支书想大干一把，却想不出来如何让这个偏远的村子发生变化。交通问题一直以来就是他的心病，几年前他就感觉自己该退到历史的深处了，他有光荣的经历，但是他没有留下多少值得传扬和赞美的大事情，他一直想做一件对噶麦最有意义的事情，但就是力不从心，他看准了吾杰，他要留下吾杰，他要推荐吾杰当支书，他深信吾杰的能力和人品。但是吾杰一直拒绝，开始的时候，他告诉老人，他不想在农村待下去，至少在他还在成功演出，能给家里挣不少钱的时候，等他唱得不受人欢迎时，等他在大城市漂流得疲倦时再回来。

那次，支书流泪了，说，难道乡村就那么遭你们这些读过书、见过世面的孩子们轻视、看不起吗？他没有搬出毛主席怎么说，活佛怎么说，而是搬出了格萨尔王。他说，格萨尔是天神，在天堂的世界里，他过得比你们认为的城市要好上千万倍。但是，他为了让老百姓过好日子，为了让那些祸害人的鬼神都滚出人间，他什么苦没受？什么罪没有经历？你爷爷给你讲的这些够多的了吧，你被城市花花绿绿的世界蒙住了头，如果读书就是心智被扰乱而讨厌家乡，那读书有什么用？我看你知识也有，世面也见过了，脑瓜也灵，噶麦需要年轻人来带头，你看我老了，就这样没有什么进步地当领头羊，就管管村里婆婆妈妈的事情还可以，县里乡里老是说要带村民走发展路。发展！发展！我耳朵都听得起茧了，就连公路都没有修通，我做不到啊！

支书是堂堂一汉子，吾杰是第一次看到他掉泪，他感动也被吓着了，忙安慰着说，这么远、这么难的路能修通吗？没有政府的支持不可能。现在政府不是在修乡乡通的路吗？通村路也许快了。你这样说你自己不行，那我更不行了，自从别的村因为有松茸或虫草发财了，我们村的人也不安分起来，就是因为穷，与别村的纠纷也多起来。我听父亲说了，去年如果不是你连夜去协调旺杰家的人偷采别人草地里的虫草事件，说不定就出人命案了，其他人做不到，远近村子的人都知道你的公正无私和你的人格，你是以你的名誉担保了旺杰家赔偿别村人的损失的。还有……

吾杰这样夸老支书来回避让他回来的事情，这把老人激怒了："还有什么？都过去了的事情，不说了，娃娃你！吾杰你！少把话题扯开！总之一句话，你回不回来当？"他抹掉眼泪狠狠地说。

"村里见了世面和有文化的青年不止我一个，还有阿桑、丁真洛布、泽理，还有你女儿呢……"

"他们几个行吗？你来估量估量！就看泽理还可以，我跟他说起过，他怎么回答我：老书记，到外面去走走看，世界都在为挣钱发疯了，谁还会稀罕这个没有任何好处可取的村支书的官帽，我可不想被拴在村里什么地方都去不成，老的时候跟你一样，那就太惨了，那我不是笨蛋加傻瓜了吗？你小看我了！"支书愤愤地说，"你看他是怎么说话？我高看他了，他还说我小看他了，奇怪！你是不是也这样想的，只是没说出来？对村里的人户，我知根知底，你们郎古家人品正，干事情有股子认真劲儿，你看你爷爷岁数这么大了，给我们报春天的时间哪年他误了，连咕咕鸟都知道了你爷爷的职责是什么，不是第一只都往你家的树枝、屋顶落脚吗？"

这些赞扬爷爷的话吾杰当然熟悉，他爱爷爷胜过父母，他高兴地笑了，是啊，爷爷这个老头子真是很可爱。

“到目前你仍然是噶麦读书最多的。”支书继续说，“你没去读大学就是个错误，现在你不答应我回来当村干部，将会又是个错误，我知道你不读大学对不起你的哥哥和家人，但是你不回来当支书就是对不起村里几十户的乡亲了。县上天天在喊发展，我老头子，搞不懂怎样发展上去，怎样发展下去，我要让你来干，我把你推在这个位上，我就是立功了。活佛喇嘛会打卦，我也会，我就算准了，你能行。”

“这是乡里决定的事情，不是你一个人说了算。”

“我可以推荐呀，可以让村民选举的，你答应了？”

“不，我还想想，还要征求哥哥的意见，还要听家里人怎么想。”

“行，我等你。”

没想到，支书这一等就是两年多。支书对吾杰也渐渐感到失望。所以这次进支书家，支书只是跟他的父亲聊过去的事情和村里的琐事，他不想搭理吾杰了，他认为他跟泽理那些只顾自己挣钱的年轻人是一样的。吾杰的父母是开明的父母，他们不强求儿女，让儿女自己决定自己的未来，这是支书知道的，他也理解，就是不能原谅吾杰，他自己跟他说起外面农村怎样，农村还可以怎样的话题，让他看到了希望，又让他灰心失望。

吾杰尊重支书，但是支书不满吾杰那是显而易见的，所以他更要来探望老人。老人不搭理他，他就坐在一边听他们说话。他的目光一遍遍打量着支书的家，让他揪心的感觉不少，看着支书变形的手关节，他知道这样的病，疼痛是很厉害的，听说如刀刮火燎。城里有钱的人家，都要四处求医，花很多钱，没有钱的支书要忍受那样的痛苦，该是要很大的毅力，他的毅力来自于是村支书的责任吗？就因为曾经是个军人而锻造的吗？这时吾杰的眼光停留在支书家水缸柜下的木板上，有一排模糊的汉字，他走近仔细看起来。

“军民鱼水情”，吾杰念出来，“1935年春。”

吾杰听说过，1935年红军过雪山草地时经过这里，还是贺龙带领的部队，红二、红六军团，左右纵队部队，沿着金沙江边的崇山峻岭逶迤北上，经过了甘孜州的南部得荣、巴塘到北部的白玉，再到甘孜县，与红四方面军会师后，一起北上的……

这些历史的故事只是依稀记得点，高中时候老师简单提起，说是县志里记载有这段历史。

支书这时候才跟吾杰说话，介绍说：那时候的他还小，他的父亲给红军当过向导，了解他们对穷人是很好的，他们的马匹吃了地里的青稞苗，坚决要给老百姓赔偿，当时他们的粮食没了，但从不偷不抢，向老百姓买，我家里一直还有红军给父亲的一顶帽子和银元两个，到现在还放在箱子里，书记指了指他睡觉的那面墙下，一个很暗的角落。

他就接着讲他父亲给红军带路的故事，这个故事支书已经难得提起，村里老一点的人都曾经听他说起过，这样的经历也跟其他人经历中的某个趣闻轶事差不多，时间流逝，记忆也就平淡或不再想起。这些故事和故事中的人们已经很遥远，老百姓难得把他们和现在的干部联系在一起，现在的干部们很难到这样边远的村子来走一走，而那时候的红军就是睡在百姓家的楼下院里，藏民团解放军也一样，就像是一家人，只是不明白那些汉人红军为什么来去匆匆就再也没见过，后来走到哪里去了也不知道，是不是跟格萨尔一样去征服远方的妖魔而后也就去了天界？曾经支书的父亲给村里人解释说毛主席就是他们的头领，在很远的北京住下了。后来解放军来了，要招兵，尕桑杰就去了。那些年好像红军回来了，那些叫民主改革工作组的人，有穿军装的，有女人，有汉人，也有藏人，来到村子里，跟老百姓一起生产种地，还办学习班，学汉字，学藏文，学政策什么的，热闹得很，那时候政府的人和百姓那才叫亲如一家！支书憧憬地感叹。

西藏和平解放，1950年自治区建立起中国共产党人民政权，民主改革（封建农奴制度向社会主义制度变革）开始不久，由于国民党残余特务继续在暗中破坏，一些封建农奴主特权阶层不甘心消亡，新生的共产党政权面临严重的威胁。1956年康巴藏区大叛乱，1959年才平息。当时是西南军区政委的邓小平指示：“组织藏民武装，其任务为战斗队、生产队，又是培养干部学校，此事同民族上层及各界人士协商，同意则办，不同意缓办。”

尕桑杰赶上了这个时候，而他所在的这个团在那些岁月里，因为康巴汉子的特质，因为老百姓的喜爱，因为政府军队严格的要求，成为美誉载入军史的常胜劲旅，被老百姓称为“雪域雄鹰藏民团”。关于这些都是后来吾杰才知道的。

在噶麦村，支书确实是唯一的一位“老革命”，但是，家里的状况，却是让人同情。他的手骨节变形成那样，而疼痛却是别人看不到的，只有自己以超人的毅力隐忍。吾杰想，坐在县里机关的干部和官员中难道就没有人想起这些最底层的村官吗？况且还是个退伍军人，是个不多的“老革命”。政府说要发展要富裕，可是噶麦这样的边远穷山村有几个干部来过？就别说了解关心了。过去打江山，贺龙元帅都能打着绑腿翻山越岭地来到只有天神才知道的噶麦。民主改革时候，干部们常常下来和百姓同吃同住，现在干部多了，官员也多了，却没几个来啦！就是因为没有平坦宽阔的公路，他们只能坐着小车来吗？这是社会的进步还是退步？是政府的进步还是退步？外面的世界翻天覆地地变化着，而这样的穷乡僻壤却这样难以迈出步子？贫穷艰苦是老百姓愚昧不思进造成的？是历史欠账没基础难以飞跃？还是民主改革后几十年来基层政府忽视了这样的千万个村庄？

如果政府高高在上，就会把老百姓忘记。过去打江山的时候，就是要为受苦难

的所有人民谋幸福，形成了执政的雄厚资源，现在的部分官员和干部，是不是已经忘记了这个目的，如果只是为了少部分人谋幸福，想的是自己的权和钱，那么底层那么多的大众，还拥护谁呢？

支书把共产党当作他的精神菩萨，对菩萨是不能亵渎和说坏话的，但今天支书茫然地发了几句牢骚。吾杰也跟着怨言喷发，说着他在城里听说的事情，当吾杰说到政府把老百姓忘了时，支书却生气地制止道，你不能这样说，吾杰，国家大，噶麦这么小，顾得过来吗？靠自己，然后再说别的。毛主席就说要自力更生嘛。是我无能为力，老了，脑子不好使了，身体不允许了，这些话我都说过几次了，你还要我怎样来解释？支书的怨气是冲着吾杰而来的。

吾杰的爷爷知道他和支书间的事情，他很相信有主见的孙子，自己会做好选择的，当时吾杰没去读大学，他心里惋惜，但也没感到问题好严重，他知道吾杰是在体谅家里，体谅哥哥，才自己作出了那样的决定。后来还是不错，还走了那么多地方，还居然走出国了，这是他们祖辈都想不到的，除了天神格萨尔征战到了许多国家，看到了各种各样的人，现在那就是他的小孙子了。爷爷给村庄里的人就是这样夸耀的。他也曾经安慰老支书说：“吾杰会想通的，他很懂事，再让他在外面闯几年，不是更好……”

吾杰的爷爷看着老支书生气，依然是那句老话安慰支书，还说不着急，吾杰会拿出主意的……

“怎么能不急？老伙计！我都快不行了！他给你挣钱，你当然高兴，为你的小家你当然高兴！村子这个大家他也不顾一顾，他不是说他关心农民，他走到哪里都在了解吗？到现在还不回来！哼！他浪费时间，就算是他自己喜欢打听农业，那他回来的时候给我讲什么？什么外面的农村这样那样了，如何如何啦。我听了就着急，听了我的病更严重……”

吾杰不知道怎样回答老支书，他沉默了会儿，就起身说：“老支书，你别生气，我……再想想可以吗？你们聊吧，我出去走走。”吾杰逃跑似地走出来，在院门口碰上支书女儿正背着尖低竹编背篼从地里回来，她问：“吾杰哥哥，怎么不坐了？我阿爸呢？”

“在呢，我阿爷也在，他们在聊天。卓嘎，我走啦……”

他疾步走出去了，像支书家那样困窘的家庭真的不是少数，自从走出大山，走进城市而后再回来，每当看见那样的场景，吾杰心里的痛楚是很深的，家乡的人太贫穷，距离城市人优越的生活那是天上和地下，似乎永远叙写不完贫穷的悲哀，他独自走到了麦地里，心里涌动着迷茫，心里充满苍凉的隐痛，他心里呐喊着——

我如此贫穷的村庄啊，我的族人，我能为你做什么？青稞地里的麦芒在阳光下闪烁着金色的光芒，刺痛着他的心，眼里却涌出了泪！此情此境，他想起了曾经读过的诗人海子的诗：

麦地
别人看见你
觉得你温暖美丽
我则站在你痛苦质问的中心
被你灼伤
我站在太阳痛苦的芒上

麦地
神秘的质问者啊
当我痛苦地站在你的面前
你不能说我一无所有
你不能说我两手空空
……

卓嘎走进家还听见阿爸在数落吾杰，“你迁就你的孙子，如果是我的，我早就把他从城市拽回来了！”

“阿爸，你又在指责吾杰哥哥吧？你把他气走啦？还说。”女儿虽然只有十五六岁，但很懂事，她不愿看着父亲和家里无人照料，自愿不再读书了。

“你看，我女儿就是无怨无悔地回来了，你儿子读书多了就不愿回来，幸好他没去读大学，那样可能永远都不愿回来了，哼！你就不能劝劝他吗？”

“劝过啦，他叫我一百个放心，他知道自己怎么走自己的路……”

“自己的路？自己的路！全村人的路他就不想想？”

卓嘎端着茶壶，给他们斟上茶，接过话头说，“为什么要吾杰来想全村的路怎么走，也不该是你一个人想的，乡里县里不是在想吗？”

“现在的年轻人就是这样比来比去，你看，怎么和我们那时候不一样了，现在的年轻人想得很复杂，我们那时候简单得很，只要共产党是为老百姓的，就坚决地跟党走，什么苦都可以受，没有一句不满的话。咳，那时候！简单好啊，我认为！”

吾杰的爷爷却说，“我说简单也好，复杂也好，都好……”

“你是想夸吾杰吧，他们就复杂，这个问题，需要考虑那么久吗？从我提起，

都一年多了，那我就再等一年吧，明年他还不答应，我就不管了，也不想管了……”

吾杰的心是被感动而动摇了的。但是他不能随便答应，那时候他跟城市里的巴桑，跟他们的演出团队是个整体，不是说不干就一走了之，他还要感激巴桑对他和哥哥的帮助，还要征求哥哥的同意，不能再次让哥哥伤心于他的又一个选择，包括把他当兄弟一样的巴桑，要让他们都理解并支持他。这样想着走到了通向自己家的小路，他低头走着，没有发现几步远的地方一个女人走来，他差点和这个背着水桶的高挑、健美的年轻女人撞上。

“看着路走，小子！在想什么？”

“是你，姐！”他笑了起来。

“你的魂怕是已经飞到城市里去了吧？怎么这样走路？”

“怎么会呢？我是在想个问题。”

“是想女朋友吧？”姐姐逗着弟弟说。

“我喜欢的女朋友还没缘分遇见呢。我是想其他比较烦心的事情。”

“你们是到老书记家去了？阿爷还在那儿吧？”姐姐想起午后听母亲说过他们去那儿了。姐姐是家里的老大，只比哥哥大一岁，自从哥哥和他都离开了噶麦，她和姐夫就是家中的全劳力。加上父母身体还好，不多的几亩地，劳力是足够了，姐夫是上门女婿，按习惯该儿子当家，但是吾杰和哥哥都已经走出了家，在外面闯荡得还可以，按村里人看，那是相当不错了，尤其是哥哥。所以自然父母也就不勉强他们回来做当家人，女儿雍珠是肯定哪儿也不去的，她很能干，又体贴父母老人，女婿也很孝敬老人，几乎是没经父母怎么思考和刻意地安排，自然而然家里的事情就顺着走到了今天这样的格局。

看弟弟点头是去了支书家，她就知道弟弟为难的是什么，这事只有家里人和支书知道，她也不知道该怎么办，沉默了下，就说我去背水，你回家吧，阿妈在家。

看着姐姐走过去，他心里也很歉然，感觉他和哥哥没有为家里做多少事情，什么事都留给姐姐担负起来，他就跟着她走来。

“你还要哪里去？”

“跟你去背水，我来吧。”他伸手去接姐姐背着的木桶。

“算了吧，姐怎么会让你背？”她忙推开说，“男人怎么能背水？你是心疼姐吧，我知道。这是小事，不用这样……那走吧，跟姐姐走走，说说话。”

背水的地方可不近，在对面山脚下，他们下了坡绕过玉米地，又上个坡坎，一个小水渠就蜿蜒在那里，下游还有个很旧的电站，这个水渠是六十年代“文革”时候农业学大寨，把两股山泉从山上引来，建起的一个小型的只有三十千瓦水能的电站。几十年前年照明还可以维持，但几十年来，人口和户数都在增加，现在连照明都难以维持，有几家比较富裕的，购置了电视后，却因为电视节目只有县城才收得到，信号没有覆盖乡村，没有电视节目，即使想过电视瘾，那就只好再去买台VCD，放带子用，放那时候最流行的武打片之类的，这让村里许多孩子羡慕不已。噶麦村最先进入的汉族文化是红军带来的，人们知道汉字是那种画画一样的，跟藏文拼音字母完全不同写法；之后就是工作组来了，各种工作组。而改革开放后，武打片子在大江南北流行，包括小小的噶麦村，武打片子一样是汉语的，但大人小孩都看得津津有味，虽然不懂语言。因为电不够的问题，只能是断断续续地看完，让人看得着急，看得欠兮兮，饱一顿，饿一顿的。

经过破旧的小木屋电站，听着水的哗哗声，吾杰蹙着眉头，停下来说，姐，我看看，等等。

几大步跨前去，把头探进门洞，看着破旧的小型机器旋转着，吾杰不知为什么想起的是老支书，觉得这个尽心尽力旋转了几十年的机器，确实已经转得很累，经常出毛病。新旧更替是自然的法则，也是人类社会进步的必须，村里人要拥护支书继续当书记，那是他的人格力量使然，但是乡里应该知道身体不好的支书是在尽他的全力维持这样艰难的运转，他很苦，谁能替他分忧？他是政府体制中最基础的一块，最小最弱，一旦走出这个村，就没有人看得起这个没有任何光环的村官，几乎是处在已经被遗忘和被忽视或者看不起的地步？这些念头在吾杰脑海中闪现。他又想起读书的时候，在家里晚上是不可能做作业和看书的，什么都要在天黑前完成，看到夕阳落山时，只要有老师布置的作业，他就会着急，在放学的路上就是跟小朋友扔石子、爬树、摘野果，或下河洗澡游泳，玩得多热闹，可想起还没有做完这些功课，他会急急地赶回家，天黑前一口气把作业完成才放心……

他对姐姐说，你觉得我回来好还是不好？

“姐从内心喜欢你回来，我多想我的兄弟在身边，这样多好啊！但是，值得吗？我也在想，你能比老支书做得更好，姐相信，但是，你就会很苦了，会很辛苦的。大事我就不说了，我也不知道，小事情就多啦，包括家庭里的事情、邻居的纠纷什么的都会来找你。”说着话，他们到了水渠边的青色的大石包前，吾杰拿过水桶，用铜瓢舀满。

“这个水渠也是破破烂烂的了。”他看着这段水渠说。

“是呀，你看到了，垮的垮，漏的漏，到了下面水就更小了，灌地的时候就有些不够了。”

“如果我回来干，我必须解决它们。”吾杰若有所思地说。

“行了吧，吾杰，现在什么都不是，你现在想好，我们一家都是等你和洛布拿

主意，考虑好，不要等回来了以后，再后悔就麻烦了，干不好要回头走人，那我们家在村里可不好意的哦！而且，如果干得还不如老支书，最好就别回来。你在外面不是还过得那么可以吗，我是你的话，我不会回来的。”

“姐，那么我就不回来了，我听你的。”

“除了哥哥和爷爷的话你还能听，其他人的话，你听吗？算了吧，我知道你！”姐姐笑了说。

“你怎么这样了解我？”

“因为我是你姐呀！”

姐弟俩一路说笑着向家的方向走去。到地垅边，村里最古老的那颗不属于任何人家的巨大的核桃树下，见一个头发凌乱的妇人坐在下面瞌睡。

姐姐喊了她几声，困倦的妇人睁开眼睛，抬头看他们俩，目光幽幽的，在他们身上游弋了下，懒心无肠地抬了下手，表示招呼了，就继续靠在树干上埋头睡。

“她又在梦游已经在那边的她的宝贝了。”

吾杰说，“是更秋的母亲吧。”

“是的，你不知道，她的小儿子，她最爱的，两个月前死了。”

“怎么啦，是更秋的小弟弟，长得好逗人喜欢，很健康的呀！”

“是健康，但是，几个月前家里人把他放在家中睡觉，大人们都出去劳动，孩子醒来后，就玩火塘里的火，把裤子烧着了，三岁的孩子，不懂事，只知道哇哇大哭着乱跑，家里人回来，已经烧伤了胸口，连夜赶到乡里医院看，医生说不严重，只要不感染，等几天后再来换药。但是，就是因为没有钱，加上路又远，所以家里人以为慢慢会好的，结果，伤口感染了，几个月后那孩子发烧不退，后来还没等天亮就走了。他母亲几乎被悲痛折磨得要疯了，就这样经常到这棵树下坐，那是过去她和那个儿子爱玩的地方，她家找喇嘛打卦了，说是那个孩子跟那棵树有缘，他把魂寄放在那棵树上了，为他超度半年后他才会离开去往投生的轮回中。他母亲这两个月以来，就老是爱在这里坐，甚至睡着，她说在那梦里她和儿子相会了几次……”

听姐说到这里，吾杰却转身向那棵核桃树跑去，他从自己的兜里拿出一张一百元的人民币，摇了下那个妇人，把钱放在她手里，想安慰几句，可又不知道说什么，还是转身走了。那妇人睁开眼，看看是钱，再看着吾杰的背影，想感谢还是疑问，张开嘴好一会儿。

听姐姐讲了这些，加上从书记家里出来的不愉快，心里不是滋味，在大城市心里老想着家乡，觉得家乡美好，温暖如梦境；可是，回来后，心里却又觉得很沉重，过去熟视无睹的东西，现在居然那么的让他敏感和难受。

姐姐看到了弟弟的善举，她说，你这样做又能解决什么呢？

“这样我好受点，他们就是因为没钱看病，就是因为贫穷，所以才失去了那么健康可爱的孩子……”

“这样的事情，噶麦又不是就这点，难道你就挨着去给钱吗？你的钱又解决得了多少事情？今天用了，明天又用什么来解燃眉的问题？你该知道这些吧。”

“是，过去我没在意过，现在也许是……”

“你觉得你要回来？”

“不是，我觉得自己长大了，懂的事情多了，就是爷爷说的我的脑袋变复杂了吧。算啦，不说这些了，姐，上坡累人，还是我来背吧。”

姐姐不愿意，吾杰说，我才不讲究那么多，你是我姐，我该帮着背的。吾杰执意抱下水桶，放在一边的土坎上背起，不一会儿就走在姐姐前面去了。

几年来，在演出中，吾杰的收入还是可观的，一个月两三千元，虽然远远比不上已经开始做珠宝和唐卡画生意的哥哥，发展得还顺利，唱歌毕竟比做生意更使他喜爱。家乡的山水给了他一幅天籁之音，曾经哥哥和巴桑还计划过让他读音乐学院，他却不感兴趣。他想过，学院毕业，不是继续唱歌就是像巴桑这样，他不愿意，自己也不知道今后应该走什么路，但是年轻的他还无法决定自己今后的路，就暂时还是继续唱歌吧。想起支书和噶麦村，他在矛盾犹豫中过了一年，哥哥在成都的生意还可以，开了个香巴拉珠宝店，他对弟弟的想法一点也不支持。

一天，在演出结束后，吾杰和几个队员在剧场荫凉的台阶旁喝着矿泉水休息，对面远处是一座即将修建完的高楼，这时候工人们也休息了，有几个工人端着刚盛的饭走过来，这几个人经常到这里来乘凉，今天碰上吾杰他们。其中一个边吃饭，边注意吾杰他们，过了会儿，他终于忍不住了说，你们可能是藏族吧。

其中一个男孩子反问说，“你怎么知道？”

“你们的口音，还有模样，很帅。”

“哦，我还是第一次听说，我们帅吗？哈哈！”

“我去过康巴，你们是不是那儿的？”

“你还真行呀，老哥，怎么从我们脸上看出来的？”

“你们的口音，刚才你们用汉语说话的口音。我去过康巴一个县打工。”

“怎么又在这里来了？不是这地方的人吧？”

像他这种口音在外地打工的很多，在城市、在藏区的县城里都有。他介绍说，他去年离开了藏区，他家乡的村书记带大家出来打工，这里有活路，就把他也喊回去了，村支书很照顾大家，给大家在外面揽活路，现在他们中的村民有好些都学会了建筑方面的技术，给村子里的家也挣了些钱。他的家乡农民很穷，现在他们出来给家里

挣些钱帮补家里，给娃娃读书攒钱……

吾杰问，你们支书年轻吗?

“年轻哦，比你们大不了多少，比我有文化，我以前没读过书，家里穷得很，读不起书。现在我们村的支书有能力，能做好村里带头人，帮我们想办法，想出路，我们也比过去好了。你们是城里人，不会知道我们农村的事情……”

“你看我们是像城里人吗？他们几个不约而同地相视一笑，我和他也是从农村来的，跟你们一样。”吾杰指指他身边的一个歌手说着。

那个民工目光在他们几个身上扫视了遍夸赞道，康巴汉子就是长得巴实哦。

因为很浓的川北口音，他的话语把大家逗得哈哈大笑起来。

吾杰说，看来你知道的不少，关于藏区。

“哪们不是？在你们的州我住了一年呢。那个地方好，不像内地那么热得难受，就是冬天有点冷，空气好得很，风光也好，人也漂亮，就是不好找钱，人不多。那些蛮丫头很漂亮。”

对这个性格开朗的民工，吾杰他们跟他开起了玩笑：“你说我们的蛮丫头漂亮，那怎么不在那里找个媳妇，安家落户。”

“那不敢哦，我是有家的了，如果没有结婚，我肯定要。”

“看来你还是有野心的哦。”

他笑了，说，“我有那个野心，就是没得那个胆。”

这又把吾杰他们和其他几个人逗得乐开了。

这件事在吾杰脑海里留下很深的印象，几天后，一次他跟巴桑谈起这事，巴桑感慨地说，城市是挣钱的好地方，也是奋斗事业和居住的好地方，幸好有城市，不然还找不到挣钱的地方。

吾杰却说，“我也跟他们一样，他们是用体力或手艺在打工，摆脱贫穷，找更好的生活途径；我是用歌喉，用高原的歌，用艺术在城市打工。”

“这句话我听起来不太舒服，那就是说你在为我打工了。”

吾杰笑了，“我的老板，我不是在为你打工，为我自己挣钱，难道是为看不见的焦躁的城市之神打工？是艺术，美好的艺术在包裹着我们，我们似乎在美和浪漫中漫步，带给人们精神上的享受，人们掏钱来买这种艺术带给的美好享受，这不也是打工吗？”

“还真是呵，你脑子转得够深，我没这样想过。”

“因为你是城市人，你不会有我的感受，所以，我很在意那个农民工所讲的事情，你的坐标在城市，你在奋斗你追求的事业，而我不是……”

“你又要说你回家当农民领头人的事情了。我还是老观点，村支书村长有什么可当的？你以为你歌唱得好，很成功的样子，就能当好村长书记？我不了解农村，很久以前毛泽东虽然说过，农村是广阔天地，大有作为。我当了几个月的知青，那时农村穷，但我想现在也好不到哪去。高考恢复，我们都迫不及待地回城市考试，我进了大学，之后就在城市奋斗。农村天地再广阔，你能做什么？村官能做什么？你回去要不了多久，不靠你兄弟的话就会返贫，我把话先说到这里！”巴桑肯定地说。

“那我们俩打赌吧。”

“我还没同意你走呢，打什么赌？”

老支书的恳请和最后的愤怒目光，在吾杰的心里经常出现，村里百分之九十几的人家境贫寒，美丽的但没有大路而封闭的山村，越发让他动摇了继续在城市舞台上唱歌的想法。这几年他们这支康巴汉子团队演绎了不少欧美歌曲，其中有一首六十年代初贝克斯菲尔德乡村音乐人Haggard演唱的美国乡村民歌《Farmer’s Blues》（农夫的忧伤），那首歌是美国乡村、爵士、蓝调和民谣混合在一起而风格鲜明独特的歌曲，他们演唱时，在其中又加入了高原藏地音乐的风格，变忧郁伤感为一种诙谐，而现在吾杰在演唱这首歌曲时，却更加深刻体会出这首歌中农夫的忧伤，很多时候属于无奈。一次，在演唱这歌曲时吾杰眼里第一次含着泪水，他想到了老支书沧桑的容貌和焦虑的眼神：

Who'll buy my wheat,
Who'll buy my corn,
To feed my babies when their born?
The seeds and dirt， a prayer for rain， that I can use。
……

谁会买走我的小麦？
谁会买走我的玉米？
我还要养活我就要来到这个世界上的孩子？
还有我的种子和土地，祈求天降甘霖，急我所需。
我在田地里辛勤劳作，抬头凝望着天空，
我和上帝对话，深深思索。
这是我唯一熟悉的生活，这些就是我一个农夫的忧伤。
四季交替 周而复始，雨季、旱季、冬季，

我被这些东西支配着 还有我选择的生活。
有时我会低头而泣，
当夜晚的火车呼啸而过，
我真的期望它能把我带去遥远的远方连同我的忧伤。
拖拉机老化了，篱笆又倒了，
穿上我的礼服去趟城，
询问一下贷款的事宜，我就知道，他们肯定会拒绝我的。
返回家中，在我的身旁。
我的爱人眼睛里闪动着忧伤，
等待着我去安抚。哎，这些都是我一个农夫的忧伤。

在各大城市穿梭演出，在舞台放浪艺术的情感，激荡文化的风帆，成功和收获鼓舞着他们，但迷惘的忧思也时常裹挟在吾杰的情怀里。吾杰还常常想起村庄里的一个人，那就是蒙。蒙是纯粹的歌者，只有他唱歌不是为钱，他歌咏在高原，在有藏民的地方，蒙奔波了一生，耄耋之年了，还在继续行走穿梭高原的村庄，坚信他的职责，坚信神授予他行走歌咏是圣神的，只要自己不倒，只要还能迈步，他就不会停住脚步，停止歌唱；跟蒙相比，相同之处都是歌者，但蒙是真正的大地歌者，而他吾杰只是穿梭在大都市，穿梭在掌声喝彩声和梦幻般的舞台灯光中的打工者。蒙却是在阳光下，土地上，高山溪水间和村庄里唱灵魂的歌，他的歌是慰籍村庄和农人牧人心灵的歌，他的歌是从心灵深处唱出来的，没有金钱的一丝味道，他不是为挣钱，他每唱一首歌，心中就如燃放起一烛祈愿的檀香，他期望歌声带给人们的是和平幸福，抚平内心沧桑的皱褶……

哥哥洛布对弟弟唱歌只是觉得是暂时的，他在心里计划安排着家里人的生活，弟弟将来不唱歌了就在他的公司与他一起经营。后来，没想到弟弟居然要想回家乡的村里，当什么村官，他知道那是国家级别最小、责任却不小的穷苦官。老支书是他看了感到可怜和感动的好书记，弟弟会不会一如支书一样，忙了一生，苦了一辈子，却穷了自己，还累跨了身体……

吾杰对哥哥是毫无保留地把自己的想法、感受和曾经在农学院听课了解的一些农业知识，以及他对村子怎样发展的想法告诉哥哥，这样经常反复地摩擦甚至兄弟俩生气吵架许多次，渐渐地有时候在他们的聊天中，哥哥也被弟弟规划的噶麦村美好蓝图打动，不知不觉地与弟弟探讨起来，后来才发现自己走错了门，被弟弟圈了进去，才马上不做声，或否定自己刚才说的话。

在一年多的磨合与商量、责备中，哥哥终于同意，巴桑只好无奈地接受，好在吾杰早给他思想上有所触及，而吾杰在合同满了后，主动再留了一年，他不能说走就走，他要以此感激巴桑给予他和哥哥的帮助，康巴人懂得滴水恩，涌泉报。

吾杰离开他们时，哥哥给了一笔钱，带回家里。他了解弟弟是个心气很高的人，只要是他想做的事情，他一旦做了就会努力去做好，但这样更会让他受累，而巴桑临别时候说，你如果返贫了，就回来，我会欢迎你的！

“我不会回来的。”

“我们是该打赌了！”

“怎么个赌法呢？嗯……就赌我们商量的那块招牌吧。如果你经营咖啡屋，把你所想的名字‘香格里拉’换成我取的名字‘村庄’。”吾杰说。

“这个……行啊。在加一条吧，我就赞助你的村子两万元。”

吾杰说，“太多了，几千就可以了。”

“不，男子汉说话算数，到时候再说。”

“行呵，但愿你的事业红火！”

巴桑说，那我就预祝你归乡成功！

……

成功？成功个屁呀！

哼！巴桑说对了，我该去城市！

躺在床上的吾杰，经历着这个突如其来的打击，脑子里什么都在想，他更后悔回来，后悔听了支书的话，如果不是支书一再的劝说，如果不是自己那种讨厌的、自以为是的与生俱来的忧患的感觉，他才不会回来受这种罪，受这种侮辱，他要走，他要去城市开始过去的生活，这里不需要他，他完全是白作多情，村官？去他的什么村官，我才不稀罕呢，我不是找不到出路，我可以有更好的生活，我必须走……

5

第二天早晨，母亲在楼下唤着吾杰喝茶，没人应答，就上楼推开门，不知吾杰什么时候走的，母亲心疼地伸手摸摸没有整理的被子还有些余温，说明吾杰晚上是休息了的，早晨才走，母亲揪着的心才稍微好受了些，但是不知道他去了哪里，她忽然心里纠结起来，想着儿子是不是真的不干了？回城市去了？她焦虑地急忙喊起来，家人都跑过来，所有家人的心思都很沉重，他们想他离开这里，但又不愿意他离开……

家人都不知他究竟去了哪里……

一大早，充满委屈和恼怒的吾杰没有动他的车，而是骑马走了。

他赶到那块让他愤怒的牌子前的时候，太阳已经升起来。

朝阳下，那块白底红字的牌子耀眼刺目，他蹙着眉头耐着性子认真看着，拳头却已经捏出了汗。这样的招牌，乡亲们看了，谁不会猜测和怀疑？他吾杰是整件事情的发起者和联系协调组织者，他不被卷入漩涡谁卷入？但是，知根知底的乡亲们为什么会怀疑冤枉他呀？那些交通局的人怎么会有这样低劣的方式，是什么目的和原因要这样来竖个所谓的公示牌？吾杰是有文化、见过世面的人，他的第一念头就是，这些部门在蒙蔽百姓和上面的领导，噶麦人自己付出那么大代价的项目，上面拨付的经费并没有用完，或者说是不可能全部用在了修路事情上。这样的招牌就是公示了，透明了，告诉大家或政府的监督机关——噶麦的通村公路修建项目是符合政府要求全面完成了！愤怒的吾杰又是脚踹，又是猛摇，不一会儿就把这块他痛恨的招牌拔了起来，被他扔到路基下乱石中。就是它，才使不长腿的谣言像一匹野马在村里窜来窜去！吾杰想好了一定要问个究竟，不然他绝不罢休。他把马留在山脚下路边村子一户农人家，自己迈开两腿步行，拦车搭乘，终于乘上一辆拖拉机，下午四点多颠簸到县城时已经是满面灰土了。这样满面尘土的面孔出现在机关里，本来就显得扎眼，更何况吾杰是带着怒容走进交通局大门的。他听人说过，机关单位里小鬼难缠，大鬼好见，基于上次初次进机关的感觉，他这次就直接打听局长办公室，局长办公室却一直没有人，据说是到县委开会去了，也许下班前要来，这样的话，就只好耐心等待了。在过道上走来走去也不对，于是还是走到大门口等。这时候，在养路段工作的初中同学张平走来，没考进任何学校的他初中毕业就接父亲的班到了道班工作，修路和养路的工作干了几年，就调到了县养路段。同学相见自然是很亲切的，他听说了吾杰的事情后，先是惋惜吾杰曾经放弃读大学的事情，说如果读大学，现在吾杰肯定已经是坐在政府机关当干部了，就不是像今天这样来求人家，而是人家来求你了。吾杰在张平的感叹中第一次也为自己当初放弃上大学而遗憾起来，回头看自己所有走过的这段路，还真是付出太大了。

张平看看表说，离下班时间不多了，就别傻等了，今天他约请几个同学，大家帮他出出主意也好，再找熟人了解下再说，没有熟人是不好办事的，他很肯定地提醒老同学。吾杰说只好这样了。

在县城待了三天，班里同学中工作最好的尼玛在组织部上班，他帮吾杰了解事情的原委。最后，尼玛和张平都给吾杰一个没有结果的答案——局长这半个月都见不着，在州里开会，还要到省交通等等部门去跑本县的项目，忙得很呢。至于那个牌子的事情，交通管理科答应把它取了就是，那是按照规矩例行公事，做个公示而已，与吾杰无关，完全无关！尼玛劝吾杰，就是再找到局长也没有用，解释都会是这样的，这样的事情又不是只有噶麦，怪只怪你们那儿的乡亲里面到处嚼舌头。这件事情就这样了，如果得罪了这些部门，以后还有完善道路、路面硬化达标等等项目，就不好办了！政府对乡村路修筑是有严格的要求的，路面还必须按一定的标准用水泥铺上，后面的工作项目还多，项目经费都是交通部门管，以后还要拨付呢。

吾杰来县里是为了澄清不明的是非，但现在却是一头的雾水，火气没有了，代之而起的是无奈和迷惑，他感觉自己作为一个村主任的渺小、无力，在同学们的聊天中，在这件事情经历了之后，他仿佛看见就在现实的阴影里，在城里的深处，在他看不见的却依稀感觉到的深处，有他无法了解和明白的事情在发生着。在官场，他没有朋友，也没有亲戚，就更没有臂膀可以利用和依靠，为这件事情花费时间是无效的，他又深切感到，噶麦人的纯真和朴素，是多么可贵，那样的说三道四算什么呢？噶麦村庄是他施展才能、实现理想的地方，他来这些不属于他的陌生地方抛洒时间和精力，真是浪费。曾经他离开省城的大都市回到村庄，要的就是做很多有利于噶麦人的事情，路修好了，接下来要做的事情还那么多，这段经历就在这样的无可奈何中结束吧，应该开始做别的事情了。他告别了同学，回到他热爱的噶麦去。走在噶麦新修的道路上，风吹拂着他还没有去打理的长头发，吹拂着起伏的心潮，他对自己说，城市永远不属于他，他越来越不喜爱城市的繁杂，那是朴素的心难以设防的地方。吾杰不知道，流言里，乡书记旺吉背地里的冷嘲热讽的话也起了推波作用，而且吾杰不知道，旺吉把这个修路的功劳已经归功于乡党委的大力支持，对上级汇报里根本没有提到是吾杰自己掏钱购挖掘机的事。

吾杰要开始做的大事情就是他和老支书已经计划好的、在路修好后就着手开始筹划修水渠的事情。而老支书为洗清对吾杰的非议，没跟吾杰商量过，就在吾杰愤

怒去往县里讨说法的时候，走家串户，还召开村群众会议，以他长期善于做群众工作的经验，很快把这件事情理清楚，历数吾杰的件件长处，大家有目共睹的事情那么多，非议的人自然就不再说长短，而且愧疚地认为是他们被牌子上的话搞昏了头，是非难分了，才对吾杰起了不信任之心，使吾杰愤怒地去了县里。支书说得对，吾杰的心地如海螺一样纯洁，行为像箭杆一样端正，无论县里给不给吾杰澄清，村里人是不再相信那块牌子上说的话，那些上面的事情深山里的人搞不懂，也不可能去搞懂，要紧的事情是和吾杰、支书一起把噶麦建好，把日子过美好……

没有资金依然是难题，那真是无钱难倒英雄汉。但在进城到水利等部门化缘求助的过程中，结果还没出来的同时，吾杰带着一帮年轻人开始干起来。他们首先从水源勘察。村西那条破旧的水沟还是几十年前修的，多年来仅靠它灌溉和饮用，已经是难以维系了。后来又建了个小型电站，那么多年过去了，村里从几十户发展到百多户人家，人蓄都在增长，电的使用也在增。这条水渠已经远远供不上噶麦人的生活生产需求了，这就需要有更大的水流量。

村后有一片荒芜的小山坡，只有杂草和荆棘灌木丛生，吾杰打起了那儿的主意。噶麦耕地不足是比较凸显的问题，但噶麦的果木品质很好，他和哥哥做生意时，也顺带做些林果，特别是核桃销售。如果把村后这片上百亩的荒坡开发出来，这里就是花果山、金山了。他到县林业局去咨询时，得到的鼓励和帮助很大，从技术到树苗的供给，他们都给予帮助。吾杰有了充分的信心，他知道大力种植特色果木，市场前景都很看好。他记得王教授说过，几百年前中国的杏树从丝绸之路传入其他国家，在现代美国加利福尼亚，杏仁的种植就创造了上亿的价值，噶麦的核桃品质优良，我们该怎样做呢？

村西，十几公里远的高山背后就是一片水的世界，大大小小五六个湖泊相连如莲花盛开。噶麦人代代维系生命的水源就是来自这几个湖水中不知从什么地方渗漏进山沟，而后流进村庄的泉水。这片美丽到极致的山水圣地，传说是莲花生点化过的地方。这天吾杰和几个年轻人天还没亮就出发了，当他们爬到目的地，正是朝霞满天时。霞光把这片湖泊和水流，以及青灰、白、红色石块布阵般地矗立的这片水草的世界映照得魅力无限，清澈碧翠的湖水中朝霞在游动，如同浩大的五彩丝绸在碧水里飘荡，铺展。那感觉如神灵就在这里降临，这儿是神的五彩世界。

藏区几乎所有美丽的地方据说都有神灵点化被人们世代保护、爱护和敬崇，世世代代传袭下来，形成了藏区深厚的山水、人文传统。这种文化和生态系统水乳交融，也被人们完整保护。这片充满魅力的神界里，每个湖，每个山峰，都有故事。吾杰从小就听爷爷讲起过，虽然这儿离村很远，来的人少，离这里较近的噶麦村四组是自然村，只有几户半农半牧人家，它们的草场就在这片草滩，但总归是人迹罕至的。这儿是神灵加持过的地方，吾杰和几个青年心中装满了神圣和圣洁，吾杰激动地说：“好美！这是片世界最美的圣地！如果让更多的人来看它，让它的美丽纯洁人心人情，那多有意思啊！如果将来能把山村旅游做起来。”

“那不是就有很多的人来这里了？”帕吉欧说。

“那真是太好了，我们噶麦就热闹了。”格桑感慨道。

“但是，在这样的地方发展旅游，那可是双刃剑，人来多了，人们的素质教养、文明程度高低直接关系这里的保护问题，不注意保护，不爱惜它们，美丽会迅速消失的，神灵也会离我们的山水而去。唉，现在的人总是喜欢制造垃圾，弄脏了湖水，我们又会是罪人了。”吾杰又说。

那就最好别来人，是神灵加持之地，不能脏了它，其他几个青年都说。

吾杰说：“这里是我们的水源处，很圣洁！如果我们要做，那就肯定要做好保护，那是一定要维护它的纯洁和神圣，这是最重要的。”

他们几个青年一路走来，风光迤逦无限，吾杰的心里又多了一份思绪……

那几家半山腰居住的农牧人家——然顶村就应该是客栈，可以开发农家乐之类的，那么公路还要修上来，直到他们家门。到湖泊去就一路步行，沿途观光体验大自然景色，感受自然。走过杜鹃林，走过松树林，一个多小时就能到湖泊了，看一个多小时的湖泊景观，或在草地上或村里搭建的帐篷里，可以午餐休息，下午回去就住在然顶或下往噶麦村，噶麦海拔低又是瓜果飘香处，疗养休闲都是好地方，乡村休闲旅游可以开发，当然这还要靠县里大环境的营造和支持……

对水源的考察后，吾杰他们商量着要更多地引来水，就要在山下小溪汇流的山沟开山凿石筑水渠。那么仅靠噶麦人的双手虽可以干起来，但是炸药、设备和必要的工具得花钱买。不久吾杰把这个工程的申请项目报告交给了乡政府，请求乡里帮助在县水利部门争取。吾杰也斗胆找到了王强县长，上次在塌方地段碰上而认识的。王县长对吾杰的印象极好，也很赞赏这个放弃城市大舞台而回家乡当村官的年轻人。上次吾杰修路的行为就令他感动，这次的项目也是在没有资金等等政府行为支持的情况下就开始主动进攻。县长在常委讨论会上就感慨地说，这就是开拓创新，吃苦耐劳的精神。那个噶麦年轻人还真是有闯劲，如果我们县的村干部乡干部和县级部门的干部都有这样的精神和干劲，这样的素质，那还愁地方不发展吗？越是这样主动挑战的越要支持，在财政困难、资金不足的情况下，首先解决噶麦的，相关部门要做好协调工作。水是土地的血气，是农业的血脉，要保质保量按时给予落实完成！

很快，噶麦人就掀起水渠修筑的热潮，在吾杰回村的这两年里，他们首先是把路从山下引上村，引到家门口；现在他们是要把深山里的水更多地引下山，引进

村里和家里，这都是噶麦人多年的梦想期盼。吾杰的努力在一步步成功，他的思想也越来越成熟，如何发展噶麦，如何使村里人都过上小康生活的想法和主意似乎也越来越多。

吾杰正忙得起早贪黑，指挥着修水渠的时候，他和支书接到乡里通知，说是有外面大城市的艺术家要到噶麦来，还有县文化局的领导陪同。这消息一传开，噶麦人可激动起来，这个才初通公路的山村，有史以来第一次有大城市人来，而且还是艺术家。

七月的噶麦，这样的河谷山地正是温凉怡人时，果木和庄稼都展示着极其的繁盛，噶麦掩映在翠绿中，青稞地在渐渐地转为金黄，离收获的时间不远了。有远方客人来，所以村里决定修水渠的人们回家休息一天，也来欢迎客人们。

一辆黑色的越野车驶进村口，大家夹道而迎，当小车门打开，先出来的是乡长，然后就是几位大家都陌生的人，乡长一一介绍：

“文化局局长刘显，津城画家叶丰，北京岚图文化有限公司汪家崎……”

乡亲们夹道欢迎，吾杰和支书他们热情地一一握手，敬献哈达。

当吾杰把哈达举起正献给眼前那位漂亮的画家时，他愣了下，觉得此人有些眼熟，一时又想不起来。接过哈达的叶丰，见吾杰没把她认出来，就笑了。眼前这个小伙几年前在舞台上是风采卓然、出类拔萃的歌手，现在却成熟了不少，轮廓刚毅英俊的面庞晒得很黑，人也瘦了不少，眉宇间闪烁的英气和聪慧依然很光芒，他身上独有的魅力依然，但目光中更多了一份淡定和沉着。

文化局刘局长说，两位艺术家是来这里采风创作的，好好接待哦！

“那是肯定的了，”老支书感叹地说，“第一次啊，第一次有大城市里的艺术家来这里，刘局长谢谢你，你也是第一个来噶麦的领导啊。”

“不要谢我，是吾杰，吾杰在外面唱歌的时候，几乎成为名人了，人家就是看了他的演出，才找来了。”刘局长说。

这下该吾杰吃惊了，他再仔细地看了看叶丰，不好意思地对刘局长说：

“我没成名人呀？我怎么不知道？”

“我自己来介绍吧，村长，你还记得在津城的演出吗？‘康巴汉子组合’中，中间那位尼玛吾杰，就是你吧！而且你的团长还带着你们来我们展厅参观，我没说错吧？”

恍然大悟的吾杰笑了，哦，我说怎么很面熟，是这样！就在展馆大门口见过你。他感慨地说，这个世界真小，居然在噶麦能见到你！

“不，世界太大了，能够来这里好难！你知道我是怎么找到你的吗？”

吾杰困惑了，“你从这么遥远地方来，就是找我？不可能！……有事情吗？”

“没事就不能来你们这儿吗？”

“刚才我不是说了吗？”局长说，“人家老远来是为了采风创作，看看你这个康巴汉子生长的地方。你看，你不是出名了吗？”

吾杰不好意思起来，抬手挠了几下头发，又道：“这就是出名吗？太简单了吧！”

老支书接着说：“他该出名，他现在还应该更出名啊！你们不知道这几年他回来后，噶麦的变化，不是他回来，你们来的这条路还不知什么时候修得起来……”

吾杰打断道：“老支书在开玩笑……”

乡长说：“吾杰是很不错的人，在乡里的领导下，他干得很出色。”老支书看看乡长，就不多说话了。他和吾杰知道桑德尔乡的领导不太作为是大家知道的，但没人说什么。现在噶麦路修好了，得到县领导认可和赞扬了，乡政府也就站出来了，还表现得很积极，但任何场合只要是提到噶麦的发展变化，他们都很在乎地说那是乡里领导的结果。

叶丰接着说：“你们的歌声和康巴汉子的名字让人感动，我是想走进有那样美好歌声和歌里唱的美好地方来看看，了解在这片高原生活的人们。我的朋友家琪，也是因为你们康巴汉子组合的歌声被我说动了心来的。”她身后的家崎微笑着点头称是。

叶丰的朋友家琪，在北京工作，他们是外界到来的第一批都市人，叶丰容貌娟秀俊逸，家崎高个，戴眼镜，他们是大学同学，同级不同专业。家崎学的是现代美术设计，在公司里是做广告设计，他和叶丰是多年要好的朋友，后来家崎一直追求叶丰，而叶丰只把他作为朋友。

汪家崎其实并不感兴趣于藏区或藏文化，只是因为叶丰，才陪她进藏区。在路途中，一路担心高原反映的他，始终把氧气袋抱着，叶丰反而成了照顾他的人，他的理由是他要保持体能，为了在关键时候更好地保护叶丰，在以后的旅途中一直要保证她的安全和顺利。

对从未接近过高原的人来说，能够毅然走进高海拔、遥远在千万里外的高原村庄，那是很不容易的，叶丰作为都市里的姑娘，又从事艺术，如果不是因为她特别的经历和对艺术的执着和真切感悟，是不会走到今天的。这还得从多年前说起……

6

中原的津城，林立的高楼大厦一隅，一个堂皇的大展览馆几百平米的展厅正举办大型个人画展，参加展览的各界人士很多，军旅画家敬庭尧“西藏风骨”大型个人画展在中国美术馆成功举办后，就来到了津城巡展。叶丰作为这里的青年优秀创作者也应邀来到，应邀和闻讯而来的人很多，有美术界名人，军界艺术工作者和领导，还有其他文艺界人士参加。前来观摩学习的年轻的美术创作者、画家、艺术家很多。其中一个年轻、气质清雅、秀美的看画人就是叶丰。她驻步在一幅颇具魅力、名叫《康巴汉子》的画前，举起相机照了几张，又仔细端详了会儿画的上方画家用小楷书写的一段话——“当你领略了阿尔卑斯山的风雪交加、雄伟瑰丽的景色之后，你决不会再留恋香巴尼平原的芊芊细柔”，然后才离开去看别的画。在大幅画作《红河谷》前围着不少人，只听身材高大、军人气质中含儒雅风度的画家敬庭尧介绍说：

“为了完成这幅画的前期创作积累，我去了西藏的阿里和江孜当年藏族人民抗击英侵略者、血染河谷的地方，我满以为回到北京的创作室，就可以挥笔一气画出这个多年来我想表现的题材，但是没有成功。当我拿起画笔在两米多高的画纸上画下我心中的藏族英雄人物，我怎么看都不满意，沮丧极了，一把就把第一稿撕了，决定重来。因此我又去了四川的甘孜康巴藏区，在四五千米海拔的地方行走、流连，在牧人家住下，结交了许多普通的藏族朋友，很多藏族人的纯朴和真诚感动着我，高原山川的秀丽壮美和苍茫感动着我，也深刻地涤荡着我的灵魂。高原的高度，使我的境界也提升到了过去没有过的全新的高度，感动我的事情和人真是太多太多了。康巴汉子气质的豪迈和形象的高大彪悍，那样的英姿真是太入画了。我创作的灵感和激情在心里涌动，几个月后回到成都的画室，埋头创作三个月，一气完成了这幅《红河谷》人物群像……”

“叶丰，文化局有事找你！我打了几个电话你没听见吧。”一个年轻人匆匆地找到叶丰，在她耳边轻声说。

叶丰歉然一笑，忙从包里取出手机，一看，笑着说：

“真是呢，好几个未接电话！走吧，李柯，我们出去说。”

在比较清静的过道里年轻人高兴地急忙说：“你上交的那个报告市长批示了，文化局电话叫我去取了份复印件，你看。”

复印件是叶丰以文化馆名义写给市长的汇报材料——关于云丽区文化馆下属部门《都市文学》杂志整顿问题的调研报告。在右上角，市长赫然用钢笔写了一段让叶丰即紧张又高兴的话：“《都市文学》杂志多年来形成的问题一定要整顿，文腐问题决不能姑息，查出问题一定要处理！要使这个刊物成为我市有益于人才培养和宣传文化的好窗口和良好的平台，由文化局牵头来整顿和处理，并且拿出整改方案！”

年轻人李柯激动地说，市长真是个敢做敢为的领导！反应了两年的问题，没有哪个领导愿意来碰这个脓疮，他敢！

叶丰感慨说，六七年的问题了，我们的公有刊物成了私人的园地，要不就应该让它彻底走向市场。关键还是上面的领导不懂期刊的运作和现在的文化市场，所以很容易被蒙蔽，被牵着鼻子走，或者管理缺位！

那么明显的问题，居然无人过问，就是因为牵涉朋友亲戚和主管部门领导，在这个圈子里，掌握着话语权的人多数都和这个杂志的主编、编辑、工作人员有特殊关系，所以没人愿意理睬我们。那几个编辑把市财政供养的刊物拿出去给私人公司做平台，然后私人公司再返给他们和主编私房钱，一切利润不出现在账面上，所有的利润和财政拨付部分经费都是他们私分了，落入主编等人的腰包，还年年报告说办刊经费困难，外边私人公司帮着我市办刊，真是笑话！财政供养那么多的人，每人工资财政全额给了，办刊经费财政也全给，年底还追加几万，杂志代办的公司用这个刊物号在做其他经营上的事情，每期要返还杂志社几万，在杂志社账上却没有多余的一分一角钱，哪里去了！那么六七个人只管闲着拿钱，还不耐烦，惰性越来越严重，每次安排一点公事都牢骚满腹！甚至再三拒绝主管部门过问管理，把公有刊物当成了私人摇钱树！每期刊物从杂志社账务上体现出寄出去的印刷费等，其实是公司自己出的，这笔钱从账上公开走出去，然后悄悄又从私人账上或某个编辑手里接回。这事情持续这样多年，居然无人管，好奇怪！现在可好啦！

但我这是捅马蜂窝了！该来的都来吧，我们了解了两年的时间，绝不是想跟谁过不去。叶丰叹口气继续说，提了多次建议人家不接受，全杂志社人员的私人利益做粘合剂，让你水泼不进，针插不进，唉！只希望把我们文化馆的刊物办得更有意义，有价值。杂志部这样长期不服管，又欺骗政府，一面叫苦叫穷，一面却贪婪地中饱私囊，老是懒惰地依赖私人公司。确实，从他们的角度看，那是多美的事情，百分之八十的稿子也不用去征集，还每年要隐瞒得到的租刊费，这其实是欺诈，也是腐败。老馆长要退休了，对这些难题他无心再过问，也不想介入，全权交给我来处理文化馆所有的事情，这件事我请示过他，他说你不会成功的，是体制的问题，上面下面不理顺，难！这次我是凭着自己的良心和责任办事，无私也就无畏了！

年轻的办公室主任李柯，敬佩比他小两岁的叶丰，也坚定地说，不怕，我就是

其中的证人！老馆长终于可以给你鼓掌了。

叶丰向往地说，但愿这次能够整顿好这个杂志！这个资源不能再浪费下去了，我们要把它办成具有特色的刊物，同时让我们的文学艺术工作者、专家有个发挥才华的平台，不再成为这样不伦不类、一味就是宣传文化圈子里几个领导或小圈子兄弟伙几个作者的园地。我们要办得大气，有深度和广度，以刊物团结更多文学艺术人，以刊物展示我们市丰厚深远的文化历史，让我们的文艺家在这个舞台上尽情挥洒他们的才智。然后办活它，与我市的旅游文化结合，文学文艺创作结合，我们自己要辛苦了，还要主动走入市场，那就一改那种既要等政府拿钱，又把刊物变相卖给了私人，嘴里吃着肉还骂娘的可悲状态。这次查他们，只希望这些人不要再昧良心，那些过去一直帮他们说话撑腰的领导不要再帮他们说话，那是阻碍文化事业发展，但愿！但愿这次能把这个毒瘤子摘除！

叶丰他们说着话，走过走廊，到了大门口。

叶丰回头看着展览馆门口进出的人群舒口气说，忙完文化馆的刊物整顿工作，我也要带创作人员去高原感受感受，中国真是好大好丰富，还有好多的地方我们不了解。美院毕业四年了，画出来的画不理想，出了两幅作品在省和本市得了奖，我任文化馆助理馆长后一直没有创作了，看了敬老师的展览，我更渴望和热爱创作，我不会因为工作忙碌而不创作，把工作理顺后，抓时间创作，如果我的创作也能走上敬老师那样的高度，真好……

她手机铃声响起，“是局长的电话！”

“你好，局长，是我交的……我不能介入？哦……嗯……但这事只有我最了解，我……不怕，群起攻之？好吧！那就……好，我一定做好所有配合工作，放心，领导……我有个想法，想在宴请画家时也请来我市的青年绘画者们，大家在一起可以无拘地交流、请教……太好了，我们负责通知吧，谢谢，再见领导。”

“由市宣传部和区文化局组织一个小组来清理整顿，我不能介入，局长刚才的意思，说是事情搞大了会引起那帮人对我围攻，搞得单位不和谐，那就不好。”

“怎么围攻？”李柯焦虑地说。

“大不了就是像去年那样这几个编辑在文艺界拉小圈子，扬言有几个领导支持他们，然后共同状告我不团结他们。”

“怎么没有团结？是他们敌视你，就因为你不放过这个杂志，还有就是你的作品得了省里创作奖而且又那么年轻当了区文化馆长助理，这些人心理阴暗！不反省自己，总要找个借口，堂皇地来攻击人！卑鄙！”

“局长说这是为了我好，不介入为好，但是他们的欺骗把戏会让不了解实际情况的人难以识破，特别是领导。唉，局长都为难了，那只好如此了，为了领导要求的和谐，顺其自然吧。”

“就只有这样观望了？”

“等待吧，不管什么结果。回去吧。”

李柯说：“今天下午是《西藏风骨》展研讨会，你不参加吗？”

“怎么不？那边的事情不让我介入，这几天我就坚守在市展厅吧，直到敬老师画展圆满结束。刚才局长也说，展览是市文联和文化馆承办的，这样的知名画家来本市展览，如果画家有不满意的地方，要拿我们试问呢。今天的晚宴安排了由我们文化馆系统来协调服务，文化局宴请，画家和本市知名画家一起吃饭，一起交流，你把我们区的人员名单交给办公室了吗？”

“昨天下午就交啦，已经通知了。”

“行，下午座谈会，我们要提前十分钟到会场。”

“好，知道了，叶丰，那我先回馆去了。”

“我也去安排其他工作，这两天我都在这里。”

他们打车回到文化馆办公楼。

叶丰走进市文化馆大楼她的办公室，坐下来后思索良久，然后叹口气，想了想，就认真地在笔记本上写下了上午看画展时的思绪——

“当你领略了阿尔卑斯山的风雪交加、雄伟瑰丽的景色之后，你决不会再留恋香巴尼平原的芊芊细柔。”这是谁说的？好像是巴尔扎克的。

我困惑于《康巴汉子》作品中那种在都市里绝对看不到的独特的人物气质，震撼人心，是大自然的杰作吗？那该叫做自然之子吧！

晚宴上，领导们给画家敬庭尧敬酒，祝贺他在津城的画展举办成功。军人画家也一一回敬大家。感谢当地对他画展的大力支持和帮助，才如此成功。

落座后，他对坐在他对面的叶丰说：“小叶，这几天你们辛苦了，给你们添了不少麻烦……”

叶丰忙打断道：“敬老师，快别这么说，您是大家，能到我市来展览还真是我们的荣幸呢，局长和主席一再叮嘱我们协助好您的展览。许多画家早就想一睹您作品的风采，通过这次您到这里来展览，还真是给我们画界和文艺界吹了股强劲的清风，让我们，特别是我，感觉到真正的艺术还是在生活里，您画展的前言实在令人思索，每走进西部高原藏区，就是一次生命和意志的挑战，精神气质在挑战中振作，艺术潜能在挑战中发掘。”

敬庭尧谦逊地说：“是的，这是我几十年来创作体验生活的感悟。我到高原去

了几十次，每次一去就是几个月、半年，每次去的感受和收获都是不同的，尽管现在已经六十来岁，那种创作的激情一点没减，每进一次高原都有创作的灵感涌动。”

人到中年已经发福的文化局长敬佩地问：“您是什么时候开始进藏区的？”

“1986年。最早真的是为画画而画画去，去了那里后，就改变了。想追求一种精神，以画来表达灵魂。每次西行，胸中都会升起一座新的高峰，艺术上都会有新的收获和升华。那地方大自然的伟大无处不在，那是离太阳最近的地方，但是海拔的高度会让一些惧怕缺氧的人不敢进入，我认为那里才是意志和生命的挑战地。在那样的高度，地球之巅，世界第三级上，高原接受了你的进入，你精神境界的高度也会提高，只要你对艺术和生活是怀着真诚和热爱，你艺术的潜能自然就会在那样风光壮美、民族文化蕴藏丰富的大地上绽放花朵。我的画展既是一个终点，也是起点，我从西双版纳走到太行山，从中原到高原藏区，创作题材从古代到军事题材到藏文化，从窄小到宽，从深到高，总之，我走上了一条不归之路，我认为也是一条康庄大道。”

文联主席是作家，他赞同地点头说，“对，艺术的终极目标应该就是这样，我看过一些西部作品，也向往那地方，有机会能去去。但似乎一直抽不出时间。真羡慕您，作为从事文艺创作的应该向你学习的东西太多，荣幸现在能看到您的画展，能听到这些关于艺术的见地，叶丰说的有道理，您给我们吹来了清新的风，让我们都应该好好思考。”

“我走过的地方就更少，就更不可能像敬老师一样只身行走雪原草地，我没这个胆量和勇气。敬老师昨天说过，青藏高原的诱惑在于路途艰辛而为勇敢者所向往，风光壮美而为观光者所梦想，丰厚文化蕴藏而为艺术家所追求，后两者我非常向往，前者正是我缺乏的。如果有机会，敬老师可以约我跟你一块去吗？我要好好地跟敬老学习。”叶丰说。

“不是跟我学，小叶，你从美院毕业，学到的理论和技术性的东西很多了吧，你现在要向生活学习，要探索自己的创作路，前些天你给我看了你的画，技法等不错，也有灵气，潜力还没发掘出来，雕饰过强，你喜欢人物画，人物画最需要的就是从生活中提炼艺术形象。当你的艺术境界超越了技术技巧，才是达到了最好。艺术的探索是要经过或者说穿过死亡带，才能升华到更高境界。我从西藏的阿里、拉萨、江孜，到四川的阿坝红原再到康巴甘孜州理塘大草原等等，我在这些地方写生体验的过程，感觉就是生命体验的过程，更是艺术思想升华的过程，那里是艺术的摇篮，是我的精神家园和创作源泉。我去了很多地方，但是最喜欢的还是西部，西部藏地高原的风土人情最适合我追求的风格。这个地方博大、古老、神秘和海拔的高度本身，就是一种境界、一种高度。人一旦到达这个境界，就可以排除许多的杂念，大自然悄悄地将你灵魂进行一次洗礼、净化。我走进了那里后，感觉那里的壮美自然，文化、风情和纯朴人们在使你改变，让你不得不改变一些观念，让你扬弃城市人文化人身上的一些陋习，在艺术上努力地想创新一些技法，寻找与西部的一切吻合的艺术语言，只有这样，才能表现出自己心中的真实感受。现在我觉得，用心体会地球上这片最高的大地，撷取珍奇的艺术之花是人生的一大快乐！在中华民族大格局中，藏族文化的雄风使我迷恋，也使我懂得了要摒弃艺术人的自我陶醉、学术自私和无病呻吟，也感悟到生活是艺术的空气，创作的水，没有它们就会枯竭。”

“好！敬老师，说得真精彩，现在什么大师都太多了，真正的大师确实不是包装出来的、打造出来或喊出来的，大师是要历史验证的，我敬佩敬老师身居高位，但怀的是平常心，许多画家现在还在思索如何守住民族文化的底线，苦苦寻找创新的路，敬老师走到了前面。”一个画家说。

“不是，我还在探索。艺术无止境。刚才叶丰说的艺术的道德底线，那还真是我们艺术人应该探讨的，大家知道现代文化的多元，把行为艺术也推了一把，有的确实是超越了常态的生活和基本的道德底线，我又是要劝你们进藏去，去看看什么才是真正的行为艺术，那些满山飘荡的五色经幡，胜过了我们所看见的那些把沙滩、把山堡堡用画布包裹起来、用油彩泼洒的等等各种行为艺术，这些根本就是无法可比，高原雄伟的山峰，经幡猎猎，有布置成宗教图案，有布置成六字真言的，那不是作秀，是用心在表达，在表示一种对天地的敬畏和祈祷吉祥，那是藏民来自内心的，其实已经就是一种心灵的艺术，具有了大美。”

“大家知道敬老师的画作能够卖很高的价格，但是他没有留恋在舒适的大都市为金钱名利而画，他不断地画，探索他坚持的艺术的真谛。他从二十多岁就进藏一直到现在，他的画风也是几个阶段的转变，从纤柔细致的唐代仕女图画，到军人题材的画作，再到藏区人物大画作，作品获得的成就让人羡慕，有的画国家美术馆收藏，有的为国家领导人作为国礼赠送国外来访重要人物，得奖的作品很多。但他没有停止脚步，现在他的画风转变了，结实有质感有张力，并且很厚重，充满高原的颤音，大场面大题材的把握准确精到而富有经验，他已经把大部分时间和精力投入到藏文化中。”

“那我一定要去看看！敬老师，您还没答应我跟您一起进藏区呢。”叶丰说。

“可以，我约你们，入冬后春节我就要进去，到甘孜州理塘，那里是人物画的天堂，那里的康巴汉子真是棒极了。主席，你是作家，那些地方你也该走走。”

文联主席方超兴奋地说：“感谢敬老师提醒，我和小叶的想法一样，正想说跟您去，一定要去，我再组织几个文艺创作者去。”

“一言为定哦，我真的要等您电话！”叶丰认真地说。

“到时候可别说公务繁忙走不掉呀。”敬老师开着玩笑说。

“到时胡局长给我一个长假吧，可以吗？局长。”

“当然可以，这也是文化馆的创作，经费有问题尽管说。”

“太好啦！谢谢！”

“这样吧，我们以美协来组织，叶丰具体办理，你是美协的副秘书长，也是你份内的事情哦，经费文联补助一部分，这样就没问题了。”

敬老师笑了：“这几年被我鼓动诱惑的艺术人、文人等等随我走进高原的很多批了，没想到在今天这个餐桌上冷不丁地又组织了一批人，哈哈，来来来，提前为我们的冬季高原之行干杯！”

“干杯！”大家举杯，每个人脸上绽放着兴奋和快慰。

两个月后的一天上午，叶丰手里拿着文件走进文化馆办公室，把门一关，手里的那个文件也同时扔在了办公桌上，沉沉地坐下，目光茫然地看着那份扔在电话机旁的文件，过了会儿，才拿到面前——是上级部门关于津城云丽区《都市文学》杂志社调查结果的报告。

这个文件是文化局反馈给宣传部的调查报告，宣传部领导批了字，相关部门领导也签了字，就剩下杂志主管部门文化馆领导签字，然后就要报市长，反馈调查的结果。在最后一页签字处，叶丰看了很久，最后一个名字是该她签的，她的眼睛盯着那空白处沉思着。

敲门声响起，李柯高兴地推门进来。

“叶丰，你看这张海报，真特别，藏区一个组合演出团队第一次来我市演出，你有兴趣吗？”李柯展开一张彩色广告报。

叶丰抬头看了下，一行醒目的“雪山雄鹰——康巴汉子组合津城演出”宣传语标题映入眼里。

“哦，是藏区来的？好像敬老师的画展和他们有约似的。他走了两个月，演出又来了。”她接过海报说了句，然后看了看。

“去不去看？我还从来没有现场看过藏族歌舞演出，刚才我从网上搜索了下，还真是不错，我们不知道，这个团队其实是很成功的演出队，在许多大城市都演出过，还到欧美一些国家都演出过，反响很好呢。”李柯兴致勃勃地说着。

“你去买几张票，给馆里的创作人员都送一张，算是观摩和学习、了解。我不看，这几天我没这心思，你瞧！批下来了。这个调查结果真够讽刺，完全是走过场，还要我签上名字。”

李柯迅速看了遍文件，皱着眉头无耐地说：“那……那就是说，欺骗和以公肥私是正确的了！我们想为公多做贡献是错误的了！这些被供养人员把家当都交给了市场上做生意的书商了，私利是双倍，搞个小金库，闲着玩着还要分钱，编辑不编稿了，成了多年吃闲饭的懒人，还怨声比谁都厉害，右边兜里揣着政府给的薪水，左边兜里揣着老板给的红利，而嘴里骂着政府不关心文化，闲着一只手插着腰，一只手还伸得老长！”李柯愤怒地骂着：“好一幅漫画，再添几笔，他们的背后还有一些人在为其撑腰、包庇！”

“利益与人情关系的催化，本来简单的事情就不简单啦。文化体制的问题，改不彻底，这种现象会更严重。是呀，我只是个小小的不起眼的助理馆长，我能怎样？老馆长要退下了，身体不好干脆不上班，他知道这事难，难怪他不参与。我问心无愧地尽职了，良心安了，算啦，不情愿签字也得签，这样做，就让上边的领导感觉，我的反映是不属实的吧，我自己给自己打了耳光。捅这个马蜂窝，是很麻烦，甚至会仇恨我，但是，就这样捅一下，我也高兴，他们应该知道不是所有的人都是昏昏然被他们欺骗！上面如此高抬贵手了，或者他们自己能够以此为警钟，自觉地纠正过去的错误，走上一条良性的刊物发展路就好了。我就妥协吧！”

说着她拿起笔，苦笑了下，在右下角馆长签字处，写下名字。

“我去交吧。”

“好，那你去，我想静静地待会儿！”

李柯拿起报告走出去。

这时候她的手机响起，是北京的男朋友的电话，叶丰心情不好，简洁地说了说工作的压力和不快。电话里的声音关切而责备：“我觉得还是你辞职或到北京来，你总不愿意，在我给你联系好的那个院校办公室工作有什么不好？现在还来得及……”

“不，我不愿意，我就喜欢这个城市，‘谁不说俺家乡好’呢！是不是？这次就算了吧，等等再说，好吗？我是这样想的……”

桌上一阵电话铃声，打断了他们的交谈，男朋友安慰了几句，就只好说拜了。

“喂……哦，你好，是敬老师呀！下星期去藏区康巴？我……我可能去不了，单位有事脱不开，已经有好几个画家约好啦？太好了，可惜我走不开……不是怕苦临阵脱逃，真的，敬老师，是有比较重要的事，只好下次啦，好吧，您多保重，一路顺风！好的，再见！”接完电话的叶丰呆愣着，目前遇到的事情已经使她没有当初敬画家他们在一起商量去高原采风的激情，她站起身，在窗户前茫然地看了会儿，无奈地叹口气，转身想出去，可目光无意间落在办公桌边刚才李柯拿来的那张海报上。

叶丰仔细看起来。一幅幅剧照很耀眼，“康巴汉子”几个字特别抢眼。

第二天在上班路上，李柯正兴致勃勃地跟两个馆里的音乐舞蹈创作青年谈论昨晚看的精彩演出。

“那五个男声好极了，高中低音配合如天籁。人也那么出色。”男青年说。

“康巴汉子就是不错，挺优秀的，我查了下网，介绍很多，性格刚烈、英俊、潇洒、威武、彪悍……总之，赞美之词很多，真是太富魅力了。”女青年说。

“动心了？”

“是的，谁不动心，那么美的音乐，那么美的歌声，还有那么英俊男孩唱，不被打动，那才是怪物呢……”

“说什么呐？你们几个，什么才是怪物？”叶丰从后面走来。

女青年说：“馆长，昨天你没看演出，不看可要后悔的！我们正说演出的事。”

“我还不是馆长，就别喊馆长馆长的了。”叶丰纠正说。

“反正迟早会是，本来现在也是让你在主持工作呀！”女青年说。

叶丰问：“难得看到你们为演出激动，有收获？”

“领导，岂止是收获？精神的洗礼，心灵的感动，天外之音，绝美的艺术——所有！”李柯也激动地说。

“叶助理，你得去看，我们也还想看一场哦。”

“行啊，看每场都行。”

两青年激动得跳起来，相视一笑，拍手大叫：“太好啦，我场场都看。”

“说话算数，叶丰。”

“当然。”

“那演出票可以全报了？”

“想得美！只报两场，够意思了吧！”

“哦，有点贵哦。”

“是，就是。”

两青年有些失望地说。

“这还第一次呢，过去只管过一场。你们俩真自私，怎么都应该劝叶丰去看看，自然到时候她认为有必要多观摩，就会安排的。只要对创作有好处，哪次让你们放弃过机会……”李柯说。

说着话走进了叶丰办公室。

“要想搞腐败呀？叶馆长！”一阵嘲讽的声音从他们身后响起，跟着他们身后走进一个四十多岁的男人，他两手插在兜里站在他们身后慢悠悠地说。

大家都转过身看着他。

“朱主编，你说话可得有分寸，别……”李柯不满地抢着说。

“就是，这是创作需要……”另外那个男青年说。

“这样的观摩是我们最需要的……”文艺科搞舞蹈的女青年还在陶醉地说。

“好啊，需要？那我们也需要，怎么不给我们杂志部的人买票？我知道，有人想往上爬，想拿我们开刀，据说是告我们腐败，是文腐和不作为，宣传部有人已经告诉我了。你们文艺科和领导拿公款看戏就不是腐败？我也可以去告！还有，告诉你，群文创作广告部前几年以公家名义给普宁县制作和策划项目，县里给我们馆打了上千万的资金，后来全取走了，一分不留，他们几个人就私分了几十万，包括一些领导也得了，这些，你为什么不告？你别拿水枪当大炮了！”

“主编，你在说什么？昨天几个文友喝多了还没有清醒吗？你说的话我怎么听不懂？”女青年说。

“朱主编可清醒得很，那些事情都是过去了的事，你说这些又想搅乱叶助理的视线吗？那是她来之前的事情……”李柯说。

“李柯，李主任，你不要这样摇尾巴，小心山不转水转……”

“你认为终有一天我会转到你手里？我尽我工作范围里的职责，什么摇尾巴？你倒是给我说清楚。”李柯激愤起来，拳头紧捏，逼视着走近他。

“李柯，你就原谅朱主编的话吧，这几年来他不就是一直这样说话吗？应该理解和习惯了。”叶丰劝道。

李柯听叶丰这样提醒，冷静了些说：“如果你不是比我年长，我早就动手了！”

“怕不是这个理由吧？你这么听她的话，是想讨好你的领导……”

“你……畜生！”李柯这回真地是举拳打了过去，一拳砸在朱主编脸上。

“你你……你个杂种，你打人，我要告你，告你们，”他捂着脸，指着叶丰，跳着骂道，“你来了就搅得大家不团结，不和谐，你以权欺人，叫你的爪牙打人，我去告你！等着！”他说完，转身疾步走出门去。

几个人互相望望，又看着馆长，“世上怎么有这样不讲道理的人？什么文人？”

“缺德文人，现在可不少见！杂志办得不伦不类，偏偏就有那几个领导说好，给这种烂文人撑腰！妈的，真是！还高薪养着！早就该下课了，这样的杂志社该告！就是要告，我们支持！”那个男青年愤怒地说。

女青年愤然地说：“他什么事情都会做出来的，为了炒作他的那本小说，自己找人写了不少评论，然后署上几个大作家的名字，到处发送，居然还打通了省委宣传部某个领导，省委宣传部领导又给市委宣传部领导打招呼，推推这本书，宣传部领导亲自过问并号召市人看他的书！够精彩了！现在是怎么了，不用这些伎俩不行吗？创作需要要这么多的阴谋吗？……”

“真想一拳头把他打晕才解恨！”李柯摸着拳头遗憾地说。

“你那一拳已经给他找到借口来报复了，李柯。对他这种无赖，只有不理睬，你看吧，他会流着泪到宣传部领导那儿颠倒黑白地哭诉今天的事情！”

“我知道这是他的一贯伎俩，可没办法，馆长，我没有你那么好的涵养，我已经是忍无可忍了，不止这次，出口就伤人，是谁在助长这些人的歪风邪气？”

“难怪老馆长说，他扭不过他们，就干脆睁一只眼闭一只眼，不让管，就不管得了，还轻闲！什么时候他们自己能收手？”李柯说。

“收手？欲望之口张开，能关住吗？算了，任事态发展下去吧，我等着！”

“我们几个去文化局找领导说说吧！”

“没必要，主管部门领导一贯的做法就是苞苞散散，不让妈看见。表面看起来和谐就行啦！这是现在一些为官者的一招，也是平衡术。想想也是啊，动一个，不是就要拉出一大串问题吗？那真就是难以和谐了，文化体制不改革，漏洞还会更多的，那不是我们这等人能解决的。看吧，演艺界里，什么国家一级、二级演员、音乐家之类的，那已经是福利的象征了，离人民那么远。我听一个退休多年的老艺术家说，六七十年代，那时候他们可是经常步行深入到乡村，现在是没有车不去乡村，没有报酬不去基层。创作几乎是为晚会和比赛创作，政府号召走文化产业路，创意文化产业，但是执行起来那么难，问题在哪里？不就是文化体制没有理顺吗？上面领导迷糊，下面糊弄，以某个文化项目大肆套政府的钱，然后几个兄弟伙私分部分，真的是撑死几个，饿死一大堆……算了，这些深层次的问题不是我该思考的，就从这件事看来我还真是多此一举啦！咳！今天晚上我们一起去看演出吧！”

叶丰其实已经疲于搅和在这样毫无意义的争执中，上任以来，以为尽职责，埋头抓工作的进展就是管理工作的必须，没想到要推进工作居然有那么大的阻力。整个时代都在呼啸着向前奔，这个暂时由她负责的部门却始终被一股暗流控制着，而且在本市文化宣传圈子中，形成了一种奇怪的“生态”链。而这个节又是这个圈子链中敏感而又不愿有人来碰触的一环，你一碰它，你就会马上被围剿，甚至把他们所认为的、你想要出头的路子堵死，包括作品的评奖！较量了两年，终于也要变成睁眼瞎，让良知渐渐泯灭吧！叶丰也想着，就这样算了，比你大的领导都看得惯，你又何苦？

算了，既然不能斩断这种牵绊复杂的人情关系和那张网，退出身是最明智的！叶丰已经在思考彻底走出这几年因为触及那个脓疮而沾染在工作中的晦气，因为不老于世故，本以为凭良知、热情来干份内的事情，就可以干好事业，错了！与其这样僵持和耗费时间，不如去干别的有意义的事情。在这样的环境里，虽说有可能任馆长或副馆长，自己这种单纯的人是不合适的，叶丰想到了离职……

晚上，剧场内。舞台上来自高原的歌舞绚丽精彩，灯光映衬着草原、雪山、藏地风情的舞台布景，那种独特的异质美，很富魅力，优美的音乐和歌舞等，把剧场里的人们都带进了美轮美奂的高原风情中。

特别是康巴汉子组合的五位演员的歌声、风采。他们的年龄在二十多岁与三十多岁之间，身材高挺又英俊，演员气质容貌那么出色，声音更是优美动人，那真是天籁之音，绝美的表演。音乐和歌声的曼妙，把叶丰深深地感动了，特别为组合中，一位融和着高贵风范的英俊男孩的歌声所震撼。他是高音但音色极其华美、精致，舒展而飘逸、深邃。这样的歌声飘渺而上的时候，是直击听歌人的内心中最柔软的地方，让你难以忘怀！歌声给人的感觉，像高原天上的行云一般流畅而高远，音域宽阔，好一派大气，没有一丝造作，没有声嘶力竭，歌声极富个人风格。叶丰感动于这样优美的声音与容貌气质如此卓越地融合在一个人身上。她感怀地想，寻找如此绝美画面背后深藏的深刻意蕴，那就是敬老说的高原的魅力和神秘，才熏陶出这样出色的艺术！她似乎感觉到自己能捕捉到一种创作的某些灵感，画出一组她心中所感动的美的人物画卷……

五个男青年歌唱者，地道的康巴汉子形象，英俊、挺拔，潇洒，他们往台上一站，不用开嗓，就已抓住观众眼球。特别是唱到《康巴汉子》《云端里的舞蹈》《草原的传说》等歌曲时，全场激动，掌声、喝彩声不断。《草原的传说》是首古老的歌，经过了他们的独特处理，加进了西方音乐形式和节奏，以rap的曲风，再一次创作，多元文化音乐的风格形成，听着令人心醉、心碎、牵怀。他们五个人在演唱中有时分头领唱，而在合唱部分每个人都发挥了自己声音的优势，使得合唱的魅力更为强劲有力。他们在演唱中表现出来的激情收放自如，使人听了热血亢奋。其中一位华丽的声音，更加把激情推向高处而后跌入灵魂深处……

叶丰在歌声中忘记了这段时间在工作上的压力和不快，看着台上来自康巴藏区的歌手精美的演唱，听着歌声，中间那位外形俊朗、帅气袭人，而声音清澈、深邃华丽的青年，叶丰以绘画人的眼光欣赏着，她想起画家敬老师曾经对康巴藏地人物的感慨：

“康巴藏地人的特质，极其入画，高原大山大水壮美至极，歌也格外动人，在那里感觉到大美的真实存在，那沁人心脾、穿透心灵的大美是让你控制不住自己就要沉醉并且热爱它，走进它，面对大自然和淳朴的人们，我的灵魂受到洗礼，境界被升华……”是啊，中国西部中那一方的山川充满如此的魅力，应该去走走！去看看能够孕育如此精美艺术和人物的高原！

那华丽的声音打断了叶丰的思绪，歌声悠扬地唱着：

那一天
我闭目在经殿的香雾中

蓦然听见你颂经中的真言

那一月
我摇所有的经筒
不为超度
只为触摸你的指尖

那一年
磕长头匍匐在山路
不为觐见
只为贴着你的温暖

那一世
转山转水转佛塔
不为修来世
只为途中与你相见
……

歌词如此清美，曲调动人，这几个青年演绎得又是如此绝伦，人们掌声如雨，叶丰不由得泪水盈满了眼眶。

然后是一首欧美歌曲《Without You》（失去你），声情并茂，精美。这个组合演唱的不仅有藏语歌曲、汉语歌曲，而且还穿插有英语歌曲。无论用哪种语言，他们的歌声都是全世界都能感动的语言——爱。在所有歌曲中，他们几位在一段又一段的歌曲合唱乐声中，细腻、优雅和奔放的特质浸透凝聚在歌声中，所以充满魅力，在情感内敛与激情澎湃的唱腔收放之间，流露出令人难以抗拒的神奇魔力，激发起人们的崇高感和深刻的美丽情怀。

叶丰向往高原的热望在歌声中强烈升起。

康巴汉子组合在津城最后的两场演出叶丰都去看了，她开始在心里构想起自己的创作计划。

这天早上，叶丰去看文化馆在美术馆布置本市青年美展后，走到大门口就碰上一个团队，在市政协民族宗教委员会主任和文化教育委主任等的带领下参观刚开展的本届青年美展，这个团队原来就是“雪山雄鹰康巴汉子组合”！

叶丰在大门口与几个演员迎面碰上，那个在舞台上声音华丽的男孩子就在其中，她的目光一下就落在他身上。

这时候政协文化教育委的林主任介绍叶丰和雪山雄鹰团队的老总巴桑。

“这么年轻的馆长助理，美丽的画家，幸会！”脑后束着一把卷发，络腮胡须刮得很干净的巴桑热情友好地伸手与叶丰相握。

这句话让叶丰脸红了，有些不好意思地说：“你们的演出好成功！我看了几场，真的很棒！我都被鼓动得想去高原了。”

“那太好了，欢迎！尤其是我们这样的帅哥。”巴桑开玩笑说着，一面指指身后几位男歌手，他的话逗笑了大家。他从衣兜里掏出自己的名片，双手递给叶丰，欢迎来他们的家乡画画，可画的题材那是多得很，去了你就知道，他说。

叶丰说，还要你们多多指教。

巴桑说，你客气啦！我主要懂音乐、唱歌，对画画我只是十几岁的时候比较喜欢，初学过，后来没继续，改学音乐了。但一直对美术还是很喜欢的，所以，我的团队每到一个地方，只要有画展或当地的文艺演出，都要让他们看看，这是为他们的演出和艺术修养做些熏陶。

是，艺术是相通的，叶丰说，你真会经营和锻造你的队伍，难怪那么成功，跟你的眼光和综合修养分不开的。

过奖啦，还是他们很优秀。

巴桑说的没错，他们走到哪里，那一定是最扯人眼球的，还有几个俏丽的舞蹈女演员。这时候他们正随大家走过去，而叶丰的目光正好和那个声音最华美的男孩目光相遇，他们都相互微笑了下。巴桑招呼着大家进入展厅，再次看了看那个青年的背影，叶丰感叹，身影和步伐如此俊美！他的目光很洁净，如高原的音乐，高原的蓝天，深邃、绵远，让人难忘。

这个英俊出色的男孩就是吾杰，走上演唱路已经六年多了，艺术的熏陶和阅历的增加，使他英俊的天资中增添了许多高贵的魅力，许多年前那个稚嫩朴素的小青年已经成熟起来。

叶丰终于因为敬庭尧的“西藏风骨”画展，因为“雪山雄鹰——康巴汉子组合”的演出，萌发了走进高原创作写生采风的决心。她辞去了馆长助理职务，后来又调到市美协，为专职创作员，两年后，她约了男朋友一道，沿着敬庭尧所介绍的路线，从津城乘飞机到了成都。

成都，她来过两次了，这个大省的省会比起她的家乡津城，要显得拥挤杂乱，人多车多，但城市建设变化巨大。过去小的时候看见的许多灰黑色的木板瓦顶老房子都消失了，跟全国其他都市一样的方形、长形、高高低低的水泥建筑、玻璃装饰满

眼都是，很现代的。不过她最喜欢的是成都的美食，这是任何地方都模仿和替代不了的，知名度也是最高的。在这样一个人口众多的大都市里，要寻找“雪山雄鹰”还是不难，在这里她没有更熟悉的人，抱着试试看的心理，她把巴桑给她的名片带着，第二天还真就找到了。

他们约在一个叫“Village”的咖啡屋见面，巴桑仍然是那么春风满面，热情洋溢，只是脸上的络腮胡没有刮，显得老成了许多，长发束在脑后。这个咖啡屋就是他去年新开的，房中的布局很温馨，几乎都是木质的，从装修到桌椅都很古朴，妆饰物都是藏族特色的，或者欧洲特色的，风格很特别。在宁静中，一曲小号演奏的古典金曲在低低柔柔地轻轻回旋，叶丰走进来就喜欢上了这种感觉。巴桑满意地笑了，他骄傲地说，你们这样的艺术文化人都会喜欢这儿的，我没说错吧？这是我设计的。

真行！这么好的鉴赏力，你怎么不搞绘画？叶丰惊讶而惬意地赞叹：古朴典雅而温馨，又多了浪漫和神秘感，温暖的芬芳把来这儿的人拥抱，一坐下，感觉好像马上就会有一位慈祥的祖母端着咖啡走过来。她环顾着周围，感受着这里的氛围。

巴桑说，我还真把这种感觉营造出来了，这句话吾杰曾经说过，但他说的是藏族阿婆端着酥油茶走出来。那时候这里还没开张，我们只是在设想将来开个这样休闲、有艺术氛围的地方。

咖啡端出来了，不是洋祖母，也不是慈祥的藏族阿婆，而是个年轻女服务员。

“如果你学美术肯定很出色。”叶丰品着咖啡，打量着墙上的装饰画继续说。

“不一定，我其实很贪心，是艺术我都喜欢，但是最爱的还是音乐……已经有二十年了，却终于停止。”

“停止？哦，你在电话里说了句，你改行了，什么意思？你那支出色的团队怎么样？我猜，这个“Village”是你的第二个产业吧。”

“不，是我做的尝试，也许只是个过渡。”巴桑说到这里，刚才还那么逸兴蕤飞，这会儿却流露出失落和惋惜的神态，他是个直率的人，明显带着康巴男人特点，心理的微妙变化都会溢出满是胡须的脸。他谈起他曾经红火的团队，他们可观的经济效益，他的音乐和他的艺术世界。说完这些，充满怨气的他就埋怨起后来与他成了好朋友的唱歌的吾杰。

“团队里最优秀的是他，从声音、人才、人品，但就是他，炒了我的鱿鱼。不知你有没有印象，就是五人组合中唱高音的那个。”

“嗯，就是中间那位吧。”叶丰回忆地说。

巴桑眼睛发亮地看了下叶丰，激动地说，“你看，我说他很优秀吧，你不认识他都能记住了，我有一双慧眼！我始终认为。”

不多会儿他又叹口气继续说，“可是，就是他拆了我的台，他炒了老板鱿鱼。

你看吧他优秀不？我的组合，康巴汉子组合已经在去年解散了，而吾杰是前年底离开的。我想继续做演艺事业，重新找了个歌手，但我感觉不好，吾杰是个特别的人，他能在无形中凝聚人，有他我省力不少，他还会给我出点子，我是第一眼就看中他了，他几乎成了我的助手，管理其他几个男孩子，他有一套，他们也很服他的，他当队长我很省力。结果他一走，多年来我们共同营造的那种成功的气场和支撑的力就散落了，我给他发脾气时候虽说过，离了红萝卜照样上席，可我都奇怪，缺的是他一个，但就是不行了。所以我很快就调整了，修整一两年再说。”

叶丰说，“听起来你对这个吾杰又是怨恨又是赞扬，你应该是文化商人，他把你的生意都影响了，你怎么不恨他？你们正走在高峰，你应该痛恨他才近理吧。”

“这是常人的心态，如果我这样去思维，那就不是我了。我其实并不完全是商人，我喜欢挑战，就喜欢做文化。这个康巴汉子组合我还是过了把成功瘾，做生意不能只看钱，我们挣了很多，我们还有友情。感恩，是我们家乡人很在乎的，当然仇恨也很在乎，但这里只有恩和友情，还有我最喜欢的成功。我知道适度也是成功的一种，我也想通了，什么事情顶峰过后，就可能是低谷，顶峰之后还要上个顶峰，那是不容易的，需要突破。我感激的是他给我们的团队出了不少力，我们也成为了好朋友。他其实来这儿三年后就想离开，他结识了位农学院的教授，那个教授偶尔也来看我们演出，吾杰对那个教授脑袋里农业的东西感兴趣得很，教授也很喜欢他，还找机会让吾杰去农学院旁听。一次我们从美国加州演出参观回来，他就跟我说起过，他太喜欢美国加州农业，他家乡的农业也应该有新的思路和革命，从此后，他变了，我说他年纪不过二十几，常怀的是千岁忧，有段时间他几乎是很彷徨的，他说他不知道自己该做什么。你不知道，后来，我们每去一个地方，别的人想去的是娱乐购物的地方，可他就是想往农村农场跑，去参观人家地里的东西，他脑子里转的东西大家都不欣赏，包括我。我是城里长大的，对农村不了解，对农业就更不懂了。五年的合同期满了后，他为了帮我，就多待了一年，我和他哥哥还劝他去考音乐学院，他不动心，他想的事情我们都不喜欢。我曾经刺激他，我说上天真是白给你那么好的嗓音和仪表了，骨子里老是你的农村，土！你猜他怎么说，他踌躇满志呢，他说我知道我可以土到底，我有根，我还知道我可以洋到顶，只要我努力，但我喜欢土，那是我的家园，精神的家园，你的呢？无非就是艺术等等，你是大城市的漂泊者，你的家园建在城市，我要选择村庄，我有我的想法，告诉你也没用。其实他的想法我们这几年相处中就知道了大概，他离开时，我很认真地告诉他，你回去了，如果不理想，想回来，我们再一起干……”

巴桑眼里满是一看就让人感动的神情，听他叙述着，被他的神情感动的叶丰最后说，你很喜欢他？他点头又继续说，去年我也去了次他的家乡，我想劝他入股，

我们一起来经营演出队，他不动心，他给我推荐了几个村里嗓子好的，我怎么能带出来，他都不出来。

“他在做什么呢？”

“他忙着呢，他的那些理想我不理解，也不发表意见，跟他接触了就知道这个人是什么人物了。”

“这样的吗？真有趣！我……也想认识他，你看可以介绍下吗？”

“当然，你不是来采风吗？你就好好去感受康巴人吧，他是个人物，但他的家乡是很远的哦，上次我只到了乡，没去村子，还远得很。”

“没问题，我其实上次看演出就想如果能够给他画幅画就好了，真好，采风本来就是体验生活，远，怕什么？藏区我还是第一次准备去。”

“行，我给你写个地址和联系电话，电话不一定能打通，他在村里就打不通的。到了康定，还要过两个县才到他们那里的县。你想好，高原藏区路不是很好走，尤其是横断山区域，而且到吾杰的乡村更远更难，骑马走路翻几个大山，要做好思想准备。”巴桑叫服务员拿来纸，刷刷写着。

“没事，我的身体还是可以的吧？你看我们行吗？”

“还行吧，只要没心脏病和高血压，或者是心理压力，不感冒，那就没问题的。但是，我可要提醒你，小心不要爱上了他哦。”

他顾自说着玩笑的话，不管叶丰的男友就在身边，然后就是一阵爽快的大笑，而后对叶丰的男友说，你不介意我的话吧？

“怎么可能？老总，你的经历也一定有意思极了，听你刚才说的你们的故事，看得出你很有气魄。”

“我今天是遇见知音了，我还真是有气量，吾杰也是这样夸我……”

“都几点了，还不给客人安排午饭，又在自吹了？”这时候一个穿制服的漂亮女人脚步轻盈地走进来，站在他们身后说着。

巴桑这才看表说，时间好快，都十二点了，夫人不来提醒，我都忘了。这是我夫人，叫娜央，在省里工作，搞翻译的。

“真漂亮，你也是藏族吧？”叶丰欣赏地看着这个高挑、干练的娜央。

娜央点点头，她也夸着叶丰的美丽，然后自我介绍和巴桑是一个州的人，她的老家是德格。她跟巴桑一样很热情，一接触，就没有陌生感。她说，巴桑昨天就说了，要请两个远来的朋友，说你是年轻貌美的文化馆长……

“不，不，不是，什么都不是了，所以才有时间来这里，还准备到藏区。”

“真行！这么有魄力。”央娜佩服地说。

“我结交的朋友一定都不错。包括你，央娜。”开着玩笑的他故作认真的神态把大家都逗乐了。

“少吹嘘了，我们走吧，我带你们去尝尝特色餐。”

“不了，就尝尝你这个店里的特色餐吧，你看那不就写着牛肉、酸奶……”

巴桑站起来说，这个你们进藏地，就吃得多了，还是听我安排吧，本来今天我还想请吾杰的哥哥，他就在这里，生意做得好，他经销的唐卡画，还供不应求，基本都是国外的、香港等签约订购了。昨天他刚去广州做笔生意，只好下次吧，你应该认识，这个人也是康巴人中的佼佼者。

“行，那感谢了！就听老总安排吧。”男友给还在推辞的叶丰说。

“不要再叫我老总了，就叫名字，现在我们是朋友了。”

说完他给领班的服务员吩咐了会儿，就带着叶丰他们走出去，站在门口，他抬头指着店门上的招牌名，对叶丰说，这个名字就是吾杰取的，我也很喜欢，“Village”是吾杰的精神家园，这个“村庄”是我经营的家园，我想做成文化人喜爱的精神家园，到了这里，就如同归家的感觉，叶丰，欢迎今后你们多介绍文艺朋友、艺术家来这里哦。

央娜说，你们看吧，这个人的精神家园就是生意，随时都忘不了做宣传，拉生意呢……大家说笑着，往前走去乘车，巴桑的车就停在不远处。

叶丰回头看看那个褐色原木上的绿色名字，在她脑海里、心里品抿着这个自己长期在城市里一直不在乎、一直忽视的语词，心里有许多被触动的感觉。

7

一直以来，“康巴汉子”像传奇，让外界的人好奇而又感到神秘，叶丰被敬庭尧的画和敬庭尧深入高原的精神鼓励，她想创作一组关于康巴汉子的组画，但是康巴汉子究竟具象点是什么？仅仅是因为各种宣传和资料上所说的容貌的俊美和体格的健美、高大，性格的豪爽吗？如果从外表气质看，吾杰在舞台上给叶丰留下的记忆是深刻而震撼的，他代表着叶丰心目中的康巴藏族男儿，但是从巴桑那儿的了解中，她对吾杰更加好奇起来，她决定对这个气质容貌如此出色的人再做更多地了解，他成长的环境，他的家人、村里人，她也要走进最基层，吾杰是她的第一个目标。

在村里呆了一天，吾杰依然和大部分村民去忙于修水渠，早出晚归，几位客人就由支书陪伴，并且把他们安排在条件好的吾杰家吃住。吾杰家热情的款待，藏族人热情好客，村里人这家那家的邀请，一切都让他们感到温馨可亲，虽然饮食不太习惯，酥油茶和糌粑吃不惯，吾杰家就几乎是天天煮大米饭，尽量让他们感到满意。叶丰和局长、家崎看民居，串门户，跟村里的孩子们照相，给老人年轻人画素描或速写，当叶丰感到所有的新奇与好奇几乎满足了，估计创作的素材也足够了，就准备离开。

吾杰回来为他们准备了欢送活动，对于唱歌跳舞，在藏家是非常轻松的事情，那是家常便饭，歌舞本来就是生活的部分，而且人人都喜欢，参与的积极性用不着鼓动，人们就踊跃地准备好了。吾杰家和雍珠家都有台录放机，可以拿出来放音乐磁带，因为没有正常的电源，电池也准备好了，为了把晚会顺利进行完，家家户户自觉地都不打开家里的照明。夜晚，星光璀璨如宝石，噶麦村古核桃树下的大坝子里篝火升起来，山歌唱罢，锅庄舞跳起来，从人家里迁出的几盏灯，还是因电力不足而停电熄灭了，但人们习以为常，依然没有少了唱歌跳舞的兴致，叶丰和几个同伴高兴激动地在人群里舞着歌着。高潮中吾杰被大家欢呼着，要他唱首歌曲。今天他跟村民一样穿上盛装，藏族人只要是参加集体活动或聚会，都有习惯要把新装或体面的盛装穿上，在生活中如此真实的吾杰，其实比大都市里舞台炫目的灯光里映出的那个英俊、高贵中又饱含着典雅的吾杰更具魅力，显得真实、朴素、纯洁、豪情，康巴汉子的气质没了粉饰和矫情，如此的真切、可爱、质朴而更显高贵。

吾杰唱了首山歌，就下不了场了，于是在星光闪动、篝火焰艳里，在大家的静听中，他唱了首两年前在津城演出时叶丰最为感动的仓央嘉措的情歌——《那一天》和《好多年》：

好多年
你一直在我的伤口中幽居
我放下过天地
放下过神佛
却从未放下过你
世间事
除生死
爱你最真切
……

闪烁的星光，静谧；树叶在夜的幽暗里轻轻颤动，天籁之声在远近的草丛和树木间一声两声、一阵阵轻轻滑落，在自然的怀抱里，倾听如此美好的歌声，叶丰的心充满了感动。有一种感觉在心里柔柔地撞击了下，这是什么感觉，是创作的灵感还是别的感动，她自己也说不清，总之她眼里又是泪水涌出……

第二天，吾杰和支书以及乡里的村民都来送他们，许多人拿来了核桃等干果和还不太成熟的水果，大包小包地装满了他们的车，包括文化局长也感到难舍的情意那么浓，他们几个最后还是话别，上车出发了。车开始下山了，坐在车里的叶丰却很沉闷的样子，一直没说话，当离开噶麦村有半里远时候，她突然说了句大家都不理解的话，而且这话很让大家吃惊，特别是家琪搞不明白叶丰的莫名其妙。

“扎西师傅，停车吧。我想再留下来一些时间！”

“你开玩笑吧？小叶老师。”局长笑着回头看着叶丰，叶丰没有笑容，很认真地点着头说：

“不，是真的留下！”

车停住了，局长茫然问：“叶老师怎么啦？”

“没怎么，只是我忽然觉得我要找的东西还没有找到，我的创作素材太单薄！他们修水渠，他们劳动，这些我怎么忽视啦？应该上山去体验感受。我不容易来一次，一定要再留一段时间！”

“叶丰，你是不是神经出毛病了？怎么说不走就不走了？跟小孩子似的！人家局长陪我们留下来这么几天，还专车接送，现在都决定回去了，怎么变卦了？那我呢？你怎么说变就变了？”家琪惊讶地责备。

"如果你愿意留下，也留下！"叶丰说。

"怎么可能？我只有七八天的假，我是必须走的啦。"

"也行。"

"什么？"家崎瞪大了眼睛，不敢相信叶丰会做出这么出人预料的决定。

"真的吗？叶老师，你决定了？"局长不太相信地笑着问。

"决定了！昨天就在想这事，有些犹豫，我怕把局长的时间耽搁了，家崎的假期也到了，所以我没好说出口，现在我想好了，这样遥远的地方来一次不容易，也许以后就没有机会来了……"

"早知如此，我该早几天就走了，还陪你……"家崎冒火了，叫嚷着说。看来是要跟叶丰吵架的样子，局长劝慰地说：

"叶老师，如果你想好了就留下吧，我跟乡里打招呼，好好照顾你，艺术创作是不容易，没有充分的体验和积累，达不到一定深度，那是创作不出好东西的。汪老师，你看呢，你也能留下来吗？以后多宣传我们，还要靠你们这些文艺家。你们什么时候想走，我就什么时候安排车来接，我要回去开会，不能再陪你们……"

叶丰既感到歉意又感激地对局长说着感谢帮助的话，也表示不用再陪，她和很多噶麦人都是朋友了，不要担心。而家崎没有改变要走的决心，他不明白，在他眼里如此平淡而且比大城市落后千万倍的这个山村，怎么会让叶丰再留下来，如果不是叶丰要来这样遥远的穷地方，他这辈子都不会来。他不愿再待下去，他的假也将满了，不能耽搁，加上这里几乎与外界隔绝，不通电话，上不了网，就是看电视也看不好，叶丰却说，就是因为这些，她才要多住下来，体会和感受！家崎受不了啦，他不理解叶丰居然还想在这里受罪，画家真是疯子，幸好自己没搞创作了，不然也会不可思议到一块儿的。他和叶丰第一次发生争执，他们俩当着局长和驾驶员争执了会儿，见叶丰是决心不改，最后他只好无奈而懊恼地自己走掉。

叶丰坚持不让他们倒车再送她回村，因为车没开出村多远。她接过家崎从车上拿下来的背包和画架，对家崎挽留地说，"你留下来吧，我……"

"等你在这个山沟沟里待腻烦了，到乡里打个电话，我来接你！"怒气未消的家崎头也不回地只说了这句，然后就上车跟局长走了。

本来就准备离开的叶丰，又一次因为吾杰的歌声——那首歌的歌词本来就如此的遣眷、感人，吾杰的歌喉魅力与音乐的优美，把这歌演绎得很完美，在都市的歌舞剧院听，和在大自然怀抱里欣赏，那感觉更是别样地动人。昨晚听他的歌声，动摇了她回家的打算，她觉得自己这几天只是走马观花、浮光掠影地采集了些素材，她应该沉下来，感受和思考这样的地方。这几天她看到、感到的是藏族民风的淳朴美好，村民的朴素热情和与城市内地完全不同的民俗，但是在这些表面的深处，在与城市现代化、物质享受极其丰富而人们精神虚空感强烈、焦躁不安的心境相比较，城市和山村，还有什么更多的区别？也许这不是她画画人该思考的，但在画中，她究竟该体现出什么？仅仅画些民族特色的藏房、穿着藏装的人物？高原独特的风光？这很容易，但她想要表现的不仅仅是这些，那么她的采风还很肤浅。但是当车子一溜烟在新的土路尘埃中要远离村庄时，叶丰茫然了，在内心深处，好像有一种她自己也说不明白的激情在鼓励着自己要这样固执地坚持留下来……

送他们的村民已经散去，吾杰和支书正商量着他要介绍吾杰入党的事，他们坐在路口树下的大石上，正说着话的老支书却停住了话头，不太相信的举手挡住阳光、虚眯着眼仔细看着左前方新土路拐角处走来的人，埋头思考的吾杰顺着支书的目光也转头看去，叶丰走进了他们的视线，他们的第一个念头就是车出故障了？

两人起身迎了上去，车子怎么啦？其他人呢？吾杰脱口而出。

叶丰让他们惊讶不小，而叶丰自己也有些不好意思起来，她笑着说，车很好，他们都走了。

“怎么啦？你……”

“我不走了！”叶丰不知为什么脸红起来。

支书和吾杰讶然而视，不太明白她的话。叶丰见他们这样，就说，看来你们不欢迎我回来吧？伙食费我自己交，只是给我找个住的地方，平时我就自己去采风，跟你们一起去修水渠，劳动几天，我不给你们添麻烦，行吗？要离开这里了，我才觉得我没有找到我创作的灵感，我过去几天的体验太肤浅，还想再多待一段时间，可以吗？我决不给你们添麻烦，我……

叶丰一口气说了这些话，支书高兴地忙说：“怎么不可以？叶丰老师，如果你就扎根在我们这儿那更好呢？我们欢迎都来不及，看来我们的噶麦还能吸引你们艺术家，我高兴呢！如果不是我家的房子又老又窄小，我就要把你请进我家跟我女儿住在一起了，吾杰，你看呢？还是住你家吧。”

吾杰语迟了好一会儿，他才开着玩笑说：“看来叶丰老师已经把噶麦当家乡了，欢迎啊，好吧，还是住我家，跟我母亲在一起吧，给她作伴，我想请你给我爷爷画幅画呢。我就要到水渠工地去了，他们照顾不周的地方就告诉支书……”

“如果你把我当成休闲疗养的人，那我就没必要留下啦，我留下来是要跟你们一起去劳动，不可以吗？我请求支书村长同意，好吗？”

老支书高兴地说，同意同意！头点得像风中的树枝头，他其实很喜欢这个叶丰，他曾想过如果村里的小学，有这样一个老师来给噶麦的孩子上课教书，那该多好！“吾杰别愣着，把叶丰老师的背包接下来。”

吾杰接过背包后调侃着说，大城市来的人娇气，艺术家更是吧。你可能还没见过农村人的劳动吧？你能留下来诚心地体会我们，好好了解我们是怎么劳作，怎么生活的就很好了，你的责任是记录、体会，然后升华为感人的艺术作品，我和支书都很欢迎你再次来到噶麦，上次是来做客，有领导陪同，这次是回家乡，还是重游……

“吾杰村长，不管你欢不欢迎我，我住定了，也许一个月，也许还要长！”叶丰挑战似地说。

“行，我爷爷多收养一个汉族孙女，他高兴得很呢。”

“那我就不客气地入住你家了……”

三人说笑着，走进村里。

文化局领导考虑村里条件不好，给乡政府打了招呼，如果叶丰要到乡政府住就安排个住处，过几天接叶丰下来。但在后来的时间里，叶丰几乎就天天跟吾杰、跟村民在一起，跟他们上山，还帮助他们画水渠示意图，还跟其他村民去牧场。村里的电站很可怜，晚上用电时候，电视无法看，照明断断续续，她的相机没有电了，许多时候也只好常去乡政府充电，下载数码相机卡上的图片。后来干脆不用相机，把带来的画纸铺开来作画写生了。

乡村在她眼里有很多的美好，民风民俗的魅力无限，淳朴可亲的藏民中有那么多可以入画可以抒写的，但乡村条件的落后，水电交通通讯等现代社会最基本的设施都没有。吾杰回来创业该有多重要，但也有多难啊，能够回家乡带村民走发展路，吾杰心中该有许多美好的理想在激励着他，他的激情和干劲，坚忍不拔，也感染着叶丰，越是了解吾杰，就越是敬佩吾杰了。对于那首歌的理解，在后来她和吾杰他们走进莲花海子山后，莲花湖的绝美精致和仙界般的景象，使她深刻理解了《那一天》歌曲的魂，以及她之所以要留下来是因为那首歌向她昭示的神韵——高原的美，不是走马观花就能体味完的，需要像歌里唱的那样“我摇着所有的经筒，不为超度，只为触摸你的指尖；磕长头匍匐在山路，不为觐见，只为贴着你的温暖……”那么，我用一生和一世来修什么？我转山转水，为的就是画出自己满意的画作吗？

不久全州开始村主任村支书的公推公选，吾杰很自然地被选为村支书，他的入党宣誓也是在那几天里。另一位叫格桑的青年被任命为村主任，帕奇欧为副主任，这是在吾杰的建议下乡党委采纳了他意见，加强了村领导班子。老支书终于可以高高兴兴地完全把担子交给年轻人，交给他放心的吾杰继续走下去。

桑德尔乡书记热心好客，为了照顾好叶丰，他安排考入康定师范大学读大三，暑假回来度假的女儿央金，和刚参加完全州第一次公务员招考，正等通知的大女儿卓玛陪伴叶丰。央金和卓玛经常跟叶丰谈起吾杰，跟他们进入噶麦村，也就对吾杰很熟悉了，没想到美丽的卓玛爱上了吾杰，而叶丰心里早已滋生着她自己都不敢承认的情感。

生气离开叶丰的汪家崎到了县城，也不打算回去，再请了一段时间的假，在县城宾馆里住了一个多星期，他还是放心不下叶丰，县城距离噶麦还算可以，离叶丰不算远，就安心住下。噶麦的生活条件，在他眼里确实太简陋了，他无法在那里住下来，他也无法理解叶丰居然会留下来，待那么长的时间，没有电，没有电视，不通电话以及吃的等等一切都让他受不了。人活着不就是要享受生活的优越，创造更好的生活，就是为了感受优越和舒适。她倒好，好像过腻烦了都市的丰富多彩、要什么有什么的生活，对这样落后的村庄生活，她的兴趣竟然如此浓厚，那就等她过把瘾吧。他自己就待在宾馆里或者有时候跟县文化局的局长一起到县文化单位走走，这些当地的文化人很快把本地的民族文化、特色歌舞、民间说唱什么的都让他了解了些，后来他不知不觉的就喜爱上了这个不大的山环水绕、小巧精致的小城。估计叶丰在噶麦待得差不多了的时候，他就决定这次下决心要劝叶丰走了。搭乘文化局安排的车子到了噶麦，陪同他一道来的是文化馆搞音乐的东麦，一个执着地收集整理藏区乡村音乐的本土音乐人。

家崎的到来，使叶丰意外，眼前的叶丰已经晒黑了不少，当她知道家崎没回去，而是在县城等她，她被感动了。她希望家崎也能和他一样喜欢噶麦，她向家崎讲述这段时间里她的感受，她看到的一切，但是她说得最多的是吾杰。家崎跟叶丰到了修水渠的工地，吾杰看到家崎出现在工地上，高兴地说，看来噶麦是留得住人的地方，叶丰回来了，你也回来了，你们俩能长住下来更好。

“我可愿意辞了工作来这里，如果可以……”

家崎奇怪地看了看说着这样奇怪话语的叶丰，“你辞了工作，在这儿生活，可能吗？靠什么生活？别天真烂漫了，你以为这儿是世外桃园？”

“跟世外桃源差不多。”叶丰高兴地说，“吾杰说了这是他的精神家园……”

叶丰还说，我们寻找的也是精神家园，吾杰说……

家崎不想再听她左一个吾杰右一个吾杰，就打断道，这是吾杰的家乡，每处山水和每块石头都是他生长的记忆，我们不是这回事，你别浪漫了！

家崎发现了一个让他心里极其难受的细节，他看到叶丰在顾盼吾杰时眼神里含着很特别的神情，这是他从未看到过的，他从理智上判断，这简直是不可能的事情！一个美丽的城市青年，有地位，有身份，有才气，怎么会对一个在山区生活，不过就是个村干部的青年动情，而且民族不同，文化生活都不同，那她真是疯了！对于沉稳优雅的叶丰来说是不可能的事情吧？家琦继而又拂开自己心中的醋意，认为自己因为爱叶丰而过于敏感了，但后来他们大家相处时，他分明感到叶丰的变化，叶丰和

他的距离会越来越大，不能再让叶丰留在这里，他无论如何要劝叶丰离开了。

上午，晨光中的村庄明丽，除了正在收割的麦地是金色的，远近都是翠绿，收割的景象繁忙了几日，雨季就如期到来，把所有的植物都洗濯得苍翠光亮。昨晚又是一场细雨，天明又晴好无比，艳阳朗照，家家户户的牛羊陆续踏出了圈栏，踩着满地铺开的明媚朝阳的光辉，牛羊叫声此起彼伏，孩子或女人的吆喝声起起落落。叶丰每天黄昏和清晨就喜欢听见和看见这样的场景，那种大自然和人类和睦的温情画面，所有生命的美丽与鲜活的情景，包裹着她，这一切是她在城市里不可能体味和看见的。

家崎和吾杰晚上住一起，今天早上雨一打住，吾杰就又上山了，叶丰没去，是家崎一脸的慎重和严肃地话让她留了下来。

走过村里一幢幢搭满金色麦垛的房屋，他们走到后山坡，吾杰规划的花果基地，这儿也有叶丰留下的情感。因为村庄规划图是她帮吾杰画的，这片山坡，将来一定会很美丽。她开始介绍起这儿的前景和规划，家崎耐着性子听了会儿，见她好像着了迷似的讲述起来，似乎她的眼前已经是开满了鲜花、结满了鲜果的树林，那副痴迷相使她更加美丽动人。过去那份在城市里惯有的矜持和骄傲没有了，纯真得就像山野里还带着雨珠的花朵。他爱她，但她纯真怒放的娇艳好像不是为他开，而是为这个山村，为这个山村里怒放的。也许她真正是为了那个吾杰！想到这里，他恼怒了，头脑也发热起来，责备的情绪陡升，直截了当地说开了：

“看来你是爱上了吾杰吧？你把他当英雄了，他不过就是个村干部，没什么大不了的。在这样的小天地里，狭窄的生活把你的思维和情感都烂漫化了，你只是个过客，你不属于这里。所以你是站在虚空看这儿，这里的贫穷、匮乏，与都市天壤之别，是不可能让我们这些在都市长大的人流连的。你不过就是好奇！你该清醒了，以后当你满足了好奇心，当你作为艺术人找够了你要创作的东西，你会觉得枯燥起来。人类的城市不断地创造和发明为的就是人能够过更好、更丰富的物质生活。乡村有什么？最基本的电和通讯都不具备，这样的地方，你能好奇多久？我看你多情了，你是对吾杰动了情感吧？太让人不可思议！你该清醒地看看自己的情感在发生不可理喻的变化……”

他的质问，让叶丰惊讶得不能承受。那是她自己不敢正视而又无法摆脱的纠结，“家崎，你说话不要这样赤裸，不留面子，我怎么对吾杰了？什么事情让你觉得我爱上他了，这些话幸好是我们俩之间说的，被人听了那可太丢脸面了。”

家崎不饶地说，“那可不怪我，是你做事欠考虑！你说吧，你是回去还是继续留在这里？我不想等了，我们明天就走，回去清醒下你发热的头脑，你是看着吾杰的帅气而爱上他了吧？是的，吾杰的气度很帅，如果我是女人说不定会爱他，但是，作为生活环境一点儿不同的人，怎么会盲目地爱？你说吧，是不是爱他了？说吧！”

这几乎是在逼她，逼她回答她自己无法克制却又难以理清的情感，吾杰是全然不知的，吾杰只是把她当成朋友或客人，从未见他有任何的表露。她知道家崎爱她，但是她对他一直视如朋友，很要好的朋友，没想到他却在这里醋意大发。她现在不需要对爱情、对谁作出什么承诺，在她的计划里，想做的事情很多，她觉得这样争吵不好。她平静下自己的心绪，平静地道：家崎，多留下几天吧，多了解这里的一切，我们难得有机会来，说不定回去后就因为忙于创作忙于工作不能再来，就给我一次机会吧，我没有承诺过对你的爱，你不要逼我了。爱是自然而然的事情，不可勉强，如果我爱你，会告诉你的，我不会糊涂到友情和爱情都分不清，我们再待一周，你不走我都要走了，行吗？今天陪我到乡里去吧，给单位通个电话，然后呢，就是我所有电池都该充电了，好吗？

叶丰的诚恳让家崎觉得自己是有些冲动了，他不太情愿地勉强同意。

在乡政府，乡书记的两个女儿央金和卓玛，还有她们的弟弟扎西，热情邀请他们到离乡政府不远的岭古村他们的阿婆家去玩，但是叶丰却想回噶麦，她说她的时间不多了，单位电话已经通知她及早回去，有个美术展览活动要参加。她的话一出口，卓玛却很响应，她也要和叶丰去噶麦。家崎心里很不是滋味，但是看来叶丰回去的时间快到了，也就同意了。

央金和扎西却执意要带家崎去他们阿婆家玩，他们几个就分成两路，卓玛和叶丰回噶麦了。

叶丰的心思家崎始终无法把握，他心里的矛盾痛苦只好跟和他还谈得来的央金倾诉。窈窕俊秀的央金，很喜欢叶丰和家崎，家崎不愿意回噶麦，她就和弟弟扎西陪他到阿婆家去耍。扎西在县旅游部门工作，刚接受完导游培训，准备回家看看家里的老人，几天就回去。他建议家崎去大峡谷中的那个叫拉措湖的风景区去游玩，那是个很美丽的仙境，不去只会后悔。央金支持这个建议，说她也很想去，可以陪家崎。

就这样几个年轻人说着就决定了到山谷里看有白唇鹿、獐子经常光顾的拉措湖。这是县旅游规划中圈点了的景区，扎西描述出来的景致，确实把家崎吸引了。他们准备好吃的干粮等等，就骑马向那儿去了。一路上，扎西讲着笑话，他告诉家崎，来康巴看风光的人很多，来康巴看人文风情的也多，另外还有来康巴猎奇和寻找种子的也有。家崎不明白他说的寻找种子是什么意思，就问什么种子？扎西压低声音不让姐姐听见。

“据说是康巴汉子帅气和魁梧、豪情的名气，使得一些女人来了后，包括国外的，就想找理想中的康巴美男，有的就等着怀上孩子，才满意地离开这儿，有的因为

被拒绝而伤心离开，这样的故事和话题在康巴流传的不少呢。曾经一个有钱的内地来的三十来岁的富婆开着宝马，带着几个保镖，来到我们南部的一个县，明说就是来寻找康巴汉子，只要一夜情，她以为她富有，她也很美丽，她在城市可以用钱买到的一切，在我们高原也能用钱买到，如此招摇、得意洋洋地来了，结果十几天都过去了，她看上的汉子们却都礼貌地躲开了她。康巴人可以重情重义，可以为情舍生，可以放浪形骸，敢爱敢恨到极致。但以为钱就是一切，就是至高无上的那个女人，在这儿失败了，没用，错啦，那不适合真正康巴汉子的口味……”

家崎在马上笑得前仰后合，关心着结局问：“那她结果怎样啦？”

扎西说：“很失望！最后气冲冲的她带着几个保镖走啦，还撂下一句话：什么康巴汉子？一个比一个胆小，不稀罕！我有钱，在城市什么不能买到？哼！

“唉，我还真想问你，扎西，人们说康巴汉子怎么样怎么样的，你说真正的康巴汉子究竟是什么样的？”

扎西想了想说：“干脆我给你这个答复你去观察思考：康巴汉子的定义在我们县里风趣幽默的政协老阿主席归纳是：具备康巴汉子特征要有这几点——要有三个1.8的条件。第一呢，就是要有1.8米以上的个头；第二呢，要有180斤的体重；第三呢，还要有1.8斤的酒量。”

“这三个条件看这里容易达标的不少嘛。”家崎笑着说。

“不，还有三个条件呢。那个老主席的幽默的话很多，这个是其一，他说康巴汉子除了那三个特征，还要有三味，你猜猜是哪三味？”

“是……是不是藏味，酥油味……猜不出了。”

“告诉你吧，那三味就是最男人的烟味、酒味和骚味！我认为美国西部牛仔味跟这差不多，就是风流倜傥味吧！哈哈！”

这个说法确实让家崎觉得有趣而好笑，他补了句，“就是雄性荷尔蒙高呗！”他们俩哈哈大笑着，央金从后面赶来说：“什么事情开心成了那样？只顾笑，我们到啦！”

说笑间，一片美丽扑面而来。

环绕的森林、星光一样的花朵布满的草滩把浩大翠绿的湖水簇拥着，几个小巧而朴拙的小木屋在草地上静静矗立，那是每年绕湖水转经的人留宿的木屋。这个季节正是最佳时候，有几个老人是结伴从远地来朝拜圣湖的。

“仙鹤！快看！”

家崎他们走到湖边时，惊起了几只水鸟。

“错啦，那是黑颈鹤。”央金纠正说。

“我们运气真好，一来就有黑颈鹤展翅欢迎我们，它们可是传递吉祥的鸟喔。”扎西很欣慰地说。

来到纯净的大自然，人的心怀会洗涥得干净透亮，心灵也会重塑得崇高起来，家琦感动了：“世间居然有这样想象不到的美丽，人什么都能制造，但是这样的大自然是无法制造的！”

“所以我们爱护它，所以就叫圣湖，老百姓崇敬它，不纯粹是因为它是神点化的，主要还是爱它自生的魅力和人类对大自然先天的密切关系，看到它们，心里自然会升出敬仰和爱。老百姓有说法，有罪的人看了它们的明澈和大美，会羞愧；心胸狭隘人看了它们会脸红，心地善良的人看了它们会心胸坦荡洁净起来。”家崎听央金说着这些湖水一样鲜亮的话，忽然心里有一种感动在鼓励他认真地探究起眼前这个俊秀而又有内涵的藏族女孩，她说得真好。

央金的不断叙说，打开了家崎感悟高原和大自然美丽的心扉，央金讲这里的传说神话，领他触摸了藏族文化的肌肤，让他把真实的感受与好奇集合在这个风光姣美的地方。他觉得央金是传统文化和现代文化、汉族文化和藏族文化的一个扭结点，她是个内心丰富的女子，她真是很美，很丰富，她讲的湖泊仙女、神话，还有格萨尔王的美丽妃子梳妆打扮的地方，若果那个叫珠姆的古代美女此时就站在央金身旁，央金的美丽一样是光芒闪耀的，那座远处山崖，形似英雄大王的格萨尔瞩目遥看他的珠姆，爱情故事如诗画般美，而此时是美丽的央金和他在湖边流连，他忽然觉得自己很幸运，有一种蓦然回首的鲜亮感觉，央金是那么的可爱啊！当这样的念头闪出来时候，他想到了叶丰，但叶丰给他的感觉已经是渐行渐远，对叶丰的那种混沌的醋意，现在心里居然淡化了，心里是一片清亮的世界。就是因为叶丰的执着，而把他热爱的都市、忙碌的工作和舒适的生活以及许多城市的喧嚣、繁杂等等都抛得远远的了，使他站在这样洁净的高处，回望时光穿梭中自己喜爱的城市生活，感受情感流转中人生的意义。他也看到在都市的忙碌中自己心灵的渐渐麻木，心的深处升起渴望美好的激情。难怪叶丰如此坚定！叶丰一直秉持的品德，原来才真是吸引自己的地方，不仅仅是因为叶丰的美丽和她的艺术修养。

他们看风光，转湖泊，等待白唇鹿从对面山崖下来，看转经的老人把准备好的糌粑、盐巴伸手喂给那些矜持而小心翼翼的美丽的野鹿们。美丽的央金也在老人中，把带来的馒头和盐巴喂送到那些已经不惧怕人的野鹿口中，央金喂着动物的画面简直就是一幅很美的画，很动人的歌，家崎呆呆地看着，心里充满了感动。

就在大自然无与伦比的精美和抚慰中，三个年轻人度过了愉快的一天。而家崎万万没想到的是，这一天是他的转折点，也是他被大自然深深灌醉的一天。在这天，他才觉得文化无处不在，高原文化的迷人是无法让另一个文化环境里长大的人抵挡得了的，央金说，拉措湖有莲花盛开的一天，在很久前的佛诞日盛开过。但是家崎知道今天是他心里盛开莲花的时日，他在心里改变着他许多的感觉和想法，计划和设计着心中的希望，他那段时间曾经无比烦躁的心终于平静若湖了！眼前美丽的波光潋滟着，晴朗的天空阳光灿烂，内心曾经阴冷的角落和潮湿的瘢痕荡然无存，心绪一片的清清朗朗……

几天后，他和叶丰都回到了大都市，在车如水，人如海，高楼大厦林立的世界，他和叶丰感叹地说，回来如隔世，高原的时光让他们似乎都陌生了都市世界，他们终于又回到了人欲浓浓的世界。

分手后，很长一段时间他们就各自忙各自的了，几乎没有再联系。

8

二十一世纪伊始，国家和政府对农业的关注和扶持，是中国任何朝代都没有做到的，执政为民的理念成为国家治国的宗旨，许多的惠农富民政策一一出台，对农业、农村、农人的帮扶力度一年比一年强。高原的山村，也在发生翻天覆地的变化。县政府为帮助农业科技发展，大量地开始在县里办农业科技培训班，全县每个村都抽调、安排了农人学员，噶麦村有三个名额，老支书初中毕业的女儿泽仁卓嘎和另一个藏族青年甲登以及村长格桑三人去参加。

水渠终于在半年后建成，吾杰让自己的每一分付出和辛劳都获得收获，也更鼓励着噶麦人。乡党委书记的大女儿卓玛因为叶丰对吾杰的夸赞，她也曾经跟他们上山多次，和吾杰在一起，看到满腔热情的吾杰，在怎样指挥着他为之自豪的战斗，他那么充满信心的协调、奔走在村民间，在县里和乡里，在没有经费支持的情况下，他“化缘”要钱来买需要的水泥、炸药。卓玛对吾杰的敬佩与日俱增，被吾杰感染，当她被录取到县委办工作后，卓玛还真有公关能力，她主动找到吾杰的在组织部工作的同学尼玛，讲吾杰的事情，建议他们一起来帮助吾杰，她说无论多么优秀的人，如果没有人推，那也是白搭，特别是在现在社会环境里，吾杰又没有背膀和靠山。不久，县水利局亲自派人到噶麦，也给他们拨付了两万元的修水渠补助经费。当哗哗的流水比过去多了几倍的流进村庄，喜悦更是溢满了村庄。有了水，农人就可以有更多的计划，更多的丰收，吾杰就可以实施他美好的规划了。噶麦在他心目中是一幅美好的画卷，叶丰在纸上描画着噶麦的今天，吾杰他要描画的是噶麦的明天。

吾杰所有的努力和一个接一个的成功，终于让县政府大加关注，王强县长已经升为县委书记，他还亲自来噶麦视察了一次，对吾杰的规划重视起来，关于新修电站的问题，过去只有几十千瓦、机房破旧不堪的电站，要重新修建，政府作为扶持项目，大力支持，吾杰又和噶麦人投入到这个希望实现中。

这期间回到了城市的叶丰，沉下心来创作，为参加全国美展争取拿出好作品。她把噶麦的魅力舒展在她的画作《天上的村庄》里，当她即将完成人物画《康巴人》的时候，心中涌起浓浓的无法拂开的情愫，她不能再平静地画下去，心里总想着吾杰的村庄，吾杰用他的心血和智慧画就的是真正的大作品，用他所有的情感、汗水画着噶麦的今天、将来。无可否认，她在画《康巴人》时，吾杰的身影和她与他们在

一起的时光几乎一直是伴随着叶丰的创作，除了朋友聚会，除了看望父母和到单位去办事情，她觉得她和吾杰时刻在一起，英俊的吾杰好像穿梭在时空里，时常光顾她的画室，时常站在她身边，跟他对话，她已经挥不去吾杰的音容和身影。

这天黄昏时候，叶丰画累了，在高高的楼里居住的她靠在窗前俯视城市的街道，在灰蒙的夕阳里，叶丰的心中常常升腾起吾杰在噶麦星光灿烂里深情唱起的歌曲《那一天》，那种牵怀的悱恻让她泪水盈满眼眶，她终于清醒地知道她真的是爱上吾杰。爱，原来是这样的牵挂，是她这一生从没有如此深切感受过的。她和吾杰在一起的时光里，吾杰从来没有表露过对她有什么特殊的地方，热情中包含的都是礼节，因怀疑自己一厢情愿地爱上吾杰，使她很苦恼。她顾虑重重的原因是，她也担心自己只是暂时的一种情感，时过境迁，一切又会改变。可是回来了，在城市的环境里，她居然会更加确定自己爱上远在天边、那座在云雾深处的小村庄里的一个藏族男孩……

在政府政策的倡导下，吾杰开始了产业结构调整。在村里发展藏区当地的特色林果产业，实施规划把村后的大片荒山坡开发出来，种植果木，绿化荒坡并大力发展核桃业。三年打基础，十年见成效，既是恢复生态植被，又是农民致富的特色产业，前景可观。

开始的时候，村民不相信核桃能致富，他就耐心地讲解，发动他领导的那帮青年在自己家里的地里试种，然后手把手地教村民种植引进的新品种。国家退耕还林政策的实施，使农民对口粮无后顾之忧了，但增收致富的路子没有。现在这就是一条可以看见的路，在他的宣传和鼓励下，植树与种植林果的热情高涨，但是有的农户种下了，却不去管理，后来因缺水缺肥和其他原因死了不少。他又带领村干部去做工作，亲手示范，县里的林科所技术员也免费来送苗送技术。

看着吾杰那么热心种核桃，有农民不解地说，我们村人吃核桃都吃了几百年，没有谁因它发了大财，种这么多有用吗？吾杰就给他们讲核桃的历史、核桃的种种价值和今后的发展方向，外面有的农村核桃产业做得很好，现今市场对核桃的需要等。吾杰把他曾经从教授那里和网上学来的知识传授给大家，村民们的脑瓜子，开始咕溜溜地转开了，世界真大，天外的天，山外的山，噶麦好吃的东西都可以去到那里，那就是要靠智慧，没见过世面的村民瞪大了眼睛，知道了核桃原来是能够挣大钱，就看怎么去做啦。

那确实如此，核桃果仁、木材、叶和花都有价值，吾杰说将来可以做个噶麦人自己的工厂，从果仁到树叶、花、枝干等都有可利用的东西。人们知道核桃是很香的干果，但很多人不知道核桃还是很好的保健品，它是世界上经济价值很高的四大干果之一，是最有营养价值的干果。它最早的故乡是伊朗，又称胡桃。有人称它万寿果，就是因为它的营养价值、滋补价值高，含蛋白质高，还有人体必需的多种微量元素和矿物质，以及胡萝卜素、核黄素等多种维生素，经常吃会使胆固醇降低，可作为高血压、动脉硬化患者、心脑血管保健用，是健脑益智的滋补品，又是神经衰弱的治疗剂，患有头晕、失眠、心悸、健忘、食欲不振、腰膝酸软、全身无力等症状的老年人，每天早晚各吃一两个核桃仁，即可起到滋补治疗作用，增强记忆力及延缓衰老。

一次吾杰在给村民讲课时，把核桃仁砸碎，泡水，指给大家看，碗里的水面浮着果仁里的一种白色液体，他说这就是补脑作用最强的“核桃奶”。无论是配药用，还是生吃或煮、烧菜，糖膏泥等，都有补血养气、补肾填精等良好功效……

吾杰告诉大家，把这些方法都找来，我们将来还可以做核桃产品的相关系列产业，特别是我们都爱吃的新鲜核桃仁口感那么美，吃鲜核桃仁在发达国家比较普遍。在日本，营养学家还倡导学龄儿童每天吃两三个核桃，说是对焦燥不安、少气无力、厌恶学习和反应迟钝的孩子很有帮助。现在城里有很多人爱吃滋补健身的补药，其实每天早晚各吃几枚核桃，往往比吃补药还好。现在有科技开发者正在攻克鲜核桃仁的加工保鲜技术，我们今后用上这些科技技术，相信在将来，全国人就能随时随地吃上我们噶麦的鲜核桃仁了。

县城里人爱吃新鲜的果仁，公路通后，村民都拿到县城去卖，收益比过去都增加了。几人环抱那么粗的老核桃木，因为质地坚硬，过去人们就把它用来做价格昂贵的雕花的火盆架子，木材加工，为家具等工艺品还有潜力可挖。吾杰给大家描画的未来核桃的发展前景很让人吃惊，很让人向往，但是他说了，现在要做到的事情——那就是使噶麦的每个农人都懂科学，就必须读书学文化，成为多种技能的新型农民，那才叫现代农民呢，有了智慧和知识，没有什么做不到，只要你能想到。

噶麦的核桃基地种下了吾杰和村民们美好的希望，吾杰的爷爷说，树是最为至高无上的、最完美的生灵，是永远向着太阳生长的生命，它们给人和许多的生命以无可估量的恩惠，真是呢！大家种下核桃树，将来那是会有很多回报的。

树是地球生物系统里非常重要的一环，在登巴老人和藏地百姓朴素的观念中，在藏传佛教中，还真是包含着深刻的生态、人文、自然学的道理。

美丽的卓玛以女性的敏感，曾经以为叶丰与吾杰在恋爱，但家崎的存在，又让她不得不承认自己是多心了。当叶丰和家崎离开噶麦后，她感动于吾杰的勇敢和魄力，她以自己在县里工作的方便，跟尼玛找过县领导和相关部门，有意无意地介绍吾杰的村庄和吾杰在做的事情，以及吾杰的困难。后来得到县里大力支持后的噶麦，发展快了，卓玛认为这其中也有她的努力，吾杰会感激她的，她也常从县里给吾杰的母亲带些礼物，家人也感觉到了卓玛喜欢他们的吾杰了，都很高兴。

而吾杰除了工作中的事情很热情，对卓玛的感情很是麻木，从他的言谈举止，到目光里，看不出有那种情感的意思。卓玛想等吾杰开口表示，但吾杰只有谢意，她终于等不住了，她要面对吾杰，直言她的感情。她自信地以为凭她自身和家庭的条件，吾杰根本就不会拒绝她，而且她还帮助过吾杰。

没想到，吾杰却在玩笑中说出了让她自尊受伤的话："谁都知道乡书记家有两个美千金，我配不上呢。你们是干部家，干部是有地位的呢，而我只是个村夫……"

"你这样出色，不可能永远是村夫，我父亲会向上推荐你的，他会想办法把你转成干部，我保证！"卓玛很认真地几乎是发誓说。

"不，我不去想这些事情，我说了你也不明白。"

卓玛对干部身份很在乎，她又说了许多她的设想，吾杰对将来成为干部的话题却感到不舒服，干部在他心目中其实形象并不高大，一些干部的形象很成问题，甚至低劣，他亲闻亲见那些身为干部，实则为自己谋私利的做法，很让人看不惯，因为有了公路，有时候也来一些干部，记得不久前一行干部来考察噶麦，跟他和几个村干部聊天、开会、座谈，说了一箩筐的大话后，就开始打麻将。那时吾杰他们没有麻将，于是赶快找人开车到乡里去借了副麻将，才让这些干部在这儿愉快地度过了一天一夜，村干部希望他们的热情能让干部觉得噶麦人的周到和好客，在今后的工作中得到他们更多的支持，干部们也不容易，大老远地来这山旮旯，打打麻将，他们自己说是放松放松，那没什么。但老百姓看到他们赌钱，吾杰也是亲眼所见，那么几扎人民币，是从一个随行的工作人员提包里拿出的，噶麦为修水渠，修公路，哪里见过这样几扎的钱，他其实在心里开始蔑视他们，但是他又不得不笑脸相陪，干部的形象在老百姓心目中垮下去，过去在城市里也听说过腐败呀、工作作风腐化呀之类的词语，现在自己就在这些干部面前，也只能哑然而视。

那次看着干部们在麻将里玩得沉醉，他在一边看着没劲，吾杰就上了楼顶，看着村里高高低低的土房，有几座崭新的矗立在其中，大部分确实破旧如故。那条初通的公路，在阳光下像牛舌伸进了村庄，创业的艰辛，历历在目。他竟然感到喉头有些哽咽——朴素的乡村啊，纵然你纯洁，你不染城市风尘，但是你的名字是落后呀！他心里感叹地想着，支书也走上楼来，他们两就坐在楼上聊天。支书先开口埋怨起来，说他对干部的看法也不如过去了，过去干部是个荣耀的语词，民主改革时候，共和国建立初期，干部好得那就是特殊材料制成的，最大的特点就是跟老乡是一家，亲民爱民那是没说的，他滔滔叙述起一段吾杰感到很陌生而遥远的往事……

共和国成立初期，西藏和平解放，1950年自治区建立起中国共产党人民政权。藏区民主改革（封建农奴制度向社会主义制度变革）开始后，老支书尕桑杰那时候年纪十六岁，家境贫寒。解放军部队来招兵，父亲鼓励他参军，爷爷年轻时曾经在红军经过高原时与他们有过很深的接触，知道了解一些共产党的含意，共产党所有辛劳的目的就是为了所有的劳动人民都过好日子，所以他相信他们。民主改革了，土司头人地主等都不能再收百姓的贡赋了，也就是压迫与被压迫的事情不能再发生或存在，加入这样的队伍肯定是光荣的。而且还有饭吃，穿上军装好神气，那种荣耀比送子入寺成为有学问的僧人还高。父亲很坚定地带着儿子下山到县城招兵点去了，到了那儿，才知道比他积极的人多着呢。参军了，他分配在连队里不久，就和其他人一样分散安排在下乡的工作组中，开展政府政策的宣传工作和统战工作，尕桑杰所在的工作组有七个人，有三个藏族，四个汉族，其中一个是组长，就是他们的领导。那可是非常可敬的一位汉族青年，有文化，爱唱歌，会拉手风琴，说一口流利的藏语。他对干部这两字的尊敬是从那个青年人开始的，他的名字叫姜仕凌，藏族老百姓汉语发音变调，就喊成了“党司令”。那时候很多干部们都统统派往乡下，了解民情，了解乡村，干部跟老百姓一样，一起生产劳动，甚至一起生活，了解群众疾苦，上门亲自关心。记得组长就住在噶麦邻村一个叫阿泽的老人家，有藏语基础的组长很快学会了当地的藏语口语，完全是用藏语跟百姓交流，在跟他们一起劳动、生活中就把政府的民族政策也宣传了。他把一首旋律很好听的歌曲《金凤子开红花》改成藏语歌，曲调用的是原曲，歌词改成了关于民主改革的内容《民主改革好》，结合当时藏区翻身农奴的境况，把那首歌改得很受大家喜欢，旋律的优美很容易让人记住并学会：

民主改革好，
封建农奴制度消灭了，
人民得解放，

民主改革好，
乌拉差役消灭了，
穷人得幸福，

民主改革好，
高利贷消灭了，
人民翻身做主人，

那些受了许多苦难的老太婆都是含着泪水唱会了这首歌，组长的手风琴声和歌声是伴着大家的学唱，他教会大家唱许多外面的歌，把政策翻译成藏语歌曲教会大

家，还有一首至今那儿的老人还会唱的歌《谁养活谁》：“地主说我养活你，没有我的地，你要饿死；我说没有我的劳动，你的地谁来种，究竟谁来养活谁？”

组长自己也学会了许多藏族山歌。他每次发了工资，总是要买许多的生活用品，茶叶、盐巴、糖什么的从县里带回来，分发给村里很贫寒的人，但他说是政府送给大家的。就这样老百姓把他完全当成自己家的人，那些阿婆阿妈把他当作了自己的孩子一样爱，他的工作代表了政府的形象，政策宣传也深入了人心，阿泽家老人也喜欢这个年轻干部组长，每次组长到县城去开会，阿泽老阿妈都要到村口山坡上去等组长回来，那种挂牵的情怀完全视如自己的亲子。即便是在特殊矛盾斗争中——1956年，一些封建农奴主特权阶层不甘心消亡，康巴甘孜州等藏区的部分土司头人僧侣被唆使而叛乱，也由于国民党余留的特务继续在暗中活动或散布谣言，在藏区掀起反对民主改革的武装抵抗，企图达到分裂西藏的目的。

在许多村庄寺庙都有被蛊惑被煽动而参加叛乱的，但是，全县唯独姜仕凌他们工作组所在的村庄没有人上山参加。但有个例外，那就是阿泽阿妈家的儿子，是出家了的青年，他就参加了那样的组织，而且成为骨干。这个村的工作组在那个时候全部到县里去开会了，尕桑杰也抽回了部队。

一天夜里，阿泽阿妈家来了几个汉子，老阿妈给儿子和几个客人烧好茶，就下楼给牲畜喂草料，当她从木梯上下来，偶然听见有人说到一个她熟悉的名字，就是工作组组长“党司令”，而且那声音很神秘地压低着在说话：“党司令他们回来，就先向他射击，只要把他杀了，其他几个就会乱，然后就冲上去抓住，这个工作组就完蛋了。”

其中一个粗嗓子命令地说：“曲登，射杀党司令是你的任务，是你们俩的了，仁真的枪法好，必须一枪击中！”

“我……我也去吗？”曲登有些犹豫地说。

“那是肯定的，仁真不认识哪个是组长，只有你合适。”另一个人说。

“他对我们很好，我阿妈可喜欢他，如果让阿妈知道是我干的，那我阿妈可受不了，他不会认我是她的儿子了……”

“你就没必要这样婆婆妈妈了，男子汉干大事，老年人的这些小事情顾得上吗？你可以不让她知道是谁干的，就这样啦！”那个粗嗓子很严肃冷酷地下了命令。

他们就开始商量起在什么地方埋伏最好，等工作组党司令他们回来的时候在路上就得动手。老阿妈听见这些话后，全身打了个寒战，冷汗直冒——觉松且哦，觉松且！三宝啊，这些人想干什么？这样好的人都要杀，罪过深无底啦，菩萨啦，饶恕儿子的邪恶念头吧，一定不要让他们干成啊！

老人机警地轻轻下了楼，抱了几根柴，把声音弄得很响，嘴里咴咴着故意喘着气地上了楼，走进厨房。那几个人都不再言语，见阿妈回来，曲登紧张地看了看母亲的脸，他们的事情已经商量完了，其他几个人就起身给老阿妈道别，然后给曲登叮嘱了句，明天上午我们就在村口碰面，记好时间。

当这帮人还在睡梦中，阿泽阿妈已经启程出发去迎候工作组的党司令组长，自从上了年纪，老人已经很多年没有出过村，走这样远的路，不知道心中是什么力量支撑着。下午当她看到党司令他们出现在山弯道口，她才停住已经很疲累的双脚，急迫地告知他们，别到村里，暂往其他地方避几天。然后老人又急切地赶了回去，避免曲登他们发现她出来报信救党司令，她选择了另一条回村的小路，到家时候，已经是深夜，幸好是满月的夜空，她才能分辨清楚回家的崎岖山路。

在儿子和党司令之间，曲登是她的亲生儿子，她没有任何理由不爱他。党司令虽然不是自己的孩子，但是他所做的事情是为了大多数人的幸福生活，是毛主席派来的、文殊菩萨一样的好人。他对自己孝敬如母，阿泽阿妈心里早把他当作儿子对待了，那么两个孩子都是她心里的最爱，她要让他们手拉手地坐在一起是不可能的。

在阿泽阿婆家乡的工作组干部深入百姓，以身作则，把毛泽东的民族平等、共产党民族政策的宣传工作做得很好。毛泽东是“大菩萨”，他关心的是全部的老百姓过好日子，不是少部分人，不是土司或头人，这些观念已经深入人心。在这个村庄里，上山结集为武装，对抗共产党的人除了阿泽阿妈家的儿子是因在邻县的一个寺庙出家为僧外，本村其他百姓没有一个参加上山。党司令这个工作组开展的工作和表率作用，代表了共产党的形象，工作做得很出色，老百姓宁愿相信他们而不信头人的煽动和谣言。大家知道头人之所以要反对共产党，那是因为共产党要分他们的地、财产，分给穷苦的人，好日子要大家都过，所以头人才不高兴了，要来煽动我们造共产党的反，不，我们不能上当!

袭击和消灭工作组的计划落空，儿子曲登回家来取吃的，又要上山。回来后，发现母亲走路是瘸着腿很吃力的，他关切地询问母亲健康，为母亲搓揉着腿，还要脱下母亲脚上的氆氇靴子，母亲不让他脱，他却执拗地要看看母亲的脚怎么会疼痛，当她脱下母亲脚上的藏靴，发现母亲的脚底磨出的水泡很大，他吃惊地看着母亲，母亲也看着他，什么话也没说地观察着儿子的表情。曲登明白了一切，他爱母亲，从母亲嘴里经常听到对党司令的夸赞，对毛主席的夸赞，他是在摇摆中接受上山对抗工作组的。母亲的脚说明母亲用了多大的毅力支撑着这双干瘦年迈的脚在夜里翻山越岭地去救党司令他们，母亲心中的力量这样巨大，可见她是完全把党司令当做亲人了！就是年轻人这样披星戴月、日夜兼程赶崎岖的山路都会累得不行，不要说六十多岁的老人了。

儿子叹口气心疼地说：“阿妈，你这是何苦啊！”

阿泽阿妈在党司令那儿并没有说出儿子参与了这件事，没有提儿子的名字，她想用她的努力来解决好这件事情，以她的仁慈和辛苦来化解儿子的孽缘，为党司令带来平安。本来她不打算对儿子曲登说出她所做的，现在儿子看出来，说出来了，她就把心里憋闷了很久的话倒出，曲登啦，阿泽阿妈说，毛主席派来的人她相信，头人的话她不信，党司令这样好地对我们，头人这样做过吗？没想到的是我儿子竟然相信了头人的话，跟他们走到了一起！阿妈为你入寺学文化，学佛经而荣耀，你不好好学佛经，却要去打打杀杀，我对党司令没有说出有你参与，我感到羞愧！

儿子难过地说，我不愿意是不可能的，头人都说了是藏族就要参加抗击，而且，国民党的特务也说了，共产党是不好，他们是要消灭我们的宗教……

母亲打断他的话说，你用自己的眼睛看世界吧，佛菩萨不是说普度众生么？你学佛经学到什么地方去了？工作组的党司令说毛主席都说了天下穷人是一家，他们是要为全部的人找幸福，这些也都是菩萨说过的话啊，所以我相信他们。而你在学习佛菩萨的经文，这些话却没记在脑子里吗？

老人把工作组来到乡村后的种种好处和所讲的共产党毛主席的话讲给儿子听，曲登竟然说不过母亲。他发现母亲自从跟党司令他们在一起后，变得很会说了，她会讲那么多的道理。过去不问儿子事情的老母亲居然变得想法多了，眼界也开阔了。语塞的他，最后只好无奈地说，我想想吧，我知道自己该做什么，母亲千万放心。

果然，在后来多次的围剿工作组的行动中，曲登从没有对准党司令放过枪，他有的是机会杀掉党司令，党司令就住在他们家，但是他从来没有做。因为党司令爱戴他的母亲，也尊重他的信仰，对他的佛菩萨也很是敬重，看来他还对佛教有兴趣，有次在他回家时候，那人还诚意请教过他关于藏传佛教中宁玛（红教）、噶举（白教）、格鲁（黄教）、萨迦（花教）几个教派的区别，还说共产党是为所有老百姓服务的，你们的菩萨也说要普度众生嘛，道理一样！他那么谦虚礼人，很喜欢我们的文化。一切表现都不像头人中一些人所传言的红色汉人的可憎可怕，党司令也知道他在百姓中树起的声誉，他自信自己以身作则，以心换心，藏人的敬我一尺还你一丈的品性是大多数人坚持的。他的努力作为，使他在多次的危险中，在其他同伴倒下和牺牲中，都化险为夷，幸免于难。后来他一直在从事统战工作，因为群众基础好，既会说标准藏语，又会地方藏话，对藏文那是能说会写，许多僧人、堪布、活佛都成了他的朋友。后来曲登才知道党司令自己就是一个汉族大家族的子弟，就是因为共产党为的是大家的利益，而毅然背叛了家庭，走进了为大多数人谋幸福的队伍……

尕桑杰继续讲述，后来我归队，跟部队到了康北一个叫沃宗的牧区，那儿的人为躲避我们，全上山了。我们就开始满山遍野地找，边找边喊话，像我这样的藏族青年参军的多，我们就用藏话喊着并且讲着毛主席的民族政策。在草滩上碰上走失的无主的牛羊，我们就是没了吃的，也没有谁想过要把这些没主人的牛羊抓来一只杀掉充饥。我们这个连队被军区授予过“秋毫无犯连”，走到哪儿，铁的纪律是一直保持着。我们连长是天津人，南下干部，他教育士兵，培养战士那是一整套，对老百姓尊敬又爱戴，他总说老百姓就是我们的父母官，军队是人民的，他就是为百姓的幸福参军的……爱心能产生奇迹，后来他们发现离他们的帐篷住处不远的地方有了牛毛黑帐篷，他们往前移动，那几顶帐篷也移动，他们的牛羊就在部队帐篷周围自由地放牧着，奇怪的是这些帐篷越来越驻扎得离他们近了。而且，有一天早上，有几个牧民提着装满了新鲜牛奶的奶桶走进他们的帐篷，放下奶桶微笑着就准备离开，他和几位藏族战士拦住了他们，热情邀请他们跟他们一起坐坐，喝茶拉家常，并且回赠他们茶叶。原来他们已经跟踪连队很多天了，他们不太相信土司的话，不愿意跑到山上去躲。土司的人说，共产党的部队杀人厉害，见藏人就杀，但他们没有完全相信，所以要看看究竟，悄悄观察了几天，故意把牛羊赶在他们这儿，也没见士兵杀来吃，一根牛毛未动。牧民说，听你们讲的话有道理，看来你们才真的是“菩萨兵”啦。就这样，这些牧民把他们知道的情况传给了躲在山里的其他人，这样很多村民就下山了，跟部队接触，战士跟大家亲如家人，连队把茶叶盐巴留给了百姓，藏族战士跟老百姓一起跳锅庄，唱山歌，连队和牧民们常常一起联欢。在这片地区参加对抗的牧人家，很多都回来了，就连牧场的流动寺庙也搬回来，会藏文的战士开始教牧民的孩子学习识字，也学汉字，部队汉族教导员又拜寺庙僧人学习藏语文，大家很快建立了很深的感情。在连队离开时，老乡们和僧侣们都依依不舍，请他们不要走，送了一程又一程，战士们唱起“我是一个兵，来自老百姓”的歌，这首朴素的歌，老百姓很熟悉了，他们都能听懂前面两句歌词，那些牧民们哭了起来……连长见老百姓需要的日用品奇缺，就给上级报告建议，在牧民多的地方，办起移动商贸点，收购牛毛等土特产，让牧民手里有点钱。很快，政府派工作组来，人背马驮地运来粮食、茶叶、盐巴、布料等日用品，流动为牧民服务，部队的卫生队也派来免费为百姓看病治病……

老支书的故事让吾杰惊讶，从支书这儿了解了过去发生在藏区的已经不为人们提及的故事。如果不是眼前这几位新生代的干部行为的牵引，老支书的这些故事就只是掩埋在他记忆深处的往事。吾杰觉得干部的作风和形象不好，多么影响政府的形象，同时也在伤害老百姓的感情。虽然多数时候要迁就，要迎合，但是老百姓已经从心里看不起这些所谓的政府公职人员，打心里不信任。那个久远的年代，百姓可以牺牲性命来保护干部，现在能吗？为什么？一个高明的领导，不是高高在上。藏谚语不是说：“要当好管一百人的官，必须先当好九十九户人的娃子！”

9

吾杰已经婉言回绝了卓玛的爱，不仅仅因为卓玛自认为是该如何骄傲的干部，还因为他心里装着谁也不知的秘密，他爱上了叶丰。

吾杰带领噶麦村人奋斗的事情，让县委县府关注起这个年轻的有那么多举措和冲劲的最基层的村支书，乡书记知道女儿喜欢吾杰，他也积极推荐吾杰担任乡长，吾杰的口碑在上升。但是，就在这样的时候，老支书和村里一位退伍老战士的事情，让吾杰伤感而愤怒。进入二十一世纪，国家对这些曾经为共和国建立出过力流过血汗、做出过努力的人们，给予了极大的关怀，他们俩也列入其中。对三老干部的帮扶，直接从中央财政拨付款项给他们生活补贴，每月补贴是一两百元，有的地方及时地落实，但有的地方却拖欠或挪用，补贴经费一直拿不到手。吾杰知道这个政策，那还是偶然知晓的。要不是那次跟老支书参加本地区老战士联谊会，吾杰不知什么时候才会知道。村庄在行政体制中，某个环节点卡住，信息就会封闭起来，或人为堵塞，那就什么都不知道了。

那是八月一日建军节，那些在机关工作退休后、曾经当过解放军藏民团的老人们，在县上领导的支持下，发起成立了老战士联谊会。吾杰本来是去县城办事情，也就陪同老支书去参加了，在这样的场合，他才发现全县还有那么多的人曾经是在藏民团里锻炼过，后来成长为各级领导干部。吾杰还以为都是像支书一样退伍回农村牧区了，吾杰和他们一起度过了一个隆重的聚会，又结识了许多曾经是勇敢英武，战功卓然的藏民团战士、英雄们。他们讲，在州府所在地，退休的藏民团老战士更多，很早就成立了藏民团老战士联谊会，就是这些为共和国民族区域政权建立付出青春和热血的人们，在退休后，始终珍惜那段自己生命历程中光辉灿烂的记忆，而自发组建起一个老兵之家——老战士联谊会。同时成立老战友基金会，宗旨是为社会献爱心，为战友送爱心（探望慰问残疾老兵、贫困老兵、英烈家属等）。后来所有的退伍的人都参加联谊会，社会各界人士、党政军有关人士都关心和支持。老兵们说，他们想发挥余热，希望能继承发扬中国人民解放军光荣传统和作风，弘扬藏民团精神。正如他们自己要求的——真正起到“无愧前人，有益今人，启迪后人”的积极作用。

吾杰对他们充满敬意，那是来自老支书一直以来给他的印象。大家唱歌、跳舞、下棋或聊他们青春时光里为军人之时的话题、小故事。在晚餐上，吾杰听到一个也是来自农村的老藏民团战士问老支书的话：

“嗨，老伙计，身体怎样？你的补助拿到了吗？日子过得咋样？”支书摇着头说：“没有，算了，都这把年纪了，还去要这些。不好意思！”

“什么不好意思？那是国家给的，国家关心我们！我们的村书记带我们村的三个老头到乡里县里找了多次，今年年初已经给我们兑现了。不要小看一年才这几百元，对于我们没有任何收入的老头来说，那是帮了大忙！你要争取喔！”

另一个老人接过话说：“是呀，我们早就拿到了，政府国家还能想起我们这些已经退伍几十年的人来，真是感动啊！”

老支书又在说不好意思去要的话，吾杰留意到了他们的对话，他当村主任当村支书已经几年了，怎么一点都不知道政府有这个政策，其他乡都落实了，那么他们这里的问题出在哪里？要各村自己去争取吗？就像争取项目那样，又要去求爹告奶的？老支书没有给他提及也许就是因为有他自己的份，才不好意思开口说出噶麦村三老干部的补助没有兑现，他一生为了村里的事情而不顾自家，致使一贫如洗到今天。他还是那么平静地面对自己的利益问题，因为有自己的一份所以不好意思给组织增加一点麻烦。

老支书在给吾杰解释这件事情的时候，也说出其实没有拿到的不只是噶麦村的，还有其他村。他如果因为自己的利益没有得到而去麻烦乡政府，那是他不愿意的，这么多年来生活的困窘在他眼里并不是什么了不起的困难，他走过来了，已经是这把年纪了，还在乎得不得那几百元？女儿也大了，养活他那是没有问题的。况且没有给自己落实，那是因为政府还有许多困难吧，也许是还有更需要这些钱的地方，自己就克服啦，以后……

吾杰打断道，没有什么“以后”，那天如果不参加你们的联谊会，我根本就不知道这些事情！这是我的不对，没有主动去了解政策，但是我就奇怪啦，我们作为乡村干部从上面来的政策怎么没有人来给我们传达，乡里也从来没有人告诉过我，我们的知情权有多少？知情渠道在哪里？我也不称职，我只是关心噶麦的发展，对政府的政策了解太少，作为村支书，应该主动地去问、去……这件事情我一定要办到！

吾杰把这事的缘由进行了认真地了解，他到了乡里，乡党委书记推委着说：这个问题嘛，是有政策，但是各地情况不同，落实的情况就不一样啦，别着急嘛，这是迟早要落实的。

吾杰不甘心，然后就到了县里民政局去了解。原来国家的相关惠民政策这几年都多起来，有的是全国相同的，对三农的扶持帮助政策很多，针对少数民族边疆地区

的也不少，其中有许多项他们几乎是一无所知。为什么？是村干部无权知晓？还是因为他们是深埋在民间？农牧民就更不会知道了！于是他咨询了解，开始思索许多不该他考虑的一些问题，就支书他们的这个问题，县乡两边说法不一，谁是真话呢？都在推委和搪塞他这个不起眼的村干部吗？他几次去往县里找民政局和相关部门，才终于搞清楚。多年来，该给农村牧区农牧民的政府关怀，被一些县和乡的干部遮掩或卡住，把国家关心底层百姓的阳光遮挡住了。有的地方是把这样的好事当成画饼高高挂起，声势造得很大，宣传得那是家喻户晓，你老百姓可以知道，但一直让你仰望着等待吧，等到猴年马月再说。让你知道，让你希望着，就是手里拿不到，嘴里也吃不到，这样还一再提醒你，记住啊，这是恩情啊，记住！

这样的事情一多，百姓的看法也出来了，他们就说啦，这些好听的话我们听了多年，耳朵都起茧疤了，只打雷不下雨！有的地方是干脆就不让你知道，更省事，不说出来，你百姓就不知道，哪怕就是听说，你要来问，几句话就把你打发掉了。反正藏地山区里的老百姓不识汉字，语言不通，没有文化，没电视，他们很难知道。认为老百姓愚笨好糊弄，这些经费就挪为他用吧，用于其他工作，或者用于看得见摸得着的形象工程吧，要不就是转移为其他项目不足中使用，也有用来吃喝玩乐直到花光的，遇上贪婪又胆大的，干脆就几个知情者分刮光算了。一些干部不负责和腐败，麻木地无视百姓的疾苦和困难，政府的惠民政策就不能很好地落实，基层、老百姓也就无法感受到来自国家和政府的关怀。因而在感觉上，好似国家只关心体制内的干部，农村牧区百姓疾苦是无人关注的，除了过去毛泽东带来的干部们真正关心过他们。

所以对共产党的理解，藏区的不少老百姓的了解还停留在毛泽东解放翻身农奴的时候，许多家里在佛龛上供奉的还有毛泽东的像。有的说，毛泽东就是文殊菩萨的化身，他上天了后，就没有这样的菩萨来关心穷苦人啦。

问题就出在干部腐化和工作作风以及不作为上。二十一世纪后政府有那么多好的政策出台，关系民生的政策最多，但是政策落实不下去，究竟是不想宣传还是宣传不下去？故意让百姓什么都不知道，蒙骗人，就可以不落实下去？那么这事是哪个环节出了问题？在了解这些事情过程中，有人笑着劝慰吾杰，你操这份心是多余的了，我们藏区就有这样的比喻：党中央的政策是个温暖的太阳，是圆满的月亮，但是有山有雾遮挡，越到基层阳光越少，月亮从满月变成了月缺，最后是月牙儿啦，到了最底层就被云雾完全遮住，要么就整个的被天狗吃了，来个日全食！

吾杰在乡领导面前说，其他的事情我不知道，我只管我们的老支书的补助拿不拿得到，既然这是国家财政拨付的，政策规定的，那就该拿。如果是叫县里乡里自己掏钱给出，我知道我们穷得很，经济落后，拿不出。但是国家是直接从上面给下来的，我就要为他们争取。他们的生活非常清贫，那些每月有上千元工资生活的人们怎么体会得到？他们年均收入还不到百元啊，有了病痛就更不要说去救治了……

那是你村支书没当好呀！你要带他们去致富奔小康呀，你们这些村支书就知道叫苦叫累。吾杰，你该管的事情多着呢，就不要老是来为这些小事情纠缠我们了。我们忙着呢，还有很多大事情要抓，这些小事以后再说吧！乡领导回绝他。

吾杰就这样一次次被拒绝、被敷衍，乡书记旺吉也提醒他，如果这些事情他还要坚持，就不再推荐他为乡长候选人。包括卓玛也一再劝导他。

做村官起码要为村里的每位村民主持公道，何况是老支书这样的人，如果连这件事情都办不到，不如什么都不做了，要做就要做到底，那是他的责任，积善行德，修菩提心，是作为为百姓服务的干部应该懂得的。为什么还这么难？于是他在没有办法的情况下给他还算认识的县委王书记去了封信，要求把老支书和村里另一位三老干部的补助补给他们，吾杰关心的是他们俩的补助，其他的事情他并没有去多加考虑，就这样，一封才只有一页仅三百多字的信寄到了县委书记手里。这封不长，也很单纯，但它成了导火索，成了击进水塘里的大石块，掀起了浪涛，引燃了一连串的事情，有人要下马、落水，有人高兴有人痛苦。王书记把吾杰的信认真看了后，安排人一查问，结果是这些政策从县政府党委早就安排和落实了的，在乡村还有不少该享受这些政策的人没有享受到。原因多种，有挪作其他经费不够项目暂时用了的，也有到了部门、乡或村就不知去向了的。王书记感到问题严重，必须严肃对待了。查！结果不到一月，查出了许多问题，干部工作作风问题凸显，还有其他的民生项目没有落实的问题也牵扯出来，国家拨付给的退牧还草工程上千万经费只有部分发放下去，大部分被县相关部门、乡挪为它用，或被个别相关领导吃喝享乐、为个人仕途升迁请客、送礼花掉，或因其他经费困难无法展开的工作而挪用，或作为接待和争取项目的“公关”费开支用了。

老支书他们的补助很快落实，吾杰不知道因为他给书记的信而引起的事情后果什么样，很久以后才听说，那封信是怎样引起了连锁反应。

不久相关干部都受到应有的处罚和追究法律责任，从省州到县引起极大重视。三老干部的补助如数补发，还有所增加了，但是全县几个乡中就有干部被免了职。吾杰他们所在的桑德尔乡政府，会计、乡书记和乡长被免职，桑德尔乡政府暂时由快退休的年事已高的副乡长东德全面负责工作。

出事后，乡书记阿尼旺吉态度很诚恳，忏悔之心很深刻，积极地把这几年来已经揣入自己腰包的五千多元钱如数退了出来。当听说要免去乡书记职务时候，吾杰可后悔了，他觉得自己做了件欠考虑的事情，不曾想一件小事情会惹这样大的祸来，他简单地以为仅仅是解决老支书的补助就可以了，不想还有这样多、这样深的事情潜伏着，其他的不说，单是对乡书记，他就觉得是他伤害了他。

而后在县城的民间听来一些话题：国家给的退牧还草项目经费很多，多得不得了，生态保护、江河源头保护等等。国家是如此地投入大量资金在基层，许多干部还从没见过那么多的钱来到账上，还不知如何使用它们呢，于是就开始头脑发热起来，眼花缭乱起来，盲目地挪为他用，有的还自己分了，什么龙门阵都出来了。王书记面对这么严重的后果不知怎么办了，他给州里汇报，国家相关部门高度重视，省州党委政府一声令下，坚决查办！

结果就出现一连串的事情……

吾杰忽然觉得这个村书记不应该是他干的，他厌恶起自己的幼稚，如果其他人知道是他的信把一连串的人伤害了，那他就会被看不起，在乡里甚至被那些受伤害的家族报复。无论如何，他要再努力挽回，要不就不当村书记了，离开噶麦，还是到城市去，找他的老朋友巴桑或跟哥哥一起做生意，当村支书太辛苦，太累心了！

吾杰终于找到了王书记，王书记是个谦逊而有威望的领导，对于许多县委书记来说，接待村干部那是不可能的事情。傲慢或摆架子的不少，不是他们认为该见的人，那是不会给任何机会“接见”的。在书记办公室里刚坐下，他就急切地要求说不要免去乡党委书记旺吉的职务，他信里没有说过一句乡书记的不是，他从没有那个意思！

王书记在办公室里听吾杰如此歉疚地恳切说着，他沉默着、看着眼前这个年轻的村书记，他有文化，综合素质强，也见过世面，有满腔的激情，为他的村里人尽职责，他修路的事情本来就是个感动人的事情，那么优秀和突出。县里要求报优秀村干部的时候，乡里没有报过他的材料，而报的是另一个成绩平淡的村干部，王书记是后来颁奖大会结束后才知道的，这些事情吾杰根本不知晓。吾杰的作为和他的人品、能力与成就，足以证明他是很优秀的人才，不要说村干部，就是乡干部和机关里的许多干部们如果都像吾杰这样，那么一个地方的发展还担心慢吗？也就不会有那么些人如此无视纪律、国法，糊涂的糊涂，贪婪的贪婪，或者胆大妄为。一些干部对老百姓没有了感觉，或高高在上，麻木不仁，把权利和地位作为耕耘私利的平台，忘记老百姓的艰辛和苦难……

“吾杰，你就不要自责了，如果要自责，那我是第一个。有的问题是那些人自己给自己种下的，为了不伤害大家的情感，我们可以睁只眼闭只眼，但是国家利益和政府形象被严重地伤害和损坏了，谁来承担？不堪设想的危害谁承担得了？你对了，为老支书这样的人主持公道，没有什么歉疚的，也没有人知道是你的信引起的这件事，组织纪律我们是严格遵守的。况且这不关你的事情，这种事迟早要发生的，你尽的是你的职责，为你村的三老干部呼吁，为公平和良知、良心！”

“那我可以辞掉村书记职务吗？”吾杰突然说，“我不会当，我觉得当不下来了，什么事情我想得简单，但简单的背后总有太复杂的事情潜藏着，我无法辨别，我也几乎要辨不清什么是“是”，什么是“非”，我……”

“要当逃兵了？因为有乡里乡亲的感情，你就歉意地想躲避你作为村支书该做的事情了？你认为你很累了吧？我们呢，我也因为有这样的累也辞职？这次落马的两个人跟我还是朋友或者是兄弟一样一起成长起来的，我也难过。”

“可是因为我引起……”

王书记挥了下手说：“不是因为你！我就告诉你一点本不该告诉你的话吧，有的项目其实已经被上面项目督查组发现了问题，查找问题已经进行了几个月，还不是你的事情引起的。就这样吧，你有文化知识，不把你的本事用在带村民发展上，你做什么？农村不仅需要好的政策，还需要你这样的带头人，领路人！农村就是缺乏你这样的人才，而且是太缺乏了！我是不会同意你的要求的，你要清楚！这几年你干得很好，你不该打退堂鼓，回去吧，不要有任何思想负担啦。通过这些事情，政府和组织部门，会认真考察好的干部来任乡干部，你别小看村书记，它可是政府最基础的组织，是我们的基石，很重要。吾杰，这个担子可要担好！你不担当，那还有谁比你合适？目前据我所知，没有比你合适的了！”

走出县委书记办公室，吾杰没有感到事情成功的快乐和欣慰，总觉得心里是沉甸甸的，很不是滋味。他给哥哥和巴桑都通了电话，他们也感觉他的压力不小，但是，在电话里，哥哥又能对他安慰多少？巴桑却高兴地说，他可是没有忘记曾经的许诺，如果吾杰你要回来，我们一起再把康巴汉子组合弄得更响亮，东山再起吧！哥哥也说，实在不想当就出来做生意，他的生意已经做得更强了，正好需要人手，他正好想要吾杰帮他在家乡选五六个年轻人出来在他那儿打工，他很忙，如果吾杰出来，他现在开办的民族手工艺厂就由吾杰来分管。不过哥哥还是提醒弟弟自己的前途还是好好考虑，不要做什么事情做一半就放弃，三思，后行，不要一时冲动……

在这个时候吾杰还想给另一个人打电话，那就是叶丰。

他试了几次都没有拨完电话号码就停住了手。咳！那么遥远的叶丰，在都市的天空下，在车如潮、人如海的世界里忙碌着她该忙碌的事，跟自己的事情有什么关系呢？他感到心里沉重而迷茫，同时，他才发现自己对叶丰居然很眷恋……

工作有压力，他不怕，但对这种事情，他却有些迷惘，他想，因为他有文化，他成了稀少的资源，老支书那时候要他回来当村主任，他回来了，他努力做了，做了对噶麦很重要的事。但如今也是他，做了伤害人的事情，虽然那并不是他所期望出现的结果。但是如果自己坚决辞去村支书不当，那谁来当？格桑可以，支书的女儿卓嘎可以，帕吉欧可以，然后谁呢？村委班子本来就不健全，还真是不好选了，至少要

能够识字的，现实明摆着，村庄需要的是有知识的、能够带着大家向前走、信念坚定的领头人。但是……犹豫不定的他，还是先帮着哥哥选了几个自愿到城市去打工的青年，为这些人家里增加副业收入，同时能学些技术和开阔眼界。哥哥说最好是选读过初中的，但是村里真的是寥寥无几，选来选去，还是大部分没有读过初中，但这几个家境贫苦的青年，很聪明、勤快，只要肯学习，会干好的。

这件事情和上次修路公示牌的问题让吾杰考虑起马上办学的问题，想起这个，他又来了劲头，辞职的事情也就不再提及。就是因为村里老百姓没有文化，才出现那样的事情或者就被轻而易举地糊弄了，以致自己也蒙受了侮辱，社会的变化如雄鹰添了翅膀，越飞越快，噶麦村再不奔跑起来，将来要飞起，那更难了！从自己的亲身经历体会，在农村，人才也是最重要的进步因素。

读书学文化尤其在现代农业中很重要，而村里因为学校远在几十公里的乡上，前些年是因为路难行且远，就只有几户人家把孩子送到学校，现在通了路，多数家长们依然不放心他们的孩子去那么远的乡小学上学，他曾经宣传鼓励过，但是原因有几点：家境困难，还有就是路太远了，把孩子放在学校，才七八岁的小孩子，自理能力差，住校实在不放心，往返学校和村里的路这么远，又怕邻村的孩子在路上欺负或打架，天天早起晚归更不容易，乡亲们都说如果村子里就有学校那多好啊！

把学校办在农民的家门前，不是更加利民吗？谁还不愿意把孩子送去呢？说干就干，首先把教室修起来，吾杰想到了恢复村小不是就把所有问题都解决了吗？噶麦人不仅要致富，还要个个有文化才是最好的出路。

他召集村干部开会，老支书也被邀请来，老支书这个称号在村里、在吾杰他们的眼里一直未改，他也是乐意被吾杰经常请来参加村里大事情研究会的，哪怕他没主意和见识，就是坐在这几个年轻人身边，看着吾杰的成长，他心里总是美滋滋的。当吾杰把他的想法告诉了大家，格桑和卓嘎他们立刻赞成，都说村里人知道了这件事情，那是肯定拥护和积极支持的。

那么，学校办在哪个位置？修多大？怎么修？吾杰先让大家提建议，然后把自己这段时间在村民中了解的看法和建议，以及他的想法一一说出，大家又来综合研究，都很激动，觉得这件事情关乎噶麦人未来的大好前景，他们几个就是这个大好前景的开创者引领者，所以这个任务太神圣。首先要考虑学校的环境应该是建在很安静、优美的地方，过去那座土屋村小已经颓败垮塌得不能用了，要扩大和重新选址，修三间教室，一间老师的办公室，校门前还要有平坝供孩子们课间休息时活动和上体育课用。所有这些除了乡亲们可以投工投劳，其他水泥、木材、钢筋等材料，又涉及到经费，这次又到哪里去化缘呢？到管教育的部门吗？

经费，经费！永远都要和这个折磨人的东西打交道，这东西既是魔鬼又是神仙，让人恨，又让人喜欢！吾杰心里直敲着这个烦恼的鼓点。

最后决定召开全村大会，宣布此事，秋收一结束马上开工，可以赶在明年藏历年过完就开学。无论大小只要愿意读书的孩子，从一年级的课程开始学，老师就是他们几个村干部轮流当，校长是支书吾杰来当，初中毕业的旺堆来当副校长，他懂双语，还可以教藏语文，他的舅爷爷就是寺庙有学问的喇嘛，他小时候跟爷爷学过，基础还很好，在家务农两三年了。支书的女儿曲珍也可以代课，先暂且这样做，几年后，等噶麦有钱了，就请县里的待业青年或退休教师来上课，如果志愿者来那更是再好不过了……

立秋后的太阳很烈，火一样地把人的皮肤烤得灼痛，那棵巨大的核桃树把它所有肥硕的巴掌大的绿叶都撑开来，为村民大会洒下荫凉一片，即将成熟的青核桃沉甸甸成串地挂在枝上，蝉在高高的树巅“慈慈”地叫个不停，听了村支书吾杰的话，建村小学是大家打心眼儿里喜欢的事，那种热情就如同这晴空里炽热的太阳，热烈而欢畅！从吾杰经常讲的读书才有出路，有知识文化才会致富，对将来农村种庄稼有用的道理，以及吾杰自身的榜样力量中，村里人信服和感受到有知识文化真的会带来好处。政府也在号召大家学科技、用科技种地种树。大家心里最清楚的是有了文化，可以去当干部，当了干部就不再吃苦受累，每个月就有高出村民一年的经济收入，好日子就跟着来了。在桑德尔乡，噶麦这样的河谷村庄，对于孩子读书是积极的，不像有的牧区村乡的百姓对读书看得很淡，观念不一样。老支书也现身说法，他说他就是文化太少，才退伍回来当农民了，幸好在部队还是学了一点点，但远远不够用，什么困难都不怕，就怕两眼一抹黑，什么字都不认识。支书还把他的战友，一个叫罗布次仁家的故事讲给了大家听：

民国时期，在巴塘有国民党政府办的小学，那时候巴塘老百姓不愿把孩子送往学校读书学汉文，宁肯送孩子到寺庙学习佛经。国民政府就命令叫每家每户必须以支差的形式，一家至少有一个孩子必须上学，有的家还是不愿意。有钱的人家就花钱雇请贫穷家庭的孩子顶替上学，罗布次仁的家就是比较有钱的家庭，罗布次仁那时候还小，本该他去，但是家里雇了邻居家的穷孩子去读。后来那个穷孩子读完了小学，又替另一家富人的孩子到基督教堂读圣经书，又学会了英语，结果那个穷人家的孩子成了秀才。解放军十八军来康巴藏区时候，他就参了军，到了西藏，后来成了很出色的人才，退伍以后就留在了拉萨，再后来又调往北京新华社工作；而罗布次仁却一直是个文盲，后来他也参军了，在部队里再一次有了学习的机会，和部队里的战友一起抓紧时间很认真地学习，藏民团里学习好的战士中，他也是其中一个。因为学习好还被送到南京军事院校去学习了，因为各方面表现很好，他一直在部队，后来当了师级干部，退休后回了家乡，所以到了后来，他都严格要求他的儿孙们读书。他家的这个故事还是他那次回来跟老战友们聚会时候谈起的笑话，这个笑话，对老支书很有触动，印象极深，在村民大会上他就用上了。

噶麦的气候好，目前广种薄收的传统种粮法，需要改变才能增收。吾杰结合噶麦的核桃开发，给大家举一反三、由浅入深地讲了很多他学到和知道的知识，现代农业发展需要的不只是不怕艰苦，不怕劳累，还需要科学。

科学是什么？噶麦人要知道的科学就是根据这里的地理地貌和气候，开发创新，种植绿色农产品，产业结构调整。果木是一大种类，城里人喜欢吃的蔬菜又是发展的一类，但要靠科技知识。吾杰经常让大家的脑袋里出现许多新鲜概念，大家恍然明白原来我们藏人不爱吃的蔬菜，城里人却像牛羊爱吃青草一样地离不开，原来它们是这样去种的！过去不敢想的事情，现在在吾杰的指导下，在吾杰给大家推开的一扇扇窗门前，明朗起来，吾杰说只要靠科技和知识，就会成功，大家能富裕起来，我们没有资源卖，但我们可以创造。

噶麦没有现在高原上最走红世界的松茸资源，没有草场可以采挖年年看到飙升如黄金的虫草资源，但是噶麦现在被吾杰理出了头绪，有了自己创造美好前景的蓝图和路径，大家劲头足着呢！在县林业局的帮助下，他们把新疆核桃和本地核桃苗按照林业科技人员的指导，种植在那片荒山坡上，绵延几十亩地。水渠的建成，完全解决了灌溉问题，苗木在自己的成长规律中，被噶麦人呵护着。林业辅导人员说，新疆核桃只需要三四年就挂果了，树的茎干枝叶不会占多大空间，一人高就开始挂果，皮也薄；而本地核桃大家都知道却要九年或十年时间才挂果，要说服各家各户种新品种，吾杰和村委班子的人花了很多的功夫动员宣传。大家都知道，本地的核桃质量非常好，产量也好，大力发展它，虽然成长时间比新疆的核桃要长一倍，但是它可是一旦挂果就不会停下来，年年都会结出丰硕的果实，甚至上百年。推广新疆核桃是尝试，既然专家说了收益好而快，那就种下一些试验。吾杰和几个村干部带头先在自家地边试种，按照技术员介绍，把核桃在适度的温水里泡几天后，再种下地，生长发芽时间就会缩短，很快就从泥土里伸出嫩绿的芽苗了。

于此同时，吾杰也开始把办小学校的美好愿望也播种下来，他希望学校就在村民的家门前，那样每个家庭都会放心地把孩子送到学校，谁还有理由不上学呢？关于建村小，吾杰闹心的问题是购置建筑材料的事情，想来想去，他还是决定向哥哥和巴桑伸出手，因为他们说过，只要他需要他们的帮助，就跟他们说。巴桑曾经打的赌算是输了，他告诉吾杰，他说话算数。那时候，吾杰谢绝了，但是目前遇到了这样的难题，他不得不开口要了，而这次巴桑正好也找到了给吾杰支持的理由，很快把钱打了过来。这次的赞助建小学，人均收入仅有二百元左右的村民，是不可能让他们来捐助的，他自己捐了八千元，一些村民坚决要自愿捐助些，但加起来还不到五千，哥哥答应了要赞助两万，县教育局也答应了给一万，加上巴桑给的，这下就够了。

等到藏历年后，果然，一所特别的土石结构的学校建起来，课桌和凳子都是木头做的条桌和条凳，开学的那天，村民们和孩子一起，过节一样地聚在学校前的土坝上，热烈地举行了噶麦村小的开学典礼。学校周围有许多的毛桃树和核桃树，桃树已经含苞待放，这种噶麦独特的毛桃树春季开花时节非常漂亮，花朵烂漫繁盛，有几棵粗壮的桃树树龄几乎是上了百年，黑褐色的树干粗壮得两人合抱都够不着，高大蓬勃，年年粉红色的花团都是那么热闹地开满枝头。初春时，它们像氤氲的粉色梦，一笼笼一片片地落在村庄，河谷的干热气候，使花朵每年像粉红的仙子如期在春天飘临噶麦，在校园周围，人们还撒播了许多家家户户都喜欢栽种的金雪莲花种，夏季它们又是最美的装饰打扮着村小的环境。

过去村里该入学的孩子们，多数都是在大人们忙碌劳作的时候，就满世界地撒野泼欢，爬山下水，攀树捉鸟，现在学龄前后的孩子都被家长像圈牛羊一样圈进了村小。早晨，当大人们把圈里的牛羊放出去，那些去砍柴或背青㭎树枝桠的姑娘小伙唱着山歌上山的时候，该上学的孩子们也背着书包往学校走去，吾杰心里的欢畅，嘹亮如歌。

但是心情本来很好的吾杰，却为俄热丁真家的孩子对学校课堂的捣乱而发了火。

这天是卓嘎在上语文课，忽然从教室背后较高的窗户外，如雨一般地射进许多的泥沙和野果、毛桃子，就那么十几二十秒后，一下就停住了，打得孩子们哇哇尖叫着在教室里乱跑。卓嘎的头上身上也全是泥沙，她气恼地冲出教室，跑到教室背后时，一群光腚的五六岁的孩子正哇哇地叫着，惊慌地四散而去，卓嘎不相信这帮半大的、还光着屁股，小鸡鸡没有半点遮拦的男孩们会有这样的胆量，她逮着一个落在后面的还挂着鼻涕的孩子：

“谁教你们干的坏事？我要告你的阿爸，说，谁教的？”

孩子却笑着，手里握着个青毛桃，他还从容地在短翘翘的衣服上擦了擦，咬了一口，酸得他又吐了出来，他这样做的时候目光时不时地在瞟着卓嘎背后的教室楼顶上。卓嘎回头看时，孩子迅速转身就跑了，就在卓嘎什么也没看见将转头去追那孩子时，她恍惚见教室的平顶上有个小人头抬了下又埋下去不见了，四周没有梯子，能够爬上房顶的一定是比较大的孩子，而且是从教室左侧离墙近的那棵老桃树爬上，又顺着延伸在教室顶上空的枝桠爬过去而后跳在平顶上。卓嘎装着没发现上面有人，就躲在墙角等着，不一会儿，有个一身衣服褴褛、大概有十岁左右的孩子，悄悄从树干溜下来，他刚踏在地上，就被卓嘎逮住。

卓嘎没说话，咬着嘴唇，怒目看着他。

“不是我，是他们……”男孩惊慌地指着孩子们跑掉的方向说，没想到他的策

划居然被眼前这个村干部老师识破了。

“还有呢？说！”

“他们……我……不知道，没有啦……”

“你叫他们干坏事！你教的吧？”

“不是，是他们自己，我只是看……”

“你好意思冤枉那些比你小的弟弟们，你当然是看，你在楼上看吧？你当总指挥吧？你在给他们提供子弹吧？你不上学，还不准别人上学吗？你都这样大了，怎么不懂事？”她指指桃树，又从他腰包里掏出毛桃子一把。

起初还很倔强的这个野孩子，把头埋着，当说到上学，他猛地把头抬起，看了看教室的窗户，传来孩子们的吵闹声被一个男人的声音平静下来：

“你们的老师呢？怎么地上和桌上这么脏？”

孩子们响声一片，争先恐后地嚷开了，叙述刚才他们经历了“枪林弹雨”地突然袭击。“支书来了，走吧，我把你交给支书！”卓嘎听出是吾杰的声音，就对眼前的男孩说。

孩子一把抱住了树干，怎么也拉不动，坚决不走的样子。

这个孩子也听出那是村支书的声音，吾杰在孩子们心中是个偶像，大人们在教育孩子时都要拿吾杰打比方，大人们都敬佩他，在孩子心里就自然树起威望。这个孩子见卓嘎要拉他见支书，惊恐起来，拉住卓嘎的手央求说：“玛尼咚（祈祷语）！卓嘎阿姐，求求你快放了我吧，要是支书知道是我干的，我就要挨打了，我阿妈会打死我的！求求……”

这时候吾杰已经大步地从前门绕过来，他从来没有对村里的孩子发过火，今天他的气够大了，他过来就给紧紧抱着树干的男孩屁股上几巴掌：

“你把聪明劲儿都用在干坏事上了，不读书，还教其他孩子做坏事，打伤人了怎么办？你怎么想得出这样的坏主意！”

这个孩子倒是很坚强，打在屁股上的巴掌很重，但是他没有哭，看着他这副倔强的样子，吾杰举起了巴掌想再打下去，那孩子眼里浸出了泪水，抬头看着吾杰，哽咽地说：“支书，你打吧，但是别告诉我阿妈，好吗？”

吾杰不忍心了，他知道这个孩子家的情况，放下手严厉地说，“走吧，再不允许这样了！”

几天后，他特意到那孩子的家去了。可以说，这家是全噶麦最困难的，五保户军烈属等都比他们好过，他们这样的在温饱线以下的贫困户虽然不久要有政府的救济了，但是贫困的程度这样深，唯一一个可以劳动的人就是身体长年不好的母亲，过去是小病，因为没钱看病，已经拖成了大病，更没钱看病，生活劳作都很困难。

土房破旧、低矮，灰扑扑地看不出一点精神，跟里面住的女主人一样病恹恹的。因为丈夫去得早，留下三个孩子，靠妻子拉措一个人拉扯，生活很苦很艰辛。

支书吾杰走进她家来，让女主人惊讶又高兴，看着家里又脏又乱，她有些不好意思，厨房就是孩子的卧室，那些地板上破烂的铺盖和冬天穿的破旧的氆氇，就那样乱堆在地板上，房间里四周和柱头都被熏得很黑，几口老旧的黑锅，茶壶，静静立在土筑的灶台上。看着这些跟破烂一样的家什，吾杰的心酸楚，这就是他们家所有的财产，苦难写满了这样的家庭！

那个以总指挥袭击学校的男孩子是这家的大儿子，名字叫意西，很淘气，聪明伶俐，眉宇间有颗显眼的黑痣，很卷曲的头发看上去有些泛黄。他看着村里的孩子大部分都上学去了，非常好奇，多次地在学校土木房屋的教室外转悠聆听。老师带着孩子们高声的朗读声，让他羡慕，他央求母亲让他也去上学，母亲气恼地斥责，家里这么艰难，两个弟妹就靠他来看管，其余的农活全靠她来支撑，每年地里微薄的所获，勉强维持一家人的生活，已经算是菩萨保佑了，还指望什么读书？读书又能怎样？读了书，可能连地里的活都不会干啦，我们家不缺读书人，缺的是能够帮我劳动的人，知道吗？意西！

母亲的话不是没有道理，他知道自己家的情况跟别的孩子家不同，他不敢奢望读书，父亲从年青时候就好酒，因为醉酒而发生事故死了，给母亲给他和弟妹留下太多的不幸，母亲的话也使他打消了读书的念头。但是那些读书的孩子拿着书本很自豪的神情，特别是他在窗外踮着脚尖，窥视着教室里的时候，有的孩子故意把书拿起在他眼前晃，还大声读几句，让他羡慕得嫉妒起来，于是恶作剧的念头也就产生了。

面对这样的家庭和这位年轻却羸弱的母亲，吾杰却无法在她面前告状。已经是十一岁的意西在这样的家庭里也算是半个劳动力了，动员他去上学，无疑是给他母亲的生活雪上加霜。作为村干部他吾杰也该有这样的责任，思考该为村里这样的家庭来做些什么，怎么做呢？村里比她家好不到哪儿去的人家还有，他为他们做的难道就只能是向政府申报贫困户多少，申请贫困资金多少就完了吗？路修通了，村民出山进山便捷了，一些家庭把家里的农产品运出去买卖方便了。但是还有很多问题需要解决，还有更多的事情需要他去做。意西的事情，对吾杰是个刺激，让他已经有些成就感的心茫然困惑。政府提出每级组织要带领人们致富奔小康，噶麦人的小康怎么奔法，靠农产品吗？靠耕作、靠果木吗？一时半会儿难见成效，在干热河谷的峡谷带上，耕地不多，也不连片，以机械化来劳作解放生产力，那是不可能的，农作物地都是在山坡上，梯梯坎坎的，自给自足就差不多了，产业结构怎样调整才好？大力发展核桃等林果业，充满前景，但是眼前除了栽种培育，试验，还要等待，等待果木的成长，开花结果，而后才变成增收，变成村民家里能够支配、改善生活的钱……要做的

太多，想做的太多，困难也太多，这两年上面宣传的政府现在的政策，能感到政府开始在大力关注农村，关注弱势的群众了，他相信只要他不退缩，他能把眼前的所有困难嚼碎，他能！他做通了意西母亲的工作，也对意西母亲承诺，农忙时候，他会安排人手帮助她家，今后有困难就找他和村干，孩子的读书是绝对不能耽误了，母亲被吾杰的一席话感动了，非常乐意儿子去读书。第二天，意西就高高兴兴地上学了。

一个月后，又有一件事情让吾杰困惑不小。乡政府通知，噶麦小学的几十个学生要被乡小学借用几天，为什么？

原来是上面要来检查当地普及九年义务教育工作开展的情况。因为按照要求，学生人数不能达标，所以每次检查都要做假，或者花钱请那些辍学的、没有上过学、甚至是结了婚的年轻人到教室里坐着充数。正好吾杰他们的学校建起，噶麦村的娃娃们正好可以借给乡小学，凑够人数才符合要求。这样，吾杰同意支持了乡里的工作。

当这帮孩子被借去后，算是完成了任务，但是邻乡的小学也是因为人数不达标而再次来到桑德尔乡借学生，但就是这次，事情穿帮了。有个省里检查工作的算是心细的人，在邻乡的学校里检查完了工作，大家都松了口气，孩子们在操场狂欢着。就在这时候，那个人看见从他身边奔跑过去的一个男孩好像在什么地方见过，有些面熟，特别是他的那头微黄的卷曲的头发很可爱，但就是想不起来在什么地方见过。当他们工作组的人和县乡的领导走出校门，那个男孩手里拿着个已经瘪着没气的破旧足球走进大门，刚才他是跑出去捡球去，很高兴的样子。又看见这个似曾相识的孩子，于是这个中年男子喊住这个孩子，弯下腰摸着他卷曲的微黄的头发，说："小同学，你好！"

"老师领导好！"孩子礼貌回敬说。

"你这头发很可爱，有十岁了吧？我怎么觉得在什么地方看见过你呢？小同学，好面熟哦。"

孩子纯洁的眼睛，明亮乌黑，他也看了看这位穿西装的人，就高声说："是的，老师，我们都见了三次面了呢！在那边的小学，还有这边的小学，还有……总之我们昨天和今天都坐了几趟车呢，好安逸哦！"

孩子说完就跑了，看来他说得好安逸，那是真的很开心，在孩子们眼里是很有趣的事。看着孩子的背影，这个工作组的人心里是火，他把这个情况报告了组长，当然，结果是可想而知的，这个县教育局被狠狠地批评，而且是全省通报！县教育部门的人在事实面前哑口无言，但他们说他们的苦衷是没法解决的，也不好说出来。

普及九年制义务教育在不少的贫困山区教育界，在学生入学率实际状况和达标要求差距很大的状况下，出现了为了达标和检查验收而弄虚作假，而且是从教育部门到学校老师、学生一起来作假的怪现象，给国家的教育可持发展战略中的“普九”扫盲工程蒙上阴影。

吾杰的茫然和困惑很多，他从年轻的乡小学校校长那里私下里了解才知道，其实这里几个乡的学校入学率达不到百分之七十，退学的、辍学的、没入学的等等就有百分之几十。吾杰说，那不可以是多少说多少吗？为什么要报超出实际的数？校长苦笑着说，开玩笑！那不行，那就是没完成任务，上面下达的任务，为什么不能完成？校长他一脸的无奈，看着单纯的吾杰说，你没搞教育，你不知道的太多，存在的困难有的是我们无法解决的，这些年，统计材料都很多，那些数据……哼！乡哄县，县哄省，省哄国家！不只是我们这里，教育界的不少人都清楚。

吾杰说，我村里的孩子我都动员上学了，其实能够做到的，只要我们都努力……

校长打断吾杰的话说，没那么简单，民族地区语言教育的问题、贫困的问题、山区独特地理的问题、教育体系落后、城乡教育基础差距大、资源不均衡、教育体制中形式主义的问题、师资缺乏的问题，还有就业的问题等等……很多很多，吾杰我一下也没法跟你说清楚！你不会搞清楚的！他还给吾杰透露说，你的村小虽然就学率可以，但是上面没有批准办，因为软硬件都不达标，有可能下一步要撤销归并到乡小学……

吾杰脑袋里嗡地一下，更加糊涂了，他的脸上也充满了无奈，心里的滋味很复杂。噶麦村小确实不合格，没有达到要求、达到的教学环境和条件，没有固定的教师等问题，他也有许多的问题……

吾杰走出学校大门，在公路边，看见有几个地方的墙上、岩石上有标语，是县教育局在检查工作期间张贴的宣传语——再穷不能穷教育，再苦不能苦孩子。九年义务教育，一个都不能少。党以重教为先，政以兴教为本，民以助教为荣……

吾杰看到大大的几个红色油漆字，在白色的院墙上闪着午后太阳的光泽——群策群力办教育，扎扎实实攻“两基”。他苦笑了下，心里想，标语，真好！教育的天空本该是纯净如高原的天空，透明、湛蓝、美丽，这样地弄虚作假，不是从另一方面教育孩子们欺骗的行为是可以坦然通行的？“千教万教，教人求真；千学万学，学做真人。”这句话是教育家陶行之对教育本真的一个定义，老先生说得真好，可是……

当然，不久，县教育局的主要领导被撤职，县政府分管教育的领导和几个乡小学校长都做了深刻检讨，这件事情才基本了结。

10

春天翩然来临，峡谷里满山的灌木，在温暖的阳光下疯长开来，喜鹊、布谷鸟黄鹂飞来飞去，一声声的鸣叫，阵阵啼唱，催促着人们劳作和播种，也催着桃树如期把青红的骨朵儿纷繁挂出，这个时候每年初召开的全县村干部会议也如期而至。这是全县一百多个行政村交流经验的好机会，也是领会县政府关于新的一年农村工作精神的机会，吾杰与许多的村干部一样，按康巴藏人习惯，参加盛会总是要穿上正装——类似于礼服的洁净、上等的藏装，或是盛装。欢欣地驾着打扮的很风采的摩托车，大声放着音乐，把歌曲洒落一路，向县城的方向愉快地飞驶而去。

在今年这个会议期间，听来了不少外面农村如何发展的讯息，还有令人兴奋的中央文件精神。二十一世纪初第四个年头，中央一号文件针对近年来全国农民人均纯收入增长缓慢的情况，下发了中央国务院关于促进农民增收的若干政策，这是改革开放以来中央关于农业的第六个“一号文件”。要调整农业结构，扩大农民就业，加快科技进步，深化农村改革，增加农业投入，强化对农业支持保护，力争实现农民收入较快增长，尽快扭转城乡居民收入差距不断扩大的不良趋势……

吾杰心中滋长着许多的希望，像鼓满了劲风的船帆；在他脑海中过滤、筛选、升华着他有心听来的一些建议和点子，他计划着自己该带领村委班子做些什么，过去模糊的想法变得清晰而具体起来。村委会要像一座钢架，支撑起噶麦所有人的幸福未来；村委会要像一块磁铁，把每户村民凝聚在一起，形成一股发展的力量。路修通后，目前突出的特点是村里家家户户的核桃等水果好卖了，可现在的情况是，今天你家去城里卖几斤，明天他家又各自去卖点，如果要形成产业，如果要发挥村委作用，那就要整合村里的资源，成立核桃销售协会之类的，有村委安排人统一收购并联系市场，熟悉市场。家里没有劳动力的农户，就可以享受到协会的好处，这样可以节约劳动力，等山坡上那片核桃基地的树挂果丰收了，就形成批量的产业，形成规模化，今后再向相关的土特产加工产业发展……好多的想法在他脑子里转，他已经按捺不住急切的心情了！

吾杰在县城转悠的时候，发现到处都在搞建设。与人聊天中，他发现县里的建设非常需要沙石。这个东西在金沙江河谷边到处都是，稍微加工，就可以成为钱，现在县里还只有一家外地人开的砂石厂，供不应求，这方面看来大有文章可做。

趁还在县里学习的机会，他就去了解开办这样的砂石厂需要什么准备和手续，需不需要开采申请等。回去跟村委会的格桑、卓嘎和帕吉欧等商量，只有格桑和帕吉欧同意，其他人表示怀疑，并且对所需要的购买机器的经费根本不抱希望。吾杰把他准备实施这件事情的经费来源一说，列席村委会议的老支书也不赞成。虽然乡政府也支持这件事，还说可以给他们的贷款做担保。

挖沙石需要的是挖掘机、运输机、装载机，吾杰自己已经有一台挖掘机，可以节约一大笔经费。其他的经费靠三个来源，把全村的人户都纳入，噶麦有近百户的人家，五六百人，每户以入股的形式加入，每户出资一万元。他知道对于噶麦村的农户，交不起这个数的是多数，但是政府对农村的扶持力度加大，开会时县里领导也宣传了这些政策，可以贷款，他帮助他们贷款，以村委会和乡政府来担保，现在上面对三农发展支持的力度越来越大，农村人贷款也容易了。他把上面的政策详细解释，大家听了鼓舞人的政策还是很激动，但是说到经费，那还是让人顾虑和担忧的。

“上面给政策，下面努力，才能决定成功与否，我来跑贷款的事情，我一定办到，对这事我有信心！”为了鼓舞士气，吾杰肯定地说着。其实这件事情他从来都没做过，虽然考察后心里比较有把握，但疑虑还是存在，如果失败，就要亏欠大家，甚至使部分本来就清贫的人户更加困难，要还清这笔钱也不是容易的事情；如果成功，那是非常鼓舞人心的，有劳力的拿工钱，年底还分红，没劳力的，因为有股份，年底也能分红。像小意西家那样困难、没有劳动力的人家都有红利可分享，这是多好的事!

几个年轻村干的脑海里，这段时间回旋的就是这件事，经过了好多天的商量、讨论，考证，吾杰更有决心了。最后大家终于统一了看法：修路的事情是吾杰率领大家做出来的，今天的事情也是噶麦开天辟地第一次，甚至是我们县第一个。支书有这样的决心和信心，我们也有，动员村民入股，那肯定是一件很难的事情，但只要大家一起努力!

一说起动员村民入股的事情，大家心里也直打鼓，选好时间，决定召开全村动员大会。不出所料，大半的村民都反对，喊着菩萨的名字，惊讶而不可思议，许多人说，拿出一万元?觉松且（神名）！就是一千元都没地方去找!

这辈子都没有见过一万元是多少，怎么拿出来?

好大的数目，几代人用的钱都没有这么多，拿不出，难!

吾杰让大家平静下来后，告诉大家，他可以帮助贷款，在县里的农业信用社，也就是银行里的钱借给大家，砂石厂有了利润，首先就还给银行，然后砂石厂里就有了大家的这笔钱了。就是砂石厂亏了，我也要保证大家的这笔钱到手，如果赢利了，第一年就可以分到一万左右，除了还贷款。第二年就是纯利润，每户所得，说不

定就是两万以上了。他一再让大家相信他和他的班子，声明这件事情的前景可观。

吾杰来当村干部，他用自己的车为村里修路等一桩桩的事情，使他在村民心中的地位很高，知道他是个很能做事的年轻人。他的威望来自于他为大家做的件件实在的事，他有文化，有见识，人品和能力那就更是大家信服的。经他反复解释，其他几个村干做工作，致富的梦想终于点燃了许多人的激情。后来只有少部分人仍然不接受，不愿意加入，怕亏了本，还浪费了劳动力。

吾杰他们就分头到各家各户去做思想工作，而后吾杰和格桑迅速地到县里去办理所有的手续。在办理贷款的时候，碰上了麻烦，银行不太信任吾杰他们，因为这样的事情，在县里还是头一次，虽然有文件政策，但是顾虑却不少，给农民贷款，农民的财产有多少？除了土地，噶麦那样远的山村，能有什么好土地？房屋有几家像样？这又是个贫困村，有的人家一年能见到几百元人民币？村委会和乡政府担保了，如果还不了就还不了，奈何得了吗？

吾杰焦虑了，他们的热望难道就因为不被信任而放弃吗？格桑垂头丧气自语似地说，如果有哪位领导帮帮我们就好了！

这话却提醒了吾杰，他跟王书记还算比较熟悉，去找同学，不如干脆找找书记，也可以让书记帮着把把脉。

可以说他们是很不容易找到了书记，书记的反应却让他们俩惊讶而兴奋，书记的兴奋也让他们振奋。当书记听完吾杰的叙说，眼里满是光辉，他夸奖了吾杰和他的班子，他鼓励他们干下去，不到半个小时谈话就结束了。他让他们俩下午就去办贷款，他知道安排。让吾杰他们激动的是，他说政府也要支持他们，等他把这个建议提交县常委会议讨论，就给予几万元的帮助和支持。我们县村乡好不容易出现这样的大好事情，县委县府怎么不支持呢，这样开拓创新带领村民致富发展，是大好的事情，只是要做到一切按法规制度办，干吧，放开胆子大胆干！

两人红光满面地从书记办公室出来，走路的感觉跟半小时前进去时候的感觉不一样了，轻盈而有力。格桑激动地说，这个领导真好！有领导帮助，事情就很容易啦！我说了嘛，有领导帮忙真好。还要给我们支持几万元啦，玛尼咚！菩萨啦，真是大快人心！

“是大快人心！我们今后可就有忙的了！”吾杰高兴地说。

“真好！我说嘛，今天早上出门碰上担水满满的人，是件好事，看，运气不错！”格桑高兴地说着。

吾杰他们贷款70万元，县里支持的五万也很快到账，加上村里入股的，一共就有137万元的启动资金，购买了一个装载机，一个挖掘机，在离县城20里的河边建起了砂石厂，他们开始营运起来。这个砂石厂就在公路边，金沙江畔，运输便利，在河滩边山脚下到处是灰色的沙石，一经筛选归类，洗沙、碎石，一堆堆的沙粒就开始运走，大小各类的石子儿一排一排地堆起，过去完全是荒芜的乱石滩，变得井井有条，荒滩废石和不起眼的沙都变成了宝。噶麦的青壮年们都在这里甩开膀子大干，挖掘机和装载机唱着歌，欢快地忙碌着。吾杰仍然即是指挥官，又是战斗员，他的挖掘机依然是他在操作。在这些年的奋战中，吾杰他们才感受到县里的建筑工程对沙石的需求量是那么的需求，几乎是供不应求。年底结账时，让吾杰他们兴奋地是，居然赢利158万元，把贷款还完，每户还有红利可分。到了第二年，利润达到两百多万，噶麦所有人家都有了可观的收入。那些怀疑或观望的没有入股的人这下慌了神，积极地要参与进来。

吾杰在成功中又开始计划把每年多余的利润，用于再开拓两个新的砂石厂，然后打算成立个公司。他和村委会的几个年轻人把名字都想好了，叫“噶麦建材责任有限公司”，成立董事会和监事会，人员有村委班子的人员构成，再把老支书加进来。吾杰的构想是：县里的建设终究要饱和的，加上现在已经有其他的村乡看见了他们的作为，也在筹建砂石厂了。市场一饱和，那时候建材公司也就面临转向或停业。这几年剩余的红利就要用好，计划好，用于做其他的产业，比如养殖业、林果业加工等，他把红利中的一部分钱用于改建村小。

可是，当村民还沉浸在村小刚改建不久的喜悦中时，接到政府通知——村小要拆迁归并到乡小学。因为村小不具备好的教学条件，硬件和软件都不能达标，村小教学质量差，山村多数村小都是一年级到三年级，读到老都是小学生。几乎所有的村小都要整合到乡中心小学，而且还开办有藏语课程。藏族的母语教学，近几年开始被政府和社会各界重视起来，在乡中心学校才能保证各项教学质量。这几年政府对民族地区教育的关注，使许多乡中心小学都在进行新的、更高要求的基础设施建设，明亮宽敞的教学楼，学生宿舍，在乡政府不远的坝上矗立。

但是路途远的山村，年纪小的孩子的父母却不愿意送孩子上学了，因为乡中心小学太远，即使是住校，是全部免费，大人们不放心的事情也太多。这样，干脆就不上学了。后来吾杰多次反映，可否保留他们的村小，都被上面否定了，他又要求办成村幼儿园或学前班，也被制止。他总疑惑地想，为什么不可以把学校办在村庄人的家门前？即使改为幼儿园或学前班都好。记得一次他在教育局反应要求恢复噶麦村小，一个干部不悦地说，我就知道，你们这些农民就是有些无赖，不就是想把学校办在家门前吗？国家这样大，顾得过来吗？为了提高教学质量国家投入那么大，现在我们就得这样做！嫌学校远，不读就不读吧……

对此番话他郁闷了很久，他困惑，许多时候事情并不是村庄需要什么就能做什么，自己是不能做主的，也不是他以为的现实的需要就是情理中的事，那就……只好放放再说吧，剩下的就是他和村干部再去那些该读书而不去的孩子家里做动员工作，孩子们的读书是一年都不能耽误，不做好这个工作，耽误的就是一代人，噶麦村的孩子一定要成为有文化的人。

国家的西部大开发战略，就是要求尽快实施藏区区域性教育可持续发展战略。人才强，国家才强，地方也是这样，教育成就一个地方的未来，知识改变一个人的命运！西部的农村、边疆没有强壮的教育体系，一个国家要是只有城市的孩子享受良好的教育条件和优越的生活条件，那么能说可以达到"国富民强"吗？高原山区的孩子与城市的孩子比较，在起跑线上，从幼儿到学前教育就输得很远，这里的山村可以说根本就没有村幼儿园，到了学龄期间，许多乡村小学还有诸多的困难和问题，不是没学校就是教师不够，不是路途太远就是听不懂老师的汉话讲课，高原教育的特殊性往往会被上面忽视。城市与农村、与山区的教育资源布局极其不平衡，不公平现象越发凸显。历史的欠账，城乡差距、贫富差距的拉大，人才资源无法储备，使人才极度匮乏。在中央西部大开发等战略、政策中给予西部不少的支助政策，但是缺乏人才的严峻问题和机制中存在的一些问题没有得到根本解决，始终是制约发展的屏障。脱贫、教育和培养人才才是关键，但农牧区办学仍然极端落后，恶性循环到乡村卫生医疗、农牧区现代生产等等方面，人才奇缺状况越来越严重。几年前开始的提高乡村教育质量工作，在政策规定的"规模办学，撤并村小"的落实中，一些地方又出现不是因地制宜，而是脱离实际的"一刀切"，许多村乡的儿童读书成了走长征路，甚至为此辍学。吾杰对此反映了上去，有领导却批评他说，这就是你们没有把老百姓的动员工作做好，是你们的责任！吾杰反思他们的工作，那是努力后没见成效的。是的，设身处地为百姓想，换个角度体会，哪个愿意冒着风险让孩子走那么远的山路，这不是大城市的道路，那些还不能自理的孩子寄宿在很远的、师资又短缺的学校里，家长们能有几个放心？办教育也好，办卫生也好，不是为民办，为民着想，难道只是为了对付上面的检查、达标和政绩或承诺吗？什么才叫以人为本？教育为谁办？面对现实中的诸多问题，吾杰无奈地想，也许唯一能解决的就是推迟上学年龄或者就是像国外他曾经去过的一个欧洲小国那样，山村孩子上学有专程接送孩子的车在几个村庄跑。当然这都是他的妄想，他无奈地梦想！那也许要等村里挣到足够的钱，就可以买个车，专送孩子们上学放学……

这时候，吾杰的命运又一次转变。他热爱的、由他创建开拓的噶麦新的事业，他不得不放下，他被破格提升到桑德尔乡任乡长，暂时兼乡党委书记。而噶麦村的村主任由帕吉欧担任，格桑为支书。桑德尔乡原乡党委书记旺吉因三老干部补贴问题而免职并接受了法律的制裁，乡长因为和乡书记的那事也有一些牵连就免去了职务。一直是副乡长在主持乡里的工作，但他年纪大了，加上身体不太好，也力不从心，去年县里下派来县机关一个年轻人来当书记，但是这个年轻人虽然文化水平可以，但对藏区农村工作一点不懂，加上不懂藏语，开展工作很难，他自己也觉得困难重重，不到一年就托关系调回县里机关去了，那位副乡长又主持了一段时间的乡里工作。

作为贫困面大的桑德尔乡，一定要有个能力强、人品正的领头人，桑德尔乡一直没有理想的带头人，不作为的现象太突出，县里组织部是选了又选，最后考虑吾杰应该是最好的人选，在任的副乡长也曾提过建议。当评选全县优秀村干部的时候，吾杰的事迹在所有村干部中是出类拔萃的，他才被组织部关注起来，人们才想起那个自己开车修路的曾经到过都市唱歌的吾杰，没想到几年后，他在村庄的舞台上又演出了这几台精彩的节目。组织部长对他刮目相看了，组织考察后，觉得桑德尔乡的领头人，似乎还真的非吾杰莫属，组织上的任命一下，吾杰不得不离开他心爱的噶麦，把噶麦发展的担子交给格桑他们……

卓玛认为父亲被免职、被追究刑事责任，而后吾杰却坐到了父亲的职位上，那是吾杰做了多么损人利已的事，才得到的结果。她对吾杰是无法言说的愤慨，她的情感从曾经多么的钦佩和爱恋变为仇恨，她发誓，她要找机会，要报复吾杰对父亲的伤害，对她家人和她的伤害。

对全乡七个行政村，十八个自然村的整体兼顾推进的问题，是吾杰和乡里规划的大事，吾杰的压力也比过去大了。县委组织部进一步完善乡政府班子建设，在乡提拔了一个村干部做副乡长、其他乡交流了三个年轻人做副乡长和副书记，把班子配强。

幅员五百多平方公里的桑德尔，是全县边远贫困乡，吾杰的舞台更大了，困难和问题就更多了，噶麦是他生长的地方，从小他就了解。其他的村庄，什么是优势，什么是劣势，一切从头开始，需深入研究，才能作出规划，政府经常说要脱贫，要奔小康，每个村乡的情况不同，就是所处的海拔高度都有很大的差别，那么寻找脱贫的路子在哪里？

11

当吾杰回家收拾行李的时候，爷爷感觉成熟了许多的孙子，似乎有顾虑，也是心事重重的，老人不舍孙子的离开，就心疼地说：

“要不就不去当那乡长了，就在爷爷身边，再过几年爷爷就更老了，只希望你不要太累，你也该结婚了，有生之年我能看到你的孩子就好啦！”爷爷动情地说。

他觉得孙子当村庄里的书记都那么用心，他看着都累，但他在自己身边，看着他就放心，也很骄傲。这下要搬到乡里住，他就舍不得了，他期望孙子能在他身边留下什么，所以就提起结婚的事情。爷爷的话却让吾杰想起遥远的叶丰，很长时间以来，他以为忙碌和时间终会让他把叶丰从记忆里抹去，没想到心里的情愫依然那么深刻地恋着叶丰。是的，在他没有完全忘记叶丰的时候，谁也走不进他心里，他是不会去考虑结婚的事情，他决心要这样做。

他安慰爷爷说：“放心吧，爷爷，该带媳妇回来见您老人家的时候，我就会带回来的，现在好忙呢！”

“忙忙忙！爷爷知道啊，雄鹰的翅膀不是窝里变硬的，但是自从你当了村支书就在忙，要忙到什么时候？别把自己的大事情忙丢啦！”

“我知道，我有数。”

“有数？那就是心里有姑娘啦？我希望不是那个汉族画家。城里人不好，不恒定，小心眼也多，在我们这里是做不长久的。”

“知道，哥哥现在可也是城里人啦，你说他也不恒定，嫂子措姆就是拉萨城里人，她可好呢。”

“那是！但次仁洛布是我的孙子，是噶麦的水养大的，跑得再远，也是噶麦人！”

“是，爷爷，说得对！”

几个月的时间里，吾杰跑遍了各村。高原山区特殊的地理环境和气候，使每个村庄发展都不同，有的自然村居然就建在几乎就没有耕地可言的山崖上，祖辈靠的就是山腰间几片薄地和家里喂养的几头牛羊来过日子，荒芜的山崖也没有什么可以利用的资源供给他们，生活的质量极其低，像这样贫瘠的生活，比起那些地处河畔和公路沿线或者是土地肥沃的村庄，这样的村子实在没有发展的可能，通村公路就是修上去了，其意义和所耗去的人力、物力、财力都是极不划算的。吾杰脑海里思考着这些人户该列入移民搬迁的计划。

金沙江大峡谷，气候温暖，干热，有一半的村庄在峡谷里山腰间，这些地方适合种植果木和蔬菜，他看过一本《以色列——欧洲的菜篮子》，说的就是以色列人在沙漠面积大、水资源缺乏的恶劣的自然环境中，以高科技、以集约化把农业做得很强。反季节蔬菜、肉制品、奶制品出口欧洲市场，杂交育种、基因育种，现代农业温室在那片狭长的土地上到处都有。那里创造了世界农业的奇迹，他们发明的滴灌法闻名世界。省林业科技员李娟子在县里讲课时也说过，以色列的滴灌使他们的农业革命和沙漠改造进展飞速。那还是1962年，一位农民偶然发现水管漏水处的庄稼长得格外好。水在同一点上渗入土壤可减少蒸发，高效灌溉，是控制水、肥、农药最有效的办法。这一发现立即得到了政府的大力支持，闻名世界的耐特菲姆滴灌公司于1964年应运而生。以色列滴灌系统目前已是第六代，最近又开发成小型自压式滴灌系统。如今，世界八十多个国家使用以色列的滴灌技术，滴灌根本改变了传统耕作方式。以色列大地遍布管道，公路旁蓝白色输水干管连接着无数滴灌系统。电脑自动把掺入肥料、农药的水渗入植株根部。滴灌使沙漠城市也照样绿荫浓浓。在以色列，“水利是农业的命脉”的真谛，不在于挖沟渠，而在于科学灌溉高效用水。滴灌使每寸土地都透着高科技，电脑控制的水、肥、农药滴喷灌系统是现代农业的基础。安装和拆除也容易，既适合温室、大棚，也适合丘陵、平原、斜坡地等地。可防止水肥渗漏，水肥可直接灌在每棵农作物的根部，节约水、化肥和人力。使用方法简便，成本费用低，农民容易掌握。它巨大的经济和社会效益证明，以滴灌为代表的科学灌溉将大大缓解全球水资源危机。当李娟子把这些信息传输给了县里的领导后，很快相关部门就在了解关于滴灌的种种情况，因为他们都觉得这里“地在半山种，人在山腰住，水在山谷底下流”的状况就是用水难，看得见哗哗的河水，却不易引上山坡、山腰或山顶，这技术很适合高原山地的农村……

这些知识对吾杰有了启发和鼓励，他把这些相关的信息和知识都传输给村干部，包括他从网上查询来的。虽然目前很多事情还做不到，关于滴灌技术在哪些村乡开展，县里也在努力考察。但在现有的条件下，他们完全能够进行一些开拓创新，打破过去不种蔬菜的习惯，力求让本县和周边县城里的人吃我们种的有机蔬菜。因为高海拔和早晚温差大的原因，发展好温棚蔬菜的栽培技术，那不是有很好的前景吗？开始把这些理念灌输给村民时，都不接受，吾杰就号召村干部在自家地里带头种植，请农科所的技术员下来教，第二年人们见到了效益，村干部就手把手地教愿意栽种的村民，在当年就切实感受到了增收的喜悦。吾杰根据实地考察的情况，把全乡发展的规划方案递交给了县里，同时也得到了县里的大力支持。

在三千米海拔的卡泽等村，适合种植油菜。农科所人员考察和分析了这里的条件和气候，日照时间也很长，建议大面积推广油菜，打造绿色食用油。农民致富增收可以在这方面打开一条路，政府也大力支持，包括种子都免费供给。但是老乡们不太相信这个世代都没有种过的东西，县里派干部下乡配合吾杰他们做村民的工作，把科普宣传做到家家户户，但实际行动时却响应寥寥。吾杰带乡干部和村干部，开始在村干们自家地里种起来，就这第一年收获后，效果就很好。于是，在第二年，大规模的规划起来，把村干部家的地和一部分愿意种植的人户的地，连成了一片，几十亩，因为人手不够，政府就把机关里的干部也派下去与技术员一起，帮助播种、浇水，王书记也带头下来几次，参与油菜种植的劳动。县里也以基地的形式把这片绿色油菜地作为县里的大项目在做了。

又一个秋天来临，收获后一算效益，从领导到农户心里都是喜滋滋的，玛尼咚！四亩地就有两万元的收入！过去最好的土地，种青稞最多也只能收获三四百元，现在比种青稞翻了几倍！农户们积极性高涨，在惊讶和热望中他们接受了这种新的农作物，从前期地膜使用，到后期，都按照农技人员教的方法做，在这三千米左右的高海拔地方，居然长势还那么好，人们实实在在看到了效益高于青稞。政府又号召相关行业支持，县粮食局收购他们所有的菜油，并且进入县里的超市，县城里的居民们反响很好。这种高山地的生态绿色食油比内地产的香纯，许多人就开始只购买本地的菜油了。并且还作为礼品送外地人，一下就很受欢迎，销售渠道根本不用愁。但是扩大规模的话，水的问题就是难题了，扩大面积，连片栽种，形成规模，水不解决，困难就大了。

这时候，县委县府说了，要继续大力给予支持，多方考证研究，投入资金，将给他们引进以色列的节水喷灌、滴灌技术和设施，就一定能解决水的问题。不久，科技人员来了，农业专家来了，工程技术师来了，引水工程很快建设起来，取水枢纽建成，主管道七八公里，蓄水池和科学合理的支管道分布开来，人用水、蓄用水和地用水都是在技术人员精确计算日平均需要多少立方米后而布局的，后来较为平坦的下方地里就冒出了一个个喷灌的水柱龙头，而另一片陡坡油菜地安装的是滴灌，使水资源的利用既节约又合理，非常有效地滋养灌溉了农作物，油菜基地的种植面积科学有序地扩大了。

这片区域还适宜栽种元根，有点类似萝卜，这是藏地的特殊农作物，农人都是种来喂猪喂牛的。但是一次一个文化人告诉吾杰，他从书上了解到生长在三千多米海拔上的元根其实是宝，它的抗缺氧效果非常好。吾杰专程到省城，在农科院教授的帮助下找到专家，分析化验，确定它所含的成分，确实有与红景天相似的抗缺氧作用。一个美好的希望出现在他的计划里，如果由企业来做，生产抗缺氧饮料元根汁儿，那是该有市场的。他也了解到一个四川老板做元根泡菜远销国内外，每年创下五千万元利润。

春夏季节，卡泽村油菜基地在高原是一片别样的风景。

金色的花海和山谷周围的森林郁郁苍翠，天蔚蓝，云朵飘飘，阳光妩媚，远处天边是披着积雪的神山，近处满眼是美丽的风景，没人去设计、宣传，不经意间，当油菜花花开如海的时候，就引来许多的摄影人和游人。

在内地，村村之间几乎都在同一海拔上，气候和植物、农作物的分布区别不大，而高原气候的垂直立体变化，“十里不同天，五里俗不同”就非常明显。横断山区域是中国保存最完整的天然基因库，仅就桑德尔乡的所有村庄，就在几个不同的气候带上。桑德尔像棵大树。每个村庄在不同的海拔高度上，不同的气候，不同的地理条件，不同的生产方式，都呈现在这棵大树上，最低端海拔的村子是两千米左右。是农区，农作物和瓜果的产地，也是吾杰规划的生态高原藏地本土猪和鸡的养殖基地。在桑德尔这棵树的中间，是海拔三千米左右的地带，是半农半牧区。这里的村庄也适合发展天然药材，有丰富的草地和植物种子资源。吾杰规划后就立刻动员村民发展人工种植的贝母、天麻、黄芪等；在这棵树枝最上端就是高海拔的雪山草甸区域了，处在高端的村庄在四千到五千米海拔地，那就是纯牧业区。畜牧业发展很落后，逐水草而居，靠天吃饭，风调雨顺时，牛羊兴旺发达，反之则不尽人意。近几年牧场超载的现象越发严重，对草场的破坏加大了，牧畜过量也引起了草地的沙化。

由于信仰的原因，更是对牛羊很爱惜，不杀生，大多数人户都不愿意宰杀牛羊，更谈不上去销售了。如果遇上雪灾，纵然有多少牛羊，多富裕，也抵挡不住高原的奇寒。如果遇上白色恐怖——雪灾，任何人都无法抗拒，可以一夜之间把你从富人变为穷人，牛羊不是被冻死就是被饿死。要改变传统生产生活中的一些方式，县里相关部门也在做这方面的尝试和宣传。

清晨，桔黄、温馨的阳光刚把草原晕染，牛羊已经兴致勃勃地散布在还挂着露珠的鲜美草滩。草原的生机就是牛羊的欢叫声和牧民的吆喝声，昨晚进村考察了解的吾杰一行，在牧民家里住宿，今天一大早又出发，他到几个大牧场的牧户家里走访。此时，他们来到了查隆塘草场，这片草滩盎然生机里除了有很多牛羊，还主要是这儿草势长得不一般，科学管理轮休后的围栏草场内蓄草繁茂足有一米高。对面几十平方米的栅栏内，是冬天牛羊的圈，夏天这片蓄圈又是草地了。主人家特意种上适合这儿生长、牛也很爱吃的批碱草和豌豆草。6月底，草苗已经高有尺余，嫩绿的色彩与周边青草色泽不尽相同。这个季节，草茂蝶舞花盛开，看到蓄草生长的布局那么井然有序，如此肥美丰富的青草，眼前这些牦牛，真是过着富贵的日子。

“这个牧场真是特别，肥美！精心梳理过！”骑在马上的吾杰停下来放眼看着，由衷地感慨。

“是呀，这是阿布家的，他儿子格夏是个爱动脑筋的人，初中毕业就回家放牧。他父亲有一整套放牧经验，他儿子更比父亲还精，把他学的东西一用上，他家的草场那是一年比一年好，其他牧场完全比不过他们了，别人家的牧场在退化，他家的在年年进步。”跟吾杰来的一个村干部介绍说。

吾杰兴趣百倍地说：“那我们今天就好好地在他家牧场看看，格夏在吗？”

“应该在吧。”话刚落下，就见远处有人挥着手、打着招呼疾步走来，然后又转身对着土屋喊着话，吩咐着。

“格夏，有客人来了！”

吾杰他们下了马迎上去，走到他们面前的是个老汉，个头高大，走路时候腰背有些前倾，大眼、高鼻梁，眼角和额头的皱纹很深，皮肤被草原强烈的紫外线烤晒得黑红，皱纹虬结粗狂的面部，像黑红的雕塑铜像。

老头双手平伸着恭敬迎客，吾杰迎上去握住老人的手，他们互相道着辛苦了、安好吉祥的问候语。这时候，从土屋里走出两个人，姑娘微笑着在门前止步，而快步走来的是步伐劲健的青年，他身材高而挺拔，模样很像眼前的老人，一看就是老人的儿子、精明的格夏了。

吾杰和格夏是第一次见面，当知道眼前这个与自己年龄相仿的青年，就是他听说过的优秀的村支书提拔起来的乡长，他高兴地用力握着吾杰的手，非常尊敬地说：

“没想到能在家门前见到乡长，非常欢迎乡长来这里！”然后他高兴地说，“难得有人来这里，今天一来就是乡长领导！我说嘛，今天一早，草原漂亮的鹞子鹰就在我家屋上飞来飞去不愿走，我还跟父亲开着玩笑说，今天吉祥啊，可能有贵客来呢。母亲还嘲笑我，说我是在这里待寂寞了，想城里的朋友啦。我喜欢交朋友，几个月不来往就心慌神燥了，我的女人娜姆措也这样说我。”

门前站着的小辫如瀑，几颗绿松石珠宝装饰发顶的美丽女子就是格夏的漂亮妻子，一家人热情邀请客人们到屋里喝茶。走进铺着木地板的屋子，从屋里的陈设和洁净的钢炉、正冒着腾腾热气的茶壶和大锅就可以看出这个家庭的温馨和富裕。墙角有一排装饰美丽的牛皮口袋整齐的堆垒着，里面装的是青稞、酥油、茶叶等。一排雕花的木柜没着色，很素美，上面整齐地摆放着洁净的茶壶、铜瓢、水瓶、银碗、瓷碗等。他母亲和媳妇手腕上的镯子、胸颈上的珠链宝石，都是昂贵的，虽然她们穿的是平常的生活裙装，但也足以看出这个牧场主人家的殷实。

经过交谈，吾杰感觉到格夏的观念跟其他牧民不同，他其实代表了新一代的藏族牧民，藏区牧业发展，需要的就是这样的青年。格夏家的牧畜发展很好，草场也经营得不错。格夏初中毕业，藏汉文都懂，从他的牧场管理和跟他交谈中看得出他是个善于吸收新信息，爱动脑子的新生代藏族青年。多年来政府号召和开展人草畜三配套建设，近几年已经走向更深入，有的地区落实得不好，而这里做得很出色，甚至更多融合了自己的创意。吾杰认为，乡村干部的学习提高很重要，打开思路，就要交流学习，更多了解信息才能提高工作思路和能力，看来乡村干部的培训应该大力广泛地开展，我们自己乡里来做，全乡的村干进行培训的事情是很迫切的。

说起所有牧区冬春饲草矛盾的问题，格夏的父亲自豪地说：

“我家的牧场过去也那样，从格夏回来后，一年比一年好，我们不愁草料啦。”

“多余的干草料还可以拿到其他牧场去卖呢。在冬天我的牛可以吃到新鲜的草料，就是刚才你们看见的门前那片种植的批碱草和豌豆草，就是准备冬储的。”

吾杰对河谷地区的农业还在行，对牧业多少了解一些，对高海拔牧区冬天牛能吃到新鲜的草料，他还是第一次听说，包括其他几个乡干部，都很感兴趣地追问着。

颇有成就感的格夏眼里闪动着自豪的光芒说：“等一会儿，大家喝过茶，休息好了，跟我去看看草场，就会明白了。”

“呀呀，格夏还卖关子啦。”一个副乡长笑着说。

“哪里是卖关子，其实很简单，所以我……”

“不管简单还是复杂，能够想出来，做出来，就是创举，都是不一般的事情！快说说，不然我们不喝茶了，马上就去喔！”吾杰和大家感兴趣地催促着。

“好吧，那就先说后看吧。”格夏摸摸嘴角说。

格夏就仔细讲起他怎样把牧草保鲜下来的事情。他说要做到这些需要的只是盐巴，然后就是在草地下挖个地窖，在他家院子左方，他挖了个很大的地窖。每当秋天即将到来，青草最有营养的时候就把草割了，放进洞里，放一层草，就撒一层盐，一层层地就这样铺放，把要储存的青草窖好，再把门洞封严实，到第二年冬春青黄不接的季节，或者是雪灾来了，没了干草料的时候，才打开洞门取来喂牛……

叙述完他才得意地说：“每次打开门洞，满洞子都是草的芳香，草香扑鼻而来，人都要醉了，感觉春暖花开就在眼前，更别说牛多喜欢了，爱吃得很，奶牛吃了，产奶量也上去了！”

妻子娜姆措明亮的眼睛看着丈夫的手势，满足地微笑着，她对丈夫的爱恋和敬佩从她含情的美丽眸子里就能看出，初婚的甜蜜还写在她秀丽的面庞上，他们结婚不久，还没有孩子。

吾杰听格夏说着，心里揣摩着，如果这样的方法在牧区大面积推广，不是很好吗？每家每户地上储备有干草，地下储备有鲜草，还怕什么大雪天，怕什么青黄不接的冬春季节！但关键还是要有好的草场，那种靠天吃饭的粗放式放牧，与这样的精心

经营草场差别真大。难怪政府一再大力宣传要把1994年以来，开展的人草蓄三配套建设，在二十一世纪更加有效地深入和升级，改变逐水草而居的传统习惯，推进牧民定居所的建设。

草是牛的命根，没有草场，牧民什么都会失去。草原的生态就是牧民的生命所在。格夏接受新观念，也敢于实践，他响应政府号召，在他的草场上，不超载蓄群，就是为保护草场的质量，以保证牛的成长规律，有计划地每年把部分牛出售出去。现在他的草场上，牛群几乎都保持在两百头以内，他对畜科所的专家讲的草场超载过量只会使草场退化、生态恶化的说法，是很有感触的。曾经他也以为牲畜越多越好，结果牛越来越瘦，吃不饱的现象被细心的父亲观察出来，他到县里请教了技术人员，回来后他用了两年的时间证明那是不对的。他把三分之一的牛卖了，从那时候他就感到，草好牛就好，牛好了，酥油就好，人的日子也好了。草的问题最为重要，所以他开始听取科技人员的话，政府每年发放的草子过去跟其他牧户一样，领了回来，就扔在一边不曾播种。而三年前他开始种植，开始半人工的经营草地，跟农区的农民种地一样，播种、收割、储备，结束了过去那种传统的无序、粗放的方式……

吾杰在后来的几天，于其他牧户交谈中还听到了关于格夏把他的草料用于慈善义举的事情。去年草原遇到了大雪，灾情虽然不算严重，是格夏把他家的冬草料先运来支援了附近的牧户。两天后，当政府的支援送来，他不声不响地就走了，没有给政府诉苦要什么，还把分给他家的草料送给别的遭灾的牧户，这个村的牧户都很佩服格夏。

吾杰想力荐格夏为村干部，在推荐格夏的时候，在乡党委会议上吾杰说：“中央一号文件说了：‘建设现代农业，最终要靠有文化、懂技术、会经营的新型农民。’目前我们藏区农牧业发展现状就更是充分说明了这点，缺人才，是非常迫切的问题，人才的培养和利用至关重要。乡村干部首先就要有新理念，要懂得很多才能起到现代农牧业带头人作用，不然形同虚设。现代农业要用经营的形式推进、用现代发展理念引领农牧业、用培养新型农民发展农业。在美国，现代农业使得农户的户主是身兼数职的呢，一个农民是多职能的，要懂的知识是多面的，即是农场主，农业工人，又是企业家或总经理，还是技术人员、驾驶员。有的农户成功地市场运作，加之政府的补贴和农业产业保护，许多农民可是腰缠万贯啊。我们的乡村干部没有新理念、新知识和勇于作为的精神，要谁来带动村民走现代农业的路？像格夏这样的人应该发挥他的作用，带动大家致富发展。”

到牧区深入，融入牧民中，吾杰的收获很大。也发现了乡村里现在也一样有一些机关里存在的问题，在位的公务员和官员不作为，混日子，甚至在人民中作威作福。有的村支书或村长心思不在村庄里，忙着自己私人的活。在格夏所在的村，村干部不干事的现象还真突出，完全是混日子。居然有的时候还要在村里给每户百姓摊派钱，就是到县里开村干部会议，都要老百姓每家摊钱，五元或十元不等，这些钱就作为村干部到县城开会的出差费和在县里的花销。村人有怨言也只在背后埋怨，不敢反对。当吾杰了解到这些后，很反感，他想，把这些事情反映给上级后，就该把这样的村支书换下来，当这个想法出现，格夏就冒出他的脑海。后来他再次特意到格夏的牧场，征求格夏的意愿，说出他想换支书的事情，推荐格夏，然后在村民大会上看能否通过，格夏一听却坚决不干。

"我不愿意当这个，不好！我就想一心一意把这草滩经营好就满足啦。父母高兴，我也高兴，酥油好，卖得也好，如果要杀牛卖，我会有很多钱。但是我也不愿杀牛卖，每年就卖活牛，收入都不错啦，其他不奢望。再有啦，你可能不知道村支书翔巴家的情况吧。"

说到这个，吾杰还真不知道。

"他家里有个亲叔叔是县委副书记，本来在前年村干部换届选举时，我和另一个青年叫扎西班觉的选上了，但是后来因为说我们俩没有工作经验，太年轻，就被取掉，仍然是那两个已经干了几届的支书和村长。他们俩都是亲戚，是副书记的兄弟和表弟，组织部也有他们家的亲戚，是个有势力的家族。我认为，没必要跟他们争，有精力干好家里的牧场就是最好的了，当村长或书记，我没那能力，也不想。这是我的真心话，你也别为了我或者大家而得罪了那个家族，那是不好惹的，对你就更不好了。"

吾杰诧异地应了声，沉默了会儿说："我想，他们这样不做事，在那个位置上终究是坐不稳的，民怨大了，对副书记也不利，我坚信。"

"那等他们坐完这届再说吧，民愤也不会大到哪里去，老百姓是很善良的。乡里乡亲的，不至于得罪，不满就只是说说，况且他们也没做什么对不起乡亲的事情，只是没什么作为……"

"没作为就让大家等吗？能等多久？还有三年这届才满，三年可以见成效了，你不是就在三年里把牧场经营好了吗？为了这些而迁就这些不干事的，要全村的几十户，几百人等，那是几百个三年啊，你算算，能等吗？不要推辞，你有实践经验，文化和能力都不错，你这样的人不为村民做事情，只是自己富裕，看着周围的村民都那么需要帮助，你心安理得吗？我先问你，你有没有信心？"

"信心嘛……这个……有，但没那心思，我说的是真话，乡长……"

"有信心就行，至于心思有没有，我协助你干，还没有心思吗？"

"可是，你只是乡长，上面还有好多领导，他们说不定都是串通一气的！"

“有那么糟糕吗？不会吧？坚持原则和有正义感的领导不少，我有感受。其实有的时候是下边的人自己心理不健康，怕这怕那，因为他的亲戚中有人是领导，所以或者是为了讨好或者就是自己的意思，把领导的亲戚有意推上去，讨领导欢心。说不定领导还不知道下面人的这些帮衬呢。”

“但我听说过，副书记给过去乡书记打过招呼的。”

“如果他的这两个亲戚干得好或者有作为，那也无可非议，不管是不是领导的亲戚，不能当好村干部，都应该靠边。是不是？他们要有所为才是，就是为他的这个亲戚领导争口气，他们都应该做几件像样的事情才不丢脸，你说是不？刚才你说我只是乡干部，是的，我只能是桑德尔乡的负责人，但我有建议权，我有权利带动全乡百姓发展创业。只要正义和真理在我们这里，我相信，只要公正地、为的是大家，即使有人阻挡，也不会有人敢厚颜无耻地来阻扰！”

调研之后，乡党委召开会议。政府规划的高原农业发展方向令人向往，但作为这个乡的领头人，要让蓝图变为现实，没有努力和付出是不可能实现的。吾杰更加认识到农村产业结构调整的紧迫，农业发展与水利建设，生态药业基地，基础设施建设，通乡村的公路等一个个问题和项目就像一盘棋，等着吾杰带领他的班子，去布阵，去拼打，去攻克，好多的问题在吾杰面前摆着，挑战和困难像魔宫，激发着他探寻破解的路，全乡发展的突飞猛进，如果在他这届能做到，他也就满足了。

希望和理想激励着他，让他工作很带劲，年轻的心被理想充满，被青春激情鼓荡，在他走完所有的村庄的时候，他根据全乡实际，把每个村的发展特色规划得更仔细，包括部分高地村落的迁移问题。

他清醒地认识到农牧民的政府是乡政府，而乡政府决不是什么官僚机构，它的生存基础只能是农村。乡政府是国家权利在广大农村的代表，国家农村政策的坚强执行者，是国家政权建设的磐石，是农牧民的主心骨。所以，是最面对现实的，就必须使乡干部在现实尖锐的困难和矛盾中，去发现事物的规律，摸索实践中矛盾的解决办法，总结实践中丰富多彩的素材，这是个大舞台啊！政策里说的“问计于基层，求教于实践”，乡政府这样的组织是最充分的体现者。高原贫穷的乡村很多，政府要让大家富裕起来，从物质上富裕起来，每年或每月发放几百元钱给农户，几件家庭用具等等，都不是长久之计，只能暂时救急，依然富不起来。要靠自己，在政府大量输血中，激活自己的造血功能，乡村干部就该是最中坚的力量，最活跃的分子，起着至关重要的作用。作为桑德尔乡的带头人，吾杰肩上的担子很沉，但他却感觉他做的事虽然平凡，却是很伟大的事业，他心里充满了爱。

摸清每个行政村、自然村和村小组的许多实际状况，清理整改了已经不合时宜的村规民约几十条，把所有村委干部考察了一遍，果断调整了五名不在岗、不作为或品质低劣的村干部，走访全乡群众几千人次，包括宗塔寺和僧人家。

一切进展都很顺利，唯独就是调整尼桑村支书和村长的事情，吾杰被召唤到组织部谈话。格夏的猜测是对的，动了关系户，是要得罪人的。但是吾杰的坦荡无私，使他的心态总是很阳光，他没有因此而惶恐什么，或者担心自己是否还能继续当乡干部，质朴的心，坦荡的精神，让他泰然，还真的应了吾杰的话——只要是正义的事，是为大家，没有谁能公开打击他。当吾杰坦然地把他的计划，把村干部的责任，把他认为、他体会的乡干部的义务、职责以及存在的问题和自己的发展计划都一一说出来时，他的举动反而得到了组织部领导的肯定和赞扬。但说为了给那两个资格老的村干部留点面子，还是当个副支书和副村长为好。

一听这话，吾杰就知道所谓给两村干部留面子，其实就是给那个县委副书记留面子，吾杰一口答应，这已经不错了。只要把格夏那样能干事情的青年推到领头人的位置上，能发挥作用他也就满足啦。

吾杰请县相关部门派科技人员下来给选出的各村村民培训，手把手教科学种果木、种蔬菜和养殖等，县里同时也请省农科院、州农科所下派的科技人员来教授新的农业知识，也把国家进入世贸后，农业发展前景和挑战，以及目前国际最先进的农业牧业的讯息传递到高原深山中。州农科所科研的丰产、优质的青稞新品种康青3号、6号和7号也在深入推广中。

这时候，县里也在积极邀请省州农业、畜牧业单位的科技人员到本县，给全县乡村的干部做培训。这些科技人员中，有一位就是省科技人员李娟子，她是自告奋勇来高原的。她的父亲是五十年代到藏区支边建设的一名医生，上海人，“文革”结束后调回城市。所以，对藏区始终有着第二故乡的情结，他的儿女从小就常听他说起藏区的许多事情，藏区对现代科技的需求有多迫切。这次机会，李娟子当然不会放弃，她和县农林牧业系统的科技指导员彭措、娜慕、王钢等的联系点是桑德尔乡，政府送科技下农村政策在大面积展开。

在政府大力协助和支持下，桑德尔乡在卡泽村种植的油菜基地扩大成了几百亩的高原油菜基地。因为这里的海拔、日照时间长的原因，气温跨了三个季节，因而这样的环境孕育成熟的高原油菜籽儿很优质。这项纯天然的绿色菜油生产试验很成功，也证明高原油菜籽榨出的油，比其他地方的油香，因为它的成熟期长，阳光充足，所以质量特好，市场前景特别看好。

吾杰带村干部到其他地区的油菜生产地考察后，决定再争取县政府支持，由乡政府购买机器试点进行菜籽就地加工生产，解决菜籽加工要到很远的邻省的一个县城

私人菜油加工厂加工，那些加工后不要的渣，过去都留给了那边的老板，自己有了加工基地，把生产、加工和销售链接起来，节约成本，还可对废渣再利用。等到规模扩大和市场前景打开就建起大的加工企业，让高原绿色菜油、生态食物油体现出更高的价值，走进更大市场，成为品牌。

就在这时候，好消息接着传来，噶麦村的千亩核桃果木基地建设出了成果。吾杰当支书时带大家种植的新疆核桃挂果，在州县的林果业核桃展销会上，噶麦村本地的核桃和新品种新疆核桃代表本县和州将参加全国核桃评比，一个月后，消息传来，噶麦本土核桃得了第一名，邻县的本土核桃也同时被称为康巴1号，得了金奖。

这件事情让州县村乡都很高兴，品牌的确立，就为今后的拓展打下基础。实践也教育了大家，经过比较和测验，本地核桃康巴1号内核饱满，油质好，核仁醇香，所含营养高出其他外地品种的核桃，得到了专家的赞许。比较新疆核桃不足处就是壳坚硬了些，而新疆核桃皮薄，成熟期短。但是周期有限，油质含量弱，而噶麦的百年老核桃树到了今天一样地挂果累累，老百姓一直很喜欢。这样，一经宣传，来这里收购核桃的老板多起来了。

12

采挖虫草的季节即将到来，从四月到五月政府就一再强调各级领导要深入基层，做好排查矛盾纠纷的工作，未雨绸缪，防患于未然。吾杰和乡干部都下沉到乡村去开展工作了，这时候的吾杰已经正式被任命为乡党委书记。

春天的草原很美，如梦似幻，更像变幻的魔界，在绿色中幻化着各种的颜色，不同种类的植物竞长着，大自然的许多宝贝也是在这个季节里从茂密的绿色中生发而出。

今天阳光灿烂，天空没有一丝云彩，碧蓝里充满了湛透。天辽阔，草地广远，世界像画一样美丽。

碧绿的草原大海一样辽阔，
鲜花铺满了美丽的大草地，
草原写满了格桑花的幸福，
美好的日子啊，要珍惜……

一个男子的歌声悠扬地在空旷沉寂的草原响起来，吾杰刚下了马，循着歌声望去，只见一个身材高大，面庞被草原强烈的紫外线染得黝黑发亮的中年男子，从有炊烟冒出的牛毛黑帐篷门帘下钻出来，一边唱歌，一边把灰色的毛尼圆盘帽往头上一戴，瞭望起草原。当他看见有人向他走来，歌声就打住了，警惕地疾走了几步，想看清走来的人是谁。

“辛苦了！布楚。”

“啊呀，你辛苦了！原来是书记吾杰！我还以为是来偷挖我的虫草的人呢！哈哈！”他爽朗地哈哈大笑起来。

“看来你很警惕啊，这个时候来偷挖虫草？太早了吧。每到虫草季节，人们的眼神都变啦，可能看到个人都觉得像根大虫草了。”吾杰笑哈哈地说。

布楚礼貌地接过年轻书记手里牵着的马缰，请吾杰到他帐篷里喝茶。吾杰说：“就在草地上坐吧。”

“行，坐这里吧。今天阳光真好。”说着他回头对帐篷喊道，“央卓娜姆，把

茶端出来，书记吾杰来了。”

帐篷里马上有女人应着，不一会儿就端着茶壶和碗走出来，这是布楚的妻子，她礼节地弓着腰身，微笑着，弯腰给他们倒上清茶。然后回帐篷拿糌粑或者是干牛肉奶酪，吾杰挥手说：

“这些都不要，不拿出来啦，我在前面刚吃过，就喝茶吧，谢谢。”

“不，拿过来。书记，来了就一定吃一点。今天就在我这里住下吧，其他地方就不去了，可以吗？”

“行，晚上就住你这里，等会儿再到前面的几户人家去看看。”

“好，我陪你一道去。”

吾杰放眼看着前面说：“这地方的草还长的不错，你的牛超载了吗？”

“没有，只有六十头，不多，所以我们就是盼着虫草季节到，可以挣些钱。”

“虫草好吗？”

“还可以！”布楚马上说。

“这几年虫草价年年在升，赚了不少的钱吧？”

布楚说：“就盼着虫草季节，不然我们没挣钱的地方，也找不到其他门路去挣钱。但是这两年每年几乎就只是挖到三四百根。”然后他沉思地停了下，又说，“书记，你说怪不怪，听说每年价格都在翻几倍地长，说得很热闹，但是实际我的收入没有翻番的涨……”他又开始讲他每到5月初，就要搬迁到他的草场。虽然距离5月中旬规定的挖虫草的日子还有十多天，但他认为他必须提前来，每天都要骑着摩托在草场巡视几遍，担心外地人提前潜入牧场。

前几年虫草季节，每年都发生外地人冲进或者偷偷越过县政府设的检查采集证的关卡来这些地方的。有几次还和当地牧民发生抢虫草的事情，政府相关部门控制失效，也发生了流血事件。

他说：“三年前，我的草地在这个时候就有陌生的外地人来，这些不速之客甚至达到了百多人。有四川北部来的，有甘肃的，好像什么地方的都有。有的根本就不会挖，把草地草皮挖得稀烂，破坏严重极了。只有我这个承包这片草地的人心痛。草场是我的，草原是我在保护，但我却眼睁睁地看着我的草地上的虫草被挖走，我制止不了，也想不明白，就跑去找检查卡的警察。警察来了后，一检查，那些人都有采集证，符合政府要求，而我是那片草地的承包者和使用者啊，我却没有采集证，那年差点没把我气死！我只好痛心地看别人在我的地上挖虫草，谁让我自己没去办采集证？那会儿，我才知道只要在政府部门办理了有效期为五十天的采集证，每人再交纳五元至两千元的草皮费，任何人就有了采挖虫草的权利。”

说起那一年的损失，他还很痛心。他说那一年，一根刚挖出来的虫草已经能卖到二十元了，最好的那种一根达到了六十多元人民币。那年他在自己的草地上只是个旁观者。牧民致富的路子少，这几乎是唯一的副业，也是天赐的财富。之后的几年里，他吸取教训，都提前办理了“采集证”，他的这块草场不允许别人再来乱挖。去年卖得好，收益两万三千多元。这是他家有史以来第一次有这样多的钱。他接着说：“我听说我的这个价在内地就低了，这些拿到内地城市可以卖到五六万呢！是不是真的？书记，你见识广，可能知道。”

“这些在外地能卖到五六万，甚至更高，想获得更大的利润，要找好销售途径。知道吗？晾干的虫草价格比你卖的新鲜的虫草还高，你还可以把当年挖的全部晾晒，冬季或第二年春到县城或康定收购站点去卖。或者在你挖到足够的新鲜的虫草后，就直接到县城或州府的街市上，摆出来现场出售，那些地方收虫草的人很多，很容易卖掉的！这样，比你挖出来就卖给来这里收购者的商贩的要多，每一根至少多赚五六元以上。”

吾杰这样一说，布楚惊讶地伸出舌头，叹息道：“原来还可以这样，我真笨……”

“不是你笨，是我们的牧民根本就没有走出草原和大山，也不知道外面的信息。外面虫草市场大得很，大城市，虫草卖得更吓人呢。特别是到了春节前夕，城市里，那些虫草专卖店的价格还要翻几番，极品虫草每十克售价接近一千五百元，每个规格不同的虫草价格都有不同程度的上涨。最多的上涨到数万元，价格跟黄金一样了。有人说虫草是软黄金，城市里的人多得很，城里有钱人喜欢吃这个东西的越来越多，做这种生意的商人也越来越多。我们是原产地的人，没有走进这个市场，那肯定就不知道。草原上的草千万种，没有哪一种能够跟黄金比，只有这个冬虫夏草，名副其实是‘天下第一草’！”

“世界真够大！”惊讶感叹的布楚沉默了会儿，无奈地只说了句，然后期望地说，“我们家没有劳力了，等儿子大点儿，就让他出去卖虫草，我和妻子来挖。”

冬虫夏草亦称“虫草”，是真菌寄生的蝙蝠蛾幼虫，逐渐使虫体僵化后形成虫菌的复合体。虫草主要分布在三千六百到四千多米的高山草甸中。上世纪90年代初，虫草交易也不过一二百块钱一斤。虫草真正火起来，不过是近几年的事。城市富裕起来的人多了，高档礼品和消费需求大大增加。虫草是宝，不仅养身还具有抗癌作用，近年来从虫草中提取出分生孢子，发酵培养出菌粉，研制加工出了多种新保健药产品。虫草本身还是治疗久咳虚喘、劳嗽咯血及诸虚百损等常见病的良药，医用价值和保健价值被现代科学进一步发掘了出来。市场上对虫草的需求量在迅速扩大，国内需求急速增大，成为最大消费群体，出口也在不断增加。虫草的价格从每千克二十元人民币涨到了二十万元了。在巨大的利益驱动下，乱挖乱采等各种因素也导致了野生虫草环境濒临枯竭的危险。人工大规模栽培虫草至今还只是梦想，它的纯天然的野生

状态更是弥足珍贵，虫草价格近期出现大幅上扬，还因为大城市里很有一批有钱人在“炒”虫草，“就像炒股票和房地产一样”……

很早以前吾杰跟哥哥做过虫草生意，那时候虫草虽然仍是名贵药材，但是，都没有像近几年这样火爆，每年的价格完全是在疯长。两三个月价格就翻一倍多，一些原先的炒房族甚至开始改为炒虫草了。虫草是高海拔藏地的独特物种，目前全国虫草的年产量约是一百吨左右，但需求量却高出数倍，市场供不应求。在元旦和春节，虫草成为送礼的上品，冬春也是人们进补滋养的好季节。所以在这个时候，虫草价格又会猛涨一段。很多商人都看到了这一市场，现在也听说一些资金雄厚的炒房团转行进军投资虫草，由炒房团变成炒虫草团，动辄几千万的资金来投入。其中有一些有钱商人恶意囤虫草来抬价。疯长的虫草受到了一些投机者的关注。这几年价格的突飞猛进，今年春节，哥哥说虫草价格每公斤上涨五万元以上，据说比股市还厉害呢。哥哥店里的极品虫草和几种低价草都断卖了，有价无货的情况在商家时有发生，供不应求，很无奈。所以造成产虫草的一些地方，在虫草季节，外来挖虫草的人形成了大军，有的地方人口就增了几万，甚至超过本地常住人口了。

“有涨就有跌，这是市场，布楚，如果虫草跌了，没有这条路子了，怎么办？想过吗？”吾杰忽然问布楚。

“没有？也许就靠这几年发财，以后再说吧！”他茫然地说。

“我知道，你也知道，一些地方的虫草一年不如一年，气候现在变暖了，草场的植被受影响很大。毒草杂草比牛喜欢吃的草还长得快，加上牧民超牧，和现在这种过量挖采虫草，草原受影响了，虫草也长得不好，如果没有了虫草呢？怎么办？”

布楚简单地回答道：“没有了，就不挖啦！”

吾杰知道，这之中许多的问题是个深层次问题，要布楚讲明白、想明白，不是一件容易的事情。这时候，布楚的儿子从远处赶着一头奶牛过来，吾杰一看就知道他应该是在初中读书的学生，他问布楚，挖虫草的时候把儿子也招回来了吗？

布楚知道这样是违背县和乡政府的命令，虫草季节不允许把读书的孩子喊回家上山的，但他还是坦然地对书记说了真心话：

“是的，每年都把儿子扎西和女儿叫回来。学校里其他孩子都是这样的，就耽过50天左右，我们家小子眼睛好，采挖虫草是能手。他成绩不好，初中毕业后我也不想让他再读书了。他妹妹的学习还可以，但是高中的学费很贵，小学初中学费不多，我们还能够承受，现在国家也免费了。但读高中很贵，别说上大学了。我还担心孩子到了城里读书后，如果变得好吃懒做，学到社会上不好的东西，人品变坏了就可怕啦。我们这里有的家的孩子，到城里去读书读了几年，没学好，又考不起干部，回家后什么活都不会干也不愿干了，我也担心这些。我儿子喜欢挖虫草，眼明手快，比我和他母亲强。我明白书记会批评我的，你就批评吧，但我说的是大实话。”虫草隐藏在植物中，不是很容易看见的，需要细心观察才能发现，虫体埋于地下10厘米深的土壤腐殖层内，虫体头部长出的草头露在地表上。可以想象，他们一家三口，穿着专门用于挖虫草的橡皮裤子，匍匐在草地上，双手一一拨开草皮，睁大眼睛瞄着草丛，寻找探出的虫草头。一天忙活下来，很累，不仅腰酸背痛，眼睛也盯得很疼。

听布楚说的话，吾杰本想指责他，但心里深处有许多问号也让他忧虑。

这时候，像阳光一样朝气蓬勃的少年扎西走近他们，吾杰说：

“扎西，不上学啦？好玩吗？”

扎西笑笑不说话。

“孩子，说话，他就是吾杰书记，你知道的。”他父亲说。

扎西仔细打量着吾杰说：“都说你很棒。”

“真的？你认为呢？”

“阿爸他们说的，我不知道。”

“如果我真的棒，那是因为我念完了书，知道吗，我小的时候就喜欢学习读书，看很多书，还考上了大学，就是因为家里穷，所以就没去读。但我仍然爱学习。读书能让人聪明哦，有了知识，人才能懂得更多。”吾杰指着孩子的胸膛继续说，“你的内心才能够强大起来，人才会有更多的智慧，遇见可怕的事情，你就不会畏惧了。因为你通过学习，对世界有了充分的了解，这就是文化和知识的力量。要爱读书才是好孩子，也才能当好今天和将来的牧民。格夏的草场和牛养那么好，那是人家懂文化，扎西，你觉得你父亲优秀吗？”吾杰指指布楚。

孩子笑了，沉思了下点点头。

“所以你应该比你父亲优秀。”吾杰继续说，“以后的牧民需要的是现代的养牛种草技术，科学的管理草场牛羊。扎西，你只要喜欢学习，你的成绩就会好起来的，我肯定。明年毕业吗？我要看你的毕业成绩哦，记住！”

孩子却说了句：“我能像你一样就好啦。”

吾杰摸了下孩子乌黑卷曲的头发，笑着说：“那就要爱学习，学很多知识！”

“我学习不好，老师是外地来的，只说得来汉语，不会藏语。我们大部分同学都听不懂老师讲的课。学习没劲，坐在教室里等于混日子，我自己觉得还不如回家帮父母做事情好。”

民族地区教育有它的特殊性，首先一个问题，现在在农村牧区有这种现象，招考来的教师，不像过去的民办教师是懂得双语的，能够用藏语给不懂汉语的学生讲课。而现在部分年轻教师一方面不安心条件艰苦的农牧区教育，一方面根本就是不懂藏语。学生上课完全是坐飞机，云里雾里不知老师所云。乡村教育这些年来国家投入

了不少，基础设施加强了，许多地方县乡小学都是新校舍，新教室，但是软环境建设却是个复杂的过程，师资缺乏，使高原山村教育困难重重，举步维艰。

采挖虫草的时节很快就到了，一切有序，吾杰放心地准备离开他这几天开展工作的扎多牧场，就在这时一个不好的消息却传来——尼桑村和松塔塘村发生冲突，这个突发事件把乡党委所有人的心提了起来。

黄昏，吾杰风尘扑扑地刚从扎多村回来，还没到乡政府，半路上就接到消息，说是尼桑和松塔塘两个村发生草场纠纷，有可能爆发群体事件。目前两村正在结集力量，已经僵持在一起，准备大干一场的样子，谁也不示弱！

在县里只要提起尼桑和松塔塘草场纠纷，历届县领导都头痛。在考察调研各村的时候，一切都那么风调雨顺，风和日丽，没有一丝乌云显现的迹象，没有什么情况能够表现出即将要发生什么纠纷。虽然吾杰知道两个村在历史上曾经发生过多次大的纠纷事件，在历史的长河里，就因为争夺布塘草场的使用权，发生过几次让人震惊的血腥的群体事件。

布塘是属于高山牧场，这座草山是两个村的分界线，使用权是双方的夏季草场。正因如此，在历史上就因为谁家的牛放多了，草少了而发生过械斗。远的不说，1987年里就发生一次全村械斗，相互烧毁对方草料、帐篷、房屋等等，两村都有伤亡，那次县里是聚集了县公安、村乡干部、远近寺庙的活佛高僧等等力量，调解劝说，才平息了那场已经在流血的群体事件。

在高原藏族所居住的区域辽阔广远，面积有226.2万平方公里，藏族大部分成员主要从事的是畜牧业生产，所以草资源的多少、草场远近及其好坏，与人们的生产和生活密切相关。八十年代牧区实行了草场、牲畜承包到户，农牧民群众的生产方式发生了很大变化，由过去的集体游牧、共同保护草场变为现在的一家一户定居定点放牧。随着中国整个社会市场经济的发展，人们要想尽快脱贫致富的愿望与农牧区生产力发展水平低、自然资源不足的现实之间，发生矛盾。牧民只注意发展牲畜，忽视了科学的利用、保护和建设草场，同时对牦牛只养不宰杀去卖的思想严重。一味地养畜，存栏数就比七十年代前后集体组织生产时大量增加，草场超载多了，畜草矛盾更加突出。加上六十年代后曾经几十年的森林大面积砍伐和现在全球变暖影响，青藏高原冰雪线每年都在以几米的速度后退。沙化严重，鼠害频繁，扩大再生产的需求就难以维系，经济发展受到影响，给社会稳定也留下了隐患。

有限的自然资源和无序的过度利用，包括有的地方政府或开发商忽略生态保护乱开采现象多，违背自然规律，糟践了不少大自然原貌。无法承载，无法忍耐的草地喘不过气来，肥沃的草滩一年比一年瘦弱起来，它养育的动物们也在这条生物链中受到致命的影响。植被伤害严重，草的生长规律破坏了，有些地方还导致水土流失，草场荒漠化，致使草场面积逐年减少——在这种情况下，不少地区的群众采取越界放牧甚至抢占他人草场的办法来发展自己的牧业生产，致使纠纷械斗不断发生。

在尼桑和松塔塘的这片草山，上次大的纠纷就是因为一方觉得另一方在使用的时候过度超载，以致在他们使用的时候，草的质量下降，牛畜吃不饱，要求赔偿十万元。争议就这样引起，对方不服，反责怪他们才是如此破坏了草场，谁也不陪谁，争议变为争吵，再演变为械斗，然后就是全体村民参与的群体事件。流血、死伤！轰动全县！那次对纠纷的调节，政府出动了各级相关部门和干部，包括公安等执法部门，政府主动来买单，政府以补助的形式补助了七万，才平息了那场纠纷，并且签好和平利用这块资源的协议……

在平息群体械斗后的七八年里，经过多方多次调解、协商，最后以两个村都在五年以内不许上这个草场放牧为条件，也为了让草场休眠养息五年。相互打死打伤和财物损失，以传统民间习惯和国家法律法规结合解决。百姓都知道，法不治众，谁也不会说出谁开枪打死了谁，不过都在动手的时候，也难以知道谁的子弹打中了谁，都是为了集体的利益而战的；藏区民间习惯法，就是以命价来对等赔偿。

之后，时间在人们逐渐淡忘过去的不和中，不知不觉地滑过。人们和好如初，一样友好往来，婚娶婚嫁依然在两个村庄发生着，美丽的草原似乎自古以来，人们就美好地生活在温暖的太阳光芒中，年轮过了一轮又一轮。当协议上规定的时间过去，人们并没有在意是否该谁去那片草地放牧，顺其自然，就近的几户牧人家在那儿和睦地放牧了一年，而且在虫草采挖时候，他们在这片高山牧场采挖了很多的虫草，因为修养了几年的草地，除了草的茂盛，居然还比过去孕育出了更加丰硕的宝贝——近几年价格忽然直线飙升的虫草，当听说那几个牧户家这年因为采挖虫草就挣了十万左右的人民币，两个村的人都惊讶了。政府一再倡导要自力更生求发展，人家聪明，就这么一年就挣了那么多的钱，自己脑子没转好，那好啊，那就明年吧，明年一定是个丰收的一年，几乎两个村的人，都各自怀揣着明年发财的梦想。

两个牧业村离乡政府很远，至今还没有公路通达，骑马翻山要走一整天。吾杰就得马不停蹄连夜赶路，当他摸黑汗流浃背地赶往那里，在黎明时候，吾杰骑的马突然摔倒了，把吾杰从马背上摔下来，他的头部撞在了一个大石上，痛得他失去知觉，昏迷过去……

吾杰的马是因为一只前蹄踩进了草鼠打的洞里拔不出来而摔倒的，给吾杰一个措手不及，不巧又撞在石头上，额头上被划开一个小口子，鲜血汩汩地顺着脸颊流下来。全然不知的他，大约有十分钟后醒来，才感觉头疼，一股热流流进了嘴里，他知道自己是受伤了，是昏迷了一会儿，头昏昏沉沉。但他没有时间想那么

多，赶忙把贴身穿着的衬衫底边撕下来，把头包上，朦胧的晨光中，把马陷在洞里的蹄拔出，然后又骑上马，飞奔而去。他告诫自己必须在第一时间赶到那里，决不能出现流血事件。

当他赶到现场时候，天已经大亮，这时候应该是出太阳的时候，但是天空似乎也感知了这方人们心绪的糟糕，和一触即发的火药味。乌黑灰暗的云层笼罩在草原上空，雨意浓浓的，老天也担心着草原人开火一般，酝酿着雨水准备浇灭一场人心间燃起的火灾！

两个村的干部们还坐在草地上争论着，纠纷调解一般传统都是最先采取说理和辩论，最后由僧人和威望高的老人等调停，根据双方的主张提出折衷方案，供双方继续讨论，直至达成共识。而这次村领导的理论在继续，而两边的百姓已经在聚合起来，摩拳擦掌地只等村干部把结果评议出，该出手时就出手，该洒热血就洒热血。从来都认为，为村里争取利益义不容辞，男人们是汉子的就会不怕流血和付出生命的代价！村干部们也是一夜没睡，一直互不相让，面红耳赤地争论不休。他们历数过去本村一次次吃亏的事情，都要证明对方的无理，对方的错误。吾杰这么快就出现在眼前，让他们有些意外，特别是吾杰头部的伤和脸上血迹，让大家惊讶、疑惑，目光都集中在他头上，继而盼来了救星一般。

尼桑村支书惊讶地问了句受伤的救星："怎么？书记怎么受伤啦？"他马上担心地说，"不是我村的人打的吧？！"

格夏也担心地问着赶来的乡书记，给吾杰让了个位置，请他坐下。

"没事！"吾杰严肃地说，挥了挥手，目光扫视了一遍几个看来也是一晚上没有睡觉的村干部，"说吧，已经和睦了这么多年的邻居怎么又要反目为仇了！"

几个村干和村民代表同时争抢着高声叙说起来，吾杰制止道："一个一个地说，我听哪个的？你开始吧。"

双方就先后高声地、激动地叙述着，几乎责任过错都是在对方……吾杰又找几户牧民了解，事情的原委起因才清楚起来：

去年怀揣的梦想在今年举手可得，只要不怕辛苦。一根上等的虫草今年可能就卖几十元呢！钱就长在草皮里的草丛中，没有谁不爱。尼桑村的牧户不但率先进入，还居然在松塔塘村方向垒砌石块堆，按照当地习惯，那就表示那个地方已经是他们占有的了，这还了得，这种行为激怒了松塔塘村，从来这片草山就是大家共有的，怎么这样霸道蛮横、不知羞耻地垒起了石块，就因为这儿有虫草！就因为这儿的虫草好！就因为外面那些虫草商人急切地兜里揣着一捆捆的钞票，心急火燎般地游荡在草原、在村头或乡里县里的市场上，那些在草原一线收购虫草的贩子眼睛都急红了，那种看牧民的眼睛都是异样的，只要有采挖的牧民在眼前，几乎恨不得眼前的牧人都是虫草。而很少见过大把钞票、见识不多的牧人，最先还不太在意给多少钱，可后来因为钱越来越多，关于钱的话题和发财的故事在蛊惑煽动着人们平静的心。欲望之门一天天打开，就是从小受到佛菩萨力戒三毒（贪嗔痴）洗染的没有任何贪欲的人，也开始把欲望的心扉缓缓打开，三毒像变形的恶魔，无处不在、见缝就渗透进来，而且膨胀开来，越长越大了。松塔塘村几个年轻人愤慨地几脚把那些石碓造垮，而尼桑村民不服，我们先来，你几个小子敢造垮石碓，就动手收拾那几个年轻人。松塔塘村人更加激怒，他们本来就不讲理，还动手打我们的孩子！群情激昂，马上有人号召并抄家伙准备大干一场。两个村的干部们毕竟比一般的群众觉悟高，暂时控制住双方村民的情绪，一面派人到乡里去送信，一面坐下理论起来。但谁也说服不了谁。

听着他们的申述，以及格夏和另一个村干部的调解、努力经过，吾杰暗暗庆幸，格夏毕竟是合格的村干部，要不是他的力劝和道歉，像过去一样，早就一触即发，流血事件的爆发那是肯定无疑的了。

关于草场纠纷，吾杰从小就听说过一些。从老人中了解，其他乡干部村干也说起过，但似乎是很遥远的话题。他当了乡长后，开始认真关心起这些问题来，去年又深入地做过调研，没想到纠纷来得这么快。

草场纠纷，从历史上在康巴藏区、安多藏区都比较多发。吾杰上次在调研后，查阅了一些史料，历史上的中央政府在这些采用土司制和部落制管理方法的地方用的是羁縻统治。各土司和部落头人之间，关系松散，相对独立，各自区域的管理都有习惯法。由于没有统一的政治权威，一旦纠纷发生，常见的做法是请有资格有威望的喇嘛、贵族或土司、富豪、德高望重的老年人等出面，把纠纷双方的头人召集在一起，“设帐理论”。寺院僧人出面调停很常见，因为老百姓认为僧人是宗教信仰的载体和对象，应该是公正的化身，那么他们的裁决就是代表了神佛的意志。这种习惯约定俗成上千年，成为调节纠纷时沿用的习惯法则。久而久之，相沿成村规乡规。财产、命价等怎样赔付、以多少黄金白银或钱陪命价，以多少牛羊马匹等物陪什么损失，如果不满的话还要论，如果双方都不服，而且横下去，仇杀就越演越烈，所以调解这样的纠纷真的是需要水平、胆识，需要耐心和智慧。

而在当代藏区，草场纠纷调解机制还处于传统向现代的转型时期，在理论和实践上面临诸多两难困境，传统机制具有充分协商的优点，但如果政府强制力不足的话，在保障协议执行方面就存在缺陷；如果只强调法和政府形象，又会影响民意的充分表达，因此经常出现毁约行为和纠纷反复。法律观念和国家的法治意愿之间尚存在某种程度的疏离和距离，那么借鉴传统机制中充分协商及宗教伦理约束等手段，有助于完善现行机制，吾杰知道多年来政府和各藏区干部处理调节这种纠纷时候采取兼顾的方法。

在听取两个村的干部们议论的时候，一方说赔偿殴打费，一方说赔偿资源费，每个都说得有理有据，草原牧人是异常地能说会道，会从古时候说到今天，从圣人说到今人。比喻、谚语不断，妙语如珠玑，基层干部不懂本地语言，缺乏应对能力，就无法交流，没有较强的综合素质难以应对，这次对吾杰也是一次考验。

其他乡干部也都赶来了，他们也很快加入到调查和协调的工作中。刚才尼桑村的代表就说上届领导口头说过轮休后，草场将轮流使用，因为几年前的最后一年放牧是松塔塘村过牧才造成那个结果，所以今年就该是尼桑开头。这样的口头说法，如果只是在领导的口头上说说，而没有定成制度，时间一久谁都可以不认，隐患必定潜伏其中。吾杰觉得，草场资源纠纷反复性强，解决草场纠纷有三个关键问题，首先，必须通过某种制度消除引发权属纠纷的根源；然后就是避免矛盾激化，必须及时制止群体性冲突的发生，防止调处难度加大；第三必须制定双方共同认可、具有持久约束力的裁决协议，避免反复。但是要根本解决草场纠纷做到以上几点，涉及到产权制度、社会学、司法制度等多个领域，那是一个很复杂的系统工程。

就今年草场使用问题是个焦点，因为虫草采挖刚开始，今年的价格还不错，当大家把各自意见说得差不多，吾杰从草场的历史上曾经有过的一次大纠纷说到今天，从草场利用说到资源和生态保护，讲到国家对江河源头草场保护、退牧还草给每家每户的补助等。大家也一直在静静地听，当说到今年草场使用时，吾杰说出了自己的想法："统一采挖，统一销售！"

这个想法一下就引起了不小的争议，因为劳力好的家庭，虫草能挖得多，他们就觉得这个方法完全荒唐，那不是就白干了吗？这不是明摆着要吃亏吗？

吾杰知道虫草的市场价格，他告诉大家虫草的市场价格比村里来收购的商贩要高得多，减少中间差价就可以让大家增收，但是村民还是不同意。

又是几番的说服说理，吾杰对两村干部做工作，格夏和几个村干部明白吾杰的意思，也同意了吾杰的提议：要党员和干部带头，今年挖的虫草一分钱不要，全部分摊给村里群众，来带动牧民参与，统一销售，再分配，这样就对资源没有了争抢的导火索，而且虫草利润也会增长。这个主意在村民中最后还是过半同意。没见到收益以前，意见确实难统一。最后勉强同意试试草场共同使用的决定，每两年休牧一年。

吾杰在两村干部会上说："今天我首先应该赞扬的是两村班子干部把这场纠纷牵制住了。过去，我以为乡政府是我们农牧区稳定的第一道防火线。今天，我认为村干部才是第一道关口！刚才听了这样多，我清楚了，大家反复争议的事情就是草场今年的使用和今后怎么使用法，以及赔偿问题。大家都知道，草场纠纷在我们藏区时有发生，以往解决得不彻底，协议一到期，就会有争端，严重的就出人命。乡里乡亲的邻居，都有亲人在对方的村里，为什么一旦遇上这样的纠纷就互不相认了？就是因为我们的资源，草场资源有限，人与资源的矛盾是越来越大，如果城里人不吃虫草了或者草地上长不出虫草了，怎么办？现在除了有这种资源可以开采，我们还可以在畜牧、养殖等方面多想办法，可以做牛肉、奶制品加工业等等。这些我们乡里正在想办法做计划，下来还要和大家一起来共同商议，把这些路子打开了，我们就不会只看到虫草了……”吾杰讲了几个外地畜牧区、农村创业者的故事，他鼓励着说要承先辈格萨尔的精神，不是空话，机遇在等我们去干事情，奇迹是可以创造的，我有决心带大家去干，但是我们一定要团结……他的话感染了大家。

之后两村群众大会开始，吾杰谈家常似的跟大家谈着虫草在城市的走向，最后他问村民知不知道虫草在大城市的价格，大家都摇头说不知道。他说他因为知道城市价格高出村里价格几倍，才有了“统一收购，统一销售”的想法，他可以保证，这样做，可以让大家的虫草价格翻几番。

村民们听他讲的那些话，都惊讶了，但还是不敢完全相信乡书记说的话，于是吾杰把他所知道的虫草收购链中的环节和细节耐心地讲起：

“我认识一个叫马富康的虫草商，专跑虫草收购很多年了，他是甘肃商人，他的足迹遍布中国整个藏区和沿海城市。现在还在县城里专收我们县的虫草。他告诉我，在一般情况下，我们这里来的那些常在区乡、甚至到山上来收购虫草的商贩们，将收购来的虫草运到康定、成都或是甘肃西宁等地后，虫草又经他这样的商人转售给专做虫草生意的批发商，再转往下一个商人，批发价比产地收购价每千克要加价数千元以上。然后虫草到了沿海大城市销售店，价格又涨了几倍，那价格是我们这里收购价的好几倍。

“去年我们这里最好的虫草卖到了每千克20万元人民币；1500根一千克的虫草卖到了每千克25万元。马富康预计，今年2000根一千克的虫草价钱应该能够跨过20万元这道关。虫草价格在每年春节后会达到高峰——那时陈草存货不多，新草还没有成熟，属于青黄不接之时，而冬天城市里有钱的人们又喜欢进补，需求比较旺盛，到了5月底，虫草价格一般会有些回落。

“马富康从一九九六年开始进入倒卖虫草的行列，他说外地的虫草越来越贵，藏区的虫草越来越难收。这是因为城里的人在增加需求，但是虫草也在减少。大家从我们的松塔塘草场的情况就可以理解他说的这番话，草场需要休息，跟我们人一样，过度疲劳，劳动效率就要下降。我们的草场过度养畜，超载的草地就养不起过剩的牛羊，每年刨根翻土的挖虫草，它一样受不了。为什么去年、今年这里虫草长得好，就是因为前几年政府调解后规定休牧了五年，草地修养了几年才有这么好的长势。从这些经验中大家都可以理解和明白畜牧局科技人员讲的草场不能过牧，草地需要休养。虫草长势好了，市场价也好。长势好，这是好事，为我们的牧民脱贫致富

带来了机会，但是我们必须合理地适度地利用好机会。你们自己看吧，本来是多好的致富机会，就因为不合理利用，带来矛盾，带来纠纷，本来是机会，是挣钱的好地方，却几乎要变成了械斗或者决斗、流血的地方，你不服我，我不服你，争来争去，把时间和精力用在争斗上。想想看，这样争斗，谁得到了好处？仇杀吗？我听说，有人扬言，每年虫草季节要在这个地方决斗，因为今年打了我们的人，我们的名誉受到了损害，明年要报复过来，然后呢？另一方说，今年非要血战到底把这块草地上的虫草挖干净。草原人不是都说：好言相对，是家族的根基；恶语相伤，是魔鬼的大门。你们自己看，没有团结与和谐，你们有时间挖吗？就是抢挖到了，又打死打伤人了，钱赚来就为赔偿吗？那又有何意义？和睦团结的地方都在忙着搞生产，你们忙着争斗！这次尼桑村的人动手打松塔塘村的几个小青年就不对，松塔塘村要求道歉，要求赔偿，那也不为过，如果触犯了国家法律，那是肯定要制裁惩罚的。好在这次还没有出现严重伤亡事件，格夏和阿麦他们及时阻止，如果打死打伤对谁好？不过就是出口气吗？”吾杰拍了下自己的胸口说。

吾杰深刻体会，法是刚性的，但在调解这些民事纠纷中，必须将心比心，换位思考，以情感人。他给大家讲了个叫意大利国家的一个农村的故事，是关于维护村子的声誉而复仇的故事：那也是两个村庄族人间的矛盾，就是为抢水和草地不时会发生令人发指的大规模仇杀。在一次两村之间的仇杀中，一个月内双方就死了上百的男女。从那个令人惋惜而唏嘘不止的故事又讲到他自己了解到的历史上这里的两个村庄发生的报复事件，最后归结为这其实都是利己主义的胜利。

在朴实的牧民中，都是为维护自己的尊严和声誉，然后又驱使对方用他自己的手来保卫自己的权利，长期循环下去，谁也赢不了谁，当你们想要恢复内心的平衡时，已经不可能，由于双方所进行的种种复仇行为，其实已经变成了魔鬼行为，藏族人美好的传统就是讲究慈悲、宽容、向善，还有智慧，这都是为了最终的目标——和平。我们的文化、情感、宗教信仰里都有它们，它是深入我们藏族人心中的美好东西，关键的时候，为什么都忘了呢？在几千年前的久远劫时，我们藏族信奉的仙乃日（观世音菩萨），为普度众生，曾经发愿：“我要使众生都能够解脱生死轮回，只要有一个人无法解脱，我就决不放弃！如果我违背了誓言，我就会被碎裂为千片！”

藏族是全民信仰佛教的民族，无论在藏地什么地方，六字箴言在藏民口中念念不忘，刻骨铭心。吾杰又从佛的故事说起，仙乃日是藏民心中的圣佛之一，提到他无不以敬畏之心口诵“嗡嘛呢叭咪吽”。仙乃日是为众生的苦难而焦虑，而发下的誓言，他是对着西方极乐世界的诸佛发下的誓愿。当他说完，阿弥陀佛就对观世音菩萨说：这是多么了不起的誓言啊！我和三世诸佛也都因这个普度众生的誓愿而得觉悟，我将尽全力协助你完成这个誓愿。但是要度尽一切苍生，那是多么艰巨，有无数的人依然不停地在六道轮回中，仙乃日救度了无数的人，面对人世还有如此多的苦厄与罪孽，包括人们无休止的争斗。仙乃日悲痛地哭了，他曾经的誓言随即应验，他把自己碎裂成千片，犹如千叶莲花散落。此时阿弥陀佛知道后赶来现身，对观音说，你所做的一切善行，不要成为虚妄，只要继续坚持，必能完成宏愿，而且十方三世所有的佛菩萨都会加护你，帮助你成就圆满。说完此话的阿弥陀佛就发挥不可思议的力量，将碎裂的观音头颅重新变成十一面，身躯长出千只手。每一手掌心必有一眼，象征着贤劫千佛（即千手观音菩萨)。观音的头顶也生起一座化佛像，便是救观音的阿弥陀佛，观音掉下的两颗眼泪，一颗幻化成温柔的白度母（渡过轮回苦海的女神），一颗眼泪幻化成凶猛的绿度母（白度母有七眼代表智慧眼，象征她有洞察一切的能力。绿度母可断生死轮回，消除魔障，消灾、增福、延寿、广开智慧，命终时可往生西方极乐世界），来助观音一起救度众生，从此度母是观音悲心的化身。阿弥陀佛念出六字真言，观音听这六字真言，立刻得到大智慧，刚强起来，阿弥陀佛以神力坚定观音的誓愿，使观音一直努力以大慈大悲关怀苍生……

吾杰又从国家相关法律政策晓之以情，动之以理地说服教育，是把大家说得心服口服，没有谁持反对意见，还不时有人释然地点头赞许。他后来又说到虫草的事：这几年出售虫草的价格越来越高，但是去年牧民阿多总体收益却没有增加，他每年的虫草收益只有两万元左右，和两年前没有区别，为什么？我说的统一采挖，统一销售，就是要减少中间的许多环节，减少中间差价，由村委班子人员组成协会，派专人去县里或者就到康定去卖，减少中间商。而且，刚才我和村干部们商量了，两村干部也同意这样做，并且村干部今年主动放弃分钱，把他们采挖的虫草交给协会，一分钱不要，全部分摊给村里群众……

射击能瞄准靶子的是英雄，说话能掌握分寸的是智者，吾杰的话语，在牧民中引起很大反响，吾杰的保证也让大多数牧民对资源共同利用的办法表示赞同和信任。吾杰曾经带领噶麦村奋斗的事情，早已使吾杰的威望和名声在桑德尔乡传扬。经过他的耐心动员，对于引起纠纷的这块高山牧场的使用和采挖虫草的方法，大家一致通过。在会上吾杰也代表乡党委对两村致歉，他个人也对松塔村致歉，他说因为自己没做好工作，才造成了两村之间的纠纷，如果他在去年调研时，就把两村过去协议已经到期的事情提到日程中，就不会出现今天这种事情。幸好这次事件还没闹大，闹大了肯定要惊动县政府和相关部门来解决。

吾杰由衷地说，这次也感谢村民们的支持，我们共同来维护我们的草场，也共同使用！大家现在同意了两年休牧一年，共同协商好的协议，不能只在口头上挂起，一定要落实。乡政府必须要做好档案保存，任何时候要有据可查，口头上的承诺过期了就像被风吹走，一发生问题，大家都不认了。这次事件就是这样造成的，是教

训！谁也保证不了，县长书记也保证不了口头上的东西，大家要遵守协议，就得在纸上写清楚，保存好，落实好！吾杰又说，虫草只是靠天吃饭的一个方面，并不是年年都有这么好的价格，也不是草地上的虫草年年长势都好，不是永远。如果哪一天人们对虫草又没兴趣了，或跟过去一样，卖价一般了，或者跟其他草一样普通了，那我们又靠什么挣钱致富？它不是长久之计，我们还要想其他的办法，只靠卖资源是不可能永远富起来的！刚才我说的，我们的畜牧业大有作为，提高经济效益的路子还有很多，只是因为我们观念、科技和文化知识的缺少，管理等方面还有问题，为此，这些方面我们才更要好好地思考和做文章、动脑筋……

吾杰讲的挖虫草卖不是长久之计，是非常重要的，他了解这些知识。原因是，全球气候变暖已经在使虫草的最初成长物蝙蝠蛾幼虫越来越少，有的地方采挖过度的状况下，草地已发生了明显的变化，虫草难觅的现象在一些草地显现出来。在康巴地区的三江源区，每年至少有七千七百多万个二十平方厘米左右深度的草皮被掀开，在三江源日益恶化的生态面前，必须遵循虫草三到四年的循环期，不然只会导致沙化的更加严重，恶性循环加深。虫草的生存环境在一步步毁灭，而它的需求在迅速增大，那么物以稀为贵，野生虫草价格的进一步飙升，空间还将更大。

那次松塔塘村的亚玛泽仁就愁眉不展地跟他说："我的草场上，虫草越来越难寻觅，并且质量越来越差。去年他只挖到四百根，大部分都是又黑又小！"这句话落在吾杰的耳朵里，却灼伤了他的心。

高原所有资源的开发，包括矿藏、水利等等资源的利用和受益，从政府到市场到民间，如果不是有序、节制、合理地利用，如果仅仅是一代人或只是某一两届政府财政短期受益，个别人或开发商暴富，就像过去森林无序开发和过度砍伐造成的恶果，那是难以弥补的，后果是几代人都弥补不了的，给后人留下的只有灾难、贫瘠和荒芜，最终让后人失去家园！现实的利益，追求利益最大化的现代人与生存环境充满矛盾，人类与地球和谐共荣的终极目标是多么难以达到！

尼桑和松塔塘村发生的草场纠纷事件，没有酿成恶性群体事件，在于吾杰和村乡干部的及时调节和化解，最后结果是百姓很满意。在处理这件事情中也体现出吾杰的才干、胆识、勇敢和作为乡干部极强的责任心，他在第一时间处理和平息了事件，也是通过这件事情，桑德尔乡人对乡党委的信任度一下增强了，对吾杰非常尊重。吾杰的榜样作用凝聚了桑德尔乡的民心，纯朴的老百姓对政府对干部其实要求不多，只要你是用公正心去体会他们所想所需，帮助他们做些他们不能做到的事情，哪怕小事，也会感激不尽的。古人说：民悦，无疆！

但县委县府中有的领导对此有不同的意见。此事起因于一封信，信中反映了尼桑和松塔塘两村这起纠纷发生，是因为乡领导失职造成。因为县委县府历来都高度重视草场资源纠纷，而桑德尔乡干部不深入基层，明明两村的协议在去年就到期了，还不做好排查纠纷的准备工作。在去年就应该意识到不重新签订协议，矛盾纠纷有将引发的可能。应该给予班子带头人吾杰以处理，不能因为没有爆发大的群体事件或者是他已经制止了事态扩展，就给予原谅或者表扬，应该让各个村乡干部知道深入群众工作的重要，对于本来就复杂和多发或反复发生资源纠纷的地区领导要有责任意识……

县领导中意见不统一，经过多次讨论，还是决定给吾杰带领的乡班子以成绩肯定兼有批评的结果。

吾杰高兴的是事态没有扩大而且处理的结果是那么理想，把虫草协会的事情顺利地在这个节骨眼上融入，并且效果那么满意。他压根就没期望要得到上面的表扬，这本来就是他的责任。对自己前期的疏忽他也在自责，他知道如果去年就重视两村之间在历史上反复发生纠纷的事情，再深入了解，就会知道过去的协议已经到期。过去是领导的口头协议，领导换届，新的领导不知不晓。百姓却心里记着，掐指算着什么时候草场又可以怎样使用了，老百姓很实际，他盘算的东西是实实在在的，你领导出面承诺了的，那就要兑现。如果只是敷衍或诳哄，一次两次还可原谅，三次四次就对你彻底失信了，要再重新树起信誉就不是容易的事情。吾杰在这几年里，从切身体验、所见所闻中，对此体会很深的。

吾杰从内心接受上级的批评。只是对这件事情的起因，他不知道。那封有署名的信件，其实就是卓玛代写的，她还找到被吾杰换下岗的一位村干部，包括县委副书记的那两位曾经是村干部的亲戚署名按了手印。

这几个月让大家高兴的事情是参与到“统一采挖，统一销售”的几百户牧户，在今年虫草采挖人均增收几千元，看到统一采挖和销售竟然提高了利润，其他持观望态度的牧民们也纷纷加入进来，争抢资源的现象全没了。大家关系非常和谐，都算了笔账，今年两村采挖的虫草数量与去年比较没有增加，但是经过统一联系和销售，人均增收了两千多元，劳动力也没有去年紧张，大家非常满意。

13

吾杰去县里开会，知晓在县政府的规划里，自己所分管的区域中，基里和措洼村的深山里那片风光绝美的雪山，被列为州县的旅游开发重点项目，县旅游部门和政府也在宣传这片风光独特的地方。开会期间，组织带领各乡的干部参观了县城郊区民居接待做得很好的几家农户：新修的藏房很大，三层楼，一楼是藏式客厅，雕梁画栋的藏式建筑，豪华气派而又典雅、温暖，给人很温馨舒适的感觉，餐饮以藏餐为主，牛肉、酥油茶、面食、糌粑，兼有汉式的餐饮和咖啡、牛奶等；二楼和三楼是洁净舒适的住宿处，这户人家在旅游旺季，生意很好，一次可以接待二十多人，收益很好。

旅游是富民惠民的产业，也是绿色产业，最能带动百姓的收入，那么他们桑德尔能做什么？基础设施、宣传等都是政府在做，景区周围的村民们能做什么？农牧民参与其中又能是什么样的？挑战和机遇在眼前，这比搜罗所有资源、卖掉所有资源，更有深远的意义！吾杰思考再三，虽然去过已经称为景区的措洼以上地区，知道这几年总有内地和国外的游人或探险者到景区旅游、摄影或登山，但是村里人都没有意识到什么，交通条件差，公路只是毛土路，颠簸得厉害，来的人不多。即使那些外地游人、外国游人来了不是在车里睡，就是到景区内几户人家投宿，自愿给点钱，一年也就百多个游人。那些国外来的探险者，自己备用的东西很多，自己带睡袋，在藏人家住几天，自己也带有些吃的。他们的到来给这里好像没带来什么大变化。藏族的好客，是传统，是习惯，这些游人需要什么，只要是这儿的住户能够给予帮助的，都热情地给予，谁也没有往挣钱方面去考虑。只是他们的马匹的使用，大家好说好商量，就约定俗成了规矩，租借一匹马，一天十元。

农家牧家接待站的建立，就是当地人致富的一个路子之一。这些事情要做起来容易，可要做好，那也不易，看来现在先应该做动员，再帮扶。在乡党委会议上，吾杰传达县里的精神，也说出了自己的想法，乡干部们也激动起来，出主意、提建议，都为本乡纳入县里旅游规划，给相关的村庄带来了发展的机会而高兴。

虫草季节一过，吾杰和几个乡干部就驱马来到雪山下的措洼村，这是全乡海拔最高的草原，接近四千米海拔。弯弯曲曲的流水线，如绫罗、似彩带飘逸在肥美的草滩上。夏天有很多珍贵的鸟类飞来，在这里栖息、生活，草地上盛开的花朵几乎是什么颜色都有，而且是成片地开放，红一片，紫一片，金黄、蔚蓝的一片片。秋天里，这些泛黄的草地因为植物的不同，使秋色也变得很斑斓，像虎豹华丽的毛皮，所以这里叫“达巴通”，就是虎皮坝的意思。在一方森林茂密的山坡下就是一座很古老的黄教寺庙，经幡飘荡在周围灌木树枝丫上，飞升的桑烟淡淡晕染在古寺周围，置身此间，让人感觉就是天堂遗落在了草原，人间最美的地方在于此。

站在三千多米海拔的村庄向雪山遥望，远处雪山下就是茂密的原始森林，森林以上就是灌木林带，再往上就是草山坡、灰白色的石岩和华山，再往上就是积雪终年不曾融化的几座高低不一的金字塔式的银色山顶。这些雪山都是中国极高山山峰之一的贡嘎山的支脉，贡嘎山是雪山之王。在藏族雪山文化和宗教文化中，它的地位也是至尊的。在民间文化中，关于它和藏区神山的谱系、神山的故事、传说等就更是丰富灿烂。只要跟这里周围村庄年岁大的百姓和寺庙高僧一聊天，关于雪山的故事就从他们的口里汩汩流淌出来。

吾杰考察了几家接待过游客的人户，大多原因都是游客自己登门找来求助，自愿给投宿费和生活费。有时候如果需要帮助背沉重的相机、背包什么的去登山，就给点钱，请这里的人背。游人给多少钱就拿多少，多少不论，几乎都没有经营意识，更不会去要或者讨价论价了。吾杰认为，景区周围的每个人都是景区的一分子，一个形象和环境，在引导他们运用市场经济，把这里本来就具备的诚信品格保持好，建立和提升完善服务质量，还要让大家懂得资源的价值和服务的价值，都是至关重要的。

这个地方的人们极其淳朴，有路不拾遗，夜不闭户的美德，来到这里的游人谁有需要，都会乐意地出力给予无私的帮助。考察了几户偶尔给游人提供住宿吃饭的人户，看得出都是极其简单、还谈不上是民居接待服务，仅仅是提供个遮风避雨的地方和能喝口热水热茶之所。吾杰从县里民居示范点学来的经验，耐心细致地给村民讲怎样做旅游服务，民居接待、管理等。最后这些人家也明白了想人家的钱，在教义中是五毒之首，但是索取适度合理，以自己的真诚劳动和服务来换取，在游客认可的前提下，可以取得报酬，这也是一种互利的行为。创造好、建设好游人游历的环境，为他们提供高质量、舒适的环境是这里的居民该做的。

在与几家农牧户商议后，决定先做三户为试点，在观念上村民们多数不接受，尼玛吾杰就动员村支书彭措带头，其他两户稍微有点接待经验，接受新理念比较快，同意试着办起来。但是要改造房屋，增加设施，改善卫生条件。分离牲畜圈棚的工作是几年前政府就号召和提倡的，在这个村已经完成。但以接待的目的来改善修建住房等等都需要经费，当地人几乎没有能拿出改建房屋的经费。吾杰想到的依然是贷款，他承诺以乡政府担保为他们去争取。在和这些农牧民交谈中，大家才知道其实农

牧民致富的路子还很多，有的人已经是自发地在做了。比较突出的就是马的使用，到深山里，到景区深处，都需要马。但是也就是三两家这样零星地做着，其他的都似乎没兴趣。有的人说一年卖酥油卖人参果，够吃就行了，不想有再多的钱啦，要那么多钱做什么？有的说虫草挖了卖的钱已经够了，不想再做那些不会做的事情；吾杰说，那好，我们就重点发展培养几户，到时候可别眼红哦！那些人笑了说，怎么会呢？佛说了，缘起性空，该是谁的就是谁的，因缘嘛！怎么会去嫉恨别人？肯定不会的！辛苦了就有收获，那是好事情呢，我们应该高兴才对呢，你说呢书记？他们哈哈笑着对年轻的书记说，吾杰也笑了，那就好！他心想对富裕的程度期望值是多高，每个人心里的标尺是不一样的，纯朴的人们啊，那就明年、后年再说吧。

这段时间吾杰和几位乡干部分头到各家各户了解和做宣传工作，在了解的过程中，吾杰觉得有必要让村干部和党员们在这些事情上起到带头作用，他建议村支书带头，支书彭措有顾虑地说：

"我曾经号召和动员大家都来参与，有次一下就来了十几个游人，包括托运他们的东西，就要二十多匹马，我找来找去，就只是凑够了十七匹，就只有几户人家响应，许多都说要忙的事情很多，没工夫呢。"

"动员所有的党员先来参与和实践，这是机遇，几户富裕起来还不行，村干部要考虑全村人的发展。县和州里，政府把这片地区定位为一流的风光品牌，是我们发展的机会，也是对乡和村干部考验的时候，挑战与机遇都来了。我想……不如这样，先以党员和村干部来组织一只马帮队，合理规定出一匹马走多远，价格该是多少，不亏游客也不亏当地人，根据实际定好价，不能对游客漫天要价，统一价格。除了运输托运工作，还要做好游客的安全保护、环境保护和简单的导游。经济效益总收入的百分之几分配给马匹的主人，留百分之多少作为村里经济条件最差又无法参与的人家的贫困补助和帮扶经费，这些我只是提点思路和想法，彭措你带领班子还可以根据实际来制定，尽快打开工作局面，找到更好的路子和办法。"

"可是我识字不多，我心里没底，担心做不好……"彭措担忧地说。彭措是个壮汉，高原强烈的紫外线把他方正的脸膛烤炽得黝黑发亮，草原汉子敢作敢为的性格在他身上很突出。但是，作为旅游这个东西，完全是一个崭新的事情，什么经验和知识都没有。吾杰说了，要配合县里建设好这里的环境，同时还要自主地谋求本村的发展之路，工作的方式方法与过去的生产方式完全不同，全新的一切。千年来祖先农牧人都是以放牧、以种青稞为生，今天却要跟城里人一样开旅馆、开餐馆、介绍神山风景什么的，完全是和过去的经验不搭界的事情，陌生而束手无策的感觉很沉。当第一次听到尼玛吾杰说的这些东西时，他几天晚上没睡着，第一次失眠了，常常把手插进浓密卷曲的发丝里，抠着头皮苦苦思索。吾杰所讲的许多关于今后努力的方向和前景倒是让他心里感到振奋，热壶里倒出的奶茶是热的，诚实人说出的话是真诚的，吾杰书记的真诚和满腔热情就是一盏灯，渐渐地他脑海里还是有了亮光，仔细揣摩吾杰充满信心地一再给他的鼓劲的话语：

“措洼村的发展前景非常看好，彭措，你先把马帮队和民居接待建好，我们还可以发挥我们的资源，将来还可以做很多事情，就以旅游雪山风光区为支撑，来做乡村文化和乡村旅游的产业。藏区哪个村庄没有歌舞，我们还可成立歌舞演出队之类的，根据生活生产的特色性，就可以以几户或几组的人，组织善巧的人画唐卡（以宗教题材为主的藏族传统卷轴工笔画）、制黑土陶、做服装和生活用品等手工艺的生产。这些都是我们现有的资源，靠我们去整合、挖掘、利用、传承。这里关于格萨尔的故事和传说很多，湖泊、神山、说唱艺人、赛马会等，发展草原生态旅游，那前景很是可观呢。甚至把措洼村周边的村庄都带动起来，总之，需要做的事情很多，不要怕做不好，就怕想到了都不敢做。我始终坚信，只要想好了，认真地去实践，总结，再实践，会成功的！有了困难，还有我们乡党委呢，我会全力支持的，只要想办法，冰雪也能点着，就别顾虑了，干吧！”

乡书记吾杰如此有信心，有激情，只要有他帮助，那就干！村级班子带头人的信心的树立，就是在村民中竖起了一面旗子，对于这个全新的工作，在吾杰和乡干部的支持下，彭措红红火火地干起来，而且还很出色，他们把新成立起来的马帮队定名为——党员马帮队，还制定了严格的制度，收费的标准，包括义务保护环境，免费导游等等，都作为规章制度定下来了。

政府也在投入很多资金修筑通往景区的公路了。第二年，当旅游季节到来，这支党员马帮队一下就得到了游人的赞赏。他们以服务质量和品格优良为上，这儿纯朴的乡风和藏民热情好客、助人为善的品质集中凸显在他们身上。队长叫乌金，是老党员，曾经当过村长，他对这帮都是党员的汉子要求很严格，队员中拾金不昧的事情被外地游客发帖在网站上。这支特色突出的党员马帮队一下就在网上传开来，他们本来是为旅游服务的队伍，现在也成了旅游景区一道亮丽的人文风景线。

就在这年，这只队伍就为本村每户村民增加上千元的收入，景区里游客扔下的垃圾，只要是他们看见，就会义不容辞地拾捡起装入专门随身背着的包里，带下山去销毁。那些塑料袋看起来好看，但是污染环境特别严重，牧民的牛吃了，都会死掉。因为塑料袋在牛的肠胃里无法消化，把肠子搅烂，这样的事情发生过多起，去年俄培老汉家的一头奶牛就是这样白白死去的，当剖开莫名而死的牛的肚子，才发现了纠缠在肠子里的一大根蓝色塑料袋，让人痛心！环保的重任，党员马帮队自觉地就担负起来了。

要求加入马帮队的人在第二年就增多了，全村人和邻村人都跃跃欲试地要参与其中。为保证党员马帮队的品牌和带头作用，仍然保留了这只品牌队伍，继续保持和发挥榜样的作用。其他又成立了两个马帮队，再分设几个分队长，总队长当然是乌金，他已经有很好的管理马帮的经验。

这一年，县政府组织了全县乡村干部和开办民居经营的人户几十人，到云南香格里拉、丽江等旅游开展好的地方去参观，到北京和上海等城市观光考察，让大家开了眼界，改变了许多观念，也产生了许多思路。桑德尔乡的百姓就有这样的说法："书记尼玛吾杰想到的是老百姓的事情，只要是对我们有利，只要是他看准了，没有不成功的！我们都信任他。"

民居接待在第二年就发展了好几家，大家都看到，民居接待游客多的时候，一年下来仅一户就能增加几万元的收入。

在全县，从县机关领导到乡干部的工作中，政府把全县每个乡村都做了细化，每个乡村都有县乡领导具体联系。因为措洼村、尼桑村等几个村是事关全县旅游发展的重点村，吾杰的联系点就在这里。彭措他们可高兴有吾杰书记负责联系他们，他们庆幸，只要有尼玛吾杰这样好的领导指导带领，什么困难都不怕了。

"牧家乐"办得最好的是朗伯家三朵金花开的"雪莲花"民居接待，漂亮的三姐妹都很勤快，小妹娜珍的美，远近闻名。大姐拉措的男朋友是本村藏族青年阿初，二姐康珠的男友是驾驶挖掘机修路的汉族青年。阿初的弟弟森更是宗塔寺僧人，从小出家专心修行念佛。有时候跟其他僧人一起下山出寺为村民家念经祈福。

尼玛吾杰和新任的乡长兴致勃勃地考察了景区内民居接待和其他旅游服务工作，最满意的还是"雪莲花"，从"雪莲花"民居出来，他们漫步在柔软如毡的草地上，乡长兴致很高，开心地开起玩笑说：

"游人也喜欢住漂亮姑娘的民居接待点，美丽就是吸引人啊！"乡长嘎玛是今年从州北部的牧业县交流来的藏族干部，比吾杰年龄大几岁，是个很实在的人，又爱开玩笑。吾杰跟他很合得来，他最爱跟吾杰开的玩笑就是女人问题，他奇怪吾杰已经到了可以成家的年龄，可就是不见他对哪个女孩子动心。看着吾杰只喜欢忙工作的样子，他就老爱开这种玩笑，有时候专门讲些黄段子的民间故事来逗比他小的吾杰。

刚才看了"雪莲花"民居几姊妹那么出色的服务管理，温馨、清洁、热情，样样都细致周到，游客怎么会不喜欢住这里，吾杰也是赞不绝口，这时候，他盯着英俊的吾杰，冒出个念头，吾杰和美丽的娜珍应该是完美的一对，他来当吾杰与娜珍的牵线人吧。

吾杰奇怪乡长看他的眼神和嘴角浮出的怪怪的笑容，说："你这样看我干什么？"

"刚才，我们去的朗伯家，几个姑娘都美，但是娜珍最漂亮，你没有感觉到吗？"

“怎么啦？”

“你多大岁数了？吾杰。”

“我多大岁数跟她们有关系吗？”吾杰说。

“应该有关吧，我认为。娜珍的两个姐姐就不说了，已经是有朋友的了，娜珍很不错，她的美丽和聪慧完全能够和你相配哦。”

“我怎么没发现？”

“你是干部，她是牧民嘛？”

“我们不也是农牧民一样的吗？”

“那你看不起她？”

“不是。”

“那就好啦，干脆，我来做媒人吧，你愿意的话，我马上就去说。”

“不不，乡长大哥，你可别乱来，我没那意思，一点都没有，真的！”吾杰着急地阻止说。

“我就觉得奇怪啦，你这么年轻，又是该恋爱的年龄，怎么无动于衷呢？现在的年轻人哪个像你这样寡欲清心？什么原因？能让我知道吗？我们是搭档，对你个人的问题，我也要起到协助、甚至是助推的作用。”他半开玩笑打着手势说。

“但这件事情恐怕谁也不能助推。”

“不会是因为工作忙而不想考虑这事吧？”困惑的乡长捋着络腮胡说。

“过几年再说，到时候我请你做媒人，行吧！走，我们到村小学去看看，前几天我碰见校长根秋多吉，他说这几天有一个画家要来他的学校。”

“哦，对的！你看我，都把这事情忘了！那个画家了不起，根多说过的，每年给这个高海拔学校资助两万呢，还承担了几个孤儿和贫穷家庭孩子的生活费，他都坚持六年了。六年前，就是他被根秋多吉的精神感动，自愿资助这里，帮根多办起了这所学校，那是北京来的部队画家，好像他的级别还很高，不知是不是。”

“好像是个将军级别的画家吧，根多对他是十分敬佩、敬重，画家每年都要来看望孩子们和那三个老师。名字是什么呢？”

“叫……上次根秋多吉说过，我也忘了。他也老是一口一个画家老师，就是叫画家老师吧。”

“这个将军艺术家真好，这么遥远的高海拔地区都走来了，还默默地做了那么多善事，坚持多年了，这不是一般人能做到的。”

“如果不是根多亲口告诉我，我还不信。县里都不知道。”

“包括乡里也不知道，看得出这个画家是真心实意、实实在在地帮助藏区高原做力所能及的事情，不像现在有的人只是一时半会儿心血来潮或沽名钓誉，或

作秀什么的捞点什么名誉好处之类的，他真值得我们认识，也值得我们尊重和感谢！”吾杰说。

“那是，真是好人，好军人！这个画家老师。”乡长感慨地道。

吾杰和乡长就这样聊着，向他们的马匹走去，这时候有个银铃般清脆的声音在他们身后响起：

“等等，书记！乡长！”

他俩转身见娜珍手里拎着包什么东西追来。

“是我的包，忘了！”吾杰拍着脑袋说。

“我说嘛，可能是你故意忘的吧！”乡长诡谲神秘地笑着说。

娜珍已经来到面前，“这是你们的包，忘记啦！”她眼睛只是看着吾杰，有些羞怯地说，“在包里我装了牛肉包子，你们路上吃吧。”

“这包是吾杰的，他是故意忘在你们哪里了吧？娜珍，看来你也是偏心了哦，给他装了好吃的，我的呢？我就没有了！”

“不，乡长，”娜珍着急地脸红着说，“我不知道这是吾杰书记的，所以都……”

“他是逗你啦，娜珍，别听他乱说……”

“我可不是瞎说，娜珍，刚才我们还说你呢，我说你和吾杰还真是一对，我说要当你们的牵线人，你看，你们自己就……”

吾杰赶忙止住他的话，又说，“娜珍，可别当真，乡长爱开玩笑！你别介意。谢谢你。”他接过包说。

娜珍娇媚的面庞红了，她羞怯地看了眼吾杰，湖水一样清澈的眼眸里分明含着爱恋，但却低声说了句，“我知道。”就转身往回走去。

乡长开始说着责备的话，“我都把话搭上了，你一再说我是开玩笑，她都不高兴了，你没看出来吗？她可是喜欢你了，我看得出。这样漂亮能干的姑娘你都不动心，那我就不懂你了！”

吾杰只是笑着，听他说完，就只是说了句，以后再说吧。

其实，三个月前，吾杰来过这里几次，娜珍在一次只有吾杰和她相处的机会里表白了对他的爱恋。看着娜珍那么的真诚，不想伤害娜珍的吾杰，不知怎样拒绝她给予他的这份情意。可心里又无法放弃叶丰，但跟叶丰似乎又没有未来，他还是回避了娜珍，支吾着说他现在不考虑，决定等从党校学习回来后再说。但这次来这里，就是从党校学习完后回来的，所以娜珍刚才以很期盼的目光在看着他，而吾杰却好像忘了他上次说的话，什么答复都没有，娜珍很难过。

他们骑马走向草原深处，向着遥远的雪山脚下的拉拉噶村小学走去。这所小学是桑德尔乡所辖的，是本县和邻县纯牧业区边远乡村唯一一所保留下来的村小，也是该州十几万平方公里的土地上海拔最高的小学，因为这里离两县最近的乡小学都很远，所以保留了下来，两县相邻的牧民孩子都在这里读书，不过学生并不多。

拉拉噶小学就建在平坦的草坝上，这片草原不长一棵树，海拔有四千多米。夏天这里很美，美得像天堂。草地一望无际、花团锦簇如海洋。草原的孩子们读书就在这片花朵的世界里，绿的海洋里。但是到了冬季，漫长的冬天风雪很大，大半个年头都是在寒冷的季节中度过，现在正是草原的浪漫季节，阳光也是最暖和的。草原的风好象都是绿的，把草的芳香携带着飞舞在阳光下，占地面积不大的两座白色的平房小学，仿佛是两只大蝴蝶停住在花海里不舍离去。

几小时后，吾杰他们到达小学。

此时刚下课一会儿，在教室外的院坝上，几十个孩子们争先恐后地举手喊着：

“我要，我要！”

“我还没有！我要！”

“好好看的书哟，真好！我喜欢！”

孩子们叽叽喳喳地兴奋嚷着，草地上还停着一辆绿色的吉普车。

一个年龄五十多岁的高大魁梧、气质儒雅的军人带着几个战士和校长根秋多吉、还有两个穿着藏装的教师，正兴致勃勃地把几个纸箱里的书籍抱出来发给孩子们。

“吾杰书记！嘎玛乡长，呀呀！辛苦啦！你们来啦，怎么没通知呀，我好来接你们呀！辛苦啦！”

“你们才辛苦了！看来很热闹啊，孩子们这么高兴，是画家老师到了吧？我们俩就是专程来看看的！”

“那太感谢了！他们是中午到的，下午的课，画家老师还给孩子们上了课。”他交给书记和乡长几本书说，“这是他带给孩子们的礼物，都是很好的课外读物。你看，世界著名童话故事，美术、文学读本好多哦，还有那么多的本子和笔，把这帮小牛场娃高兴得不得了，你们看！”

四十岁左右的根多，说着孩子，他自己就跟孩子们差不多也是乐开了怀，两撇黝黑的胡须下笑开的嘴都合不住。

“画家老师，我来介绍下，这是我们乡的书记和乡长，专程来看你来了！”根多高兴地在画家老师面前介绍着。

“您好！画家老师，非常感谢您多年来对我们乡小学的帮助！”

“这只是微薄的帮助，看看这些孩子，看看根多他们，我们做的算什么？”

“画家老师，”吾杰忽然笑了，“不好意思，我们也跟根多一样称呼你‘画家老师’了。”他对身边的根多说，“根多，你怎么不介绍画家老师的贵姓？”

根多这才发现自己的疏忽，他伸了伸舌头，遗憾地拍了下额头，“怪我太大意了，居然没感觉到，自从和画家老师认识以来，就这么称呼惯了，画家老师……”

“我姓敬，名庭尧，敬庭尧，他们两个是战士……”

这个名字在吾杰的脑海里一闪过，一种亲切的感情在心里涌动，叶丰的身影在心海里撞击。他想起来了，叶丰曾经跟他说起过这名字，说是北京解放军总后的画家，是个将军级的画家，军级干部。几十年来就不停地在高原采风写生，体验生活。叶丰非常敬佩这个画家，说他自从爱上藏区高原，从西藏阿里、江孜、那曲等等，到四川西部阿坝、甘孜，到青海等等藏区，他都在不停地走，不断地深入乡村牧场百姓。他画的藏区题材的画作很多，大题材不少，其中一幅反映西藏人民在历史上不屈地抗击英军侵略的《江孜抗英》，画得非常震撼，大画幅，大手笔，大主题，作品被国家美术馆收藏，手稿被画商以一百三十多万买下收藏。就是因为创作《江孜抗英》，他从西藏走到这里，在世界高城理塘，画家找到了创作的灵感。康巴汉子的形象特质给画家以很好的启迪，那些早已消失在历史深处的英勇的藏族英雄们的形象，栩栩如生地烙印在画家心头。在理塘写生采风，几个月后，回到北京自己的画室里，创作的灵感和激情在画家的心里滚涌，他闭门半年，画出了有影响力的巨幅画《红河谷》……

眼前就是他了！居然在日后还会认识，眼前的画家，跟叶丰的赞扬很合适。高大的体魄，精神抖擞，军人气质和艺术家的气质交融，在威武中又显得十分的温文尔雅、和蔼可亲……

“哎呀，这么巧，原来是敬老师！”吾杰情不自禁地紧紧握着敬老师的手，激动地说，“我听叶丰说起过，她很敬佩您呢！”

“叶丰？”敬庭尧疑惑地看着吾杰。

“就是津城文化馆的叶丰，也是画画的！她说你们是认识的。”

“是的是的，小叶，一个有前途的年轻画家。对！有一年，她说要我约她一同到高原来，结果没来成，后来我们就没有联系了。你怎么认识？”

“后来她自己来藏区了，就是前两年，还在我们村庄住了一段时间，她对我很仔细地讲起过您。”

画家老师笑了，自信地对他身边的人说，“你们看，我不是说了吗？高原的高度确实令很多人害怕，但是对热爱艺术的人，是挡不住的。小叶这个年轻人已经来了，我说了，来到高原，就会看到和体验到许多的奇迹。今天就是奇迹，原来叶丰你们也认识，我跟吾杰也认识了，奇迹无处不在，真好！”

大家都兴奋激动，相互倍感亲切，根多更是兴奋，他说：“看来我们都是有缘分的朋友，请请，到我家的房间里坐，喝茶……”

“不进去了，这里挺好的，根多，看孩子们好高兴！”吾杰感慨地说，“看来他们非常喜欢敬老师给他们送的书，真感谢敬老师！”

“是啊，真的感激，敬老师，这么遥远，你比我们都来得多！我都不知道怎样表达我们的感激……”

“不要说这些见外的话了，再这样说，我就觉得你们把我当外人了！我只是尽了微薄的力，做得还很少。我选择了高原，高原也选择了我，那我要很好地回报高原。我曾经带领大地画派画家到阿坝、甘孜州采风，大家也觉得应该给高原回报，努力为高原做些事情。每个人帮助一个贫穷家庭孩子的读书，直到大学毕业，我管的那个孩子叫央珍。我还在想，靠我一个人的力量是不够的，我想发动更多的画家的力量，更多的人来为这些孩子做事情，那样才好，众人拾柴火焰更高！”

他的话让汉子根多眼里涌出眼泪，这所学校的建立是他花了许多的心血建起来的，他爱它胜过一切，除了家庭和亲人，它的爱和精神家园就是这里，谁爱他的学校，他的感激是无以复加的。他用藏袍的袖筒口很快擦了下泪水，握住敬老师的手，一个劲地说着谢谢谢谢，藏语和汉语夹杂着说的……

根多是高中毕业生，是这个村最有文化的，也是村长。这片草原离乡小学太远，但是牧民有几十户，加上邻县的几十户牧民，百户牧人家的孩子，没处去上学。他自己小时候就是长期寄宿在亲戚家里，读书条件很艰难，他在乡里县里断断续续地读完了小学中学，回到家乡务农后，被选为副村长。后来选为村长后，他最热心办的事情就是教育。他喜欢教育，曾经希望自己能考上师范大学，将来当个老师，但是没考取。当村长后，心里就谋划着在本村办个学校比什么都强。

牧区的孩子读书上学很难，除了在乡政府和教育局请求外，他自己积极自发地准备起来。那是八十年代末，那时候他很年轻，凭着激情和热望，在没有校舍、没有教室和老师的情况下，把自己家里的牛毛黑帐扎在牧场上，就开始办起了学校。他既是村干部又是校长兼教师，号召全村的人家都把学龄孩子送来。他永远不会忘记、永远都鞭策着他在任何艰难困苦的状况下，都要坚持和永不放弃办学的原因是：首次开学的那段日子，当牧民们知道村长要办学校，这是牧场千年没有的事。学校要跟牧场走，大家兴奋地把孩子送来。给大家上课的是村长，根多没有忘记母语的教育，他就是因为过去读书没有学过母语，会说不会读写，所以始终是遗憾。

改革开放后，民族地区母语教学在教育界也提上日程，加大了力度。刚办学的那段时间，他教汉语文、算术等课程。他还请来了寺庙里的堪布来讲藏语文。开学了，让他意外，让他感动，让他永远不会忘记的场面出现在眼前——上课的时候，不只是孩子来了，连许多家里的大人都来了。只能坐二十个学生的帐篷挤不下，帐篷外

周围草地上也坐满了人。人们静静地听着他和堪布各上一个多小时的课，那次，常常给寺庙僧人讲课的堪布，是第一次给一般的孩子和百姓讲藏语文，有这么多男女老少这么热心地来听课，他很意外，他也被深深触动了。下课后，他对根多感言：从他三十多岁开始讲经到如今六十多岁，还是第一次为僧人以外的牧民讲课。没想到在寺庙以外，有那么多人渴望认识藏文，渴望懂得更多知识。历史以来的传统几乎是出家人才能学到藏文化，把百姓大众完全忽略了。他现在才明白，文化应该是让所有的人享用和使用，不应该只是在寺院里。今后只要是需要他做事情，他都责无旁贷来做。就这样，根多和堪布是这所小学建立之初的元勋，没有报酬，没有经费，孩子们的教材是根多和堪布自己的钱买的。

这所帐篷学校就这样坚持了两年，第三年教育部门投入了二万元，在草地上建起一所白色的砖瓦平房，两间教室。也正式给小学配备了一个教师。这个从中专学校毕业的年轻教师，叫泽娜措，身材娇小，模样很俊，她喜欢教书。她是康巴北部德格人，自从分配到这个高海拔的牧区小学，她就从没想过将来要飞到条件好的县城。她觉得她能够当正式的教师，就已经很满足了。她比根多小五岁，但与根多是一见如故。她相信命运，分到这里来，是她命中的定数，这里有她的未来和等她的爱人，后来就成了根多的妻子。他们俩把学校当成家一样爱护，虽然过去很多年了，他们已经结婚生了个男孩，孩子也成为这所小学的学生。

吾杰和乡长知道这些后，感动和感慨都很多。

吾杰感叹着说，这是一种热爱！一个人在最美好的年华里，能够做好做成一件这样的事情，虽然远在深山的草原深处，没有扬名，没有好的待遇，但是这确实是做了了不起的事情，这不是奖章、权利和地位能够衡量的！

乡长接着吾杰的感慨问："听说你过去也这样干过？"

"我没他执着专一，我们的村小合办到了乡里，在我县村小保留了的好像就他们这所。基于这里的情况，县里保留了这所学校，看起来条件还比较差。"

"给这所学校增加的教师名额是三名吧？"乡长说。

"是增加了，但没人愿意来，就来了一个。现在的青年怕吃苦的太多，已经两年了，没人敢来，高海拔，前不着村后不着店，不好玩，没有电等等，感到可怕，所以至今空岗……"吾杰接着说，"我有个想法，你看可不可以？我想给政府申请要求，让根多专门当校长，对山村教育，他那么热爱，经验也比较丰富。我觉得他是很执着的人，你想，如果不让他从事他那么满腔热情喜欢的事业，他会怎么样？他有这份心愿，有这份情感和毅力，应该让他把全部的精力用在教育上，村长另选人当。这样几十年的教育工作，只解决他的事业人员的身份，也就有工资保障了。"

"可以，但根多他自己愿意吗？"

“这次来，我跟他谈谈，估计他会乐意的，他曾提出过辞去村干职务，我没同意，但是现在我觉得有这个必要。草原上的孩子需要这样热爱他们的老师和校长。你想想，如果不是根多，分来个不懂藏语的年轻人或者像其他地方出现的“飞鸽牌”，不安心草原学校，不到一两年，甚至几个月就调到城里条件好的地方去了。这样的人，哪怕是名牌大学的高材生分来了，没有责任心，成天怨声载道，讲条件，讲困难，心思不在教育上，那行吗？孩子们不需要这样的老师和校长，是吧？”

“是的，这种现象在藏区的农牧区乡村学校，还真是个严重的现象，如果每个乡村学校的老师和校长都像根多夫妻一样爱他们的职业，那乡下的孩子们就有福了。”乡长说。

“那是的，爱也是教育，和教学质量是并行的，对于这些小学生，还没有形成价值观时，爱最重要，老师的表率最重要，我是这样认为的。”

画家老师也是感动于根多的事迹，所以每年也就期盼着来到学校。虽然路不好走，土路坑洼不平，从县里颠簸百公里路，每次可以说头上都满是被车顶碰出的包。有几次在暴雨中土路泥泞难行，还遇上车子抛锚。有次是在冬天，夜里半路车坏了，老修不好，只好等路过的其他车来帮忙，但这是通乡村的路，难得有车，更别说是隆冬的夜里了！他和战友冻得不得了，只好穿上棉大衣在车子周围以跑步来取暖。草原深处有狼出没，对着他们的车嚎叫着。坐进车里冷，在车外又被狼盯着，他们就打开车灯照着，然后一直跑步，直到第二天黎明时候，一辆牧民的摩托车来，才解决了问题。牧人热情帮忙，再往返县城，把他们需要的零件从城里的修车店买来。冬季那条离县城上百公里的路，可以说就是冰路，下大雪了就变成了冰道，车走在上面老打滑，很难行。从早上出发，到达小学那都要十几个小时，气候寒冷，路又这么难走，路途的艰辛很多。但是想到孩子们天使般的笑脸，根多忙里忙外的身影，这个军人画家什么都不在乎。每次画家老师一到，根多爽朗的大笑声和带着草原藏人很重的卷舌音的汉话，总让画家感到亲切。画家老师与根多是通过另一个在城里开出租车的藏族朋友认识的，他第一次来到这里，看见学生都是自带糌粑、馍，老师校长根多给孩子们烧茶，老师的房间很小，所以孩子们在晴天里都是坐在草地上吃午饭。画家老师就决定给学校捐助四万元，给孩子们修个食堂和学生宿舍，搬砖瓦、搬土坯的活是老师带着同学们在课余时间完成的。根多请来泥水匠、木工，半年后就修好并使用。路途远、能够自理的孩子就住进了校舍。冬天里，细心的泽娜措总是会给学生们烧上两盆牛粪火，教室和校舍都很温暖。草原做燃料用的是牛粪饼，厨房后齐腰高的院墙上贴的牛粪饼和一堆堆的牛粪垛子，都是老师和学生们在课余去拾掇的。再把牛粪和干草搅和后，做成团晾贴在墙上，干了就可以烧了。

吃饭的时候，画家老师和两个战士从车上搬下来许多糖果糕点水果、罐头什么的请大家，根多的妻子泽娜措已经给大家做好了饭。

“美丽的天空有三光——太阳、月亮和星星；吉祥日子有三宝，亲情友情领导情——今天是个吉祥的日子，我们的画家老师来了！我们的书记乡长来了！我和我的老师学生非常高兴激动，感谢感谢！同学们等会儿给我们最尊敬的客人表演节目，大家同意吗？”

几个客人跟孩子一起高喊着同意，学生们兴奋地叽叽喳喳商量起来。饭后，孩子们已经做好了准备，草原是舞台，背景是西天火红的晚霞，远天的雪山已经被晚霞染得金黄。会唱山歌的孩子百灵鸟一样唱着牧场的山歌，舞蹈是孩子们和泽娜措老师平常共同编排的，还有原汁原味的草原锅庄舞，草原的孩子心灵如高原清澈的湖水，更像天使。他们把爱、把感激和纯真，通过歌声和舞蹈献给了他们尊敬的客人。大人们也全身心地投入其中了，画家老师朗诵了《祖国边疆我的家》诗歌，战士唱了《咱当兵的人》歌曲，书记乡长也没落后，唱歌是吾杰的拿手，轮到他唱的时候，他声情并茂地唱着《草原》，很久没有唱歌了，今天面对这群特殊的观众，吾杰依然还是那么感情饱满，歌声悠扬：

草原是牛羊的家，
牛羊是牧民的珍宝，
天空的星光闪闪烁烁，
告诉我美丽的草原赛唐卡，
草原是牧人梦的花园，
是我们幸福的家园，
……

那天晚上，当兴奋的孩子们被泽娜措带着去休息睡觉后，学校周围的草地无比静寂，广漠天空，星光闪耀，最亮的那颗在吾杰眼里是叶丰美丽的眼眸。吾杰一直难以忘掉叶丰，叶丰就像珠宝被深深镶嵌在了他的心里，让他无法抹去，他对自己的爱不可理喻，想不到自己一旦爱上一个人，而且距离她如此遥远，竟然如此地深刻在心，独处的时候心里特别的纠结和遣眷，他很思念叶丰，他感觉叶丰也喜欢他，但不敢肯定那是不是爱，这让他在等待中又充满迷茫，他克制着自己从来不敢有一丝表露，真不知怎么办好……

在城市的叶丰几乎每次打电话给吾杰的时候，他都在山区、牧区，无法接通的时候多。叶丰这年忙着参加画展和创作，自从回都市后，关门创作的劲头很高，她一直不懈地努力着。

在画展上，叶丰的人物画，特别是康巴人物风情组画赢得美术界的好评。而家崎，去年从桑德尔回到城市后，他再没跟叶丰联系，但跟央金的联系却多起来，常常通电话。一年多过去了，才觉得应该给叶丰联系联系，问问她的情况。

接到家崎的电话，叶丰感到意外。说真的，自从回来后，除了画画，脑海里满是吾杰，感觉家崎很陌生了，现在冷不丁地冒出来感到意外。交通在大城市的便利无以复加，家崎乘动车从北京过来，几十分钟就到了叶丰所在的城市。

叶丰答应家崎的邀请，他们一起吃饭，聚一聚。让叶丰感到意外的还有家崎的许多变化。

“你看我们是在玛吉阿米藏餐馆还是在过去你喜欢去的索兰达亚西餐？”这话让叶丰愣了下，她笑了说：“自从去了藏区，开始对藏餐馆也感兴趣了？”

“我是替你考虑的哦。”

“不会吧？这么久没打电话了，怎么突然想起我来了？就为了到玛吉阿米吗？”

“那你为什么不联系我？我邀请你还有错吗？”

“好吧好吧，见面再说，你定在什么地方就在什么地方吧。”在城市的天空下，人们都会很忙碌的，两个年轻人各忙各的事情，双方在各自的心里已经淡出，就更难得一见。这一见面，两人都觉得相互很陌生了。坐在装修得富丽优雅的藏式格局的餐厅里，进门就是身着藏族服装的服务员恭敬的问候“扎西德勒”，门旁的转经筒、厅里的雕花藏柜、铜器、藏族特色的艺术品等等，都会使踏进餐厅的人恍如已经置身藏地，回家的感觉很浓。坐在藏餐吧里，听着藏地的音乐，此时正轻轻飘荡着近年从康巴藏区康定流行到大城市的新藏歌：

“你像一杯甘甜的美酒，醉了草原，醉了雪山！美丽姑娘卓玛啦……”

虽然窗外到处都是城市林立的高大水泥建筑、亮晃晃的玻璃大窗，街道旁有树也有小型的花园草地，但是却没有艳丽金灿、唯有高原才能见到的明媚阳光。城市的天空，灰蒙难见湛蓝，更没有高原上那种飘渺，充满韵致、童话般的洁白云朵。但高原的音乐和这里面的环境却让你身临藏地高原。他俩点了酥油茶，酸奶和烤牛排、青稞酒等，慢慢地品着，一边开始说着这年忙碌的事情，后来，家崎说想告诉叶丰一件事，有些迟疑地他看了看叶丰，又止住了话头。

叶丰心里担忧地想，他是不是又要说爱我想我了，但愿不要！叶丰想岔开话题，脱口说：“我的作品中有一幅叫《康巴汉子》，是展览中受欢迎的，但我还不满意，我觉得还应该更好才是……”

“康巴汉子？你应该画得好。”他神秘地笑着说。

叶丰觉得他的笑容有点特别，话里有话，“应该？什么应……”

家崎摇了下手，止住叶丰说，“你别不服，本来就是！你心中应该就有康巴汉子的形象，吾杰，已经在你心里了，我知道。”

叶丰有些不好意思，脸红了，腼腆中显然透露出一种爱恋的情愫，她笑了笑，说，“你生我的气了吗？”

“没有，如果不去藏区我会的，但是现在不了。”

叶丰看着他，本来很歉然地想说几句，但是家崎的神情很坦然，眼睛里闪现出的是高原阳光一样的率真，他抽支烟，真挚地说，“爱情就是那么不期而至，是吧？”

“你在说谁？你的？哦！恋爱了？”叶丰这才感觉家崎之所以不同于过去，那是因为爱，从他的脸上，眼睛里可以看出来。

“但我也困惑，为什么要发生在高原？”

“你在说什么？我怎么听不懂？”

看着叶丰困惑的表情，家崎诡秘地笑了笑，他直接地问叶丰：“吾杰和你现在怎么样？我要真话，可以吗？”

沉默了会儿的叶丰，有些无奈地说：“我肯定他也爱我，但是我们都没说出来。我努力过，想理智地来忘记他。他现在已经不在村里了，去乡政府了，当书记，很忙。我跟他打电话，他手机很多时候都打不通，农牧区通了电话的不多，所以我们经常联系不上。”

“你还爱着？”

“无法忘记！我努力忘记，都没成功。我们都知道相互的差距和不同很多，我也想过，可能是自己的一种冲动和对高原特殊的情感使然，会是短暂的，所以尝试着努力忘记，但是随时都有很多东西提醒我，或者是一段音乐，或者是一道色彩，或者某个场景，或别人的一句话，都会让我想起那个遥远的高原人。你说，世界上怎么就有那么一个独特的人让你牵怀？让你无法忘却地依恋和痴迷，过去根本就不认识、不理解，相隔那么遥远的，一旦认识又那么地相知相识得刻骨铭心，没有来由，没有准备，让你沉迷得难以自拔！”

“我看出了你们俩都很爱对方，不是环境的差异使你们都保持沉默，而是距离。地理的距离让你们害怕，怕爱会破碎！还有就是你们俩都有骄傲的心，谁都不愿第一个说出来。唉，爱情就是无理由的，只是一种缘，是前世的缘！”他说。

“你的思维方式变了，家崎，这话……”叶丰真地很吃惊了。

“这话的原创不是我，是央金说的。央金还说她感觉和我前世就是一对恋人。”

叶丰恍然大悟，笑了说：“好呀，家崎，我才明白！你原来是跟央金！难怪……”

“难怪什么？你没发现吗？”

“你真老道，没有露出痕迹……”

“不，不是我没露出痕迹，是因为你的心思根本就在吾杰身上，吾杰在你眼前很高大，你根本就……完全看不见我！”

“哦，抱歉……”

“不用抱歉，真的，叶丰，认识了央金，我知道了爱情是可遇不可求，是真理，我清醒了。你一直不接受我的原因就是你不爱我，我们只是朋友之缘，我们的相识是多久了啊，但是你一见文化背景、生活环境等等如此不同的吾杰，你就被他迷住了。别……你别说不是！吾杰也是我非常敬佩的人，如果我是女人，也许会毫无顾忌地爱上，如果他也爱你，我劝你，就不要错过，用心把握住，哪怕就那么轰轰烈烈地爱恋一场也都值得，即使最后不能走到一起！你们俩深爱但顾及太多，不好！”

叶丰被家崎的真诚和率直感动，家崎的变化真大，爱能如此轻易地改变一个人的情趣和理想，高原还真是能够洗涤人心灵！她感觉到家崎跟她一样深切爱上了高原的一切，叶丰心里轻松透亮起来。

“等画展结束，我要到桑德尔去，你去吗？”叶丰问。

“不去了，央金我们已经约好，等她放了假，她到这里来。”

“还是你行呀，家崎，这么快就恋爱了！”叶丰开着玩笑说。

“那是，你知道，我从来不隐瞒感情，而且是主动进攻。这样不好吗？”

他们俩都笑了。就在这时候，音乐里飘起的是《玛吉阿米》，这首歌是根据十七世纪六世达赖、才华出色的著名浪漫诗人仓央嘉措的诗歌谱曲创作的，非常优美：

在那高高的东山顶上，
每当升起那皎颜明月，
玛吉阿米那迷人笑脸，
就冉冉浮现在我心头。

家崎说，这也是仓央嘉措的诗歌，这个餐馆名字由来就是因为这首诗歌和作者。

“是吗？说说，”叶丰惊讶地说，“看来你对这些了解得真不少。”

家崎说，是个美丽的传说，说是在几百年前，三百年前吧，仓央嘉措想寻找度母女神在民间的化身，那是集所有女性美于一身的神灵。就在一个风雪交加的夜晚，在西藏拉萨八角街，仓央嘉措正走着，靠近一家很旧的黄房屋时，与一位有月亮般姣美容颜、气质娴雅的少女相遇，但也就擦肩而过，他猛然感觉这就是度母女神的化身啊，仓央嘉措想追寻去，她却消失在月夜深处，再也没出现。于是诗人的他写下了这几句像月亮一样美的诗歌。“玛吉阿米”这个名字代表着美丽、纯洁的少女，代

表圣母玛利亚一样圣洁、崇高的母亲，观音一样慈祥可敬的女人、还有未出嫁的好姑娘；也有人说它隐含的是没有实现的但很美丽神圣的梦想……就是因为这个美丽的传说和诗歌，感动了在西藏的几个美国姑娘，她们以此命名在拉萨开了餐馆，而后又是一个藏族人精心经营、打造，所以很成功……

“你是怎么了解这些的？”

“我是在北京的这个店里知道的，我去过几次了。”

“家崎，你真行啊！我明白了，央金就是你的‘玛吉阿米’吧？我就奇怪嘛，点菜的时候你很熟悉这里的菜谱，原来这样啊，哈哈！”叶丰开心地笑个不停，“来，我要罚你，这杯酒必须喝下，我给你牵线搭桥，你却瞒着我，这么快就把爱情握在手中了……”

家崎愉快地把满杯的青稞酒一饮而尽，他们俩相处得都很快乐，就像回到了单纯美好的大学时代，同学间单纯、透明、美丽的情感又回来了。

跟家崎这一聚，更坚定了叶丰对吾杰的爱，她不能再犹豫了。

叶丰给吾杰的乡里打了很多次电话，吾杰都不在，又是在牧区或村里。画展一结束，叶丰就准备去桑德尔，这次她要把她想说的话都说给吾杰听。

就在她即将出发的一天下午，她接到了吾杰的电话，电话是手机打来的：

“终于给我打电话了，吾杰？”

“我知道你给我打了电话，但我一直在牧场和村里，今天我要告诉你，我们桑德尔乡好几个村都能打移动电话。今年我们县几乎都安装了移动电信网，刚开通，我在村子里，你看我是第一个告诉你的。”他兴奋地说。

叶丰也激动地说：“我的《康巴汉子》作品参展获了三等奖，你知道吗？我几乎画的就是你！”

“几乎画的就是我？什么意思？就是有点像我吗？”吾杰开着玩笑说，“那这次我不祝贺你了，你说画的完全是我的时候，我再祝贺你吧！”

“你可真是贪心啊！我为什么要完全画得像你？”

“因为……因为我不能告诉你的原因。”吾杰说。

“什么话？等于没说！”

“算了，不能告诉你。”

“不告诉就算了。过段时间我要来看你，可以吗？”

吾杰愣了会儿，“好，那我们见面再聊，好吗？”然后他继续说，“我想请你帮个忙，可以吗？”

“哦，原来你是有事才给我打的电话……”

“好好，那我不说了……”

“别，你说吧，什么事情？”

“我想请你了解下你们那里有没有愿意来我们这里支教的，就是自愿到民族地区、山区支援教育的年轻人。”

叶丰说，“吾杰，你心里根本就是工作，好不容易联系上了电话，你又说起工作了，好吧，谁让我那么听你的？这个任务我一定完成好！”

两个月后，叶丰准备好来桑德尔，她告诉吾杰，她联系好了几个很愿意来这里支教的年轻人，他们一起来。她在高原的那段时间，了解到村乡师资教育人才的严重缺乏，她心里也有这个愿望要想为高原的孩子们做些什么。

五个80后、一个90后青年支教老师安排在了乡小学，而叶丰在娜珍家住下。

叶丰的到来，无疑让娜珍很痛苦，她看得出来，吾杰只要和叶丰在一起，他脸上的光彩是她们从来没见过的，他和叶丰似乎也是总有说不完的话。叶丰要求来了就要真切地体验乡村生活而不是来享受的，吾杰觉得娜珍家最合适，这段时间又有游客来，叶丰也可以帮娜珍她们做些事情。

娜珍的两个姐姐非常喜欢叶丰，娜珍最初对叶丰很有醋意，她只是不跟叶丰说话，她不拒绝叶丰在她家住，那是因为吾杰安排的。在她家住就是他们的客人，藏族人的好客，是不允许对客人不礼貌的。但是娜珍的心里充满怨恨，凭女人的感觉，她觉得吾杰和这个叫叶丰的人关系不一般，她就肯定地想着如果不是这个女人，吾杰会爱上她的。

叶丰不知道娜珍为什么不理会她，有时候只是对她淡淡地笑一笑就算是招呼了。最初叶丰还以为她不会说汉语的缘故，但是在游人来她家时，看着她满面笑容用一口流利的汉语，介绍着草原的景色风光和故事什么的，她才明白原来她的汉语比她的两个姐姐还说得好。那么娜珍不理睬她是有原因的，她问拉措和康珠，两个姐姐都说不知道，但是背着叶丰，她们俩就一个劲地责备妹妹娜珍的不礼貌。

这天，娜珍坐在夕阳里沉思着什么，叶丰刚好从房里出来，俊丽的娜珍在阳光的剪影下，轮廓姣美，淡蓝色缎面细花上装，深色藏袍，长长的秀发随意蓬松地编了个辫，唇衔一朵身边摘的小小的蓝色野花，看着远处的山峦，纹丝不动，造型和体态、面庞轮廓极其美丽，诗画般充满韵致。叶丰赶忙拿出笔画了起来。好一会儿，当她发现叶丰在看着她画着什么，想站起来走掉，叶丰生怕她起身，惊叫起来，马上就好啦，好美！别动！谢谢你，娜珍，一定别动！看着她如此的惊呼和认真劲儿，还大声地命令着，娜珍就不动了，只是把头扭开去。不多会儿工夫，叶丰已经画完。娜珍起来走到叶丰面前，冷冷地看了看画纸：“你在画我吗？”她第一次跟叶丰说话。

“刚才坐在阳光下的你美到极致，天使和仙女都美不过你，这幅画给你，作个纪念吧。”娜珍本想不要，但是她还是第一次被人画，而且画中的人确实很美，她禁不住说，我有这么美吗？

“老天，你说什么？娜珍，你太美了！改天我一定要好好画画你，可以吗？”

“你不也很美吗？”她撅了下嘴唇，把叶丰从上到下看了遍，“还有我姐姐她们。我美什么？臭美罢了，有什么意思？”她的话把叶丰逗笑了，叶丰说：“怎么了？你还嫌自己不美丽？美就是一种幸福呀。”

“你说得简单，幸福？”娜珍直率地责备说，“你爱的人不觉得你的美丽是美，还能说是幸福吗？哼，胡说。”她丢下这句话，体态轻盈婀娜地转身就走，一面低头看着叶丰给她画的画，穿过院子的木栅栏，进院回屋去了……

比她小四五岁的娜珍天使一样纯真可爱，她是因为爱情在苦恼呢，哪个男人能够得到这么美丽纯真的姑娘的爱，那是很幸福的，叶丰看着她的背影这样想着。

后来叶丰跟她的两个姐姐说，原来娜珍是在恋爱呢，她好像有些苦恼哦！

大姐拉措说，她很任性，也有些昏了头，过段时间就好了，别理她。人家没说过爱她，她自己就掉在爱情里面了。叶丰问，那个男人也够糊涂的，这么好的姑娘爱她，他都不动心？

拉措看着叶丰，心里想，叶丰你也跟娜珍一样糊涂呢！但她说，这就是各自的缘了，不是说想爱谁就爱了，是不是？就像我和我的那位，他和我从小就一块长大，小时侯不认为他有什么可爱的地方，到了十七八岁时候，突然就觉得他很可爱了。他的眼神、他的举止和每句话我都懂，好像自己生来就是为着等他的，他也是这样的感觉，没有谁来说合，我们就非常自然地成为了一对。父母也认同，就这么简单，但很幸福，明年就准备结婚。

“那么，娜珍爱的那个人一定很不错。”

“是，她眼光还是很高，她看上的人肯定很出众。”

“能让我也认识认识？昨天看着她坐在草地上很忧伤的样子，我真想帮助她。”

“不行，叶丰，谁都帮不了，你更帮不了……”

叶丰固执地说着，我要试试。就上二楼找娜珍聊天去了。

看着她的背影，拉措轻声自语地说：“怎么都是糊涂人……”

“什么糊涂人？”这时候，二姐抱着刚收回来的在太阳下晒了半天的藏毯，听大姐自言自语地说着话。

大姐放下手里的碗担忧地说：“康珠，你看怎么办？叶丰要去开导娜珍，她不知道娜珍爱的就是她爱的人。”

“那就由她们去吧，也好早点解除娜珍心里的疙瘩，这样也许更好。”二姐康珠想了想干脆地说着，抱着藏毯也上了楼，忙自己的去了。

娜珍在房间里正在记账本，她在家里是文化最高的。初中毕业也没有再读书，就回家帮两个姐姐和父母劳动，县里和乡里号召开民居接待，她和姐姐们做了起来，而且一做就成功了。

没想到叶丰会来找她聊天，吃惊地看了看叶丰，而后低头继续写她的，还冷冷地说，她有事情，忙着呢。叶丰说，那就等你忙吧。叶丰看见，她给她画的速写，已经贴在墙板上，看来她喜欢这幅画。娜珍见叶丰不走的样子，就放下手里的笔说，坐吧。她现在的态度比过去好多了。

沉默了会儿，然后她直率地问："你是画家吗？"

叶丰被她突然的问题愣了下，而后笑了说，"还不是，但我在努力。真正的画家应该是很了不起的，怎么问这个？"

娜珍没有正面回答，却说："画家就要到我们这里来画画吗？"

这个问题不好回答，三言两语说不清楚，也不知娜珍怎么会想到这些问题，她好像还思考过这些才问道。

"画家就是要寻找美丽，你的家乡很美，比画还美，所以有游人要来，画家也要来，藏族的民俗风情很美，你也是美的一员，都是我想画的。"

"那你这么远的来到这里，就为的是这些？我不信。"

"当然还不止是这些，还有很多。"

"包括爱吗？"娜珍看着叶丰的眼睛说。

叶丰不知道娜珍心里的秘密，她坦率地说："是的，也是为了爱。"

但娜珍看着叶丰，却说了句让叶丰惊讶的话：

"我也爱他！"

"谁？"

"吾杰！"

"哦……真的？"

"是真的！"

叶丰的心被蛰了下似的痛楚开来，那是本能的醋意，虽然她和吾杰没说出过爱，但她感觉得到自己爱的人也爱着自己。爱情是自私的，但娜珍的率真也让叶丰感动，她笑了说：

"他知道吗？"

她迟疑了下，说："应该吧。"

"应该是什么意思？你告诉他了吗？"

娜珍就像找到了倾诉烦恼的地方，哗哗地说开来："告诉啦！他说他还不考虑

这些事情，他骗我！我一直就抱着希望，等他能够考虑这些事情的时候到来。但是，你来了，我才知道，他其实心里装的是你，但他为什么不直接告诉我？”

叶丰轻松地笑了，她说：“原来你不理我是这个原因呀。”

“还因为我爱他，他却爱你！我能不恨你吗？换了你，不也会这样吗？爱情是自私的，书里也这么说的！”

爱情真的是最自私的情感，娜珍纯真地讲她第一次看见吾杰的感觉，而叶丰在被娜珍的纯洁感染着，也讲了很多，讲她和家崎，讲画家敬廷尧进藏区画的画，讲她和吾杰，娜珍能感觉到叶丰从遥远的都市来这里，最重要的是为了她的爱。

最后娜珍问了句：“你这次来了，还要走吧？不可能不走了吧？”

“我想……不走了！”叶丰不太肯定但还是坚定地说出不走了的话，她又说，“过去来是暂时的，现在走也是暂时的。我和几个朋友都要留在这里很长时间。”

“有这么大的决心？”

叶丰点头。

“我不太相信。”

“那我们就打赌看是不是能做到？”

“好，一言为定，总之，你和吾杰没结婚，我就等！”娜珍第一次对叶丰友好地笑了。娜珍只要把心里的苦水倒出来，宣泄给她不高兴的对象了，她也就心里轻松了许多。她还小，她有时间等待，她这样认为。叶丰是很出色的女人，她能够这样爱他们这里的小伙子——大家都赞扬的吾杰，那么远都要来这里，精神可敬！他们相爱的时间比较长，但他们有那么多的不同，他们最后能不能走到一起，这是让人怀疑的，娜珍就怀疑。所以，她觉得她还有机会，对叶丰的恨也就逐渐消减了，当其他几个支教年轻人在节假日学校放假时候来到这里，叶丰和娜珍已经是好朋友了。

这天，拉措的男友带着他的弟弟——一个出家的年轻僧人来到这里，僧人很安静地坐在半推开的雕花格子窗户下，等着在一旁和拉措说话的哥哥，他叫森更，见叶丰和娜珍进门，就礼节地微笑着点点头。然后目光又移开，仍然很安静的，这时候的阳光正好从窗格照进来，他身上的绛红色袈裟很富魅力，色彩与光影，轮廓英俊和他泰然静谧如参禅的神情，真是一幅多好的人物画啊。叶丰在征得他的同意后，拍了照，又开始画起来。

叶丰完成这幅画作，送给了这个年轻的僧人。僧人很感激，他邀请叶丰到他所在的寺庙来参观，还说要专门来接叶老师。

后来他真的来邀请，叶丰欣然而往。森更把叶丰介绍给寺庙里的堪布（深通经典之喇嘛，是获得格西学位的高僧，寺院或扎仓——僧人学经典学校，的主持者）和僧人们。寺里一位老僧就是这个寺教唐卡画的老师，都叫他格格。这位格格听说叶丰是画家，就如同遇见知音一样，格格喇嘛热情欢迎她。在堪布的应允下，把寺庙里珍藏的一般不予外界人展示的古老唐卡画摆在叶丰面前。叶丰是第一次接触唐卡，第一次走进寺院，对于佛教她不甚了解，森更说：

“寺庙是去年重新修的，是按照过去即将垮塌的旧寺的样子修建的，政府帮助拨付了一半的资金，外地慈善机构捐助了部分，老百姓布施了些，加起来，就修完了。它是明朝时候建立的，很久远的古寺了。”

叶丰问：“你读过书吗？”

他点头笑了说：“叶老师应该问上过小学和中学吗？”

“为什么要这样问？”叶丰不解说。

“因为经书也是书，藏文经典书籍也很多，我正在读。我上过乡小学和初中，但初中没读完就进寺庙了。”

叶丰问他在寺庙里学什么？他告诉叶丰，语言、文字、经书，还有很多五明学的知识。叶丰困惑地说我不太懂。他就简洁地说，藏传佛教的五明，就是五大学问体系，又分大五明和小五明，大五明分别是历算、声韵学、诗学、辞藻学和戏剧，小五明是工艺学、医学、声学、因明学和内学，小五明是寺庙里所有僧人都要学习的基础课程。我最喜欢诗学和声韵学……

他们说着就走进这座古树环抱、金碧辉煌的寺庙。叶丰才知道，在藏区，寺庙即是佛和神栖居的地方，更是藏族文化的汇聚所、精英文化的博物馆，那么精粹、高妙、深厚、博大，除开寺庙精湛的建筑和佛像的塑造艺术不说，就是寺里珍藏的古籍、宝典、文物、古壁画、千百年来的卷轴彩绘画卷那是深不可测，走进寺院就是走进了色彩绚丽、造型丰富、线条绚烂、宝藏厚积如海的世界。伫立在大殿或门庭旁无处不显示出精美的艺术前，让叶丰惊叹和感慨，仅就殿堂四周挂着的一幅幅唐卡就让绘画专业毕业，对色彩线条敏感、喜爱的叶丰激动不已，更何况僧人们如此慷慨地展示出了那些古老的画幅、无价的宝藏！汉语还说得不错的森更给叶丰翻译着老喇嘛说的话：“这是四大菩萨之一的文殊菩萨，是妙吉祥，代表智慧、聪颖和实现。”

“端庄的造型！优美匀称的线条！佛的周围布局多但不杂乱而颇具运势，画得真好！”叶丰赞叹。

这幅画是绘在古老的藏纸上的，旁边装裱的绸缎已经破损了，看起来很是古老，森更恭敬地平伸着手、指着老僧人：“老师说了，这画和那几幅都有五六百年的历史了，是藏地康巴噶玛噶孜画派的大画师画的，他们的画很著名，同时他们也是通晓五明的佛学大师。”

当一幅黑金唐卡画展示出，叶丰惊叹地叫起来：

“老天，这幅画真是美到了极致！看似简洁，运笔洒脱，色彩简洁古朴，黑底，描金，面部的五官省略，造型突出，线条优雅韵致如风，这样的画法，分明像今天的超现实主义画技！”

这幅画能追索到几百年前，藏族画师的智慧在严格遵照传统佛教教义和画技的规定中，仍然做着艺术的创造和突破，这就是艺术创作的可贵处，叶丰感觉自己是沐浴着古老文化的甘露，藏画艺术的精美让她有醍醐灌顶的感觉，许多画作让她爱不释手。一幅白度母的巨幅画，让她大饱眼福。色彩绚丽中不失典雅，美丽端庄的度母身着白色的天衣，乌黑的发髻上戴着花蔓冠，纤手曼妙，在静谧的神情中含着微微的笑意，看着让人感觉清新慈蔼，森更说，度母是观音菩萨的化身，她关照一切众生……曾经听敬庭尧说，初次进入藏区时，他的感觉中有茫然，有感动，而后就是惊喜，惊喜之后就是身不由己地迷恋，叶丰已经迷恋这片土地和这里的文化艺术，她觉得这寺庙完全就是一座宝库，雕、刻、塑、彩绘、建筑等等不说，竟就绘画艺术就让她折服得无以复加。

僧人耐心地讲着画中表现的内容，佛的故事，宗教的寓意和谁是此画的作者以及年代有多久远等，对于这些深刻的涵义，叶丰陌生而新鲜，但对唐卡的绘画技艺她是情有独钟的。不曾想到，她会与这么精湛的艺术谋面。当他们走出寺庙大门，老僧人指着寺庙周围的山说了一段话，森更翻译着：

寺庙后这几座山都是有深刻寓意的，你看后面的山像孔雀，左右的山像大象，前面的山像大鹏鸟。叶丰惊讶地点头称赞不已，真的是极像啊！僧人说，我们寺庙之所以有那么多的古经典和文化宝藏，是因为第一个修建这座寺庙的活佛就是文化艺术和佛学造诣非常高的大德者。他之所以把寺庙的地址选在这里，就是因为这里的吉相和瑞气。藏文化里，孔雀是文化的象征，大鹏是理想展翅，大象是四方吉祥。他说我们要把文化高高举起，敬畏它如同神佛，所以本寺庙的艺术、典籍都很多，不论派别，兼收并蓄所有能收藏的文化、艺术、宗教的极品。从寺庙正面的远方看过去，身后那座孔雀山高过寺庙，看似被高高捧起供在寺庙顶端。老师最后还说，佛以无数的善巧、慈悲形象示现，引导众生回归真理，踏上精神之路，去发现智慧、慈悲、勇气和谦逊……

这些话语，道出了藏族文化中一个精髓——尊重生命，敬重自然，坚持信仰！这让叶丰感动，他们把精神看得那么巍峨如山峰，把经济和物质享受看得很淡。难怪在今天后工业化时代，在受经济一体化影响直击精神文化层面，许多人被物质、欲望窒息得迷茫不堪了时，藏地根植深深，繁茂丰厚和博大如海洋的民族文化异质，像清凉的和风，吹拂着人心中褶皱的疲累。高原诗情画意的风光里，最动人的是让人仰视的高原人文，就像军旅画家敬老师曾经感慨的那样：高原高高在上，是让人仰视的高地；高原的文化，也一样让人不得不仰望，它是人类共有的财富，充满高贵的精神！难怪敬老师走上了藏文化的不归之路！难怪有那么多的东西方人想方设法地都要靠近它、了解它，并已成为趋势。敬庭尧在高原藏地寻找艺术的、精神的终极目标，对藏文化从一点点开始走向深入，渗透骨髓，从绘画语言直到心灵的契合。记得他讲过一段感人的事情，那是他五十多岁时，春节期间，他不顾家人和朋友的劝说，执意乘班车去了海拔在五千多米、荒凉无极、寒冷无比的西藏阿里，在高原的许多地方，他都在做着扶贫济困的事情。他说那是他应该回报高原的，他在高原得到了许多艺术精神的东西，他的这些行为也是他艺术语言的表达，是发自内心的真实。他说，他画画不是想要被世人如何吹捧如何喜欢，他为心而画，为高原的壮美和感动而画，艺术就是他的宗教。也许某一天，他会把他多年的画作，心灵的书写，在高原用一把火烧掉，作为桑烟一样，祭奠艺术之神，献给高原，回归大自然，把自己所有的精神和灵魂彻底地融入高原的山与水……

叶丰沉思地说了句："文化的圣地，壮美的山河——紧密相连！"

森更看出叶丰是很真诚地感受着他们的文化，他就给叶丰念了几句诗，不知是他写的，还是别的人写的：

"山原的山，草原的风，飘荡着祥瑞紫檀气息；寺里酥油花绽放，山与河焕发精神，怀不动摇的恭敬心修行，心田盛开殊胜正悟的莲花，万象的青青草芒尖，恭敬把太阳托起……"叶丰觉得在这块风光迤逦的宝地上，这首诗正应了她此时的感怀，她叫他再念，就跟着他念了遍，用心记下来。

叶丰问，是你自己写的吗？森更笑而不答。

几天后的下午，叶丰兴奋地告诉吾杰，她发现了桑德尔的宝藏。

"要说宝藏那是多啊，你看我们的脚下就是宝藏！"

"不会是伏藏吧？"叶丰半认真地说。

"不，是能够让我们的GDP上去的东西——黄金。"

"那怎么不开采呢？"叶丰困惑了。

"你看见进桑德尔乡大路旁的那片沙化地吗？"叶丰点头问，"就是那片乱糟糟的水石滩吗？"

吾杰告诉她，十多年前可不是乱糟糟的，那就是挖金的乱开采，现在留下的就只是卵石和没有方向的水流，一片混乱。县政府现在正要治理那片地区，还绿色给大自然，所以这里草场下的东西是不能乱采的，这片草场不能为一时的致富而毁掉。

"那就依然埋在地下？"

"是，那是留给子孙的，将来由他们自己来决定。在这个时代，我们如果为了

片面追求经济效益，把所有我们脚下的土地都挖地三尺，到处钻洞挖窟窿，满是伤痍和累累伤痕的地球……不说那么远，就是我们的家园，将来还叫家园吗？失乐园的故事会重新降临的，佛经上有，圣经上不是也有吗？”

叶丰笑了，“你是共产党员，共产党的经典里有吗？”

“怎么没有？我认为科学发展观就是。‘全面、协调、可持续发展’，那是有深刻道理的。我今年上党校时候专家也讲过，理论上是那样讲的，但是有的领导，他就偏不信，急功近利，贪一时的政绩，不是协调、持续地求发展。你不知道来找我们的老板和领导不少，就想打这里的主意。”

“那你怎么顶住？”

吾杰蹙着眉头叹口气说，“现在我就不知怎么办好。老百姓说上面念的经很好，就是被下面一些歪嘴喇嘛念歪了，一点不为过！”

不久前，县政府副县长阿布找过吾杰，带了几个内地的老板，就是想在这里挖金。那天，吾杰刚上班，在乡政府的大门口停下一辆小车，吾杰知道是副县长到了，他给吾杰已经通过电话。乡政府的干部一行迎了出去，在会议室副县长询问了乡里的近期情况，然后就把吾杰单独叫在一边，介绍了从刚才那辆车里下来的两个人。一经介绍，吾杰马上就知道是什么意思了，他担忧地想着这是阿副县长亲自介绍来的，又亲自陪到这里来了，他该怎样解释和回答呢?

在没有其他人在场的时候，其中一个机敏、老练的中年男子，拉开夹着的黑皮包，笑容满面地在吾杰面前恭敬的放上两叠钱，大概是两万元。吾杰想，他们怎么就这么简单地认为所有的人都喜欢钱？如果他吾杰喜欢、迷恋这个，早在很多年前就不会回到贫穷的山村，如果他贪念这个，多年前自己就不会拿出自己的积蓄为村里修路了……

副县长看着吾杰愣神的样子，估计他是不好意思收，就笑着说，“吾杰，收下吧，他们俩可是我的老朋友，大家互相支持，将来你的乡有的是钱，村民也会富起来的。搞基础建设完全就可以自己拿钱去建设了，不用那么辛苦地满世界求人跑项目，也不用等着国家拨专款啦，自己想做什么都好办了。只要有钱了才能办成许多想办的事，这是真理，一点不假。”

碍于副县长的面子，吾杰不好一口回绝，他笑了笑，迟疑了下说，“这个，我……我觉得还是要由乡党委会大家来决定……”

“算了吧，吾杰，一把手的权利你不会不知吧？我经历的大事小事比你多几倍，什么不知道？就算是乡党委研究也得你书记定板，就这么回事。”

吾杰把钱推到那人面前说，“这个，我不能要，事情我们好商量。”

就这样他和那人把钱推来推去，把阿副县长的脾气也推出来了，“吾杰，这样吧，这个钱作为捐助给乡政府作为活动经费，总可以收了吧？”

“就是就是，这位乡领导真是高风亮节，真廉洁！”

年轻的吾杰面前是老道而久经官场的副县长，他知道回绝的这个老板不是过去他遇见的一般的老板。看得出领导和他们的关系很好，不在桑德尔草场开采金子，是乡政府在借鉴了那片乱开采而已经没有泥土、只有满目疮痍的石滩现状作出的决定并上报县里被通过的。没想到，几年后，又有人来打主意。前届的乡政府也并没有因为开采了金子而有多富裕，村民也没有因此富裕，老板倒是富了几个，个别的官员是不是也富了，他不知道。但土地却失去了千百年来的肥沃，那是事实，草滩的肥美没有了，满目沙石就是开采者留给当地人的画景，一片荒芜呵！

吾杰说：“塞曲河边的那片草滩，就是因为采金，没有给予恢复变成了废地，牛羊都没有去处了，那几片上百亩的牧场所在地的百姓迁到别处，但都怨恨到极点。他们说祖先留给的牧场已经没有，没有草地哪有牛羊，没有牛羊哪有我们，我们到哪里生存？”吾杰看着县长诚恳地说，“我们乡政府应该把村民、牧民的利益考虑在前，而不是乡政府能够得到多少……”

“你这纯属狭隘的地方保护主义！县里的经济上不去，哪来支持基层建设的经费？财政上不去，哪来钱给你们？我还要告诉你，吾杰，你正在县里请求、申请恢复那地方生态的项目经费，我们正在研究中，没有这些税收哪来的经费支持？我们县没有工业，没有大企业，哪里找税收？你太天真了，吾杰。靠你们几个人的力量就能保住生态吗？不可能！没那么容易！那些草皮草地是几千年才生成的，你以为你能让它们马上就恢复？”

眼前这个领导也是支持生态恢复项目的关键之一，他吾杰得罪了他，那就是自己给自己找麻烦。那么，为了得到这边的草地的治理经费，放弃那边的草地保护，这不就是一减一的答案，互相抵消的事情吗？这边得到了经费，恢复工作开始做，而那边就要面对的是破坏了。然后在将来下届或者再下一届的乡政府又向县政府伸手要钱，要项目，又来想办法恢复生态，如果这样循环地做无用功，就是原地踏步，恶性循环，就成为走一步，退十步，短期发展，长期地退步，这样的工作还有意义吗？短期看是政绩，长远看是罪人，政策明明强调可持续发展，可是为什么那么难以做到？是什么原因啊？迷惘的吾杰脑筋转不过来了，他老老实实地说：

“那……领导，我是这样想的，我们的发展如果是不断地破坏，然后又不断地寻找修复失败的甚至要更高代价整治的办法，短期利益和长远利益的权衡，那是不划算的活儿，这是在浪费。中央的文件里也说了环境保护高于开发，如果是牺牲环境、牺牲老百姓的利益来满足一两届政府的利益，那么不……”

阿副县长不客气了，他走进吾杰一步说，“你以为就你才会忧国忧民？关心农

牧民的就你吗？我提醒你，我们是站在全局的利益考虑，而不是就一个桑德尔乡！你以为我是在搞私人关系？告诉你，他们俩可是省里管项目的部门领导介绍的，你得罪得起，我们可得罪不起，我们在为全县考虑！”

“那就是说，这是县委县府的决定了？”吾杰问。

“算是吧！”县长打着官腔，还狠狠地说了句：“你不懂吗？”

对阿副县长的腔调和凌人的盛气，血气方刚的吾杰，克制住自己心中的反感，轻声回了句：“不太懂。”

他确实不太明白，因为他把生态恢复报告交上去后，还得到县领导的赞同和表扬，包括眼前这位副县长。现在他们又以这样的方式来面对他和桑德尔，不是属地管理，守土有责吗？如果牺牲桑德尔的这片草地会换来全县的富裕，那他是没话说的，全力支持。但是，可能吗？那只是沙金，过去的老板们都承诺，说是挖了后要回填恢复，塞曲河滩边满目的疮痍不就是这样的承诺而得到的结果吗？

一想到那片本来是葱葱的绿原、茂密的草地，今天已经是灰白沧桑一片，牧民心里是疼痛的，他心里也是痛楚的，他又坚定而谦和地说，“给乡政府几十万，也换不回青山绿水……”

“嫌少？”

“不，就是一百万又怎样？这一百万就只是我这届班子能够做一点眼前的事情，后面的班子，难道又像我这届一样到县里诉苦，要项目，做的就是弥补前面犯的错误，这是对国家，对政府的亵渎，对人民的欺骗，我……”

“好啊，吾杰！记住今天你的话，你说东说西，就是不想答应做这个事情，是不是？你是在犯严重的狭隘的地方保护主义，你把小利益放在全县大利益之上，你是土皇帝吗？谁给你的权利？别忘了，是我们把你破格推到了这个位置上，你以为靠的是你自己的本事吗？靠的是你自己的运气吗？本事？哼！再大的本事不被我们认可，你算什么？什么都不值！你是酥油堵火枪弹！鸡蛋碰石块！年轻人，你翘尾巴还太早了点儿！不过只是个乡书记！”

吾杰懂得他言下之意是：他能够让我上，也就能够让我下。如果……只有这个选择，我就选择定了，无怨无悔，总之我不做这件事。我不愿看到牧民在失去了赖以生存的草地后那副悲戚无奈的模样，那样的伤怀无助。我们不管，他们就没有可依靠的了，弱势的百姓只有在神佛面前祈祷。朴素而敦厚的乡亲们，如果政府要强行这样做，他们肯定会服从我们的安排，那么打着政府的旗号，安排他们挤进其他的牧场，草原的资源就只有那么多，地球不会因为人类无休止的索要而再增长，草原也不会因为毁掉了一片而另外再长出一片。加上诸多的原因，或者还因为无序的开采，草原还在继续缩小。百姓不会懂得大局意识有多大，更不会懂得狭隘的地方保护主义是什么意思，他们只知道，千百年来祖辈们传下来的草原，依然是今天他们生存的家园！那么作为最基层的父母官，执政为民的意思是什么？保护他们的家园就该是责任和该做的工作，面对不切合实际的错误命令，应该质疑和提出不同意见。全局利益？说得好听，那么保护生态是全球利益，人类利益，宇宙的终极利益和终极关怀，这个利益才是至高的人类利益。人类自己的家园不被自己保护，难道要别的动物来保护？他们这些会说话的人，为什么不站在这样的全局利益说话呢？糊弄百姓吗？百姓可以糊弄一时，糊弄得了多时？是的，乡书记算什么，但是，作为执政党的第一道防火墙，它是磐石，它是大树的根须和泥土。它小，它不起眼，但是没有了它，它的根基就是空的了，再大的顶天大树都会倾斜、甚至倾倒！作为这样的泥土，别人可以看不起，但自己不能看轻自己。没有见过参天大树不是根植于沃土而长成的，我就是要当那个根须下不起眼的一份泥土！

“我是不起眼的乡官，但我挨着土地，我知道青草和泥土应该是什么味儿……”

“收起你这些莫名其妙的话吧，牛板筋！跟你没什么可说的，走，我们走！我就不信你能坚持多久！”个头高大壮硕、已进入中年的阿布副县长步伐笃定地带着那两个老板走出去，吾杰礼貌地送他们出来，他仍然热情地说，“今天中午就在这里吃午饭吧，我马上派人到五公里道班去买鱼，这段时间有很多金沙江鱼卖。”

阿布副县长上了车，说：“没有谁愿意吃你的金沙江鱼，在什么地方吃都可以，在你这里吃，倒胃口！你要保护生态吗？金沙江鱼你就要给我们吃了？你怎么就不保护鱼生态了？哼，开采是要开采的，我们是尊重你和乡政府，尊重基层，我们每一步的程序要做好，时间只是早迟而已。我给你一句忠告，多配合上级，工作才有效果，少做无用功，少动情感细胞，理智！理性！懂吗？不讲政治，你要摔跟头的！”多年的领导岗位，也使他没有失态于一个小乡官的固执，他在吾杰肩上意味深长地拍了拍，钻进车里，“砰”地关上了车门。

这辆领导的小车给吾杰留下无限的余味就开走了。

吾杰看着远去的车，想着，他们都以为，所有的人都想做官——做了一级官就想一级级做大；他本来只想做村官，但没想再做大点，再大点，他想的是做事业，他想干的事业！那是很带劲的事，他热爱它们。感激上级给了他做事的平台，让他有实现梦想和理想的机会，让他像将军一样，指挥家乡的百姓，画着蓝图，寻找更好更美的幸福。但是，如果不让他做了，那是遗憾，但不会为此痛苦，做官，理性的做很重要，情感也重要，但原则和良知、公正、公信更重要，这是吾杰内心秉持的操守！决不放弃！

乡长从村里回来后，吾杰把县领导的意思说了，乡长沉默了，他担忧地说：“说不定，我们治理草滩的项目就不会争取到了，你也会受影响的！”

“不一定这么糟糕。”

就这样，吾杰把他遇到的这件烦心事情说了出来，听着吾杰的叙述，叶丰的心满是担忧，她自己就有一段一段她以为凭良知和正义感而努力做事业的经历和体验，那种挫折的滋味可不是好受的。

可吾杰笑了安慰说：“我相信不会有事的。你放心，我本来不打算告诉你，你说你发现了宝藏，艺术文化的宝藏，我也就说出了我的宝藏。”

叶丰焦虑地说：“我还是担心你的事情。”

“怎么？是怕我当不成乡书记了？”吾杰轻松地笑了说，见叶丰不说话，他接着说，“不可能，以什么理由？就是因为我不执行领导和老板的旨意？况且没有文件精神，口头上的命令不是随便可以执行的。况且，如果一定要我下，那也得有个合理的理由，即使是那样，也没什么，我不会怨恨的。我深知‘民无信，威不立’，这是我作为乡村干部的底线。”

吾杰无论是人品还是政德，都具有他精神的维度，他从不需要刻意，本身具有的达观、淡定和透彻，使他的精神品质显得很澄澈，具有辽阔的质感，这些都是叶丰迷恋他的原因，他的精神气质充满人格魅力。

“都说欲加之罪何患无辞呢，要找治你的理由容易得很，你知道的，官场的事……”叶丰说。

吾杰哈哈笑了，“只要心坦然，行为纯净，就会心正品自高啦。心歪，则万事晦暗。无欲无惧，我还欢迎来找我的茬，怎么调查都可以。这些年来我更加感觉到为政的人，只要心怀坦荡，秉持大德，那就能从容对一切。不管怎样，如果我回村了，我就开始干企业，我有个梦想，我们桑德尔的几个村都有上等的核桃，我们可以整合资源，成立个核桃油加工厂，把山里的宝贝变成产品输出，不仅仅是现在这样原材料的便宜卖出，这个路当然很长，还要有雄厚的资金等。我会干好的，只要我努力做！逆境中生存，是康巴汉子的动力哦！”

“又开始梦想了。”

“有梦想才有希望，才有激情和动力，也才有奇迹出现。”吾杰模仿者领袖的手势和语气说，“丘吉尔不是说过吗？‘我们能够往未来看多远，我们就能往未来走多远’，总之我非常感恩我们这个时代，只要我们努力做，梦想会实现的！”说完他们俩都大笑起来。

“行，那我就和你一起梦想。”

“不，你不能，你不属于这里，你应该飞得更高更远！”

“我已经飞得高远了，这里就是地球的高地，这里就是远离我家了，我选择了这里，还能飞到什么地方？”

“我觉得你够委屈的了……”

“不许说这话哦，我告诉过你的！”

那好，不说就不说，反正我是这样想的……

“又来了！”叶丰挽住他的手臂继续说，“你再这样说，我就认为你是在赶我走了。”叶丰知道自己对这里牵挂的原因就是吾杰，对吾杰的留恋不仅仅因为他的英俊帅气中的特质，是她过去画画想捕捉和寻找的，现在她更认为让她留恋的是吾杰的精神和他的睿智、思想、胆识以及他成长的家园！她动容地感慨说，“你说要心怀大德，我现在也感到艺术创作也该有这样的持守，才能有好作品。大德是无疆的！”

叶丰如此地理解他，在心灵中他们总能共鸣，吾杰感激的目光看着俏丽的叶丰，他深情地说，“叶丰，我爱你，爱你很久了！我有顾虑不好意思说出来，你爱我吗？”他握住叶丰的手，放在自己的唇上深情地亲吻了下。

“还用问吗？你应该感觉到！我爱你，一直以来，可以说从见面就爱上你了！”

“那你为什么不说呀？”

“你不说，我敢说吗？”

“原来我们彼此早就互相倾慕和爱恋了！是吧？我不能没有你，叶丰！”吾杰深情地拥抱住叶丰，深深地亲吻着叶丰。

叶丰深情地、甜美、沉醉地笑了，但眼角挂着激动的泪珠。

他们都幸福注视着对方的眼睛，爱在深时无需言说，他们眼里满是对对方的爱意和深情，都知道在相互的心中对方都已是刻骨铭心的了！

他们手牵着手，踏着悠悠青草，向夕阳沉落的前方走着，空旷静寂的草地暗香浮动，远天的湛蓝里，云舒云卷，夕阳妩媚的光辉像温柔的舞者轻轻舞蹈在草原、在他们身旁。正缓缓西下的阳光，就在这时刻，把西边满目的云朵变成了金黄、橘红的彩霞。霞光沐浴着两个彼此深爱的年轻人，叶丰陶醉地惊叹地说，看啊，吾杰，草原真美！这样的壮美和震撼只有在草原，那片红霞就像要落在草地上了，好想伸手捧住它们，然后做件漂亮的衣服……

吾杰接着说，“这件漂亮的彩云做的藏装那肯定是最美的，那就是我的新嫁娘在婚礼时候穿的，我给你做的……”

叶丰说：“吾杰，你这是向我求婚吗？还是玩笑？我可没有答应过要嫁给你……”

吾杰一把把叶丰拦腰抱起，高举起来，说，叶丰，我早就盼你能成为我的新嫁娘，来吧，那朵漂亮的云霞你现在能抓住它们，我们的婚礼就在这里举行！有我，你就会抓住的！

叶丰被吾杰有力的臂膀举起，他笑着旋转着圈，叶丰展开手臂，面对远方美丽的彩云，闭上眼睛，沉醉地说，吾杰，是的，有你，我就能抓住！我要飞翔了，我有翅膀了，我们一起飞吧，永远永远一起飞！

14

藏族民间文化，寺庙宗教文化，滋养着从小就生活其中的吾杰，丰沛的民族文化熏陶着他，也给予了吾杰无限的灵感和慈悲的情怀，对族人和家园充满爱恋。对藏族文化新奇的叶丰，从美术和艺术专业的角度，谈了她所见所感知的高原文化，以及宗塔寺的艺术。她过去在文化馆了解一些近年来各地文化保护的情况和价值，政府对此的关心和经济投入。那些古壁画和古唐卡年代久远是无疑的，肯定价值连城，有许多的考证还需要相关的专家来做。这之后，叶丰对藏文化开始了解，开始学习，对藏族经典文化的敬畏油然而生，不只是局限于视觉艺术，她觉得这些丰富的收藏足可以申报文化遗产保护，她给寺管会主任、堪布交流了此事，得到他们的许可，她说她要努力把这件事情做好。吾杰很赞同，由叶丰来写相关上报材料，写好了材料，以乡政府之名报县文化局，也以叶丰——一个外地文化人的名义给省州相关部门呼吁，要求给予关注。

这时候在康藏南部采风、体验生活的军旅画家敬庭尧给叶丰打了电话，原来他正在理塘草原，理塘正举行一年一度、规模很大的万人赛马会。当他知道叶丰也在藏区的桑德尔，就邀请她过去，叶丰却极力地要请敬老师一定来桑德尔，来看这里的古寺、壁画和艺术，画家老师欣然同意。虽然路程有三四百公里，但只要谈到艺术，谈到文化，他们的敬崇和热爱难以抑制。赛马会结束不久，敬庭尧和一行北京、天津等地的艺术家从康巴南部过来。这次来的这些艺术家，有几个是名人，其他一些画家的艺术作品在艺术收藏界都能卖到不菲的价格。

来到这里，走进村庄和学校，敬庭尧首先发起了资助贫困学生读书的倡议，其他画家纷纷响应，吾杰应艺术家们的要求，在乡小学找了几个家庭贫困、品学兼优的孩子，画家们给予经济上的长期资助。

不久，县文化馆也把省州的专家请来了，对古寺的文化艺术，进行了鉴定并给予结论：古寺是明朝时候的建筑，壁画修复过几次，但基本是原貌，此寺毁过三次，一次是火灾，一次是宗派斗争，还有一次就是“文化大革命”。因为墙体的坚固，每次都只是把里面的菩萨像捣毁，把雕刻的木柱砍烂，而墙上的壁画都几乎完好无损，色彩依然那么鲜活，魅力无限。寺里的宝物，包括唐卡那是每次都被僧人保护转移，“文革”时期，县里的红卫兵小将还真是敏锐，这么远的山村寺庙，也都来实施革命行动，带领一帮年轻的农牧民，喊着砸烂一切旧事物，建立一个新世界，仅一天的工夫，就把几百年的泥塑菩萨，柱头上的雕像等，全部捣毁。他们不知道在他们忙着捣毁旧事物的时候，僧人和百姓已经悄悄地把他们寺里镇寺的所有宝贝和艺术品转移，藏进了百姓家中，这些东西才幸免于难，得以保护下来。几十年后，中国发生巨大变化，八十年代，国家拨付经费修缮了这座古寺，还健在的曾经脱下僧装的僧人们，又穿上绛红色的僧衣回归寺庙。

敬庭尧和几位画家用名人效应，为桑德尔的古寺文化遗产保护申报、宣传做了许多公益的事情。不久，来这里的文化人一批又一批，在后来有自驾车来旅游的，也有专家学者，包括瑞士、挪威、英法和美国的文化人。

娜珍家的庄舍更加热闹，成为了“驴友之家”，那些来高原观光游历的许多人，与他们也成了朋友，有的走了又来，每次来又带了新的朋友，生意越来越红火。因为旅游的需要，大姐的男朋友和亲戚家的两个年轻人也加入进来，成为山地导游，主要陪同游人登山旅游，娜珍主要负责草原游。叶丰带来支教的几个青年，不久就走了三个，因为不习惯这里的生活和环境，吃不了苦。其他几个在桑德尔乡教书的空闲时候，他们经常与叶丰一样出入在三朵金花家，游客不多时，这里的舒适和优美，让这帮青年在闲暇时候，也喜欢来此聊天，品尝巧手的二姐做的美味的藏餐。其中一个老家是陕西的青年郭京京最爱到这里来，他喜欢这里的热闹和温馨的氛围，还喜欢看娜珍的美丽。因为到这里来的人各类都有，文化人居多，对藏区文化研究的也有，所以从他们那里，郭京京也了解到父亲老家陕西？居然有很多商人在上百年前就来到这么遥远的藏区高原经商发展。他从一些书中了解到康定历史上是茶马古道重要的一个城镇，从明清开始，到藏区经商的晋商和陕商很多，藏区的土特产在康定从他们手里流出，汉地的布匹、茶叶等经他们输入藏区。

郭京京在这个县城里，经文化局人介绍，还专门去看了有百多年历史的老陕经商人的会馆遗址，现在只剩下残垣断壁。那时候进来的陕商，部分人在当地找了藏族姑娘结婚生子，这些陕西人的后代都已经是三四代了，完全藏化。有的只会说藏语，汉语都不会说了，有的人家的名字是藏汉结合的，王扎西，刘尼玛什么的都有。他对这方面的历史很感兴趣，还专门找吾杰要了本地县志来认真研读。京京性格很活泼，经常爱跟娜珍开玩笑，他管娜珍叫格桑花，娜珍也把他当作朋友，有什么心事也要告诉他，包括她爱吾杰的事情，不知不觉他们就成了好朋友。

这天，是周末，郭京京带了几个牧家的孩子，他的学生，到娜珍家的庄舍来玩。孩子们看到庄舍里墙上许多各地人的照片和草原雪山风光图片，都好奇地看着，互相喊着自己的发现，郭京京今天想带孩子们跟他去景区走走，也是给这几个孩

子布置的功课——写作文。他喊了数声，那五六个孩子才跑出来。

孩子们叽叽喳喳地跟着老师走过小溪流，在一片小灌木葱茏的林子里的小路上，他们忽然觉得有什么东西打在头上和身上，地上洒下的是一串一串的金黄的小果子。吾杰曾经给郭老师说过这是沙棘果，酸甜可口，是保健植物，县里正有人建起了加工厂，有人要收购沙棘果。高个儿、带着眼镜的郭京京四处张望，然后从地上捡起一串果子，看了看，摘了一颗放进嘴里，酸酸甜甜的感觉让他皱了下眉头，问学生：“这个是什么，知道吗？”

“不知道。”孩子们说。

“这是沙棘，是保健植物，可以做成酸甜的果汁和冲剂……”这个知识郭京京还是到了桑德尔后不久才知道的。

一个孩子环顾周围的植物说，老师，奇怪了，没有这样的树哦，你看，这儿怎么会有这个沙棘果落下来？另一个男生声音怪怪地故意说，老师，可能有狼哦。

狼？郭京京毕竟是从大城市来的，他惊诧地重复了声，然后四下里看了看，高声说，怎么可能，老师可不怕，大白天的，怎么会……

一阵嘻嘻的笑声从一丛灌木后飘来，他一听声音就知道是谁了，高兴地喊道：“别藏了，是格桑花吧，娜珍，你出来，别吓着我的学生了，我也要跑啦！”他转身要跑的样子。

“郭京京，你真胆小！”这时候，随着说话声，娜珍从树丛后出来，今天的她穿着黑色镶金边藏袍，玫瑰红棉麻立领衫，背着一个藏式的镶彩皮的牛皮口袋，那姿态和娇媚的容颜、银铃般的笑声，倒让郭京京有种错觉，这样幽静美丽的世界，蓝天下，树丛里，溪水潺潺中，冷不丁冒出个美丽如仙的女子，那感觉、那情景也就是神话和童话里才有的，他愣神看着娜珍走过来。

“我没出来时，你在叫我，我出来了，又好像不认识了，瞪着眼傻看干什么？不认识了？”

“还真是有点不认识！你看你突然出现，又是以这样的方式，这样美的地方，如临神仙界——冷不丁地撞见了仙女！”

“仙女可是从上面飘飘来的，我是先给了你暗示的，我笑你的样子，被酸得皱眉头，你怎么不先找到野果的来源，再尝果子，抓住果子就先尝了起来，万一是有毒的，你不是就完了吗？”

“开玩笑，我是谁？一颗果子就能放倒我？况且我就觉得是你干的，除了你，没人敢对我这样，其他女孩子就更不可能了。”看娜珍背着已经有些臌胀的背包问，“你是要回去还是到什么地方去？”他说着就替娜珍取下背包，自己背上。

“我一早来摘沙棘果，那个广东游客说他很喜欢这个，他有什么……高血压，经常吃这个好，所以大姐就让我来采摘，送给他。”

“服务周到！这可以卖钱的。”

“是的，但这是我们的心意，送给他们带回去，尝我们的野果都那么好吃、管用，能健身，一传十，十传百，就都来我们这里观光啦。”

“境界高啊，聪明！还没有被金钱毒倒！”他又用他新学会的藏语说了句：“非常可爱，不简单。”然后笑着问，“你看我的藏语学得怎么样？”

“勉强可以，还要努力。”

“那你的英语呢？”

娜珍在跟郭京京学习英语，她口语基础还可以，因为来的国外游客需要交流，娜珍就逐渐也会使用一些常用的了。但郭京京学习藏语的劲头很高，他说教书时候这很重要。他们经常这样你教我，我教你的。娜珍常听他讲外面的世界，在不知不觉中，两人开始互相牵挂起来，几天不见面就觉得缺少什么。郭京京首先清醒地感觉到这就是爱情吧，自己只是来支教的，他答应过吾杰，坚持两年再走，家里条件好，找工作嘛，那倒不急。跟娜珍的爱，可能吗？这事情可不能随便表示，娜珍那么纯洁，不能轻易地伤害了她。

后来，郭京京开始试着疏远娜珍了，过去几乎每星期周末都要来，这次是两个星期没来了，娜珍焦虑起来，她问姐姐，怎么不见郭京京来？姐姐说，人家是老师，又不是游客，有事吧。二姐说，你们经常在一起，你都不知道，我怎么知道？二姐看着娜珍的眼睛说，你是不是喜欢郭京京了？瞎说！娜珍丢下这两字就不理睬姐姐。她后来又问来这里的另外两个支教的青年王浩和秦岚，他们说他好像不太舒服，也比较忙。

如果说是郭京京工作忙，娜珍就不会着急，说是身体不舒服，娜珍就按捺不住焦虑的心情了，她对姐姐说，我到乡里去一趟。装了些牛肉包子、煮熟了牛排、奶酪，就匆匆走出家门。

“这么忙，你要走？你想把我跟大姐累死呀？”二姐康珠对着她的背影喊着。

王浩和秦岚忙说，我们来帮忙，让她去吧。

二姐问，他们两个究竟是好朋友还是那种关系的朋友？

王浩说，可能都是。秦岚却说，我发现郭京京下课后，心思很重，他问我，在这个地方还想待多久？

我说负责地教好一年再说吧，他说，他难了，如果再呆下去，他可能要选择扎根这里，而且还要在这里生后代。

他的话把我逗乐了，我说是不是爱上这里的姑娘了，他忙摇手藏话英语混杂着说，嘛热嘛热（藏语“不是不是”）！You are just talking nonsense（你胡说八道）！

秦岚的话把大家都逗笑了。

拉措后来对康珠说，看来我们的妹妹爱情转移了，这个丫头，变化还真快。二姐说，如果我是娜珍，会喜欢郭京京的。

“为什么？吾杰还不及郭京京吗？”

“不是，他们俩完全是两个类型，娜珍爱吾杰，是盲目的，因为帅气的吾杰，在我们这里是最有威望的年轻人，娜珍肯定会觉得自己该和英雄般配。现在郭京京的出现，而且他们在一起的时间很多，相互地了解也很多，又那么般配，已经比好朋友都好了，最后肯定要相爱。不爱才是怪事情，我早就看出来了。”

拉措笑着说，“看来，我的两个妹妹喜欢的男朋友都是汉族。”

“那是，这样才好，你不是听有的游客说，不同民族结婚的后代最聪明哦。”康珠也开着玩笑说。

大姐手里正在抓面粉揉面，她在二妹的鼻尖上按上面粉说，“他们是不是那回事儿还不知道呢，我们就别瞎说了。”

二姐的男友是外地来打工的汉族青年，在修路的工地开挖掘机，对她可是百依百顺，所以她很骄傲。

娜珍到了中心小学，看见郭京京好好地在操场上跟学生打篮球，她就放心地坐在旁边看着，当他投进一个篮球的时候，娜珍鼓着掌喊起来，郭老师加油哦！

郭京京才发现娜珍在这里，他很意外但高兴地跑过来，忙叫场外的学生来替换他，然后走到娜珍面前。

“怎么有空下来？”

“专程看你！身体挺好的嘛！”

“是呀，怎么哪？”

“我是担心你身体不好，所以来看看，王浩他们都来了，你为什么不来？”

“我我想……”他支吾地说，“我是想既然来支教，就要多和学生在一起。”

“这样好，那我就不耽误你，这是给你带的，注意身体哦。”说着站起来要走。郭京京却不知说什么，想留下她，却说，“那我送送你！”

这两个星期他很矛盾，也犹豫，他是很看重情感的人，如果只是抓住一时的爱，像时下许多青年人时髦的“过把瘾就死”，那不是他的风格。爱情是崇高的，是刻骨铭心的，他在大学时候失恋过，他痛苦了很久。那个女孩子就是他同学，是个现代世俗社会中比较典型的那种物质名利高于一切的女子。所以在感情上那是很超脱的，跟他“过把瘾”就扬长而去，可那时候，郭京京却是真心地爱上了她，还难以自拔，而她却是另攀上一个比郭京京有前途的企业老总，然后出国留学去了。

娜珍是没有被城市世俗的名利污染的纯真姑娘，是真正的天使，他不能也不忍心伤害她。娜珍虽然没说过爱他，但是，她对他的依恋和关爱就足以表明她的感情。她曾经天真地要想和叶丰争夺吾杰，她的这些想法都告诉了他。但后来，再没有听她说过她爱吾杰，而更多地喜欢跟他在一起，充满好奇地学习英语、那么天真烂漫地听他说城市的故事、外面的世界……

娜珍觉得郭京京做的事情很是崇高，她佩服他们，离开繁华的城市，到山区，还因为语言不通，就跟她和其他人学习藏语，进步好快，跟学生已经开始用藏语交流了。在乡村学校老师能用双语教学是最好的，往往是事半功倍。有的从城里分来的年轻老师，就是呆了几年也说不来藏语，学生听课，难懂的时候多。在生活上，他就如同藏族一样，没有什么见外之处，学校对郭京京的评价也是那么好，孩子们很喜欢他。娜珍就更是尊敬郭京京了，娜珍什么心里话都要跟他说，他们好像早就是老朋友了似的，彼此也很欣赏。娜珍没有想过她和他的感情究竟是属于爱情还是友谊，就很自然地喜欢跟他交往，并且很关心他的一切。

走出校门，娜珍说，就到这里吧，别送了。

再送一段，郭京京穿上刚才打球出汗脱下的外套，手里拎着娜珍给他带的东西。

他突然说，“娜珍，我……我……”

娜珍没见过他这样犹豫的样子，笑了说：“什么‘我我我’的，奇怪了，两周不见，你怎么吞吞吐吐的了？我还是喜欢你原来的样子。”

“你喜欢我吗？”他小心地问。

“当然，你不知道？我们就是好朋友呀。”娜珍坦然地说。

“那……那找……”

“有话你就说吧，怎么这样？”

“娜珍，我可能要回去了，一放假我就走。”

“那是的，你要看家人呀，你走吧。开学还要来吧。”

“也许不来了……”

这下是娜珍呆愣住了，她停住脚步，看了看郭京京，然后低下头，她自己都不知道她为什么会如此难过，内心如刀割一样难受，泪水哗哗地从美丽的眼睛里流下来，过了会儿她开始哽咽着说，不是说是一年或两年吗？怎么你就要提前走？这里的孩子需要你们这样的老师。

郭京京看到娜珍如此难过，他不忍心说出真实的感情，就说，有家公司已经录取了我，薪水很不错。而且，我的专业是桥梁设计专业，我很喜欢它，回去奋斗几年再说，也许还会来的。

其实他想说的是——我很深的爱上了你，我怕今后会伤害你，所以，我必须在我们的感情还没有明朗的时候，就走，走得越远越好……

没想到娜珍拭着眼角的泪说：“你的理由都很大，我不拦你。但是，你是在逃避感情吧？如果是这样那你就走吧，走得越远越好……”娜珍说完转身就走。原来她已经能感知到他的爱！郭京京呆愣地看着娜珍疾步穿行在山坡小路上，从她渐远的背影看去，她一定在哭，她在擦拭眼泪！郭京京心里很难受，但不知如何是好……

回到家里，娜珍很郁闷，对姐姐不搭理，只是埋头做事情，看起来很老成的样子，这情形让姐姐们感到不习惯了，她们还是习惯了妹妹一贯的天真烂漫和任性。

“娜珍突然成熟了，什么原因？”二姐故意当着她的面对大姐说。

大姐问娜珍：“你去看郭京京了吧？他怎么样？”

“好着呢！”

“那你怎么了？”

她木然地说：“我，我没什么。”然后把抱来的几根柴火放在灶膛前，又恨恨地说，“这些人根本就不是真心来我们这里的，是好奇，是镀金，是好玩！呆不了多久就走，有什么用？哼！”

谁是“这些人”？两个姐姐先后问。

“郭京京吧！他就是这种人。”

这些天来，娜珍其实才好好的感觉回味着他和郭京京相处以来的感情，她没有认真地想过他们之间的感觉是什么，一切顺其自然。当郭京京说到了要走的时候，她才知道自己居然会这么痛苦难过，她才深深地知道，她爱郭京京！她不忍他的即将离去！

因为郭京京是重情感的男孩，所以面对没有结果的爱，他理智地选择逃避，娜珍痛苦地想，自己怎么总是要爱上不该爱的人，郭京京不是这里的人，是很远的城市来的，是暂时待在这里的人。她却在不知不觉中那么深地爱上了，现在她才真正地尝到爱情的痛苦是什么滋味，郭京京能这么狠地说走就走，那我就努力地恨他吧！

过了些日子，大姐拉措要举行婚礼的日子也定下了。拉措她们忙得一塌糊涂，娜珍很少说话，帮着忙里忙外，当家里人说要邀请支教的几个老师，还有校长等来参加婚礼时，娜珍却激动地、命令式地对大姐他们说：“别请郭京京来！”

全家人吃惊地看着她，她就脸红着补充了句：“反正我不欢迎他！”二姐说，那是你的事情，我们请谁不能听你的，是大姐结婚，又不是你。

没想到二姐的话让娜珍眼里涌出泪水，她几乎是哽咽地说：“那我就走！”

大姐说，“人家郭京京那么好，是我们的朋友，你们不也是朋友吗？你们俩怎么了？他欺负你了吗？”

二姐装着认真地说，“如果他欺负了我妹妹，我可要教训他！说吧，娜珍，他是打你了还是骂你了？”

“哼！比这严重！你们别管！总之别请他！”

“那好吧，不请就不请，对了吧！”大姐敷衍着说。

姐姐们知道她的心思，感情的事情也没办法帮忙，让时间来解决吧。姐夫和家人、父母都在场，拉措和康珠也不好多问妹妹，忙碌中大家也就不再去在意娜珍的话，继续商量别的事情。

十月大假一忙过，旅游的人渐渐少了，大姐拉措也要举行婚礼了。三姐妹的“驴友之家”深得各地人的喜爱，在去年来的一些游客和“驴友”、摄影人就说了，拉措明年结婚的时候，我们一定要来的。

这些人果然如期而至。小山村里热闹非凡，藏式的婚庆，把这些从来没有感受过藏族婚庆的人们陶醉得无以复加，歌舞的不间断，婚礼的华丽、繁盛，这是城市里无法看到的，也是无法企及的浪漫、纯粹与美雅。置身此地让人根本忘记了世俗的一切，只有曼妙，只有歌舞和欢笑，还有醉人的青稞酒与绿水青山，明媚阳光与星星、月亮，雪山草原和湛蓝的天。拥抱这一切的各地来的人们，每个人的心都亲密贴近着大自然，每个人的情都被洗淖得清纯、温暖、朴素起来……

草地上搭起的几个图案美丽的白色帐篷旁，叶丰、吾杰他们兴致盎然地在歌舞的圆圈中跳着，藏族婚礼让这些外地人大饱眼福。参加婚礼的藏族人都是着盛装而来，娜珍和她的姐姐们一样，也是穿着华美典雅的盛装，珠饰皎艳，高贵雍容。郭京京肯定不会因为娜珍的气话而被姐姐们忘记，他也是如期而至，但他郁闷的目光无法不停留在娜珍身上，他看得出不理会他的娜珍是在生他的气，他也只好用目光追逐着娜珍的身影，娜珍给他倒茶时，也是赌气地不看他一眼，低头忙着她的事情，姐姐的大喜日子，她可要周到细致地照顾好所有的嘉宾。

夕阳也醉进了山坳里，从早到晚，大家把酒喝得酣畅，酥油茶喝得喷喷香。暮色中，婚礼的歌舞还没有停下来。有的人累了去休息了，有人已经有点感到审美疲劳啦，去草地散步吧，看星空，看繁星，夜幕哗啦一下降临啦。

忙碌了一天的娜珍歇下来，才揪心地想着她和郭京京的感情，她走到户外，郭京京也跟了出来。

他拉住娜珍说：“为什么不理睬我？”

娜珍不理他，继续慢悠悠地走着。他沉默了会儿说：“你别生我的气，我……这样做……其实是怕伤害你。实话告诉你，我这段时间想的就是要把你忘记……”

“对呀，那你怎么还要找我说话？你就走你的吧！”

“但是我没能做到，无法忘记你！娜珍，我爱你！过去我怕说出口，担心将来会伤害你，但我想明白了，我的爱，就是你了，如果我就这样离开，我肯定会后悔一辈子的！我不能做出其他选择了，我必须告诉你，我爱你，娜珍！”郭京京这是从那次娜珍含泪离开他后，他该何去何从地考虑了很久，最终还是爱情压倒了所有的顾虑。娜珍哭了，什么话也没有说，她不也一样地努力忘记他，但还是根本做不到，她也放不下这份情感！

此时此刻，当两个深深爱恋着的人打开爱的心扉，述说着无尽的情意，浓浓如蜜，郭京京拥住了泪流满面的娜珍，他们紧拥，他们亲吻，他们忘记一切地在夜的笼罩下尽情宣泄抒发爱情的甜蜜和共享爱的销魂。

夜的高原，星光灿灿，有歌在远处轻轻飞扬……

第三天，婚礼进入尾声。中午，当天空中金光闪闪的太阳还悬在空中，一些跳舞的人和闲着的人们开始向古杨树下的草坝奔去，那里传来别样的歌声，独特而新奇。那是怎样的一种歌唱？在任何地方、任何时空里，叶丰都未曾听过。

吾杰昨天就到县里开会去了，叶丰跟支教的几个朋友在帮着拉措几姊妹，忙碌着婚礼进行后的事。今天算是轻松了下来，来参加婚礼的外地人有的走了，叶丰取来相机和速写本，准备到处走走，跟其他人循着歌声走去。

歌声像磁铁一样，吸引了很多周边的人们，当地百姓那更是激动异常，那劲头如同当下追星族对歌星的着迷劲头，特别是年纪大的人们更是极其地兴奋和兴致勃勃。外地的游人那更是稀罕得不得了，歌词听不懂，没关系，那歌声和曲调就足够摄人心魄，有照相机的人啪啪地在歌者身边、周围拍着，有的是几次来到这里的摄影者和“驴友”，他们激动地告诉叶丰，他们是经常在藏区高原游走，这还是第一次亲眼见、亲耳听说唱艺人的说唱，那是决不能错过，得拍个够。浑厚而极赋磁性的说唱声在空旷的乡村草地回荡，没有任何现代扩音器，但悦耳洪亮直入人心。叶丰猜测着这个艺人是不是就是吾杰曾经告诉她的那位噶麦的老艺人——蒙，他说那个艺人的歌声美得无法企及，那才真的是大自然赋予他的歌声、歌词和所有他多不胜数的故事。她一直想见他，但是始终没有缘。

当她走近古杨树，那场面使人肃穆和感动，头发花白、年纪约六十多的艺人，沧桑的面孔、眼角和额头满是遒劲皱纹，眼睛微闭，虽然是坐在草地上，依然看得出体魄的高大，雕塑般的形象已经入定在他营造的故事氛围中。他已经不是普通的村民，是一个连接古代英雄与今天这个场景的纽带，对于相机的卡卡声，对于眼前身着各种现代服装的人们，他完全没有看见似的，头戴一顶黄色的缎料做成犹如皇冠的帽子，他脑海里涌现的种种画面场景，经过他的歌喉一一传递出。当地的村民兴致盎然坐在他周围会意或感动备至地听着。叶丰欣赏着，感觉这种旋律虽然起伏不大、平缓如茫茫草原的歌声，加上说词的长短变化和故事情节的快慢发展、抒情等，说唱的调式就变得非常丰富了。这种久经历史检验，历史上代代说唱人积累总结而形成的艺术形式，是这样的荡人情怀，这种形式承载的是一部伟大的民族英雄历史故事，难怪有那么多藏族人一直喜爱。叶丰不懂藏语，但歌的曲调和说唱的优美旋律，充满了美的质感，扣人心弦，叶丰本以为这种艺术跟她的画不会有关联。可是当她置身于此，她心里却涌满了感怀，关于格萨尔的故事她听说过一些，她知道这是世界最长的史诗。长久以来，古希腊最著名的《伊里亚特》史诗中的故事人物，在西方绘画世界中展示得非常多。《格萨尔王》是藏民族骄傲的文化宝库，是的，能够产生史诗的民族是伟大优秀的民族，在时光的长河里，千百年中，人们崇拜的英雄已经消失在遥远的时空。可是，英雄的精神和故事没有因为英雄的离去而泯灭，人间依然鲜活着英雄的身影。藏族人的心里依然常驻着英雄的精神和英雄时代的故事，这样的沿袭，这样的生生不息，就靠的是眼前这种普通平凡的人。称他们是诗神不为过，称他们为艺术圣人不为过。难怪吾杰说，藏族的文化不仅在寺院和寺院的经书、典籍以及高僧大德中，在民间，在乡村、在山水中到处都蕴涵着丰厚的藏族文化，就看你有没有慧眼去发现，有没有觉悟去感知。

随后跟着过来的娜珍和郭京京，在叶丰身边仔细听了会儿，娜珍告诉叶丰和郭京京说："我小的时候阿婆就爱带着我们姐妹几个听，这位说唱人叫阿卓，就是本村的，但是许多的时候是到处游历。好久没听到他的说唱了，还是阿爸听说他刚回来，就特意请他今天在这里说唱，各地的朋友客人可以了解欣赏我们这里的格萨尔说唱。阿卓家很贫困，不过这对他是次要的，只要有那么多的人喜欢他的说唱，他就最满足最幸福啦。自从吾杰当了乡领导，把他的低保也报给了县里，政府每月给他一百多元的生活补助，吾杰说他是我们村的宝贝，今后政府还会给予他更多关心，吾杰有很多想法呢，说要安排人来收集整理他的说唱。

叶丰蹲在旁边，开始写生。说唱人正唱着：

太阳是未经邀请的客人，若不以温暖光辉去照射，运行四洲有何用？甘霖是未经邀请的客人，若不能滋润辽阔的田野，黑云四起有何用？上师您是未经邀请的客人，若不在岭地行教化，修行成道有何用？请您留在岭噶布，教化众生三年整；恳请修士宽恕我，普渡众生是大事。

娜珍在她身后用汉语对郭京京讲着唱词意思，说这是格萨尔王的老总管绒察查根挽留大修士、大学士、藏族文化和历史中一个出名的人物汤东杰布的一段故事……

藏族喜爱格萨尔是历史文化延续已久的传统，是的，格萨尔是藏族人千年来心灵深处的精神图腾，对藏民族内在精神气质的影响是很深刻久远的。人们对格萨尔的喜爱，就是对英雄的珍爱和信心。格萨尔史诗主要流传在藏东的康巴、藏北的安多一带，就是在今天，这些地方的文化传统中，崇尚强悍、不畏死亡的英雄主义气概还彰显无遗。崇尚“英雄”是史诗最深的烙印，从古到今，史诗还在传唱着，国际国内格学研究机构很多，研究成果不少，也被确定为全世界最长的史诗。

这史诗是一部充满生命美学思想的人类英雄史诗的瑰宝，它以极致的艺术，描绘了藏族生活内容，表现出藏族人民对生命和人类生存讴歌的深情。“英雄时代”特征在整部史诗中展示开。这样的，主人公格萨尔是立地顶天的英雄，从天界来，带着责任，带着使命，带着生死不顾的决心和拯救苦难中百姓的使命，故事里的格萨尔是藏族历史上一个了不起的军事家和杰出的统帅。战争需要力量、勇敢和智慧，而这些就是人们向往和崇拜的，也成为藏地，特别是康巴藏族衡量男人的价值标准，并因此形成了康巴藏民强悍的性格与崇尚英雄主义的精神。在民间百姓心中，英雄格萨尔能牺牲自己又无所不能，更能唤来浩然正气。所以这部史诗的生命力才如此顽强，直至今天。噶麦的老人蒙给吾杰坚定地预言说，只要天空星星还在闪烁，太阳还在发光，格萨尔史诗就会生生不息！

沿袭和传承这种文化和艺术的说唱者在民间很平凡，实际却很伟大，也应该是这文化瑰宝中的一脉、一个链接点。在吾杰所认识的民间艺人中，蒙和阿卓都很了不起，他们的所有精神文化是高原藏地乡村牧场滋养的，他们自觉地传承着许多书本上见不到的文化艺术。感觉他们就是乡村灵魂深处的精灵，有地方政府相关部门在收集格萨尔史诗，几十年来收集得不少，有的地方出版了许多专集。而蒙和阿桌的说唱、歌曲，地方上还没有人记录，目前也无人传承，在力求经济发展的同时，优秀的民间文化传统保存沿袭是同等的重要。这方土地的精灵，这两个人都进入老迈之年，除了把政府给他们的生活补助给予他们，他和乡村还能做的事情很多。

现代化的影响，内地的年轻人对汉民族传统文化的承袭在减弱；经济一体化的影响，使文化也在走向西化。对于封闭的高原，这样的影响还没有那么明显，但是已经露出端倪。吾杰作为乡干部，有责任抓生产和经济发展，使牧户农户的物质生活富裕起来，但还有责任和使命，把乡村精神文化建设好。藏族人一向重精神，这不能丢，这就包含在乡村文化的建设中。“家园”在更多的时候应该是内在的，是文化和精神层面的美好。吾杰记得在都市唱歌的时候，他曾经看过一本书，说的是精神家园的构建，人类不能因为物质的需求而丢失了精神，失落了精神的家园。现实中欲望的滥殇和病态膨胀，极端的个人主义彰显到了人性的极致分裂，如果一个社会到了默许、纵容邪恶和堕落的时候，精神家园就肯定会受到致命的威胁，甚至彻底失落。

建设蔚蓝色家园，是国家倡导发展的终极目标。吾杰认为，那么文化，生态化，应该就是桑德尔的大底色和实力性招牌，在求发展的时候，就不能是到处挖窟窿换钞票。乡村的田园牧歌、诗情画意，人和自然的和谐相处，民风朴素和人际关系的简单，都是都市没有的，应该保护的。但乡村的封闭、落后、贫穷等等却是要大力改变的，才能成为理想的家园。这是双重而艰难的工作，在维持乡村的精神家园时又要提升乡村的经济实力，那是很难的，需要付出的努力很多。

当第一批村官从县里分配下来，村子里因没有办公场地，就安排这两个文化素质高的大学生在乡政府上班。但是吾杰和大家都遗憾地感到这些有知识的村官缺乏农牧区实用的知识，对农牧业、农牧民完全不懂。于是吾杰根据他们的特长，安排他们首先做的事情是，熟悉乡村，学习藏语与民交流，熟悉农牧民生活，然后着手把乡村里像蒙、像阿卓这样的老艺人脑海里的文化挖掘整理出来，把乡村的档案、乡村史梳理、建立起来。吾杰鼓励村官：乡村文化建设非常需要你们这样的人才，乡村要做的事情很多，发挥才智的地方是不可缺少的，只要善于想，努力做，没有做不好，事业就是这样一步步做出来的！

这两个在城里长大的男孩子头次来乡村，虽然没有下到村里住，刚来乡政府时感到很惘然，满眼的迷茫，感觉在乡村好似没什么事情可做，仅仅是当当文书什么的就没有可干的了。但是经吾杰一点拨，跟吾杰跑了几个村子后，这两个刚离开大学的年轻人劲头十足地干起来，他们也提出了许多很好的设想和建议，得到吾杰赞赏和支持，最初还给他们安排了个通司（藏语意：翻译官），深入乡村。

现实和理想总会有遥远的距离，总会让人在跨越中有许多预见不到的障碍，叶丰对吾杰不同意开采金沙一事的担忧不是没有理由的。

果然，没多久，县里相关部门就来乡里查账，本来就经费少得可怜的乡政府，没有什么好查的。但是，吾杰的廉洁和坦然、无私，让查账的人也感动了一把，他们从其他人那里知道了吾杰是怎样把自己的工资分发给穷困的人户，包括有老乡得了大病无钱住院抢救，还是吾杰把自己的积蓄送到医院，救回一命；他当村长时候修路的事情，他带领村民致富的种种事情，还有好多平凡的和不平凡的故事。没想到坏事变成了好事情，这些到基层来了一趟的干部和领导，回到县里，对吾杰和他带领的班子很赞赏。吾杰不是被动的接受现实，他其实在副县长走之后没几天，就把桑德尔乡沙金开采的利弊再写了份报告交给县委书记，对开采沙金的事情，本来书记还是支持桑德尔乡的，许多开采老板来找王书记，他都没同意。但这次这些人可是有来头，有背景的，如果得罪了这上面的领导，县里的许多项目就有可能受影响，他自己也犹豫再三。后来他还是给州委书记汇报了这件事，并把吾杰的报告附上，没想到州委书记

的话是他没料到的，书记亲自批文——保护好河滩草场，不准用回填恢复承诺开采沙金，保护环境义不容辞，保护好环境就是有序地走向发展！还给王书记电话说：“以后凡是有后台的人来找你们，就说我说的绝不同意。要找就来找我！”

没了顾虑的王书记，对吾杰的行为进行了表扬，不能以牺牲环境来求得发展，吾杰做得很好。这件事情更让叶丰佩服吾杰，她和郭京京一样因为深爱，所以要思考将来，思考爱情和自己的去留。后来让吾杰吃惊的是叶丰的打算：她想从津城把工作调到这里来！对这个想法吾杰并不赞同，他没有同意，劝叶丰等两年再说。

而娜珍一年后跟郭京京去了遥远的大城市，在大都市追寻、建造他们的梦想。

叶丰和画家们联合写给县里、省里相关部门关于文化遗产申报的报告受到省里关注。专家专程来考察，不久古寺以及墙上古壁画和收藏的唐卡画列为省级非物质文化遗产批下来了，政府再次投入一笔经费，对古寺进行修缮保护。

叶丰和郭京京他们为桑德尔绘制了很有艺术趣味又实用的旅游线路图，很有特色，在网页上把几户民居接待点都介绍宣传上去，县里在旅游事业上宣传力度不断增强，来这里旅游的人和背包客越来越多了，从春到秋人都不断，只是冬季要少些。

由说唱艺人的事启发，吾杰觉得桑德尔乡的景区、山村，文化的挖掘、传承应该做起来，游人来了要了解藏族文化，除了看山水，闲下来就可以享受这里的文化艺术。首先做的是：寺庙的唐卡艺术应该走下圣坛，走出寺院，他建议寺高僧办个学习唐卡艺术的培训班，那些村民家里的孩子只要愿意学习的都学，不只限于出家人。唐卡画的销售要走出一条路，他可以找哥哥联系这事情，找市场，这既能培养更多的传承人，还能让村里人以艺术致富。再把桑德尔为数不多的有手艺的老人集中起来，选出各村青年来学习，然后手工制作。已经是七十多岁的阿塔老人是雕刻佛具的能手，也是其他生活用品比如刀、茶壶、器具、装饰品等的制造能手，现在村里就他一个人还会这些手艺。吾杰鼓动年轻人来学习，他想结合旅游，做很多有特色的生活产品、旅游产品销售，这应该是一条好的路子。女孩子们多数选择的是缝纫班，吾杰要求，这样的缝纫班，不仅是做藏装，还要做藏式的背包、钱包、帽子和其他旅游纪念品。没想到在他们需要资金的时候，一个广东商人，虔诚的佛教徒，到这里来旅游后，感触于吾杰他们的创业，考察了他们纯粹的手工艺和产品，他说他来投资，但要扩大，形成批量生产，然后销售的事情他包了。他看中的就是他们手工艺的精巧，和产品中民族文化的特质，这是有个性的，也是独一无二的文化产品，所以他看到了它们可走高端市场的前景，打造成奢侈、高档的产品。现在城市里走高端消费的人群崛起，在精神和物质消费上求新求异求高，这种带着浓郁的异域文化的异质性产品对那些物质丰盈但精神上渴望慰藉的人们，会提供一些异质性的神秘介质。但山里拥有这些的人们，缺乏的就是走出去的渠道和方法，这个正是他所具有的。

15

吾杰把乡村当做他的大舞台，他的成就越多，劲头就越足，想干的事情就更多了。而对于叶丰有时候他因为忙碌就疏忽了，虽然叶丰有自己的事，忙着画画、写生、采风或被学校邀请上课，但时间一长，她对吾杰还是有意见啦。叶丰再次提到她的去留时，吾杰才觉得对不住叶丰，只忙着工作，没有很好关心她。叶丰对她和吾杰的感情抑郁起来。

山谷在这个时节，是一片的斑斓艳丽，沟谷、山坡和村庄，根本就变成了色彩的世界。但叶丰却有些悲寂，她不知道吾杰和她的感情结局将是什么样的，吾杰一直都如此地关注自己的工作，也许他们终究是要分手了。吾杰有成就，他热爱的事业正蓬勃如朝阳，而他却冷落了他自己的爱情。这样，叶丰也在怀疑自己的选择是不是一时的冲动，将来会不会后悔？怀着这样重重心事和矛盾，这天，她郁郁独行到村边的火红金黄的灌木林附近，把画夹摆上，拿出笔开始一笔笔地画着景色，但忧郁的情绪还是排除不了，索性不画了，却在画纸上写下：

那一世，
转山转水转佛塔，
不为修来世，
只为途中与你相见……

她想着吾杰和他初识到今天，他们的感情历程这样漫长，不禁伤怀落泪，她郁闷着这段感情如此缠绵沉重而又没结果，那么她还等待什么？她决定回去一段时间，来冷静地梳理好她和吾杰的事，吾杰不同意她调来是不是他也在犹豫？他对她的爱情是不坚定的，与其这样，那不如走了为好……

在矛盾犹豫中，叶丰决定了走，采风、写生和体验生活也该告一个阶段了，学校也刚放假，就和秦岚他们一起走吧……

给拉措他们道了别，唯独没有跟吾杰道别，她认为这样会好些。她知道自己深深爱着吾杰，她知道他确实有很多事情在做，她知道她现在在心中筑起的堤坝只是一道一触就可崩塌的雪墙，一见阳光就可以融化的雪线。吾杰就是那唯一的阳光，不

与他见面或告别，这道堤坝就不会崩塌。她不想再原谅吾杰因为事业而忽视了爱的存在，她必须走了。

其他人不知道叶丰是负气而走的，也就没人告诉吾杰。他们搭乘便车到了县城，耽搁一天，购买好车票，第二天准备离开这里。可是，在夜晚，叶丰还是忍不住给吾杰发了个短信，估计他知道也不会赶到了，她告诉他，她明天一早就离开这里了，不会再来了！

吾杰不知道叶丰会走，他在三千多海拔的昌戈村接到消息，因为这段时间几乎用了半个月的时间，在处理越界盗伐退耕还林后严格保护的原始森林里的杉树，这是要严格处理和追究责任的。他处理完这事情，接到这个消息，他对叶丰充满了歉意，他知道叶丰一定是赌气而走的，他着急地打电话说：

“叶丰，我知道你是生气走的！但是我没有一天是忘了你，你要误解，可以，但是我告诉你，我始终如一爱你的，永远！如果你爱我，就留下，如果你不爱，那你就走吧！无论如何，我要赶来……”

叶丰不敢再听他说，她心中的防线已经在崩溃，赶忙把电话关掉。秦岚和王小刚才知道叶丰的离开，吾杰不知道。

第二天早上，他们在车站里等候着上车，比叶丰小五岁的秦岚觉得叶丰不辞而别就不好，如果和吾杰分手，那是件遗憾的事，她忍不住说：“你和吾杰是很相爱的，我们都能看出，就这样走了，算是结束吗？”

“算是吧，就是一段高原之恋罢了，该结束了！”她忧戚地说，但眼睛里已经有泪光闪动。

“我觉得你走是错误的，叶丰，吾杰是非常出色的人，像你这样要求完美和理想的女人，不选择他或放弃他，你会后悔的！”

“我已经有很长时间没见着他了，他就知道忙工作，我还有什么可以等待的？我后悔什么呢？”

“他别无选择，那是他的担子，我很感动他说过的一句话：世界并不美好，所以他要努力，哪怕一点点的改变，他都欣慰。如果他不干工作，每天围着你转，你高兴吗？其实，我们都看得出你们很相爱，只是你们俩都很重自己的事业，你不也是吗？我觉得将来你们走到一起，总有一个要有所放弃才行！”

“所以，我必须走，我看重爱情也珍爱事业。”

“我还是觉得你不辞而别是错了……”秦岚还没说完，上车的时间到了，他们拎着箱上了车。启动的客车，慢慢驶出了县车站，走过这个占地面积不大的小县城的街道，经过一座桥，就可以驶向通往康定的国道了。

早晨，山野空濛，朝阳已经升起，河谷里，清澈的河流在阳光下闪动着迷人的波光，弯弯曲曲的河流像流淌着细碎的银子，河边的村庄里，农户屋顶有桑烟袅袅，村寨朗朗的上空漂浮着淡淡的烟霭，路边有农人赶着牛羊去放牧了……

客车驶转过一道弯，到了岔路口，就在这时候，一个骑着摩托车的青年超车挡住了班车。他挥着手，示意车停下。司机以为是要乘车的，因为车没坐满，很乐意地停了下来，当这个人进入众人视线，叶丰顿时紧张起来，虽然这个人是戴着头盔的，但她认出是吾杰！

她对秦岚说："糟啦，是吾杰！"

秦岚和王小刚他们看见这个拦车的青年取下头盔，潇洒地甩了下蓬乱的头发，王小刚高兴地说"是他，吾杰！"然后对不知所措的叶丰说，"下去吧，你至少应该给他一个解释。"

车门打开，看得出吾杰很疲劳，一定是连夜赶来的，吾杰没有笑容、目光却直视着叶丰命令地说："下车吧！"

车上的所有人，眼光都齐刷刷地看着叶丰，大家诧异的眼神让叶丰不好意思，秦岚和王小刚解释说：

"有点急事，等一下，马上就好！"

"谢谢司机和大家！只耽搁一小会儿！"

吾杰几乎是霸道地、没等叶丰说话，就对司机客气地说："马上就好，我接我的朋友下了车，你就走吧。"

叶丰像被施了魔法一样，不由自主地下了车，车起动了，秦岚却叫了起来："等等，还有她的行李没取！"

就在这时候，一辆开足了马力的拖拉机从刚才吾杰来的方向驶来，"突突突"地停在他们面前，拖箱里装满了牡丹一样盛开的硕大的高山杜鹃，七八月份真是高海拔的杜鹃树盛开灿烂的时节，那种雍容华贵，不是低海拔任何品种的杜鹃能够比拟的，眼前金黄、粉红、紫红的花朵，让车里的人惊讶叫起来，好漂亮的鲜花呀！这么多，是做什么用的？

这时吾杰走到拖拉机前，把车厢里的花揽过抱在怀里，走到叶丰面前说，这一车的花都是为你采摘的，都是我要送给你的！这是我们高原雪山下这个季节开得最美的达玛花！

惊呆了的叶丰还在发愣，吾杰已经把一大捧的花束交给了叶丰。这时候，车里的人大致搞懂了眼前这幕情景的含意，车上的几个年轻姑娘惊羡地叫了起来："好羡慕哦！""好幸福好幸福！"

车里有藏族小伙子，禁不住地向叶丰和吾杰吹起了口哨，有人把头伸出窗，用藏语开玩笑地对吾杰说，干得漂亮！这招真灵，小伙子有办法！

叶丰明白她只要见了吾杰，心里的防线就会溃散，面对吾杰满头大汗地赶来，还别出心裁地如此一个招，她根本就抵挡不住！亏他想得出，送她一车的鲜花，这样的奢侈，这样的稀有，在哪里都不可遇的！世界上送花给情人的多得很，都是那么一束，那么一朵，能有几个会如此地豪情、如此地奔放，送花也送得如此大气？真是叫康巴汉子！吾杰啊！

叶丰忍不住笑了，她把头深深埋进娇嫩的花团里！这花的气息就是高原的气息，花蕊里还有露珠呢，叶丰的眼角也挂着泪珠！吾杰昨晚给叶丰打过电话，他最终无法放下这份他唯一依恋的感情，他要马上努力和弥补自己无意犯的错，弥补他曾经的疏忽，他必须追上叶丰赶的车，在这个季节里正好是杜鹃盛开的时候，当即就在晚上，他猛采了一大堆，交给跟他在一起的小伙子洛布，自己骑着摩托先赶来，叫洛布把他采摘的这堆鲜花装入拖拉机，跟着运送来……

王小刚帮着把行李拿下来，高兴地跟他们告别，上了车，他和秦岚从窗口伸出头，大声喊了一句纪伯伦诗句："如果为错过太阳而哭泣，那么星星也会错过的……"秦岚泪流满面了，王小刚惊讶地问，你怎么啦？

"我，我被感动！将来我如果有缘，也要找一个这样的人做我的男人……"

王小刚不置可否的"噢"了声，就不说话了。

司机的心情也很愉悦似的，哼起歌来，开动了车……

车里的王小刚对秦岚说："我已经决定了。"

"什么？"秦岚还沉浸在吾杰给叶丰赠花的浪漫里，木然地问。

"我实习结束了，但我喜欢上高原，明年师范毕业后，我要到这里来教书或者当个村官。我都告诉吾杰了，他跟我聊了很多他的思考，我真的是服他了，他是我们80后、90后的楷模，a good example（一个好榜样）！从他身上我学懂了很多东西，很珍贵的东西，精神气质里具有了高贵、珍贵才是最重要！"

"是的，我们都被他感染了，叶丰怎么不会爱上她呢？如此优秀！我也在考虑今后是在什么地方找工作更好，回去我要试试给爸妈做工作……"

两个年纪轻轻的支教者在高原的经历使他们成熟了不少，想法也多了，他们聊着未来、聊着在高原待的时间里的许多感受和学生们的趣事……

车远去，叶丰沉默地站在路边，她不看吾杰，因为她不愿意让吾杰看到她眼里的泪水，吾杰轻松而愉快地笑了说："你够狠的啊，叶丰，就这样不辞而别吗？"

"有什么不好？是你逼我做的！"

"好，我认错！是我不好！没有好好照顾你！"

"我没稀罕你照顾，别自以为是！"

吾杰见她泪光涟涟地、羞涩地只是看着怀里的花朵，就把花接了过来放在车里，一把拉住叶丰的手，紧紧拥她入怀说，“叶丰我不能失去你，以后，我会好好珍惜我们的感情，只要你认为幸福，好吗？”叶丰没说话，眼泪又滚出眼眶……

载满了鲜花的拖拉机护送着两个返程的恋人，回到桑德尔，他们终于考虑什么时候该结婚的事了。

一年一度的干部考核和换届考核，对于吾杰和他的班子工作的实绩是众口称赞的，很自然，他被列入新一轮干部提拔的考察范围。

曾经爱过吾杰又恨吾杰的卓玛，在县委办公室工作，她现在已经和县组织部干部科科长尼玛结婚成家。

在组织部，干部科科长是个比较重要的位置，考察干部起着一定的作用。当尼玛带着考察组走完几个乡，感觉成绩最为突出的就是桑德尔，吾杰的出类拔萃显而易见，但无论你多优秀，如果得不到领导的欣赏，提拔也只是说说而已。在为事业的奋斗中，吾杰没想过提不提升，每做什么事情，他只要接手了，就会尽全力去做好。做到自已和百姓都满意，那是他自己心里的标尺。平和淡薄之心待名利，精进之心待事业，所以他享受着事业成功的喜悦，虽然咀嚼过许多的困难和痛苦，但他仍感自己是最幸福的。这片大舞台就是他最热衷的天地，有做不完的事情，有激励他这一辈子为之奋斗的希望和激情。

卓玛从尼玛那里知道吾杰有可能提拔，心里就不是滋味，她不能轻易就这样原谅过去他给他父亲的伤害，特别是跟尼玛相爱后，曾经对吾杰的爱的失意也就化为灰烬，让她的恨深刻在心里的，就是他对她父亲的伤害。

她劝尼玛想想办法，让吾杰不能进入选拔的视线。她以自己的看法，想要说服尼玛，她根本就认为吾杰一直是想往上爬的人，他可以伤害老干部，为自己垫背，可以作出那么狠心的事情，让他父亲就因为几千元钱而坐了一年的牢。虽然父亲已经回家休息，但他们家的脸面被丢尽，他们整个家族都汗颜，父亲因此也一蹶不振，身体越来越差了。

尼玛开始听信了卓玛的话，和吾杰也就没了来往，对吾杰的反感多起来。可在组织部干部下乡考察后，曾经让他信任的老同学、许多人佩服的乡干部吾杰，不得不让他改变卓玛已经在他脑海里灌输的印象。对他来说，伤害老丈人的人，他应该用手里的权利来办这件事，但是，还有其他的七八个的干部参与了考察，有记录，他如果把白说成黑，这么明显的事情，不好办。在给部长汇报的时候，他没说吾杰不好，但也是淡淡地说了说吾杰的考查结果，其他人补充意见时候，那些人不知道科长心里的秘密，所以就敞开嘴赞美起吾杰，尼玛想，顺其自然吧。吾杰的优秀和突出，是事

实，如果他从中做梗，别人会觉得他在违背事实，现在组织部对干部的要求很严，特别是干部科长，有很多的人都盯着是不是在公正办事。

他告诉爱人卓玛，这件事情不好办，我不推荐就是了，顺其自然吧。卓玛可不答应，他吵着尼玛一定帮她解解恨，不然，她一辈子都不甘心。

但是，在工作的进行中，吾杰的事迹却越来越凸显出来，看得出部长和领导也很欣赏他。

如果不是老丈人的事情，在所有乡干部中尼玛应该最欣赏的也是众口评价最好的吾杰，他们又是同学，但他有些不太相信，吾杰难道就没有过错和过失？他和卓玛特意在周末回了一趟桑德尔，想再次在百姓家里了解了解吾杰。

巧的是在路上，碰上了过去噶麦村的老支书，他自己提起了吾杰，老人对吾杰有几句埋怨的话，说他当了乡长就忘了他，不常来看他了，噶麦路面硬化的项目迟迟不给他们落实等等。然后还说，吾杰都要二十八九的年龄了，还不考虑婚姻大事，忙忙忙！家乡的姑娘美的多啊，他就是喜欢大城市的那个女画家，到现在还不结婚，真替他着急！

这些话本是一个长辈对他喜爱的自己孩子的数落，他想吾杰应该多看看家乡，作为一个乡干部多给家乡些关爱，应该稍微偏心点。但是他失望了，所以对吾杰有了怨言。

从其他人嘴里还真不好问出什么，除了卓玛的一些亲戚对吾杰有积怨而恨他，其他几乎都是说好。

这样的了解，反而让尼玛自己反省自己，目的要找到吾杰的错误，但是可以看出，在干部后备优秀人才中，如果把吾杰名字划掉，对吾杰不会有什么不快，他的心思是带领全乡发展，他是把自己的工作作为事业在热爱，在埋头做。当官和提拔，不会是他做事情的目标，群众的眼睛是雪亮的，不实事求是、以德以才举荐人，那就是渎职。卓玛很是生气了许久，她埋怨尼玛不会用权，最后她归咎于尼玛太老实，没办法，毕竟是一家人，事情过了也就算了。

有一天，卓玛喜出望外地告诉尼玛，你不帮我的忙算啦，有人要帮啦！

开什么玩笑？谁？他知道卓玛指的什么事情，他不信任地说。

告诉你吧，今天我听说副县阿布对吾杰很不满意，在县委常委会议上，他说，吾杰是所有乡干部中最骄傲的。他顶撞上级，不谦虚，狭隘的地方主义思想严重，不顾全大局等等。阿布副县长的理由很充分呢，还列举了吾杰的不少有问题的言语。说他还只是乡书记，如果再提起来当县级领导，那不更要翘尾巴……

卓玛对这个消息很振奋，说这就是老天在帮我。

尼玛笑笑说，“我是组织部的，怎么没有听说？”

“有人告诉我，我有关系。”她得意地说。

尼玛含糊地说了句，“那不一定”，就不再接话茬。他心里明白，吾杰的品德和才能，以及业绩，再加上他个人的文化水平等综合素质在其他乡干部之上。加上他有突出的成绩，如果领导们不推荐他，而只是推荐有关系的，没他优秀的，或者很糟的，共产党组织在老百姓眼中的地位就会越来越丧失。王书记是个正派的领导，他听说书记很欣赏吾杰，在选拔干部上，他和多数领导一直还是十分地公正。如果在民主选举中，吾杰能过半，那就没问题了。

但是，事情并不是那样顺利，在选举中，吾杰却以两票之差，落选了。

作为乡干部，在推进事业发展中，面对的工作不仅仅是农牧区生产发展，多数时候还是面对人的工作。他曾经得罪了的几个人，就是乡村干部，还有卓玛家，算是个大家族，加上那个副县长的亲戚朋友，这几股势力中能够有机会、有资格参加投票的人就不少，那是不会投他的票的。吾杰心里明白。如果他从开始当村干就为的是今天能够被提拔什么的，他就不会大胆地开创工作，如果官场就是名利场，他不希望自己步入这样的迷雾中，只要准许他做事就成。

虽第一次经历这样的选举，但他长期以来的淡定，让他对这种事没有心潮如海涛的起伏，没有失落感席卷他，倒让他反省自己的工作。也许是他这几年工作中已经有意无意地积淀了这样的因果，人与人的情仇恩怨，不可分割地要交织在工作、社会、生活和各种关系网中，不可避免，不可逃避，不可超越。他自己是不是有过失？作为领导而没有化解好这些积怨。

后来，吾杰奇怪的是，接到了县里组织部的通知，马上到组织部谈话。他不知道是什么意思，他没入选，怎么还要谈话？也许是要安慰鼓励他？但他算什么呢？需要这样吗？

就在这个时候，紧急情况发生了：景区前几天就有二十一个由内地几个省的人员组成的摄影团队与一个县里的导游，在党员马帮队的护送中，骑马进山了；另外还有几个登山探险的老外也在那些天进了雪山，但已经过去一周多了，按照惯例，该回来了，却联系不上。有消息说，山里有雪崩发生，也许这些人遇到麻烦了，这个消息无不让人担忧、焦虑，生命攸关，但愿他们都安全！

于是，吾杰通知乡长马上给县里报告，并等着接应上级领导和援救队，自己直接带领一队年轻人奔向景区雪山去寻找。乡长建议还是他去，让吾杰直接到县里，说不定吾杰是要被组织提起来的，他觉得吾杰该提升，他曾说吾杰上不了，那就不会有人有资格上了，担心他这样不听组织调遣，要受影响，组织谈话那么重要，没有谁不去的，最好还是他带人去雪山。

乡长是好心，可吾杰却吃惊、恼怒地说，亏你说得出口，大哥，生命重要还是

提拔重要？出这么大的事还有闲心考虑自己的升迁？升迁算什么？我永远是我自己，不会因为任何事情改变！现在没有什么能比这件事要紧，我必须去雪山，就这样！

乡长比吾杰大十几岁，但对吾杰很佩服，吾杰此刻说的话没有豪言壮语，都是他真实的心里话，他太了解他了，现在更是对吾杰感佩不已……

原来景区在猛然狂飘一天一夜的大雪后，天气就晴开来。那帮摄影人都兴奋异常，以为天终于晴好了，阳光会灿烂几天，他们事前就已经联系好了导游和党员马帮队，大家一早就出发了。这帮摄影人，都是专程来拍雪景的，第一天看见漫天飞舞的雪花，个个就很激动，等待天空晴开来，老天还真地能诱惑这些满脑子都是风光、雪山、阳光的人们。

第二天早上当阳光洒在天边的山峦，人们望着云雾淡开的天空，看远山风光妖娆的冰瀑和披着积雪的参天树木，阳光下，粼粼波光的河水边是蓝幽幽如珠玑如玉石的冰凌，雪山更壮美了！如同老天在专为这帮摄影人设计、布景。但党员马帮队的老队长看出山谷中的雾霭在向东边飞升，西南方天边大面积的灰色云块充满了雪意，他根据自己的经验说出了他的担忧，建议再等一天，今天就别去，也许明天就好了。

一个叫钟力强的广东摄影人笑着说：

“队长，没想到你还怕下雪，下雪怕什么？我们难得看见雪呀，我们喜欢，没问题！就是冷点儿吧，你别担心我们！”

另一个浙江的影人拍着队长的肩说，“我可是等不及了，等这样的景象等了几年，这次来，遇上了，那就绝不能放弃，拼命都要去拍几张精品，不能错过！”

大家没有一个同意老队长的建议，导游是年轻的扎西，就是卓玛的弟弟，见这帮背着“长枪短炮”、从头到脚都武装好了的人们，他也劝说马帮队长，摄影的人就是抓关键的机会，既然老天给他们机会了，那就出发，不再犹豫。

这帮追逐风光的人们，在马帮队的带领下，向景区的深处进发，往雪山奔去，太阳把雪山和山下周围的一切都抹上无比耀眼的魅力，满眼的景象不仅仅就美丽这样的字眼能够形容，那种魅力直击人们的心房。大自然在深刻的美丽中，会让人类从心底被震撼，被感动，置身此间，与自然面对面，你不得不崇拜它，敬奉为神，膜拜它！这些远离大自然的城市人，怎么经得住这样的诱惑？人类，无论是有多么丰富优越的物质生活，城市钢筋水泥的高楼大厦建设得如何美丽，水泥瓷砖路铺设得如何地宽敞平坦，在内心深处，在血液里，永远有着与大自然亲密链接的密码。人是从大自然怀抱里来的，而后虽然走向自己建起的美丽的城市世界里生活，与生俱来对大自然的依恋虽然沉睡或禁锢，但是一但走进高原，很多的自然密码被激活，甚至让人疯狂的爱恋久别的大自然。这帮好摄的人们对大自然的亲近、渴慕和对艺术的热爱都交织在一起，个个激动、兴奋，一个中年影人激动地骂道：“我真是愚痴！居然是第一次才看见这样的风光，见识太少！真他妈的美到了极点！”

老队长乌金和扎西对于他们的客人如此的狂喜和兴奋，自然心里也很舒服，他们无数次地来来去去，已经看惯了这里的一切，见惯不惊。他们的工作就是要使客人满意，就是要让他们快乐，他们自然也被这些激动的人们感染着，大家都忘乎所以地融合在景色妖娆、光影绚烂中，激动的心和澎湃的激情，就足够烘暖天气的寒冷！作为艺术人，能够有如此的美好让他们感受，创作的快乐是无比幸福的。

但是到了雪山山腰，这些摄影人几乎是不听扎西和马帮们的招呼了，每个人都在发现美丽，都被美丽诱惑着四散而去。这可累坏了马帮娃们，到处寻找各自分管的人，一会儿这里在喊王老师，一会儿那里在喊刘庆和，各种喊法混在一起，听起来让人发笑。因为有的马帮娃汉语口音不准确，一个叫李国奎的，被马帮娃叫成“李乖乖”，这个人最爱跑丢，跟不上他的马帮娃就不断地要找他，“李乖乖”的叫喊声不时响起，开始的时候，大家听见了都要大笑，后来也就习惯，也都跟着喊李乖乖，他的同伴也改叫他“李乖乖”了。

在这里他们遇见了三个外国人，他们是在前一天就徒步进来的，没有骑马，准备继续往上走，他们自我介绍，两个是美国人，一个是法国人。

大自然以她的绝美，展示着她无限的妩媚和魔力，想不到的是，还有更加至极的美丽使他们震撼和惊诧，人们没有注意，天空已经在变化，乌云在从四周云集，但是太阳走过的天际处，云层却是排列开来，就像天宇中在进行浩大、隆重、华美的庆典仪式，这是奇观！太阳的光束，透过云层，如同聚光灯一样只打在远处雪山旁怪石嶙峋的山脉上，好一派惊人的场景和迤逦的风光，人在这样的自然面前，多么渺小，卑微！但是今天的迤逦和妖娆，就像陷井一样，把这帮摄影人和马帮引向了危险。正当大家抓紧时间抢拍着变幻的美景，不久，发亮的乌云合拢了，把太阳遮盖簇拥而去了般，天宇刚才好似演的是一出阴谋戏，乌云把阳光，把太阳神都接走了。瞬间，大雪又开始漫天纷飞起来，乌云在肆无忌惮地撕扯着蓝天，让人怀疑是不是阳光也被撕碎、碾碎，天上的月和星星统统都被搓揉成碎片，从浩瀚的宇宙飞来的全是它们的美丽的粉末，铺天盖地地飘飞着……

高原离天空最近，美丽与魅力太多，所以它充满奇异，充满诡谲，充满变数，充满玄机，也肯定就充满危险。很有经验的马帮们知道带其他游客比较容易，每次最难带的就是这种搞摄影的，而这次这支队伍，又是在这样的气候里来的，那更是难处多多了！几乎一到景区，他们就像追兔子的人，牧羊的人，见他们一散就各自追各自的人，不断唤着这些不听话的、撒着欢儿的“羊”，后来这些“羊”和“兔”干脆就坚决不让马帮娃跟着他们跑，他们自己背上行头，气喘嘘嘘地、忘乎所以地捕捉美风光。马帮们是有规矩和责任的，要为他们的安全负责的，这下大家也没辙了，导游扎

西担心他们的安全，他和乌金队长商量后就大声告诉那些人：

“限定四十分钟拍这里，不能跑远，听见我吹口哨就收兵，马上回来！”

摄影人们满口快乐地答应了。但是当时间都超过了，扎西和马帮娃口哨一声接一声地吹开了，却只有几个人意犹未尽地回来，其他的就不知跑哪儿去了，只有猛喊，只有狂找了！陆陆续续又回来几个，再回来几个，下大雪后又回来几个人。一等再等，还有六个加上去找人的导游扎西和两个马帮娃，都一直没有回来，大雪很快就把四野抹得像平面的世界，色彩没有了，大地的轮廓模糊了，四野没有了方向，一切都是白色，灾难的阴影也降临了。

呼喊，没有用，寻找，没有踪迹，鸟儿也不知逃遁去何处，山野死寂，只有雪花是唯一灵动的。天使般的雪花，现在变成了可怕的女巫、妖魔，贪婪地似乎要想把世界所有的生命都掠去、都吞噬……

于是老队长叫其他马帮队员把身边的摄影人送回去，然后报告村里和乡政府，他和其他五个马帮娃留下来寻找和等待。

老队长他们继续寻找，后来在雪坑里找到两个正在挣扎着极力想爬出来的人，其他的几个包括扎西不知去向，一点踪迹都没有。从进雪山到现在时间已经过了三天，今天本来应该是回去的时间了，身边的干粮已经所剩无几，大家饿得眼冒金花，他们就吃雪抗饥，找不到那几个人，他们是绝不会撤回的，搭上命也要找到。在这饥寒交迫里，让这帮马帮娃们支撑下来的动力，就是责任！但只靠吃雪的他们又能坚持多久？失踪的那几个人在哪里？现在怎么样？

吾杰知道这个消息后马不停蹄、连夜赶来，当吾杰带的队伍，到了昂绒村，就不能骑马走了，因为雪深路滑，只有徒步继续登山，找到乌金队长他们后，已经是第二天上午。连滚带爬的在雪的山野里搜寻，一段坡又一段坡地在雪野呼喊、找寻，这些人都是本地藏族汉子，他们有一定的经验，对于高山缺氧是没有问题的。有几个也经历过雪灾营救工作——那是2000年，有欧洲探险者十二人上雪山，遇上雪崩，三人遇难，当地人组织队伍配合其他幸存的登山者，给他们送去吃的和穿的，那次几乎是全村男人都出动，时间很快过了五天，没找到的三个人被断定已经遇难。其他的人因为身体不支，就开始陆续回国。夏季来临后不久，高山积雪也融化了部分，那时村里人找到了那三个遇难者，是被埋在悬崖下的雪堆里。村民们把这些死难者的遗体抬下了沟谷掩埋了，这件事情非常感动他们的国家和亲人，亲人还专程来看过这个村的那几位营救死难者的村民。

吾杰他们全面营救工作铺开，分了三个小组开始搜寻，下午时候，终于，找到了两位！还好，他们安然无恙。他们是被堵在了一个山崖洞里，因为大雪掩埋了所有的道，他们迷路后，就找到山崖下的岩石洞里相互依偎着取暖。蹲在石壁深处，饿了就吃包里的奶糖，糖吃完了，就开始吃巧克力，一点一点计划着吃，把仅有的两块巧克力分成两天来吃，才得以一点点地维持身体需要的能量。在最后一天，什么都吃完了，吾杰他们的救援也来了，他们的身体状况只是因为寒冷和饥饿而全身哆嗦无力，被迅速送下山去。找到这两个人，大家都感到有希望，很激动，现在就差摄影队的领队，一个北京人和已经在这山里跑了多年的小伙子导游扎西了。但是其他几个探险的老外，就更是不见行踪，如同燕发了一般，怎么都找不着。

几个老外既然是探险的，那就一定应该有经验，但同时，他们对危险的冒进也是有最大可能，如果是“无限风光在险峰”把他们的探险精神放大到更高之所，而没有危及生命的话，那就是万幸的了。但怕就怕他们被雪埋了，被雪伪装的悬崖裂缝吞食了。

寻找的人也必得小心翼翼，才能不至于自己也失踪或找不到回去的路。吾杰要每个人记住，只要自己走的方向不同，就一定要在雪地上插上标示，只有用树枝。

在这座对中外登山者始终具有挑战和诱惑力的雪山，国外探险者遇难的事，偶有发生。但是，这次，这几位是否靠近了主峰？有那么大的降雪阻扰，一般探险者是有经验的，恐怕不会上山峰的。吾杰认为，他们活着的可能性很大，那么在黄金时间里他们就该不遗余力、争分夺秒，一定要找到！就是刨开每片积雪，也要找到，每个悬崖都不放过。

一天过去了，还没有踪迹，吾杰和其他几个寻找的人疲惫失望地倒在雪地上。他们已经累得筋疲力尽，黄昏即将来临，如果不返回山坡下，夜晚这个地方是很危险的。昨晚狂风大作，在山下都听见了几千米高的山峰处某些地方有雪崩的声音传下来。

“我们回去，明天向左边走，看来这个地方没有他们的行踪。”吾杰说。

“要不就等中国登山队协会和美国登山队协会专业救援组来了，他们很专业，有飞机，有训练过的人营救，有一次就是这样的。”一个叫本宗的男子说。

这个消息是吾杰告诉大家的，县政府已经把这个事情汇报了省里，相关专业援救组织会来的。

“如果我们在第一时间不积极营救，最后的搜救工作也不过就是找尸体！我们等的话，恐怕那时候就难见到活的人了。我听说过，很多年前的那次雪崩，找到的是尸体，已经不是登山运动员了。”吾杰说。

“如果明天再找不到呢？”一个人问。

“还找！活要见人，死要见尸！只要我们没倒下就一定要找！”吾杰很肯定地说，让每个人都能活着回去是吾杰希望的，那也是他的责任，即便他不是领导，救助生命，也是每个生者都不容推辞的！

下午时分，正当他们准备返身离去明天再找时，一个汉子突然看见悬崖下有不太显眼的点点红色，他拉住吾杰疑惑地说：

“书记，你看下面，那边，好像是红色的东西，一小块。”

顺着他的指向，果然大家都发现了那是一个小红点，那是不是说明有人埋在下面？瞬间，吾杰就断定一定是埋着的人的衣或帽，在这茫茫雪原，哪里来的红色？

“如果是人埋着，那就是今早雪停后才埋下的，说不定活着，快，快去抢救！”

“他们是被雪崩推下去的！你看，书记！”

果然，有大面积的积雪是从上面滑下来的，他们本来还是安全的，就是在这里遇到了上面垮塌滑下来的雪崩，那么他们是活着的吗？如果那片红色是谁的衣服，这个把他们推下悬崖的雪崩，还算不大，没有把他们深深埋在厚厚的积雪下。

但是这也说明——此处不是久留之地，大雪后说不清什么时候又会从几千米山峰的什么地方滑下雪层，如果是大雪层崩下来，那是必死无疑的了。

“有一线希望，抢救！大家抓紧！这里危险，不能呆久了，快！”吾杰指挥着。

他们快速绕到侧面较为平缓的陡岩地，一个个连滚带爬地溜下悬崖，再迂回往上攀爬。到达了谷底，在红点处刨开积雪，果然找到了一顶红色的帽子，在这片谷底到处探拭有没有深坑，不到二十分钟，几处很深的雪坑里活埋着的人，都被发现，他们都分别埋在这悬崖谷的深坑里，从陡峭的崖上被雪层挤落进岩缝和雪坑，摔得昏迷过去，加上那么多积雪掩压，人都摔伤冻伤了。让大家高兴的是所有的人都找到了。

从他们的体征看，他们五个人大概是在今天中午时候同时摔下雪崖的，那一定是滑落的雪堆把他们推下去的。大家急速地把几个人刨救出来后，压住他们的雪层幸好不是排山倒海而来的那种，但对于昏迷的人，已经在冻结和坚硬起来的雪里，时间再晚一两个时辰，那会让他们窒息和冻死的。关键是他们是被摔伤的，甚至一直昏迷着，如果晚一阵子救出，那就会永远地沉睡这里了。

这条沟谷里满是荆棘和枝桠、乱石，从上面几十米高的山脊滚落下来，如果不是厚厚的积雪和杂乱的枝桠把大石头覆盖，这样的地方摔下来，必死无疑。所幸他们只是受了伤，轻重程度不同，营救的人先后连背带推地把他们送到悬崖坡上，大家都一路小心翼翼的，扎西和另一个老外是在人们把他们刨出雪坑后，背在背上就苏醒了，背着扎西的人是吾杰。

渐渐恢复了知觉的扎西清醒了，他知道他被救了，他知道有人正背着他爬坡攀援，他低低地说，“我们……没死？”

“扎西，你终于醒了，你们几个都好，活着！只是受伤了。马上就到上面了。”

这熟悉的声音在他脑海里回旋了一会儿，扎西才感觉到是吾杰的声音。他曾经跟姐姐卓玛一样非常恨吾杰，没想到，是吾杰在救他们，他想说话，张了张嘴，又没说出，他动弹着似乎想要下来。“别动，马上就到上面了！”

到悬崖上面，他们用仅有的牛毛绳和砍来的树枝做两个担架，大家松了口气，不敢多耽搁，即刻准备出发。吾杰背的是扎西，其他两个还在昏迷中的人被抬着，另两个轻伤也是背着的。大家虽然很累，但是心里轻松起来，都找到了，都还活着，虽然重伤的那两个能不能救活是未知数，但目前他们已经被救了。

但是，这帮人不知道更大的危险在等待着他们。

“走，我们走吧。”吾杰刚说完，就听见高高的远处有很低沉和微弱的隆隆声，他们停留的小山路很狭窄，无法远望高处的雪山，但是敏锐的吾杰和马帮娃们已经感到不妙。与此同时，一个当地经常上山的中年老乡惊慌地看着上方，他预感到什么，轻声念叨着：玛尼咚！就在瞬间，吾杰急速地问他：

“是不是上面雪崩了？”

“是……是是……”

“快快，大家马上跑，没时间了。一秒都不能耽误！伤员决不要丢下，不要慌！路太窄，一个接一个，不要乱！”吾杰指挥着喊着。

因为是悬崖上面的小路，路窄不说且滑，必须先后一个个地走，他让抬担架的先走，然后其他几个跟着，最后是他来断后，就在他们走过这悬崖坎坡的小路，走到坡地，果然有特别的声音更大地传来——低沉，像一只大鼓在山上奏响！声音持续绵棉！懂得雪崩的人知道，这是恐怖的声音，这是死亡的声音！没有什么力量可以阻挡的灾难来了！

快跑！越快越好！一秒都不能停！吾杰在背后大喊起来，所有的人狂奔起来，滑倒了又起来，继续飞奔似地跑，逃命！逃命！每个人脑海里只有这个念头！坡陡路滑，攀爬艰难，逃命让每个人释放出超常的力量，活着出去，活着下山！在他们逃命，在他们与死神赛跑时，这帮英雄的康巴汉子们没有一个人放下那几个伤员！

吾杰说得对，遇上雪崩一秒都不能耽误！因为，雪崩可以说是世界上速度最快的洪灾，在几秒钟内，就可以加速到每小时六十公里，大的雪崩是毁灭性的灾难，可以淹没村庄，有时候还能引起泥石流、山体滑坡、崩塌等自然灾害，可以一路把所有挡住它道路的树木连根拔起，摔得很远很远！上百吨、千吨的积雪或者有时候和着冰层、冰凌，排山倒海而来，完全能够吞没一切。如果人被掩埋，就是没有受伤，在几小时后，如果还没有救出，就会窒息在雪冻结后死去。有时候奔跑的人被雪崩推倒或抛到几十米高而落下来，摔得你半死，然后就被淹没活埋。

今天这股雪崩像白色的飞龙，呼啸着声势凌厉奔腾而下，吾杰他们几乎要逃离巨大的雪潮了，但是一股雪浪终于追上断后的吾杰，把他和他背着的人抛起来，又击倒前面一个、也是背着伤员的人。其余的人躲过了、逃脱了这股巨浪。吾杰前面被击

倒的那个人侧翻滚，拖着倒在地上，刚才他背着的伤员跑开，躲过了雪层压下来。而吾杰和扎西终于被雪崩的舌头舔进雪的波峰里，吾杰掩埋在雪浪里，他瞬间判定着自己的身体是仰着还是立着被雪层压住，他曾经接触过一个多次来这里探险的瑞士探险者，老乡们称呼他阿瑟，这个阿瑟讲起过，他曾经历两次雪崩，一次是在阿尔卑斯山，一次就是在中国西部藏区的贡嘎山。那次贡嘎山探险，他们有八个人去，就遇到雪崩，遇难的是六个，他是幸存者之一。吾杰当时就惊讶地问过，既然登雪山探险是高风险的事情，你为什么还要继续？阿瑟说，他非常喜爱，喜爱山峰，无论多么危险。他笑着说，就像爱上一个自己最钟情的女人，无论多大的风险就想去征服她，就这种感觉！

吾杰对他这种不回头的精神佩服不已，他们的这种可以用生命来换取的征服精神，其实就是这些探险登山者的精神世界。他们的所为，很感动人，从他们的故事中，吾杰也多少知道了些自救的方法。没想到还有能够用上的一天，头在雪里埋着是不会知道自己的方位，他吐出口水，看口水滴流是朝上还是朝下，他才知道自己是仰着的。而且一只手的感觉是在有氧的外界，他高兴极了，迅速滑动手臂，感谢菩萨，这只是被余波击倒，他们是远离了最危险的雪崩区，他急速地使出所有的力气滑动手臂，终于拨开雪层，头露出来，他开始喊扎西。

“我……在这里……”听见了扎西微弱的声音，估计离他几十米远，吾杰终于从雪堆里挣扎出来，冻僵的腿脚还没站稳，他就四处看着喊着，不远的雪堆里，有个人头在动，他滚爬着奔过去。

“我被埋了，救我！救……”

雪层已经把扎西埋到了脖子以上，他的四肢和身体无法动弹，加上本来就有伤，更是动不了。雪崩下来的雪的密度和重量高过自然飘落的雪，压得他就像要被挤压紧裹进冰里，被吞噬融化在里面，他听见了吾杰的喊声，但是他只能微弱地呼应，吾杰那么迅速地自己从高处的雪堆里挣脱，然后向他奔扑而来，到了面前，吾杰喘着气说：

“坚持住，扎西！马上就好啦！”

他边说边刨着雪，他知道速度是最关键的，每秒钟，雪的硬度都在增加，如果不以最快的速度挖开雪层，后头的难度就更大了，他的手被冰渣划破，白雪里染着血迹，当把扎西救出来，他已经满头大汗，疲惫不堪。他们不敢滞留半分钟，不容分说，吾杰背上扎西就跑，在雪地里摔倒了爬起来又背上，又跑。看着另一个村里的汉子背着一个外国人，走得吃力不堪状，他说他的脚刚才扭伤了，吾杰不容分说，喊住他，让他背上体重比那个外国人轻的扎西，自己背起老外，他们迅速地奔跑起来……

幸好这次雪崩是发生在坡度极其陡峭的山峰脚下，积雪的堆积厚度较弱，最危险的雪崩是发生在坡度二十五度到五十度的山坡上。这座雪山是横断山区域浩瀚绵延的贡嘎山系群峰的一脉，横断山区因主要受印度洋季风控制，全年降水都比较丰富，高山上冬和春降雪和积雪就比较多。所以，在这些地方的高山雪峰，发生雪崩是常有的。在积雪厚积的山峰，哪怕就是有一点点外力，比如动物的奔跑，还有刮风，或者滚落的石块、就是人的叫喊声都可能把本来就重负的积雪断裂开，使它们自己的内聚力断开，有时候是在风的作用下，硬而脆的雪层也会断裂滑崩。

在旅游地的雪崩，有时候是因为人类活动造成，就是受害者自己或者在一起的队友造成，这种雪崩是“人为休闲雪崩”。滑雪、徒步旅行或行动声音等，会在不经意间成为雪崩的导火索。而这次雪崩也许就是人声，也许是大雪后风的作用。

一般雪崩掩埋半小时后救不出，生还的可能就比较小。这次雪崩，居然没有一个人遇难，一个个都奇迹般地回来。在吾杰他们上山营救不到一天，县政府紧急报告省里，省里的登山协会接到通知，又迅速告知美国登山协会，他们以最快的速度赶到也是三四天后。所以每次发生雪崩事件，当他们赶到来营救，往往就是寻找尸体的行动，而不可能再救出活着的人，除非发生奇迹！

就在一行专业队伍带着工具，带着食物、氧气瓶等爬上山的时候，他们惊喜地看到被当地人救助的人已经安全地正在下山。迟迟归来的是吾杰和他救助的人，他们在山腰水平线搜救到他们，终于接应到已经筋疲力尽的吾杰和那位腿部受重伤、但神智很清醒的美国人丹尼斯。叶丰和村里的妇女们也都急迫地上山来迎接他们的英雄和伤员……

这次营救的成功，是因为当地人的英勇和睿智、迅捷，是他们抢在了时间前面，抢在了死神前面，所有这次在雪山旅行探险的人都平安归来，虽然有受伤的，虽然被惊吓不小，被劳顿饥寒所困，但生命安然，这就是最大的成功了。

当时吾杰只想的是营救出所有人员，他只有一个念头——救人，至于这些人是谁，是干什么的他全然不知。当他们疲惫地却是欣喜地回到山下的营地，他才知道，他背的这个伤员老外是美国科罗拉多州一家电影公司的人。他为公司专拍登雪山的冒险片，而其他两位就是登山摄影爱好者，世界各地的雪山他们去了很多，瑞士、法国、德国、尼泊尔、意大利等。中国藏区的雪山他们也涉足不少。其中两个人来这里拍摄雪山风光已经两次，他们计划这次三人是要往更高处攀登去拍照，山峰很美，越往上走越是吸引人，到了接近六千米海拔处，他们更是乐而忘返了。他们发现了一座山峰背后还有那么绵延万里的雪山群像大海的波涛、海啸凸起的一个又一个浪潮，一个接一个矗立而后凝固成了各种形状的雪山群峰，云海浩荡缭绕，壮美、激动人心！仿佛是在宇宙观看地球、观看山的海洋！他们几个激动得拍着片，也激动得大喊大叫了几声，没想到，美景背后暗藏着杀机。

不多会儿，开始吹风了，风越吹越大，让人几乎无法站立，风把雪花卷起，打在脸上，戴着墨镜的眼睛都睁不开。他们摸索着就返身往回走，下了那座山峰，好像听见有人喊，大家呼应着走下去，那是扎西在找他们。可能是风的作用，把雪峰上的雪吹得堆积在某处而后又吹得雪层断裂下滑，加上他们的喊声叫声把本来就被大风吹得内聚力松裂的雪层震塌了。就在他们经过那个山崖的羊肠小道时，一阵崩塌的雪层铺天盖地滑落下来，他们被全部推下山崖，陷进雪堆就什么都不知道了。直到有人来救助他们，知道自己还活着，只是受了伤，除了感谢上帝，就是感谢当地的藏民了！他们不断竖起大拇指说康巴汉子真行！那个叫吾杰的小伙子厉害，是条好汉！这几个受了伤但是安全生还的人，想起来还是后怕。即使第一次小的雪崩只是把他们推下悬崖，陷进雪堆而昏迷，没有失去生命，但如果不是吾杰他们及时赶到，他们即使没死，第二次那个大的雪崩必定将他们全部埋葬在几十米下的雪层，永远也不会见天日了，肯定已经成了冰雪包裹的人体标本了，或者等到来年冰雪消融，露出了尸体，也许才有人会发现曾经这里埋葬了的他们，或许很久后尸体在阳光下溃烂，最后变成了几具白骨才被发现……

吾杰救出的那个叫丹尼斯的人告诉吾杰，如果那样就太遗憾了，因为还有好多的雪山他还没去攀登和拍下！他如数家珍般地告诉吾杰，我们居住的地球上有许许多多的山脉。地球上海拔七千米以上的高峰大约就有三百座，都分布在亚洲大陆的各大山脉上，其中除了有几座位于帕米尔和天山山脉外，绝大多数都是集中于喜马拉雅山和喀喇昆仑山上。仅在中国和尼泊尔边境地区的，就有四十多座。海拔八千米以上的高峰，共有十四座，其中，喜马拉雅山区就有十座。他们计划里主要登的是六千米左右的，以拍摄为主，海拔五千六百三十三米的欧洲最高峰高加索山峰和六千一百九十一米的北美最高峰麦金利峰、海拔六千一百九十一米的南美最高峰阿空加瓜峰，他们都已经涉足过了。海拔五千八百九十五米的非洲最高峰乞力马扎罗峰，也是在他们今后的计划中。

他们这两年的目的地，都是在中国的西部，明年将要去的是梅里雪山、贡嘎山、格列山，这些都没有走完。幸好这次获救了，他们将继续完成他们的梦想。希望在有生之年，把所有他们知道的雪山走完，拍完，最后就是死在雪山也是心甘情愿啦，那也非常的好，你们藏族说，那就是圆满了！他哈哈笑着说。他还说雪山是他们的家园和朋友、恋人，他们拍下这些，并不是要引起世人的注目或有丰厚的金钱回报，他们只想面对永恒的大自然："我的一个好朋友就是死在贡嘎山登山中，他曾经说过的话我记忆深刻，'山就像一首甜美的老歌或一位亲密的女友，融合着幸福和怀旧的热情。'英国登山家伯宁顿也说，'有一天醒来时发现城市不是我们的归宿，于是选择了登山。'我们找到了归宿，还有什么比山是更好的归宿呢？"

吾杰惊讶地听他说着这些，心想，世界什么样的人都有，什么样的生活方式、什么样的喜好、追求、理想都有。他们这几个爱雪山是如此的痴迷，雪山也成了他们的精神所向，成为一种精神信仰，他们的精神中不仅仅只有上帝和耶稣，还有雪山。他说，雪山也是藏民的精神信仰，藏民爱雪山，崇拜它们而命之神山，还融入到生活和精神中，藏族文化就是雪山滋养的文化。藏区所有的山系都被赋予了信仰中的故事和人文，成为了神灵的家园，也是人的精神家园。它们的美好壮丽，能够唤起人类的崇高感，它们富有永远给予人类和所有生命的精气和血脉——森林、水！”

一位西方诗人面对现代文明曾经困惑地说：

阿尔卑斯山峦鬼斧神工，
那是远古传说中天使的城池，
但何处是人类
莫测高深的归宿？

藏歌里却是深情地唱到：“没有雪山，哪有草原，没有草原，哪有牛羊，没有牛羊，哪有我们……”朴素的歌词，深刻的意味，人类无论走多远，无论怎样去寻找希翼中理想的归属，人类很长一段时间中都践行着以科学征服自然。到今天人类怎样生活才能更美好，使得人们又在思索，希望以科学回归自然。有人觉悟的感知，大自然——终究是无法脱离的家园！终会有一天，人类终究会明白重返精神家园才是重要的，大自然的伟大是永远的……

通过这件事情，吾杰才知道，雪山营救的重要性。这里有越来越多的人来攀登或旅游，国外雪峰探险者居多，中国内地一些户外运动爱好者近两年开始增加，越来越多的人对雪山感兴趣。吾杰他们看到有的内地人只是穿着牛仔裤、单薄的运动服就来雪山探险，有许多人缺乏对高原地理知识的了解、对雪山安全知识的了解，仅仅凭借热情和爱好，这是根本不够的。看来他和这里的马帮队、牧家乐民居服务应该有许多文章可做。这次救下来的几个外国人还只是雪山探险的摄影者，如果是登山探险，如果一个团队七八个人或者十几个，遇到山难或雪崩，村里的马帮队也好，全村动员也好，他们的力量仍然微薄。

来救援的队长是个率直的重庆人，他在感激吾杰和党员马帮队所有人员时候，也焦虑地对吾杰说，我们这支有专业技术雪山营救的队伍来得还算快，康定机场修好了的话，也要两天后才能赶到，都会错过最佳抢险机会。可以说，每次他们接到遇难消息去救援，都几乎是寻找尸体的工作，时间来不及，不像美国、瑞士等国家，仅就当地已经有完善和健全的雪山救援体系。但是，我们却没有建立，如果能依托你们这

里来建立那是最好的……

吾杰也在思考着这个问题，当队长说到这，他说，我也这样思考，这里离你们那儿、离城市都太远，最好的办法就是依托我们，当地人身体素质和高海拔的适应，以及熟悉雪山，有先决条件。需要的只是培训山难救援技术，配置装备等等！老外救援队负责的那个大胡子明白他们两个议论的意思后，赞同的用半生的汉语说，这个办法很好，在德国、法国、瑞士等国家，救援组织都是以区域为依托建立的。在本地区距离雪山近，当地人又熟悉地形，能在第一时间赶到出事地点，能在救援的黄金时间把握住救援的时效性。一般是保护区管理局，或者当地的志愿者组成救援的组织，政府、企业、社会团体来提供协助。比如警察局提供直升机，医院或者其他机构提供救护车等救援设备。在美国，不同地方都有登山救援协会的组织，就是承担该地区的救援，目的是要达到最快的安全抢救，在美国每年大约就有十万次的雪崩，有的城市仅一个市区就有七八个救援组织，专门负责本区域救援……

他给吾杰讲了一个民间救援组织的故事，瑞士和意大利之间阿尔卑斯山一个山隘里，在十一世纪，一个叫圣伯纳德的修道士建起一座修道院，修道院也就叫圣伯纳德教堂，因为那里是雪山里的山隘，经常有人穿越这里，白色恐怖经常出没，暴风雪、雪崩等经常发生，死亡的事情就是常事了。圣伯纳修道院的修道士，为了能够引导行人走过雪地崎岖的小路，而专门培育了一种引路犬叫圣伯纳犬，它有极强的嗅觉灵敏度，在高山的耐力极好，后来发现这种犬有能力救助山区迷途的旅行者、雪地遇难者。那是有记载的，在历史上救过不计其数的人，救助过几千名遇难者，声誉极高，称为雪地救难犬。这个修道院也成为穿越雪山的人们投宿之处。在一八零零年，救难犬还救过大雪天穿越这里关隘的拿破仑和他的四万大军呢。他还说，据他所知，这种名犬的祖先，就是你们藏区的藏獒呢。后来到了一九六四年，这雪山的白色恐怖成为了历史，因为衔接意大利和瑞士的大圣伯纳德隧道建成，现代化的设施和穿越阿尔卑斯山的火车隧道开通了。他还讲，十七世纪以前人们都认为阿尔卑斯山是神魔居住的地方，到了十八世纪，欧洲开始了登山运动，阿尔卑斯山海拔四千八百多米，是西欧最高的山，许多登山者都去攀登过……

“这座雪山有六千多米，在藏区这样的雪山那是太多了，四千多的就太平常了。”

“是的，所以国外很多登山者对这方雪山倍感兴趣，登山者会越来越多的……”

吾杰的思绪飞扬，那么，党员马帮队和村里年轻力壮的汉子们能不能承担起山难时候的救援工作？他要和村干以及老队长乌金好好思量和计划，风光旅游和探险旅游的前景在这里看好，村里人如何参与进去，如何提高扩大服务和拓展增收的渠道，都需要深入思考、谋划。他自己作为这里的带头人，需要学习的东西也很多，就是桑德尔乡的干部需要充电、补课的地方还很多，要加油才行！

吾杰坚定地认为，他的精神家园就是这片美丽富饶但还贫穷的桑德尔，他奋斗的目标也就是征服这里的贫困，使这里更加成为他和桑德尔人美好的精神家园！

他热爱这里，在桑德尔，他还有许多想做的事情等待着他去做，如果他被提拔到县里工作，不是就要放弃他热爱的家园吗？他庆幸自己没有到县组织部去谈话，也庆幸落选，他不想离开这里。救援工作完成后，他在满是积雪的牧场滞留了几天，没想到，他没有做好雪后眼睛的保护，双眼被雪灼伤，两眼红肿，疼得几乎睁不开眼睛，叶丰精心照料，不几天就好了，他仍然继续在这几个牧户村开展工作。

了解他的乡长曾经劝他说，当县长当然比当乡领导风光荣耀，你看现在有的人为了跑官要官，屁颠屁颠地总在有权利的领导面前表现自己不说，还陪着打打麻将，狗一样地老在领导面前摇尾巴，领导解手都几乎是要捧着领导的屁股进厕所了，你却只知道干你的工作，谁在乎你这样？你是不是有点傻了！有那么多人削尖脑袋争抢着升迁的机会，是什么原因知道吧？

吾杰笑了说，我不知道也不想知道别人的想法，但我的想法就是要把这里建得更好，把一件件想做的事情做好，每成功一件事情，我就有成就感，我就发自内心深处的快乐！我满足了，还奢望什么官不官的！

吾杰对农区的心思主要放在下一个目标上，他要力争把乡企业——核桃油加工厂建起来，虽然资金的问题，让他为难，但信心还很足。引进资金不是容易的事情，但他不放弃，他甚至打起了哥哥的主意。

终于一个长期跑高原的果商，云南老板在他哥哥的介绍下，和吾杰见了面，对吾杰的构想和计划感兴趣，又去了桑德尔等乡村去考证，对前景的预测很乐观，老板动心了，他愿意投资百分之五十的股，最后乡里投一股，哥哥投一股，桑德尔全乡有钱的另外几位大户各入一股，资金问题就解决了。但是，在这时候吾杰被通知考察通过，上次因为到雪山抢险没去谈话，知道吾杰的援救情况后，组织上亲自派人下来找吾杰谈话，这就意味着有可能不久吾杰要离开这里，他这才感觉是真的会离开桑德尔，他着急了，找到王书记讲了自己的想法，要求继续在桑德尔干，核桃加工业刚有了眉目；景区救援组织还待建起等等的事情，他还没做好，他不放心，他不走！

王书记感到很有趣，他当县长、当书记以来已经十多年了，还从来没有见到这样急急火火来找他，为的竟然是不愿提拔的事，人们都说，80后是特殊的一代，眼前这个80后吾杰真又是另一种的特别了！完全是一个充满了激情、开拓劲头十足而很想干事业又不图名利的青年，一般找他说私事儿的，为利为权的不少，而吾杰却相反，不跑官不要官，还怕升官！如果他是个碌碌无为的人，那也就算了，但他恰恰是很优秀的青年才俊，多个层面的了解考察，品德和才能都让人刮目相看，难能可贵啊！政府和组织更加

要珍惜和培养这样的人!

王书记没有给吾杰什么答复，只是说，组织要推荐优秀的青年人走上更重要的岗位，不是哪个人说了算的，你落选是有原因的，你不用知道，组织上所以也在反复了解和考察你，我们要对干部负责，也是对我们国家的事业负责，你不要松劲，无论在什么岗位。

吾杰有些沮丧感觉，认为自己是多此一举，书记的答复等于没说，领导们说话就是这样滴水不漏，自己是白跑一趟!

叶丰被吾杰描绘的桑德尔蓝图鼓舞，也跟着充满了希望和期待，她理解吾杰，乡村是吾杰的舞台，她是亲眼看见和感受了吾杰全身心奋斗、艰苦创业和村乡百姓在吾杰的带领下所发生的变化。她越来越感受到，从她开始进高原，她想寻找的真正的康巴汉子精神，就在吾杰身上。

导游扎西的双脚脚指冻坏了二根，做了截肢手术，他知道如果不是吾杰救他，他失去的就不只是脚趾头，而是腿脚了，甚至生命都可能不存在了。都说吾杰如何优秀，他过去从来不关心这些，吾杰给他的印象是好，人长得也很酷，气质中有一股别人怎么也学不来的东西，扎西说不出来那是什么气质，本来还很羡慕他曾经到大都市去唱歌，歌声还那么好，他曾经还给姐姐说过，菩萨这样看顾吾杰，不仅把英俊的容貌给了他，还给他一副好的歌喉，但他没有更多地发挥它，却回乡村来。他要不是傻，要不就是想走仕途，真不了解这个人究竟是什么样的人!姐姐后来说，他才走对了，他有这个才能，我看他当官会比唱歌更精彩，那时候姐姐卓玛正迷恋吾杰……

父亲的事情发生后，他和姐姐对吾杰除了仇恨，还是恨，父亲一千元左右工资，不够家里的生活和几个孩子读书费用。为了他和两个姐姐能读更多的书而动了三老干部的补助，是吾杰把父亲弄得那样狼狈，也让他家在金沙江河谷留下不好的名声。没想到偏偏救他的人是吾杰，他感到很恼火。吾杰给予他的恩和怨，他该如何放置，或者恩怨互抵?在那样危险的时候，吾杰的果敢和魄力极有锐度，特别是他双手流着血在冰雪渣滓堆中刨出他来，而后那样迅速果断地把那个比他重的外国人换来自己背，在那样的时候，他还能体谅他的部下，他把困难留给了自己，为了其他人的安全，他坚决地把自己留在最后。在那样危急的时候，他看重整体利益和所有人的安全，置身危险，他的冷静、果敢和出人意料的迅疾，让你不得不由衷地佩服他。在医治脚伤的时候，扎西的矛盾心理让他更难受，他甚至想如果救他的人不是吾杰就好了。

扎西终于还是忍不住把内心的苦恼说给了大姐姐卓玛和父亲听。

想不到，已经出狱很久、自从那个事件后就开始飞速衰老的父亲却哭了。他说，我对不住你们姐弟，让你们为我这样背了思想包袱，本来就是我的不对，你们就别恨他了。那种钱，本来就不该拿，不是吾杰，迟早也会被上面知道的，说不定会摔得更惨，在诱惑面前，人的欲望如果没有被约束，会越来越大的！我都不恨吾杰啦，你们恨什么？自己的错为什么要扣在别人身上，他不是故意的，我知道，他是为了工作和老乡们，爸爸还是懂道理的人！

卓玛说，怎么不恨他？让我们阿尼家在桑德尔丢尽了脸面，这是我最痛苦的，父亲动用了多少？才几千元，现在在官场上，贪污公家款额的多的是，十万、百万、上千万的都有，吾杰小题大做，逞什么能？其他不说了，就是那些机关里，每个部门吃吃喝喝，官场里每天都在发生，一桌吃的，就上千上万，我就是觉得父亲冤，就是要恨他！恨到底！恨到永远！

父亲叹口气，无奈地说，那他救了你弟弟的命呢，你怎么说呢？

各了各的！扎西就去感谢他吧，反正我是不感谢他！他是领导吧，那是他该做的……扎西听姐姐这样一说，他觉得姐姐也太过分了，“姐姐，在那种时候，人的本能就是逃命，但是吾杰没有放弃我和任何一个受伤的人……”

“那是他应该的，他当领导，放弃了你们，那他就当不成书记了。”

扎西反驳说，那时候，谁还会想着当不当什么，命都要丢掉了，你没经历那样可怕的场景，你才说得出口……

“人家救了你一命，就开始反咬自己的亲人啦，要当白眼狼啦！”

扎西被姐姐说的难听的话激愤了，他生气地说，那我死了你才高兴吗？做人不能缺德到没有一点底线，我曾经非常恨他，我是家里的男孩，要在过去，就该我去报仇，白刀子进红刀子出，让我们蒙受耻辱的人死在我的刀下！但是，这本来就是我们的错，父亲是为我们而错的，难道我们还要错上加错？

“那么，你不想错是什么意思？是要认他为亲人吗？还是……”

头发已经灰白的父亲叹气说，“你们就不要争吵了，只要你们能很好地活着，有出息，就是我最大的安慰了。人家救了扎西，那是该感谢！恩恩怨怨，菩萨说了，那是前世命定的缘，有因就有果，是我自己做的事情不善德，那是肯定要被毁誉的……”

“对不起，父亲，我们不该再让你难过，已经过去的事情就让它过去了，我和姐姐一定会出息的，你放心！”

这时候，卓玛也不愿看到父亲为姐弟俩争吵难过，她不吵了，却阴冷地笑了笑，自得的神情浮在脸上，沉默了会儿又说活了，她的话着实让扎西和父亲呆愣住了。她说出了他们都不知道的她的报复行为，对吾杰的报复，而且很成功，吾杰落选是他活该的，虽然也许最终他会被破格提拔，但是收拾他一次算一次！

老父亲压低了声音担忧地说，卓玛啊，你这是玩火啊，你是违规的了，你怎么这样？老父亲开始流泪了，他说，再这样，你也要和父亲一样犯错误了，不该不该……

这时候，病房的门打开了，有护士走进来，发了药就走了。父子几人的心里

是各种滋味都有，大家都沉默不语。姐姐说她去看阿妈给弟弟顿的牛骨头汤好了没有，一会儿再和阿妈来换阿爸回家休息，说完就走了。

扎西对父亲没有再说什么，他不想让父亲掉进已经过去了的不快之中，他给父亲讲起雪崩，讲他在雪山导游中的许多趣事。

姐姐的话让扎西感到心里很苦涩，如果是在经历雪崩之前，他也许会高兴，也许会有复仇后的痛快感觉。他亲眼所见所历吾杰的品行，他还能说什么？男子汉能像吾杰那样所思所虑所为，那才是真正的汉子。他当时去找那几个外国人也想到的是把他们引出雪山的危险地，他可以不管那几个老外，因为他们进山跟他没关系，但他做不出那种欠良心的事情，他不也想做真正的汉子吗？扎西在梳理着内心复杂的感情，亲情，恩情，仇恨，人的一生怎么有这么多的恩怨情仇？姐姐用的是不磊落的方式在报“一箭之仇”，吾杰落选一次，就会耽误他四五年，要等下届了。虽然吾杰年轻，他等得起，如果他在乎的话。但是人的一生中能等多少个四五年。游客们许多都爱问：你们康巴汉子声名远扬，是不是就是彪悍、英俊、高大的原因？扎西不知怎样回答，什么才是康巴汉子，他就玩笑地说，难道你们不觉得我就是康巴汉子？他们说，我们一进康巴，想的就是要一睹野性、粗狂的康巴男人，忘了近在身边的温文尔雅的导游你了！

扎西觉得出色的吾杰可以对康巴汉子赋予更好的补充和诠释，而姐姐却像格萨尔故事里那个小人阿库晁通一样，要着不磊落的小计谋，总是阻扰英雄做事，姐姐的做法使他感到良心不安。

吾杰进城来开会时候，抽空到医院来看扎西，他母亲看来人看儿子，也就出去了。那天，就只有他们俩的时候，扎西忍不住问吾杰，你知道我和父亲对你有多感激吗？吾杰说，不知道，但是恨应该更多些吧，不用感激，我不想你有这样的感情包袱，那也是你自己的坚持才安然……

“我坚持什么？全被你们背着回来！我惭愧还来不及呢！”才二十来岁的扎西激动地说。

“如果你只管你负责的那个团队，你什么事情都不会有，安全回来，也不会有人说你不对。而你却想到了你所知道的在雪山里去的那几个外国人，也应该安全回来，你作出的选择是危险的，是冒很大的风险，因此你才失去了那脚指。而我，如果不是你，是另一个人跟那几个登山者遇到了危险，只要我们知道，一样要去抢救，对于我更加应该做到所有人都安全，桑德尔所有地区人的安全就是我的责任。”

“你自己的安全呢？你不是连自己的生命都不顾地在救大家吗？”

吾杰笑了说，“我知道自己不会有危险的，我祈祷神山一定要让所有的人活着回来，想着别人好，自己也就会好的。我小的时候我爷爷就说菩萨这样说过，我赞同菩萨的话，我家乡的蒙，你知道吗？对，就是那个老人，他说过，他每点一炷香，心里都在为世人祈祷！他有这样的责任和义务吗？他的祈祷有几个人知道？没有！那是他的精神所向，而我是担负有责任的，那是更加有义务和职责的。不是吗？所以你就别胡思乱想了，没有什么该感激不感激的，好好养伤，然后再去导游，我们桑德尔的风光美景还离不开你这个已经小有名气的‘著名’导游呢，游客不是说你很出名吗？网上有很多你的名字，夸你的话还不少呢。”

扎西笑了，但还是迟疑地说，“我……我想告诉你一件事情，你可以恨我，恨我的家人！但对于我，不说出来，心里觉得不像汉子，不磊落……”

“我为什么要恨你和你的家人？说真的，我自己还觉得亏欠你的父亲，如果是你，看到三老干部的贫困，政府的补助得不到，我想你也会为他们喊冤的。但从情理上讲，你们真的应该恨我，能理解，如果不恨，那才是不正常的事情。这次能够为你和你父亲做点事情，我的心里也好受些……”

吾杰不是故意伤害父亲的，扎西理解他做的是公平正义的事情，都是乡亲，所以为自己的行为也感到不安，吾杰他反倒觉得自己亏欠他们，扎西更加动容了，他脱口说出了姐姐做的事情！而后他要求吾杰，不要给组织反映，如果那样，姐姐受到的处罚就不只是批评。

没想到的是，吾杰居然轻松地笑了说，原来你这么沉重的心情，是因这个事呀，早就过去了。而且我根本就不在乎，如果是卓玛所为，那我就感激她。在桑德尔，我还要做很多事情，现在还是开头，我想留在桑德尔，在这里，我能够把我的理想、我的情感、我的思想都展示开来，我的舞台就是这里。我希望明天的桑德尔该是很棒的乡村，在我和大家的努力下，桑德尔每个家庭都比过去幸福。乡村不仅外观上是最美的乡村，在质量上，在人们的幸福指数上也是之最，那就是我最感兴趣的了。仕途，我不想，政府和组织能给我现在的这个平台，让我做有宜于大家的事情，我就心存感激了。这是信任才赋予的重任，说自私的话，那就是我能在这个平台干事业，能够在这个平台上得到政府的支持，实现、干成所有我们桑德尔人期盼的梦想，那我就成功了！为什么当了乡长书记，就要想到下一步还要当县长什么的，我不会异化自己对事业的追求。在桑德尔所做的许多事情，都得到了上下的支持和认同，我就是最满足的啦，这多好啊！过分看重权利，就如吸食毒品，越吸瘾越大，我现在这样平和与满足的感觉多好，心里一片坦然和轻松！所以，你不该有什么不安的感觉，虽然你姐的做法不好，说出去会被组织批评的，但是于我真的没被伤害。你好好安慰你父亲，不要有什么过意不去的。我想，你姐恨我，那好正常，她这样做可能在心里会减轻对我的怨恨，会好受些吧，那就由她吧。

听吾杰的话语，扎西心里平静了，本来矛盾、犹豫、自责、感激的情绪纠结着

他，现在自己也坦然起来。他想，这就是充满阳光的吾杰，他心里有阳光，所以他会照亮别人，所以具有人格魅力。许多人说他好，那是有原因的，他是如此不同于当下许多有一官半职的人，但是凭吾杰目前的业绩或者将来的成功，政府现在选拔用人制度越来越严格和健全的形势下，对品能俱佳的人才很重视了。很明显，吾杰会有更大的舞台，这是毫无疑问的。

扎西想他也该像吾杰那样立志干事业，干自己喜欢的事业。吾杰说了，通过这件事情，高原导游的知识面还要广，关于雪山的，关于登山的，关于营救等等的知识还需要加强。这次历险之旅，使扎西成熟了许多，他暗下决心他要把导游做得更好，失去几根脚趾不会影响他想做的事！

16

冬天到了，叶丰和吾杰计划，在三个月后藏历新年来临时就举行婚礼。

11月中旬的时候，天气变得异常暖和，每天都是艳阳天，金色的草地奇特地温暖如春了。牧人们都说，今年的冬天真好过，寒冷不知躲到什么地方去了，温暖的天气像春天来临！

这样的温暖持续一月后，天气却急速地翻脸了，浩瀚的苍穹就像千年古岁的女妖，撕下了温柔的笑脸，把阴沉的灰脸呼喇喇地一下亮出来，充满诡秘和阴霾，阳光穿不透，高原的冷变得奇寒，气温在急剧下降。于是，大家就盼着说，这天气怎么不快点降雪，下场雪，就会好啦，天空就会晴起来！

人们说着说着，老天会感应似的，不久就纷纷扬扬地飘下了雪花，哪知道，这雪下起来就不打算停下来了，而且越下越大，牧人把牛毛黑帐篷顶上的积雪用赶雪棒清扫了又清扫，以免雪积太多把帐篷压塌。沟壑被积雪填平了，山色没有一点其他的色彩，世界都是银白。昨天上午，居然有云层断裂开来，像是逗着地上的生灵，一束阳光洒向大地好一阵，高兴的人们以为雪终于要停下了，有的人因为寒冷了很久而急切地想感受阳光的温暖，在白色的世界里，又有光的反射，不小心把眼睛烧坏了，遭遇了雪盲，许多外出的人戴上了牛毛编制的护眼网或墨镜。

但是下午，天气又变了，更大的雪降下来，而且根本就没有要打住的意思。就在一夜之间，瑞雪变成了雪灾，雪灾把所有的生灵笼罩，恐惧的阴影越来越大，白色灾难像无形的魔鬼，在那可怕的夜就拽走了许多生命。凡是有牛场的地方，都可见倒下的牦牛和哭泣的牧人。牛是牧人的生命、生活的重要部分，是家里的成员。但是一场大雪，却让牦牛死去不少，昨晚牛群在帐外还生命鲜活地甩着大尾巴，小牛在母亲身旁撒着欢，谁都不会知道，夜晚会有死神来夺取无数的生灵。雪原中，牛被雪掩埋了，在帐篷外拴牛的地方，有的牛倒下，有的却看似站立着，披着积雪，但是当怀着侥幸心急迫走近的牧人一靠拢，伸手一摸，才痛心发现，牦牛已经在夜里站着冻死了！神佛啊！三宝啊！这样大的灾难是几十年未遇，救救我们的牛羊，救救我们！

神佛无言，菩萨流泪……

在急剧降低的气温中，就是定居点的砖土墙筑就的房子内也冻得起了冰凌，有电视机的家，早上刚打开电视，“碰”地巨响，电视居然爆炸了，一看电视内都结了

冰块，更何况帐篷！

人们唯一的办法就是烧火，只有把所有能烧的都烧了来取暖，维持、抵御寒冷。储备了一个冬季要用的牛粪饼，就只有一个劲儿地添进钢炉，烧进土灶，牛粪烧完了，天气还是没有转暖，没办法，只好把携带的木柜木箱拆了烧，能烧的都用来取暖！但在牧场上又能有多少东西能烧？本来就是简单的便携的生活物品，能带多少在身边？老人和幼小的孩子只能躲在帐篷里，看着烧尽了一切的余火，然后就要面对冻死的可能，而青壮年人都在为抢救牲畜而奔忙……

雪还是在下，气温还在降低，有的牧人站在死亡一片的牛群中，为家畜的死去而痛苦叫天时，忘记了自己的疼痛，忙着把还有一丝气息的或者没有冻死的牛赶到一处，在不知不觉间，牧人自己的耳朵或手指、脚趾冻坏了都不知道。冻坏了的耳朵在帐篷门前或帐篷绳上轻轻一碰就掉下，落在地上，还不知道，当进了帐篷一坐在火边，耳朵开始疼痛，因为暖和，血开始猛流下来，用手一摸，老天啊，菩萨啦，自己的耳朵已经不在它们的位置上，什么时候冻掉了都不知道；有的人是双脚双手都冻坏啦，无法再走一步了，寒冷甚至危及到生命了！冷！冷！全世界只有寒冷！冰冷！只有无法抵御的奇寒！

惨不忍睹的景象，在有生灵的地方无不显示，老天没有悲悯了，大雪狂舞，雪花依然在疯狂地播洒着恐怖的白色灾祸……这场料想不到的自然灾害就这样突然降临，波及了本县部分乡村和邻县大片草原区域，吾杰的乡，有几个牧区村遭受灾害，已经建有圈棚的人户，受的灾小，有定居处的牧户没有伤亡。但凡是在户外放牧和住帐篷的都遭到了严重的毁灭性打击。这是几十年来罕见的大雪灾。

这年吾杰的爷爷身体一直不太好，进过两次医院。而就在这时候，爷爷病情加重，姐夫赶来告诉吾杰，说爷爷看来不行了，蒙从很远的地方也正好回来了，他说他预感到了他的老朋友登巴泽仁生命之灯已经晦暗，将会在他之前先走两年了，而他要把朋友送走后，过了明年，他九十岁之后也会去了！

但是爷爷在走之前一定要看到他最爱的孙子一眼才放心，这让吾杰的心痛楚不堪，他最心爱的爷爷，怎么能走得这样快？他要去把爷爷的生命拉住，用孙儿的至爱！他连夜就往噶麦村赶去。

但是他还没走到噶麦的大路就得到牧区遭遇雪灾的消息，吾杰哭了，他必须放弃他最亲的爷爷，爷爷最后的愿望是再看看他心爱的吾杰，但是吾杰却无法让爷爷实现了，这一别，一定就是永诀！别无选择的吾杰必须赶到雪灾地！他对着噶麦的方向跪下，痛哭说，爷爷，我的登巴泽仁，您一定要坚持，坚持到孙儿吾杰把眼前这关系那么多牧民生命安全的事情做好了就来看您！他哭着拜托姐夫一定把他的话说给老人，帮他呵护好爷爷生命最后的深刻……

返回的吾杰，在第一时间，组织全乡干部和所有村干部进入紧急救援状态，组成几个小组分头出发，去紧急抢险。吾杰和他的人，夜以继日连滚带爬赶到草原，组织抢险救助。牧民们是游散放牧的，只有分头去找，救人是最关键，当他到了尼桑村，格夏自己家里没受什么损害，格夏与乡里的人一起把全村所有牧户都找到，但是他在救助其他牧户时，忘了保护自己。那晚，吾杰他们分发完糌粑和草料、木材，坐下休息，准备休息一会儿再到另一个村去，大家就围在火炉前边取暖边吃东西，格夏却控制不住地突然呻吟起来，他本想站起身来，但是他根本站不起来，坐在他旁边的吾杰急速地问："怎么啦？脚冻伤了吗？"

"没有！一会儿就好！"格夏硬撑着半咬着嘴唇说。

吾杰不信，他第一个念头就是格夏的脚一定出问题了！马上脱下他脚上几天来穿着的早已湿透了的军用胶鞋，发现他的脚已经冻坏了。特别是左脚，脚趾已变成了黑色，明显已经坏死，如果再耽搁，坏死的肉就会引起感染甚至危及生命。时间延迟就有生命危险，吾杰立刻安排人要连夜送他走，他坚持不愿离开，但吾杰开始咆哮着、怒吼着才让格夏不再坚持。虽然吾杰对他发火了，但是他分明看到吾杰的眼里有泪光在闪，本来是多么俊健的青年啊，可将面临的一定是截肢！根据经验和常识，吾杰痛心地感到格夏的脚会留下残疾！格夏见吾杰难过而愤怒的样子，从没看见书记流过泪的他也哽咽了，他为自己危难时候没有坚持到最后而愧疚，他哽咽地说："书记，你可要保护好自己，保重……"

吾杰点点头，挥了下手，示意快走，然后把自己的墨镜取下给背格夏人戴上，命令他们急速赶路到乡里，再搭车到县医院。在白茫茫的雪野，满目的苍凉与悲壮，吾杰流下了泪水，他已经得到消息，知道爷爷走了，已经去到一个生者无法企及的世界，他再也不能与爷爷牵手，那双温暖的大手虽然苍老，虽然青筋突显，但那双手在吾杰的记忆里是最温暖、最有力的！爷爷那些很智慧的话语，再也不会对他说了！但愿他往生的那个世界没有这样的荒漠、凄惶大雪，只有温暖！没有给爷爷送行，始终觉得对不住爷爷，吾杰就越是发狠地做着抢救的工作，浑身都是力，疲劳、困乏、寒冷都缠不住他，为了爷爷，他更要把这里的所有生灵保护解救出来！

存活下来的牛群，在吾杰和乡、村干部们的指挥下，牧民组成一个个小组，分散往低处的河谷、沟坝里和其他农区村子赶，全乡都动员了起来，一起参加救助。

吾杰他们又赶往其他村，寻找牧民，大家知道不抓紧时间，那些还没找到的牧民就是不被冻死，有的也会饿死的。远去牧场放牧的人被阻在山谷，准备的粮食不会很多的，在县政府组织的抢救队伍还没有到这里之前，他们必须在第一时间拼尽所有的力量自救，调动各村，互补互助地送干草和送粮食。不久，县里的领导和救援到达了，省里的救援也即将到达。

为了准备婚礼，前一段时间，叶丰回了老家，一是告诉家人她和吾杰的婚事，然后准备买些结婚的用品什么的，虽然父母对女儿的选择不赞同，但他们知道女儿的倔强，从来自己认定的就要坚持去做。叶丰知道雪灾消息，还是从电视里看到的，慌忙给吾杰打了电话，但是一直都打不通，她紧张地感觉到一定是吾杰他们那里也遭灾害了。这个时候，还没来得及买东西的她，急忙买了机票赶往成都，再赶往康巴藏区，这时候，她一定要在吾杰身边！那次雪山营救，她就是一直坚持在村里等着吾杰，看着吾杰他们从死神的怀抱里走出，她紧张的心才落下来。那次吾杰没有受伤，只是眼睛被雪光轻度伤害，眼睛肿胀疼痛了几天就好了，那次她是按照藏族的土方法，用熬沸并冷却了的鲜牛奶给他敷眼洗眼，两三天才好的。这次她一定要加入他们的营救工作，等待和担忧是很痛苦难熬的，与其坐等，不如走进雪灾区，和她至爱的人在一起！到了桑德尔，坚持要去灾区的她在乡里人的帮助下，终于赶到，她和县乡里的救援人一道，把县里运送到的救援物资发放给牧民们或者寻访需要救治的……

县政府和县委组织的救援队伍和部队都赶来，这场让人猝不及防的大雪灾，让全社会的人都动了起来。最大面积的灾情发生在邻县，那是个牧业为主的县域，省州重要救助点也在那里。而这边虽然只有三个牧区村是受灾地，但灾情依然一样严重。吾杰组织所有干部和牧户，奋力地抢险自救，几天几夜寻找牧民就有几百人，他心里始终只有一个念头，减少损失，把灾情降到最低！心急火燎、血气方刚的他，第一次面对这样的灾难，年轻的他第一次看到了死亡，看着成片的牛死在雪地里，看着牧民无助的样子，和许多冻伤的牧民，特别是格夏的受伤，他流泪了，我们的牧民真苦，真穷，也真是无耐！在灾害面前就更是脆弱得不堪一击！他心里觉得好愧疚，自己做的是什么官？平常为什么预见不到这些灾情的可能发生？要有什么办法才能解决预防这样的突然的灾难？这次雪灾应该使官员、政府和相关机构引起许多许多的反思！今后急迫要做的事情还那么多！他派人送木材和食物到拉拉噶小学去的人回来了，说是孩子们都安全，根秋多吉校长和几个老师都好，叫他放心，他们会保护好孩子们的。

抢救中吾杰忘了时间，他自己定格在灾情中，不知不觉已经过了三天三夜，没有睡一刻，没有停歇过，现在他的眼睛都几乎睁不开了，开始剧烈疼痛起来，他的身体也终于累得支撑不住倒在雪地里。啊，大雪呀，你这疯狂的白祉，不会把我吓倒！爷爷啊，我不累，你在给我鼓劲吧！爷爷，我浑身都是劲呢，等把雪灾赶走，我要以您的方式，去寺里为您点起几百盏的酥油灯，孙儿的灯盏会护送您去往天堂的路，还要为这里冻死的所有生灵点起，也替您在佛前为他们点亮灯盏……吾杰在雪地里昏睡之际，脑海里全是白雪，是被困的牧民们，是他亲爱的爷爷，但他终于撑不住昏睡过去了……

当人们发现倒在雪地的吾杰，就马上把他抬进了帐篷。在雪地睡，必定会被冻伤冻残，刚把他放在帐篷地上的毛毡上，他就惊醒了，他马上坐起来，坚持说自己已经休息好啦，没有必要再休息。

王书记他们也赶来了，已经在救灾一线的王书记进到帐篷里，看望吾杰，他告诉吾杰，省州的领导正在灾情很重的邻县那边的草场，很快也要来我们这里，救援的物资正在分发，你就好好的休息会儿！

明明听到是王书记的声音在耳边响，还感觉自己的手被握着，但是吾杰却看不到眼前的东西了，他努力地想睁大眼，眼睛的疼痛让他紧张起来，他问：

“是王书记吗？”

他两眼红肿，眼皮肿胀，怎么也睁不开眼，怕光的样子，明明王书记就站在他面前，他还怀疑地这样问，王书记的心里“格登”一下提了起来，糟糕！难道是吾杰的眼睛失明了！因为雪和光强烈刺激，开始救援时吾杰戴的墨镜还能起到一点保护作用，一直这样在户外的雪原奔波，本来上次雪山抢险就遭遇过雪盲的吾杰，这次是被严重的雪盲袭击了，他本该在昨天眼睛就有些模糊、疼痛的时候就引起注意，进行休息治疗，24小时后就会好的，但是他熬到了今天，就越发严重的疼痛和睁不开眼睛，甚至看不见了，他还以为是疲劳过度，睡一觉就好了，加之本来就几天几夜没有合眼，所以他支持不住倒下就昏沉睡去。

雪盲症是由于眼睛视网膜受到白色强光刺激引起失明，虽然可以在几天恢复，但是遭遇多次，再次刺激就会更加严重，甚至彻底失明。看来不能让他再留在这里了，王书记说，你不能再耽搁了，必须去医院治疗！

吾杰根本就不可能听，他坚持说，他好得很，他闭目休息几小时就会好的，他得过这个雪盲症，他知道没什么大问题。

赶来身边的叶丰担忧地哭了，跟大家一样劝说吾杰离开这里到县医院去。但他固执得坚决不走，他说他精神状态很好，身体也很好，就只是看不见了而已，没什么大不了，谁劝我我都不走，我要知道所有的牧户都找到，并且安全了，我才走！

大家要抬他走，走到帐篷门口，他顺手拉住帐篷外的绳索，紧紧不放，叶丰说，别拉了，吾杰，帐篷都要被拉垮了！大家也都叫了起来，叫他松手。

“你这小子完全是个犟牦牛！我们在这里，你还担心个什么？没见过你这么犟脾气的人……”

“谁是犟脾气？说谁呢？王书记。”几个领导模样的人被簇拥着走来。

“哎呀，刘书记，您辛苦辛苦！这么快就赶来这边了？我们接通知说是明天才来呀？我们应该来迎接的！”王书记和其他的县领导惊讶地迎上去。

“这个时候救援比什么都重要，还接什么？”刘书记有些责备地说。

“这么快就到了，看……我没做好接待工作……我……”王书记歉然地说着，对于省委书记的提前到来感到紧张。

“快什么？从省里到州里再到县里，然后再到了区乡，再到这些灾区就走了那么几天了，高原的路真是比内地城市的路差距大啊，我过去可以说官僚啦，不亲自走一走，特别是在这样特殊的季节里感受，怎么会知道高原的艰辛！上千公里的路程，我们还是越野车，一路还算顺利，总算赶上救援的工作，这个时间到达，已经来晚了！你们才辛苦了，特别是基层的干部们和老乡们！”省委刘书记动容地说。

经介绍，他才知道眼前这位被雪盲控制的年轻人是谁，也知道大家劝他离开的原因，书记看着眼前这个坚强的年轻人已经失明了还要坚守，他心里感动备至，久久握住吾杰的手不放，“我们……我来迟了啊！”

“不不，领导，你们赶那么远的路来，已经很辛苦了，能亲自来关怀我们，就……谢谢……”吾杰感怀地说。

省委书记和州里领导从邻县重灾区抢救工作有序进行后，岔道从通乡毛土路赶来这里。桑德尔乡在没有政府援救队伍到达时，自己的救援已经做得很好，就是得力于这么一个优秀的年轻人、好的领头人！当省委书记知道吾杰已经眼睛失明，问题很严重，他还坚持不走！省委书记的眼里满含泪水，他抓住吾杰的肩，狠狠摇了下，像长辈一样生气而焦虑地说，必须走！不走也得走！这是命令！

省委书记命令吾杰即刻就离开这里，他把自己身上的军用大衣脱下披在吾杰身上，然后低头看了看吾杰脚上的旅行鞋，说：“你的鞋子已经是湿漉漉的了，根本就不能再穿了！”于是叫他的人马上拿来别人为他预备的、放在车里的崭新的军用羊毛皮鞋。

他说，马上穿上这个。用我的越野车连夜送去县医院！他说灾情已经控制下来了，你的及时救援和布置非常有效，现在省州政府和部队、县里这么多的人到了，你还担心什么？难道要我们看到一个这么勇敢有为的年轻人的眼睛彻底瞎掉，成为将来要大家看顾的残疾人，你才甘心吗？年轻，还有很多的事情要做，不要看轻了自己的生命和健康。你不走，我命令人把你绑都要绑走，走！必须！

他叫人把吾杰的鞋脱下，王强书记说，我来吧！看不见眼前情形的吾杰只好乖乖地让人脱着脚上已经是几天前就打湿了的鞋子，叶丰也马上帮着脱下另一只。书记的秘书很快跑来把书记的军用毛皮鞋和新袜子拿过来，然而大家惊讶的是，刘书记自己接过皮鞋，叶丰还蹲在雪地上，给吾杰脱湿了的袜子，而这时候，刘书记自己一下就蹲下身子，对争着要给吾杰穿鞋袜的王强说，还是我来给他穿起吧！他不容分说地推开王强的手，认真地给吾杰穿起来。

就在这时候惊讶的干部们回过神来，怎么让省委书记给这么普通的晚辈、一个普通的百姓穿鞋子，那是不可思议又很不礼貌的事情，是根本就不该出现的事，省委书记给一个乡村青年干部穿鞋？开玩笑！特别是在今天干群关系日渐脱离，干部们老爱高高在上，端架子、摆谱、打官腔的年代。从感情到生活都距离百姓越来越远的现状中，这么一个五十多岁的老领导，政府高官，居然如此地亲民随和，没有人们眼里所谓的今天许多官员的形象特征，老百姓对现在官员是有说法和看法的，有的官员到基层来调研考察，都一定是被地方的官员们包围着、簇拥着，不该你领导知道的事情根本就可以封锁得滴水不漏，都说好听的给你听，如果领导再是个贪玩贪杯贪麻将贪色的，往往是走马观花一遭，一句话——统统把资料拿来！然后就开始在条件优越的宾馆里坐下，往麻将桌前一坐，就开始了“战斗”，走的时候兜里可是装满了麻将桌上“赢得”的钞票。当然这种现象只是发生在有实实在在权利的官员身上，如果不是实权的官员来基层，基层官员很会掂量权利的轻重，对您的热情程度那是以权利大小而论的，老百姓从当地领导的陪同程度和热度，就可以断定来的上面领导权利是大还是小。其实日积月累的这些现象，已经形成不良的干部形象问题，深刻地挫伤了百姓的信任和感情，扭曲了官员的形象，消减了执政党执政的威望。

今天这个刘书记的举动真是让所有在场的人感动，县委王书记和其他的领导劝不住刘书记，就诚惶诚恐地蹲在他身边看着，书记很快地给吾杰穿好了一只。

“怎么可以这样？不妥不妥！”王书记再次来抢过刘书记手里正准备给吾杰穿的另一只鞋，叶丰把鞋抓了过去说，我来！书记。

吾杰这才知道刚才给他穿鞋的人是省委书记，他着急地一下坐在雪地上，胡乱地抓着眼前说，“不能这样，书记，我怎么能这样……我自己行的！我……太不好意思……叶丰，快帮我……”

刘书记却一把握住他乱抓的手说：“吾杰，你别难为情啦！你是好干部，好青年，这种时候，就让我为你做点，这有什么不妥呢？我就像你的长辈一样啊！很正常，领导就不能以正常人的方式关爱自己的部下或老百姓？什么逻辑？那是变态逻辑！我从来就看不惯那种自以为是的领导，总把自己凌驾于所有人之上的人！我这很正常，没什么难为情的，吾杰，要听话，配合好医生，一定把眼睛治好！你不听我以领导发的命令，那么我就以长辈来劝你了，你必须走，眼睛医不好，不许回来！”

细心的书记看见在给吾杰系鞋带的叶丰脸上是泪，他迅速打量这两个年轻人，说：“你们是一对吧？”

“我叫叶丰，我是从津城来的画画的……”叶丰介绍自己说。

“他们俩可是一对儿呢，书记！他们都恋爱几年了……”在场的乡长笑着说。

“书记别听乡长……”叶丰有些羞怯地说。

“难能可贵啊！你们这些年轻人都不简单，值得！”刘书记发现叶丰的手和脸都有冻伤，就说，“你看你，画家，你的脸和手都冻伤了，啊，又是一个为爱情不顾一切的人吧？”说到这里书记感慨地笑了笑。

吾杰这才知道叶丰为了他，作出了多大的努力，自己根本没照顾好她，心里的感觉是很疼痛的。

“叶丰，你……对不起……我不知道你都冻伤了……”他拉住叶丰的手，抚摸着，然后伸手摸了摸叶丰冻伤的面庞，他低声地还想说什么又止住了，他不顾有周围的人们看着，对叶丰的疼爱和感激是无以言表的，他从内心不愿叶丰为了他受这样的苦，他忍不住流泪了，这是叶丰认识他以来第一次见坚强的吾杰流泪，而且是为她而落泪的，叶丰也含满了泪花、感动的说：

“别说什么了，虽然你忙于工作，但我一直感觉得到你对我的爱，我要一直陪你把眼睛医好！”

刘书记看得出这两个不同地域、不同民族和不同文化背景里成长起来的青年，这么决绝地走在一起，他很佩服叶丰对眼前这个优秀青年的挚爱。

书记笑了说：“你们的爱情故事一定很精彩吧？以后有机会我可要听听你们如此遥远的距离，是怎么走到一起来的，可以吗？”

叶丰不好意思的脸红了，吾杰马上说，我很爱她，她为我做了很多，可我……吾杰愧疚的摇着头。

“小伙子，你是有担子在身的，由不得你。你们什么时候结婚呢？”书记笑着说。

“因为这些事情推迟了。我们举行婚礼的时候邀请书记参加，可以吗？”吾杰说。

“只要没公务忙着，我一定参加！”刘书记笑着说，“所以，吾杰，为了你爱的人，为了我，你必须马上走啊！”

这样耐心和充满温情和关爱的好领导如此劝说，也容不得吾杰再申辩什么，吾杰真是不好意再留下让大家牵挂担忧，勉强同意了，但却觉得自己像逃兵，临阵脱逃，心里不是滋味儿。

在桑德尔，刘书记跟县里乡里的领导在一起，走进牧民中问寒问暖，了解情况，同时他也知道了许多关于吾杰的故事和事迹，被感动的他说，我必须为这个好青年做点什么才行！

他马上打了电话给省里，要求安排原定的医疗人员中，增派几位眼科技术很好的医生来为吾杰的眼睛救治，绝不能留下什么后遗症。他说，这么好的小伙子，一定不能失去光明！他该做的事情还多，他要走的路还很长，没有光明怎么可以！他像一个慈祥的父辈，发自内心地真切关注和挂念起吾杰的健康。

省委书记走的时候曾经对王书记说：“这样的优秀青年，应该予以重任！要善于发现人才，善于使用人才，同时要关心他们！基层的这些干部是基石！培养和关爱、锻炼并重，他们才能长成参天大树，致天下之治者在人才啊，任何时候、任何地方都是这样！”

王书记没有说起吾杰在这轮干部选拔中两票之差落选以及他力推吾杰进入后备干部队伍的事情。他心里其实知道吾杰的优秀是不容置疑的，更知道吾杰的淳朴、率真、德高，因为对家乡的爱而激发的热情和智慧，把他的青春激情地奉献在创业中，默默地把事业干得轰轰烈烈。在各层面的群众，面对面的了解中，都可以看出他的口碑很好。但在选举中，却差了两票而没有过半，他揣测就是因为吾杰处理过的那几个村干部们没有投吾杰的票。

书记说刚才那番话的时候，还有其他人在场，人们看到了省里的领导都被吾杰的事情感动了。不知是谁，把省领导的话传开去，这可让桑德尔的百姓既高兴又担忧起来——那么就是说，我们的吾杰还是要离开桑德尔！？

后来，有人开始找认识的干部带话给上面，说他们不想换领导，就让吾杰继续在这里。但当大家知道吾杰的双眼遭遇雪盲症很严重，弄不好可能会永远看不见，善良的百姓们又祈祷着说：只要吾杰好起来，无论怎样都可以，吾杰能走多远都行，只要他的眼睛能够与过去一样明亮、健康，神会看顾这样俊气、贤明如神子的男孩，他，还要为大家做很多事情呢，神怎么能让他成为失明的人？许多老人开始到寺庙求菩萨保佑吾杰，请僧人为他念平安吉祥经！

很快就送到县医院的吾杰，马上就进入医生的检查、会诊、救治中，从省大医院派来的专家医生有四个，医生们力图尽最大的努力来康复吾杰的双眼。除了抢救吾杰的双眼，这些医生还加入了县医院抢救其他冻残冻伤的牧民救治中。

格夏的右脚保住了，左脚脚掌不得不做了截肢手术。医生说，如果他再迟来几个小时，右脚都可能全保不住了。经过抢救，他的身体状况都很好。而吾杰的眼睛因为是几度被雪光灼伤，加之过度疲劳，眼睛的失明程度很严重。医生不敢肯定是否能够使他复明，“精心医治，决不放弃！”是省领导给大家下达的命令。

吾杰眼睛能不能好起来，成了许多人关注和担忧的焦点。

叶丰在雪灾中的亲历，和对吾杰的爱，都很深地触及到她的灵魂深处，使她创作的激情和灵感丰富起来，她终于推翻了自己过去的创作构思，从全新的角度思考，她必须重新开始新的创作构想。

十几天过去了，离吾杰拆开蒙着眼睛的纱布复查的时间还有几天，这时候，叶丰却接到津城美协电话通知，三个月后参加全国美术家美术作品展，他们推荐了叶丰。这是个难得的机遇，要准备高质量的作品去参加，但时间太紧张，她的画稿还没有完成，过去在市地和省展出过的作品她已经不想拿去展，她现在正在创作

的作品，是她希望能够在这样高规格的展览中展出的，她得争取时间画完。为完成作品，为参加画展，那就要耽误和吾杰在一起的时间，婚礼也要推迟了。她矛盾起来，思虑再三，她无法放心地离开吾杰，于是她决定放弃这次参展机会。她把她的决定告诉吾杰，一经说出，吾杰却坚决不同意，他安慰和劝说她不该动摇自己的事业，吾杰坚持说，这么好的机会，绝不能放弃！结婚的事情可以后延，况且我的眼睛是否能够完全康复还不知道，如果我永远看不见了，你还能嫁给我吗？

“别胡说啦，吾杰，你会好起来的，一定的，我坚信！”

“我说的是‘如果’！”

“没有这个‘如果’！只有一切都好！”

沉默了一会儿的吾杰却说了句让叶丰感到不安的话：“我还是告诉你，叶丰，已经这么长的休息治疗时间，我感觉不到光透过纱布，这可能就意味着我的眼睛没有好，叶丰！这是真实的！所以我不想……结婚的事情以后再说，好吗？眼睛不好，我是绝不跟你结婚的！如果我不能牢牢地握着幸福，放在你手里，我给你的爱能有多大意义？现在我确定不了我能不能给你幸福，所以我绝不会轻易和你结婚的！”

叶丰说，结婚是大事呢，我可不想推迟了！你别拿眼睛来说事，总之这次展览我不去了，等你眼睛好了后再说。

看到她很坚决的样子，吾杰心里就更觉对不起叶丰，几天来他总是想着法地劝说细心照料着他的叶丰。放弃这样高平台参展的机会，对于热爱创作的人是很痛苦的，作为绘画的人，有这样的机会很重要，那么，叶丰就绝不能因为他而放弃。

不几天，吾杰又绕着弯地跟叶丰说，“结婚是大事啊，你也这么认为的吧，准备的时间那就必须充分才行。我曾经说过我一定要送给你完整的原汁原味的藏族式的婚礼，现在遇到这些事情，时间那么匆忙会是准备不好的。我算了下时间，等你创作完参展的作品，展览完成后举行是最好的了，家里的人也就有充分的时间来为我们的事情做好所有准备！我呢，这段时间已经感觉好多了，医生不是在昨天说了吗？我恢复得很好，不会有后遗症的，你听到了的，所以，我想好了，你必须听我的话，哪怕就这一次行吗？答应我，我要你现在完全把时间全力投入到创作中，你知道我非常爱我的家乡，你就帮我释放一点家乡的元素给外界的人们，你在藏区这么久，而且也爱藏区的人，应该有作品来展示高原，用艺术来向外界的人们诠释高原的一切，山水，人文，还有精神等等！不理解高原藏地的人太多了！”吾杰继续阐释着他对创作高原题材的想法，和叶丰参展的意义在他的精神世界里也是重要的一部分。

后来叶丰被吾杰说动了心，创作的激情被他鼓动起来。可是她说再留下一段时间她就回去创作。吾杰心里真是为她着急，怕时间不够。吾杰焦躁不安起来，不久，他们俩发生了第一次争吵。他不想自己倒下后，让叶丰如此焦虑地天天守候着他，看顾着他。也就是在这次雪灾后，吾杰才感到叶丰对他的至爱是无以复加的，而他没有给他心爱的女人更多的关爱。因为工作的原因，他经常忽视她，越是爱恋叶丰，心里的内疚就越深，特别是自己眼睛看不见后，还是别人发现她的脸和手都冻伤了，他没有照顾好自己的女人，反而还要她来关照他，他真是很难过。叶丰在高原生活还没有适应下来，女孩子都很爱惜自己的美丽，叶丰那么俏丽的面庞被冻伤了，手指上冻裂的口子就是几处，他没有听她埋怨过一声，她把她所有的心事都放在他的眼睛上。吾杰在住院期间，他有时间很好地反省自己，他越发地自责，猛然觉得，仅有爱是不够的，虽然爱恋多年，他以为叶丰爱他，他心里也装满了对叶丰的爱，那就够了！一直以来叶丰却那么满足地从遥远的都市来到他的身边，叶丰选择了自己，他的虚荣心使他如此地满足，他却并没有给自己所爱的人多少现实的幸福。一直以来都是叶丰在给予他爱，他没有更多地从生活上关心、呵护叶丰，终于吾杰觉得他和叶丰的爱是不是不现实的？如果给予叶丰的更多的是委屈，那就太对不起她了。加上叶丰的事业天空应该是在外面的大世界，而不是这里，他自己更不可能离开这里，离开高原，所以他要鼓励叶丰回去创作参展，把他们的爱情冷却一段时间，冷静地思考后再说。于是他每天都装出很轻松的样子，说他感觉一天天好起来，已经没什么问题，他想出院啦。

叶丰被吾杰鼓动得激情澎湃，创作的灵感激扬不止，是啊，经历了雪灾后，叶丰感悟到的东西也很多。风雪中感人的场景很多，震撼人心灵的人物故事不少，吾杰的形象、其他牧人的形象，深深地嵌在她的记忆中，让她的灵魂撼然，让她感动感怀，这是她从来没有体验过的触及灵魂的场面和大事件，她有很多的情感和感悟要通过画笔表现。看着吾杰在一天天的恢复，听着吾杰天天有说有笑地给她讲乡村里的趣闻轶事，讲他儿时和哥哥的顽皮，她的心情也开朗起来，终于同意回去创作了和参加画展。吾杰说，画展里一定要有我们康巴人的最精神、最实质的风采，就看叶丰有没有这个本事表现。吾杰的激将还真管用，听从了吾杰的安排，叶丰不久就赶了回去，信心百倍地回去抓紧时间创作她还没有完成的画。

17

回到都市的叶丰，做好一切准备，创作的劲头就像开足了马力的越野车，在她的世界里，她的高原，狂奔猛驰起来，每天下午画完休息，她都要给吾杰打电话，询问吾杰的情况，也告诉吾杰她的进展……

几个月后，她终于完成了重新构思、发自灵魂深处的作品《暴风雪——康巴汉子组画》。

叶丰完稿的那天，感觉很累，但是她非常满意自己这次的画作，它们来自吾杰。在画的过程中，她更加了解吾杰，爱恋吾杰更深，吾杰就是她至尊的梦想她最醉迷的情歌。没有吾杰，就没有她的创作，她是为他而创作的，她感慨地告诉吾杰，没有吾杰的爱，就没有她的创作，她这一生一世都是为吾杰而存在……

她的话语让吾杰既高兴又痛苦，他想他能给他爱的叶丰多少？他爱她就只是为了娶到她，然后就把叶丰变成家庭妇女一样的只是一味地关照他，而后慢慢放弃她热爱的艺术。看得出叶丰为艺术和爱情可以付出一切，她如此地能吃苦，她放弃了作为现代许多都市女子所不能放弃的城市的安乐和享受。但是，将来在生活的种种波澜中，爱情能够永恒到多久？而她的事业能够坚持多久？他自己又能为她付出多少？吾杰的心里充满了歉意和茫然。

叶丰如期到北京去参展了，她本来是想在画作中把爱情和她感受的思想表达、传输给人们，没去想要争取得个什么奖项，只是让激扬澎湃的创作思绪引领着，没想到作品《暴风雪——康巴汉子组画》引起的反响是巨大的。那是用灵魂的语言描画的，是她心灵的作品，引起了这样的反响，叶丰感到意外，感到欣慰！那就是她以她的技法、以绘画的语言表现出了高原康巴汉子的勇敢、顽强，她把那里崇高的人文精神表现出了，那是很具有震撼力的作品，也可以说是吾杰要求她做到的。三幅一组的作品形成一个强大的主题，一个凸显的目标，抓住了人们的眼球，撞击在人们的心中，让你过目难忘，感动由衷生发！每一笔触都是用感情画出的，没有发自内心的大爱和深刻的体验是不会画出这样的作品。有画家评论说，虽然在艺术上还有稚嫩之处，但是整个画作表现的主题和人物刻画，那是极其成功的。

大获成功，赞不绝口，叶丰终于收获了成果！在赞誉和成功面前，她才从一直以来沉浸很深的高原世界中走出来，走进都市，走进艺术的舞台，走进都市艺术界。她没想过在这个舞台上，聚光灯会如此快地就打在她的身上！她埋头表演的是她从内心深处很久以来想要表现的大美和爱，她千里万里，在精神和时空里寻觅探求的就是爱和大美，她获得了！

研讨会、采访，一个接一个，她的创作发言，讲的是高原雪灾中的故事，康巴汉子的故事，她感言说是高原的人和山水成就了她的艺术，成就了她的作品。高原山水的壮丽大美，高原人的朴素和崇高，以及高原丰富的人文，给了她创作的激情和灵感。她感悟到艺术就是爱的至极的升华。她讲她所见所闻的康巴汉子马踏荒原抒写传奇与辉煌的诗篇、讲许多高原人的事，这些感动了许多人。一个老画家感动地说，他已经很久没有被艺术作品这样地感动了，一直以来经常看到的是为艺术而艺术，创作的手法放在首位，许多作品主题中没有了崇高，没有了英雄主义。表现自我私下情感和瞬间感觉的作品很多，或者为金钱而作的都不少。现在艺术也迷惘在个人狭隘的私人情感或市场经济中。什么是被艺术感动，被艺术震撼？今天他终于感受了！艺术要表现小我，更该表现大我，大爱和崇高的精神！对年轻的叶丰能拿出这样大气魄的作品，我从心底感谢她，以这样的作品鼓舞和洗涤我们的眼睛和灵魂，也从内心深处为她骄傲和自豪，这才叫成功！它们，对于当下那些无生命、无灵魂、无精神、炫耀技巧的作品无疑是清醒剂。因为叶丰的创作大气、清醒，有方向和源头，是有效的创作！这些画里的人物，充满了生活气息，充满了高原人古老的坚韧和对世界、对人类永恒的穿透精神……

荣誉铺天盖地向叶丰涌来；荣誉像玫瑰簇拥着叶丰！

喝多了美酒人要醉，听多了赞美人也会醉；长久沐浴温暖明媚的阳光，也会让你在舒坦中慵懒、沉迷。这段时间，几乎是一个月的时间，她都忙于外交，忙于艺术圈子里朋友和艺术家的聚会，也就疏于给吾杰打电话了。

吾杰知道叶丰的成功，他的高兴不亚于叶丰，也为之激动了很久，分享着叶丰的成功。之后听她说得最多的是她很忙，忙于成功后的种种应酬和交往。人，也许在苦难面前会保持清醒的头脑，但在成功和荣誉面前会脆弱的，往往会迷失自己的本真。吾杰提醒叶丰，过于陶醉在成功和长时间应酬里，会有消极的东西滋生，那里面会产生毒素，会把你艺术创作的锐度和特立的灵性腐蚀掉。高原之所以大美大德到今天，就是因为它的遗世独立，它的朴素和纯洁！

叶丰感慨吾杰如此敏锐，她感怀说，能说出这话的人，应该是艺术家，而不是乡村干部！放心吧，吾杰，我会记住！

然后她依然奔波在都市艺术的舞台上，有艺术家建议她举办一场个人画展，市美协来为她举办。

吾杰发来短消息说，为你高兴，你的舞台就在都市，那里的世界有艺术展示的

大平台，高原没有，高原体制内的画家们一旦有点名气都是远走高飞，到大城市去找更高的舞台，更大的艺术天空，祝你把握机会，坚持努力，获取更理想的成功！

离开吾杰的时候，他们俩约定了画展结束就举办婚礼，现在叶丰对吾杰说，我一直等你结婚，你总说等等等，现在我要你等我一次了！

很好，后年吧，那样我也完全恢复健康，你的个人画展也完成了，真好，我们就是喜上加喜了！两人就这样说定了婚礼延期的事情。这年，吾杰已经年满二十九，而叶丰也是二十六七岁了。

但不久，吾杰却终于食言！他给叶丰发来一个让叶丰痛苦不堪的短信和一张彩信——他的婚礼照片！他和一个藏族姑娘的婚礼照！

他说，他对他们的爱情再三思考，做了重新的定位。叶丰不属于高原，这是他经历了雪灾后认定的，作为艺术家，叶丰是高原的歌者，但作为这里的长住民，叶丰无法适应这里。他很清楚，他爱她，就要为她作出更好的选择，与其以后在无奈中分手，不如在爱情最完美的时候分手，爱才崇高，才会永恒。他理解，爱情不一定是要永远互相厮守、拥有，在心灵深处，在记忆深处保存人生中最完美的爱，曾经拥有，就足够啦！还有个更重要的原因，那就是他的眼睛不可能复明了！所以他找了个当地姑娘好今后照顾他……

叶丰柔肠寸断，痛苦不堪言！在极其惊诧不已之后，她感到无边的迷茫和失落把她击倒！她反复思考和掂量，这么多年来他们的情感，她对吾杰的爱是因为艺术还是因为吾杰本身？吾杰这么多年来一直是她艺术和爱情的梦想，她寻梦，她追寻，她坚守，当她觉得自己已经寻觅到真正的康巴汉子的精神和秉持时，却突然失落了，像断梦！那么她找到了吗？她拥有了吗？吾杰和她都是那么相互地深爱。多年来，他们都在小心地呵护这种爱，把这种爱情看得神圣而倍加珍爱，以致多年来都小心翼翼地怕碰碎它。对事业，对爱情都置于那么神圣，这或许是理想的完美主义，在世俗世界里不可实现吧，这段爱情就这样超凡脱俗地完美在心灵里，在两个人的心底永存一份美好的情怀而已？这样想着，她常在她的《暴风雪——康巴汉子组画》前流泪很久。其中一幅画的人物形象完全就是吾杰，那锐利的目光，坚毅的神情，俊气袭人的神采，风雪和种种困难都不曾压垮他。但是，就是这样卓然出色的人，在爱情面前，他逃避了，难道就是因为眼睛的原因吗？叶丰的父母是文化人，在看了女儿的作品后，他们才知道、才理解女儿对高原的情节有多深，对那个高原男孩有多深刻的爱，从作品上的康巴汉子，他们也接受了吾杰——他们未曾谋面的未来女婿，叶丰也没告诉父母她正经受痛苦的情感煎熬。

吾杰这样突然的绝情，使叶丰无法接受，她从痛苦变成了愤懑，她没有再向他述说什么，她自己一下就从繁忙的交往中脱离出来，为忘记这段痛苦，她需要孤独，需要用创作来填满所有的时间，好把痛苦碾碎和遗忘！她开始努力把自己完全逼进下一步的创作中，她想把所有的痛楚情怀和爱化在创作里，她的梦想只在创作中，只在作品里！梦想未实现，精神之旅不过刚开始，一切突然就这样了结了！无限遗憾的她，把她个人画展的主题命名为——寻找康巴汉子！

当你看着我的眼
你能在灵魂深处感受吗
你是我的一半使我完整
我拥有的一切
都会给你
把我的心放在你手中
只为有机会住进你的心
为的是理解你这样的女人
我只想做这个男人
给你我能给予的一切

爱你一生一世
从始至终
就你和我
我要听你的秘密
和你无边的梦想
擦十你的泪，轻吻你的唇
我只想做这个男人
给你我能给予的一切

这已足够
就做你爱的男人

It’s more than enough
just to be the man you love

叶丰这时画了一天的画，就疲惫地一边听着音乐，一边收拾着凌乱的画笔和颜料，Il Divo组合演唱的《the man you lave》（就做你爱的男人）轻声低回的歌声，缠

绵、悱恻地飘荡在不大的画室里。多年前吾杰他们那个充满青春激情的康巴汉子组合，曾经唱过它，那些记忆中的画面不断让她缱绻的心酸楚起来。叶丰只看了一次就痛恨得再也没有打开手机里的那张吾杰发来的婚礼照，此时让她再次打开了，在这张很小的图片上，新郎和新娘的面庞不是很清楚。叶丰今天终于能够有一点耐心把手机接在电脑上，坐在电脑前仔细看起放大了的图片。突然，她感觉那个婚礼中盛装的新郎不太像吾杰，而新娘就是娜珍的大姐拉措，她把她曾经给拉措、康珠他们几个照的照片调出来看，原来，是拉措的婚礼，那个新郎是阿初！原来如此！吾杰在撒谎！他为什么这样啊？

叶丰发现吾杰编造的这个谎言，已经是半年后！

她愤怒得想马上质问吾杰，但是电话却一直无法接通，他的眼睛难道真的没恢复，走之前不是说恢复得好，没有问题吗？怎么又……不，绝不可能！如果是无法复明，那更要走到他的生活里！他一定是故意不接她的电话，所以才一直打不通！

其实，吾杰就是编造了一个大谎言，那张婚宴图原来是上次拉措结婚时他拍的，只有个大场景，穿着藏装盛装的新郎新娘因为距离比较远，拍下来就不太清晰。

叶丰而后冷静下来，原来如此！

可是，即使是他撒谎，责问又有什么意义？既然他是认真地回绝了她，这么残酷地处心积虑地骗她！叶丰流着泪痛苦地想。

时间不知不觉到了隆冬，一年匆匆滑过。在新年即将来临的时候，津城下了一场小雪。雪花让叶丰伤感，她无法抹去吾杰，雪花就像高原飘来的天使，不断告诉叶丰，在遥远的西部藏地，横断山区，有个充满朝气的年轻的康巴汉子英姿焯焯地流连在那里的山川草地雪原，雪花唤起叶丰所有压抑了很久的思念，雪花也化解着她的愤懑。她终于无法克制地给吾杰打了几次电话，终于接通了的电话里传来吾杰的声音！叶丰哭了，问他还能否在即将到来的藏历新年给她一个完整而美丽的藏族婚礼？她知道他的心里只有她的位置，很重要的位置！

沉默了好一会儿的吾杰，终于也抑制不住自己极力想封存的炽热的真情，听着叶丰哽咽的责备和述说，他无法自制地把心扉敞开，他激动而兴奋地笑了！自从给叶丰发了那个短信，他心里很压抑、痛苦，那份感情始终无法释怀，思念在心里纠结得越来越难耐。他的眼睛其实恢复得很好，出院后就彻底投入到工作里，他努力想把叶丰忘记！虽然他有一百个理由开脱自己再次带给叶丰的伤害，但是他希望那是最后一次，让叶丰将来的人生拥有幸福是他的期望，如果叶丰冷静后思考自己的将来，做出理智的选择，即使他们分手，只要叶丰能幸福，那也值得，虽然这样想，这样决定了，但是他几乎每天都在盼望叶丰来电话，发来信息，他自己无数次的打开手机，按出叶丰的号码，想打电话或者发个信息，但又痛苦地犹豫地放弃！他爱她至深至切，她不可能从他心里抹去，他不能没有她，但是他却更不能自私地为了得到她而使她将来感觉不幸福，他必须选择放弃……

现在，他不得不对叶丰坦诚的爱而放弃所有的顾虑和担忧，放飞所有对爱人久久的思恋和激荡已久的浓浓的爱的情怀，他甚至很愧疚自己对叶丰的欺骗，他发自肺腑地告诉叶丰，他这一生最希望的就是给叶丰——他最爱的女人，举行一个完美的原汁原味、隆重的藏族婚礼！他要为他所挚爱的女人营造最美的生活、幸福！电话里听得出吾杰的声音充满期待：“我一定等你！你可以乘飞机到去年开通的康定机场，报上说那是中国最美的航线，你可以在空中瞭望我们的高原啦，我到机场来接你！”

“太好了！我马上订机票。在高空飞翔着俯瞰我们的家园，一定很美！吾杰！真想马上飞到你身边……”

“叶丰！我想念你！永远爱你！”

“嗯！我也是！永远！”

18

那次大雪灾的教训，使政府和许多人开始深度思考，牧区传统的生活、生产方式，应该改革了。省委书记的亲自来临，目睹了雪灾的危害，也看到藏族牧民生产生活中落后与贫瘠，城市的发展是日新月异，城市的物质生活更加地多元而丰富。而很多山区的农村、高原的农牧民没有享受到现代城市人享受的很多很多物质丰盈富足的现代文明生活。中国所有的公民，中国五十六个民族应该是同等的享受国家改革开放的成果，在中国九百六十万平方公里的大地上，全社会应该都享有公平、公信和公正！省委刘书记又多次来考察调研，被深深触动的省委书记，看着那些根本不能在雪灾中抵御寒冷的帐篷，他考虑到了牧民住所应该给予大胆的改革。回去后不久，省里马上指示和倡议专家研究适合高寒地牧民游走便携、居住舒适的新型防寒帐篷，包括帐篷里的生活、生产用具。同时，从中央到省，下发制定了一系列惠民政策，州县区即刻铺展开，迅速执行。“要让牧民居有定所，老有所养，病有所医，学有所读”，全国各个牧区如火如荼地开始了有史以来牧区大改革，“牧民定居行动”轰轰烈烈。这次巨大的惠民行动是上下全民齐动员，把农牧民迅速走上小康道路的希望猛推了一步，各种扶贫济困的中央财政转移支付资金像血脉一样，一一通达山原、草地，温暖的血液输入了贫瘠的高原村庄和农户牧人家。

吾杰他们所在的牧区，从牧民到干部们一起全身心投入到这项千年不遇的改革行动中。那些祖辈从未奢想过房屋、祖辈只靠帐篷逐水草而居的游牧人，在今天却实现了居有定所。国家扶持，自己再贴部分资金，在当地政府的统一规划中，实实在在地干起来。有学校、有医疗所、有文化活动所等公共服务设施，良好的基础设施都配套的新村在高原建设起来，富民惠民的很多政策、项目，在草原、在高原开始开花，结果。牧民们有人最先是以怀疑的态度，面对这种打破千年传统习惯的改革，从动员定居，到我要定居，经历了一段时间，而后人们纷纷主动加入这个改革的行列……

执政不为民，政权地动山摇。政府的工作重点开始放在了惠民帮民工作中，对形象工程，百姓早就反感透了，现在要做就得做老百姓受益的惠民工程。吾杰说得对，无论哪级政府，哪个党派，如果不为民执政，权威都是虚弱的，哪怕看似强大。只有心贴民，信，则威！则立！

各项惠民行动如草原温暖夏日的雨露，沐浴滋养着农牧区，从九年义务教育到三年中职教育，再到高中的免费教育，对藏区人才培养起着伟大的作用。从上而下的各种补贴、各种扶贫款项叠加涌来，用好这些资金和开创好牧区工作，使经济基础极其薄弱、贫困面极大的高原藏区，能够在政府的扶持下，尽快走上自己能够造血的良性轨道。需要全社会的关心和扶持，才能在短时间内让藏区人民奔上小康的幸福路，这就更需要有很多有创业精神、实干苦干加才干的藏族干部，来带领群众努力创建和落实中央的政策。像吾杰这样胆识、作为，才干和品德都出色的新一代藏族青年，应该承担更重要的担子。

就在这年底，吾杰被提拔并交流到北部另一个牧业大县去任副县长，分管牧民定居行动计划的工作开展和落实。新的工作充满了挑战，吾杰的心充满激情，新的工作有压力，但他有满腔的爱，心中充满对时代的感激，自己是遇上了好年代！他要去实现很多的理想……

当乡里的许多百姓知道吾杰即将离开桑德尔，大家不是高兴，反而惋惜、失落。淳朴的人们，有的来找吾杰，央求他别走，就是在组织部下来考察时候，也有许多人这样要求并声明乡亲们的意愿，希望不要调吾杰离开……

但离别终究来临，离开桑德尔乡的时候，他怕人们蜂拥来送行，一再叮嘱乡里班子不要声张他走的时间，决定悄悄离开。

当车到公路口一里处，许多的乡亲早在这里等着来送行了。哈达，无数洁白的哈达，要献给吾杰，太多的哈达几乎把吾杰淹没，送行的人列队很长很长，都想把包含敬意的哈达亲手献给他们不舍的乡书记、年轻而优秀的尼玛吾杰。他曾经处理了的、一个不作为、还犯了违规事的年轻村干部也来为他送行，当他走到吾杰面前，把手伸进自己怀里时候，吾杰以为他是不是要报复他，哪知道他从怀里掏出的是哈达，他诚恳地说，吾杰，你是好样的，我服你！真心的！

吾杰也打趣的说，你没有记恨我，你才是好样的，知道吗？刚才我还以为你会拿出石块之类的，给我头上一下。

哈哈！估计谁都会有这个念头，毕竟是你让我下课了吧！不过，你应该知道我不是那样狭隘的人，这几年你所有的言行告诉我，你是对的，你是我们桑德尔的骄傲，我心服口服！

吾杰和他兄弟般地真诚拥抱了，他们俩眼里都有了泪光。

吾杰看见许多百姓眼里浸出泪花，他被乡亲们的纯真和朴实的真情感动！

在噶麦村的路上，老支书乘拖拉机赶来，下了拖拉机，他趔瘸着已经不太利索的腿脚，着急地从人群外几百米远的山坡处走来，老早就从怀里取出裹好的哈达，

手里紧紧地握着。可惜的是他将要到达送行的地方，却看见送行的人群已经在散去，只看见远方尼玛吾杰乘坐的州里扶持区乡政府赠与的越野车驰行在哈达一样无限延伸、蜿蜒漫漫的公路上，渐渐消失在朝霞辉映、五彩经幡飘荡的山弯深处……

这时候，散去的人群中的乡长看见了老支书，他转身匆匆过来，喊着：老支书，来，这是吾杰要我交给你的，他没等到你，他说以后抽空一定要来看你。

接过乡长递给他的黄褐色的袋子，打开看，老支书流泪了！

原来是吾杰给老支书买的崭新的一对羊毛护膝套和一双军用手套，还有一个像章，那是老支书一直想要的、能够戴在胸襟上的毛泽东像章，吾杰是托朋友从北京故宫买回来的。

两年后，藏区草原上美丽而极富藏民建筑特色——水、电、路、电视、通信等都建设起来的牧民新村定居点，如春天盛开的格桑花，一幢幢、一片片矗立起来，现代而充满田园牧歌的家园，是牧人的蓝色家园，吾杰带领乡亲还要做很多完善这些家园的事情，路还长。

吾杰和叶丰决定，无论有多忙，有再大的事情，他们的婚事是一定要在藏历新年举行的。但是，婚礼在何处举办，家人发生了争议。吾杰的父母坚决要他们回噶麦举办婚礼。他们早就忍不住了，早已经做好了准备，想为他们的儿子举办婚礼！他哥哥洛布是在城市里举办的洋式婚礼，没有回噶麦，现在他们的小儿子的婚礼，那是绝对要以藏族婚礼形式来举办的！叶丰也说，回噶麦，因为那儿是他们爱情的开始点，是吾杰的故乡，也是他们爱情的故乡！吾杰同意了。

但是，藏历新年即将到来时，吾杰却因为工作无法脱身，不能离开他现在工作的这个县的赞都草坝乡，根本没时间休假回去。他就干脆把父母、亲人接了过来，说服了父母后，婚礼如期在这里的草原进行，老支书也坚决地要来参加他们的婚礼。

赞都之意，是“孔雀开屏之羽”，因为这里是片美丽至极的草原，每到春夏季节，草原花开灿烂迷离，花色很奇异地是以七色均匀的圆圈状分布在草地，从高空或远方看去，就如同孔雀开屏时羽毛上最美的圆圈，非常夺目。但是这里却是离县城很边远的牧区，道路、生活、工作条件也是北部县最差的。牧定工作面积广、任务重，这里是吾杰工作的联系点和牧定负责点，不到两年，布局合理、美观、实用、富有当地民族建筑特色的别墅似的牧民新村房，像宝石一样散落在这片美丽的草地上。吾杰在这片土地上以青春和激情，以美好的理想，抒写着新一代康巴汉子的辉煌！

雄鹰飞得再高，影子还在地上，吾杰深知他永远是土地和草原雪山的儿子，是高原之子……

当藏历新年来临，吾杰在他到任的北部雅砻江畔，他人生旅程中第二故乡桑曲县的赞都草原——美丽的牧民新村村民文化广场，举行了他和叶丰完美、诗意、隆重的藏族婚礼。实现多年前给他心爱的女人叶丰的承诺，吾杰的姐姐和母亲为叶丰梳妆起细密的小辫，戴上珊瑚翡翠珠宝，穿上吾杰的父母为她缝制的昂贵藏袍。美丽的叶丰显得更动人，她终于成了藏族新娘，吾杰最可心的新嫁娘，这年吾杰刚满三十二岁。

藏族婚礼是要进行几天几夜，婚礼进行的那些天，新郎和新娘被深爱的甜蜜灌醉！被积蕴了几世的爱情沉醉！

叶丰说，这一世，她转山转水转佛塔为的就是遇见吾杰，寻找吾杰，她心目中真正永远的康巴汉子！

吾杰说，他要生生世世拥有叶丰，来世，他依然等待叶丰！

赞都草原的牧民们和参加他们婚礼的亲人们在冬季金色的草地上，几天几夜把锅庄舞跳得格外飞扬，青稞酒喝得格外酣畅！

那些天，人醉了，草原醉了；天地，也醉了！

婚礼不久，家乡的亲人带来告急的讯息，说是老支书病重了，住院了一段时间，他坚决不再住。他知道他的病是不能救治的了，他唯一有个愿望就是能够到北京去看看天安门，看看毛主席纪念堂，这是他从年轻时候就有的梦想。他现在希望是吾杰带着他去，但他不好意思打搅他，只是遗憾地告诉了他的女婿，送信人知道了才带消息来的。

吾杰听了这个消息后，为老支书感动，为老支书担忧，他毅然请了假，决定为老支书实现这个愿望。

不几天，他就和老支书的女婿带着老人赶到康定机场，登上了去成都、去北京的飞机。还能行走的老支书在旅途中居然就像没有了病痛，充满了新奇，他们在北京的时候，凌晨五点就去天安门看升国旗仪式，老支书竟然流下了热泪。

在看了毛泽东纪念馆后，他感慨地说了些话，让吾杰深思，也很感动。

他说："如果毛主席活着的话，我们每个人无法轻易地走近这位伟人，他死了之后，能够近距离地看这位伟人，那也是我们的福分了。人的五指长短不齐，而他把这世上富人和穷人化成了平等，我们才得到了幸福。我们从一无所有，到幸福，没有他，怎么可能？如果今后贫和富的距离越来越大，社会动荡不安就会像过去一样多起来的……"老人当村支书三十多年，当党员四十多年，他是用整个的心思和情感在做这个小小的村官，最底层人生活状态他最清楚，他的感悟和担忧、他爱家园的情感是发自肺腑的。

回去后不到半个月，老支书就去世了，离开了他热爱和付出所有心血的村庄！